TORSTEN FINK

Die Tochter des Magiers 1

Torsten Fink

Die Tochter des Magiers 1

Die Diebin

Roman

Originalausgabe

blanvalet

FSC
Mix
Produktgruppe aus vorbildlich bewirtschafteten Wäldern und anderen kontrollierten Herkünften
Zert.-Nr. SGS-COC-1940
www.fsc.org
© 1996 Forest Stewardship Council

Verlagsgruppe Random House FSC-DEU-0100
Das für dieses Buch verwendete FSC-zertifizierte Papier *Holmen Book Cream* liefert Holmen Paper, Hallstavik, Schweden.

1. Auflage
Originalausgabe Mai 2009 bei Blanvalet,
einem Unternehmen der Verlagsgruppe Random House GmbH, München

Umschlaggestaltung: HildenDesign München
Umschlagfoto: © HildenDesign unter Verwendung eines Motivs von © photoiasson / shutterstock
Karten: © Arndt Drechsler
Lektorat: Holger Kappel
HK · Herstellung: RF
Satz: Uhl + Massopust, Aalen
Druck und Einband: GGP Media GmbH, Pößneck
Printed in Germany
ISBN: 978-3-442-26631-9

www.blanvalet.de

Prolog

Eine mitleidlose Sonne stand hoch über der Wüste der Erschlagenen. Die roten Felsen des Glutrückens, die dem Reisenden in den Morgenstunden für kurze Zeit Schatten spendeten, warfen nun nur noch mehr Hitze in die Dünen. Die Luft flirrte. Bussarde ließen sich weit oben von den Aufwinden durch den gleißenden Himmel tragen. Es war die tote Stunde, die Zeit, in der sich selbst die Feuerkäfer im Sand vergruben, um der Sonne zu entfliehen.

Ausgerechnet jetzt tauchten zwei Punkte aus einer Senke auf. Es waren Reiter, die nahe den nackten Felsen dem endlosen Auf und Ab der Dünen folgten. Beide waren in weite, leichte Umhänge gehüllt und hatten ihre Kapuzen tief ins Gesicht gezogen. Es war still. Der schleppende Schritt ihrer Pferde im tiefen Sand war das einzige Geräusch.

Voran ritt eine hagere Gestalt, die im Sattel vornüberhing und nur dem Klang dieser Schritte zu lauschen schien. Ihr Pferd wirkte völlig erschöpft, getrockneter Schweiß stand auf seinen Flanken, und es ächzte, als es sich die Düne emporquälte. Auf der Hügelkuppe hielt der Reiter kurz an und drehte sich um. Sein misstrauischer Blick galt nicht seinem Begleiter, er suchte den Horizont ab. Aber da war nichts außer Sand und roten Felsen. Hinter ihnen und im Westen war endlose Wüste, aber vor ihnen, im Süden, zeichnete sich in der Ferne eine schwache graublaue Linie ab. Ein Lächeln schlich über die rissigen Lippen des Mannes. Mit einem Druck seiner Schenkel trieb er das Pferd wieder an. Hängenden

Kopfes trottete es die Düne hinab. Bei jedem Schritt sank es tief in den fließenden Sand ein.

Der zweite Reiter war kleiner und leichter. Unter seiner Kapuze schaute ein bartloses Kinn hervor. Er kauerte müde auf einem Packsattel und ließ die Zügel schleifen. Sein Tier hatte außer dem Gewicht des Jungen auch noch einen großen ledernen Sack und viele kleinere, prall gefüllte Beutel zu tragen. Vielleicht wählte es deshalb einen anderen Weg die Düne hinauf, wo der sandige Hang sanfter anstieg.

Etwas veränderte sich. Der Hagere richtete sich auf und lauschte. Seine Nackenhaare hatten sich aufgestellt. Gefahr lag in der Luft. Er konnte es fühlen. Dann hörte er es. Ein gequältes Stöhnen entrang sich der Brust des zweiten Pferdes, dann ein ängstliches Schnauben.

»Onkel!«, schrie eine helle Stimme entsetzt auf.

Der Mann riss sein Tier herum. Der Junge war nur zwei Dutzend Schritt hinter ihm und, warum auch immer, nicht in seiner Spur geritten. Jetzt saß er mit schreckgeweiteten Augen auf dem Packpferd. Das Tier schnaubte und kämpfte, aber je mehr es sich anstrengte, desto schneller versank es. Der Sand! Der ganze Hang war in Bewegung geraten, und dort, wo der Junge schrie, wuchs rasend schnell ein Trichter, der scheinbar die ganze Düne verschlingen wollte – und Reiter und Pferd mit ihr! Der Mann erstarrte für einen Augenblick, dann sprang er aus dem Sattel und rannte zurück

»Onkel Tasil!« Die Stimme des Jungen überschlug sich in heller Panik.

Tasil fluchte. Der ganze Hang vor ihm war in Bewegung. Er blieb stehen und starrte gebannt auf den Boden.

»Onkel!«

Tasil löste seinen Blick vom Sand. Er sah das Pferd, er sah den Jungen inmitten des Trichters. Es war zu weit. »Den Sack!«, rief er. »Wirf mir den Sack zu!«

»Ich versinke!«

»Schneid ihn los und wirf ihn mir zu, dann wirst du leichter.«

Das Pferd schnaubte und stöhnte. Der Schweiß troff ihm vom Fell, und seine Flanken zitterten. Mit jedem verzweifelten Schritt grub es sich tiefer in den Sand. Der Junge zog seine Beine erschrocken an, als sie den trügerischen Boden berührten. Der Trichter wuchs immer weiter. Tasil sah die Veränderung im Boden, sie kroch auf ihn zu. Er wich langsam Schritt um Schritt zurück. »Maru! Nimm dein Messer und schneid den Gurt durch! Ihr müsst leichter werden. Wirf mir den Sack zu! Dann hört es auf.«

Jetzt erreichte der Sand den Packsattel. Der Junge keuchte entsetzt. Sein Atem ging hektisch, aber die Angst hatte ihn gelähmt.

»Maru, du Auswurf eines Schakals! Reiß dich zusammen! Versuch zu springen. Vergiss das verdammte Tier! Vom Rücken, du kannst vom Rücken aus hierherspringen. Und wirf mir den Sack zu!«

Der Junge nickte, zitternd versuchte er, auf den Packsattel zu klettern. Das Tier war schon fast bis zum Widerrist eingesunken.

»Den Sack! Zuerst den Sack!«

Aber der Junge dachte nicht an den schweren Beutel. Ungelenk versuchte er einen Sprung, der viel zu kurz geriet. Sofort bildete sich ein neuer Trichter. Es dauerte nur wenige Augenblicke, und er war bis zur Hüfte eingesunken. Dabei war er immer noch zu weit von Tasil entfernt, sodass der ihm nicht helfen konnte – nur zusehen.

Zuerst versank das bis zuletzt kämpfende Pferd und mit ihm der lederne Sack, dann der Junge, mit in Todesangst weit aufgerissenen Augen. Tasil stand mit zusammengebissenen Zähnen am Rand des Trichters und wartete, bis es vorbei war. Der Sand füllte leise raschelnd die Vertiefungen auf, die die beiden Körper hinterlassen hatten, dann rührte sich nichts mehr. Tasil blickte zum Himmel. Die Bussarde waren verschwunden. Die Sonne stand immer noch am Scheitelpunkt ihrer Bahn und versengte mitleidlos jedem Geschöpf, das sich zu dieser Tageszeit in die offene Wüste wagte, die Haut. Es war die tote Stunde. Tasil bedachte sie mit einem Fluch. Dann stieg er auf sein Pferd und trieb es weiter nach Süden.

Die Dolche der Hakul

Verlassen und leer liegt das Land zwischen den Roten Hügeln und dem Dhanis, und kein Korn Gerste fließt mehr von dort in die Kammern des Raik.

Kerva der Schreiber, *Bericht für den Hohen Verwalter*

Die Nacht war angebrochen, und die *Taube* hatte am Ufer des Dhanis angelegt. Sie war ein gedrungenes Schilfboot, beinahe eher ein Floß, fast so breit wie lang, mit wenig Tiefgang und einem rechteckigen Segel am kurzen Mast. Im Bug waren Fässer, Ballen und Bündel gestapelt, im Heck gab es einen Verschlag für lebende Ware. Etwa zwei Dutzend Menschen drängten sich in dem engen Holzkäfig. Es waren Sklaven, Namenlose. Sie fanden kaum genug Platz, um zu sitzen, und sicher nicht genügend, dass in der Nacht alle gleichzeitig liegen und schlafen konnten. Sie saßen dicht an dicht, einige mit dem Rücken aneinandergelehnt, und unterhielten sich flüsternd.

»Ich dachte, wir würden es heute schaffen, und jetzt müssen wir noch eine Nacht in diesem Loch verbringen«, sagte ein junger Mann.

»Ja, ich verstehe es auch nicht. Meine Knochen würden sich freuen, wenn ich sie mal wieder richtig ausstrecken könnte«, bestätigte ein älterer.

Trotz der drangvollen Enge gab es eine schmächtige Gestalt,

die alleine in einer Ecke des Käfigs saß. Es schien, als wollten die anderen ihr nicht zu nahe kommen. Zwei Krieger bewachten den Verschlag. Sie standen am Mast, und ihre Silhouetten zeigten, dass sie mit Speer und Schild bewaffnet waren.

Die Schiffsführer hatten die *Taube* in einer kleinen Bucht vertäut. Hier floss das Wasser des Stroms nur träge. Am Ufer hatte einst eine Siedlung gelegen, eingezwängt zwischen dem Dhanis und dem Höhenzug des Glutrückens, doch das Dorf war wohl schon vor langer Zeit zerstört worden. Ölpalmen und Rotdornbüsche wuchsen zwischen den Ruinen, und raues Gras hatte sich auf geborstenen Lehmziegeln angesiedelt.

»Was macht Atib?«, fragte der Jüngere jetzt.

»Er steht immer noch da drüben auf der Mauer.«

»Aber wozu?«

»Frag ihn doch«, brummte der ältere.

Atib der Händler stand auf den Mauerresten eines niedergebrannten Hauses und starrte nach Osten. Die ersten Sterne zeigten sich am Himmel. In Mauerspalten hockten Zikaden und Grillen und erfüllten die warme Abendluft mit ihrem zirpenden Gesang. Der Fluss rauschte leise. An einem Lagerfeuer, dicht beim Schiff, saßen sechs Männer. Zwei von ihnen trugen den rockartigen Sker, die kurze, leichte Kleidung der Flussschiffer. Drei der anderen waren an ihren ledernen Waffengurten und den schmucklosen Bronzehelmen als Krieger zu erkennen. Ihre Speere hatten sie in Griffweite in den Boden gerammt, die mannshohen Lederschilde an eine verbrannte Mauer gelehnt. Der Jüngste von ihnen war damit beschäftigt, die Sehne seines kurzen Bogens zu fetten.

»Sieh dir nur den kleinen Dyl an«, flüsterte einer der Sklaven im Verschlag.

»Was ist mit ihm?«, fragte eine junge Frau zurück.

»Er behandelt den Bogen mit einer Liebe, wie er sie sicher noch keiner Frau geschenkt hat.«

Leises Gelächter lief durch den Verschlag. Die beiden Wachen am Mast hoben argwöhnisch die Köpfe, und das Lachen verstummte.

Der größte der Männer am Feuer, der alle anderen noch im Sitzen um Kopfeslänge überragte, trug einen langen, ledernen Schuppenpanzer, der ihm im Stehen sicher bis an die Schenkel reichte. Jetzt lag der Saum in Falten im Staub. Eine schwere Bronzeaxt ruhte auf seinen Knien. Ihr Blatt war geschwärzt, aber an der einen oder anderen Stelle schimmerte matt das Metall hindurch. Ein Zeichen häufiger Benutzung. Der sechste in dieser Runde war offensichtlich weder Soldat noch Schiffer; wer in sein greises und zerfurchtes Gesicht blickte, konnte feststellen, dass die Augenhöhlen des Mannes leer waren. Er war nicht einfach nur blind, sondern hatte keine Augen. Der Alte hielt einen langen Stab in den Händen, lächelte versonnen und schien dem prasselnden Feuer zuzuhören. Ein schwarzer Kochtopf hing über den Flammen, und der Geruch von gekochtem Lammfleisch verbreitete sich mit dem Gesang der Zikaden zwischen den Ruinen.

Atib blickte unverwandt nach Osten, wo ein matter roter Schimmer den Horizont hinter den Hügeln erhellte. Er seufzte und schüttelte den Kopf. Dann stieg er von der Mauer und trat ans Feuer.

»Fakyn, du bist ein Künstler nicht nur mit dem Speer, scheint mir«, sagte gerade der Blinde mit brüchiger Stimme, »ich rieche Lamm und Linsen und einige Kräuter, die ein Festmahl versprechen.«

»Und du glaubst, wir geben dir was ab?«, brummte der große Krieger missvergnügt und warf ein Stück Holz ins Feuer.

Der Alte lachte. »Du möchtest, dass ich für meine Mahlzeit bezahle, Fakyn?«

»Worüber reden sie?«, fragte ein älterer Sklave im Verschlag.

»Ich glaube, sie wollen, dass der alte Biredh etwas erzählt«, sagte ein anderer, »aber er ziert sich. Dyl will etwas über Boga und Arku hören, und der dicke Kadar fragt nach dem Marsch der Akkesch. Ist ihm wohl beides nicht recht. Ich glaube, er hat Hunger und will lieber essen. Aber warte …«

Unten am Feuer hatte der Erzähler einen eigenen Vorschlag unterbreitet. Dyl und Kadar wirkten nicht sehr begeistert, doch Fakyn, der Anführer der Krieger, stimmte zu. Der Alte räusperte sich, dann schien er sich zu verwandeln. Seine Gesichtszüge glätteten sich, seine Stimme, die eben noch leise und brüchig klang, wurde nun sanft und zugleich fest. Sie erfüllte die verbrannten Ruinen mit Leben, hallte von den Hängen der Anhöhen wider. Die Sklaven im Verschlag konnten jedes Wort verstehen.

»Nun, gut, die Geschichte der Zwölf Städte. Wisset also: Vor unvorstellbar langer Zeit lebten die Menschen in immerwährendem Frieden und ewiger Eintracht in zwölf großen Städten. Sie befuhren das Meer, um zu fischen, bebauten ihre Felder, weideten ihr Vieh und brachten den Hütern – den erstgeborenen Göttern – ihre Opfer dar. Die Hüter hielten die Naturgewalten im Zaum, und die nachgeborenen Götter, die nur ihre Diener sind, folgten ihren Befehlen. Es waren Zeiten des Glücks, und die Menschen mehrten sich. Die Hüter walteten ihrer Aufgabe, wie es Edhil, der Tiefdenkende, der Schöpfer der Welt, ihnen aufgetragen hatte. Die Städte am Meer standen unter dem Schutz Alwas, und die Fischernetze waren immer gut gefüllt. Die schöne Hirth sorgte dafür, dass in den Ebenen die Herden gediehen und die Felder reiche Ernte trugen. Brond schützte die Siedlungen an den Hängen der Feuerberge, und unter seinem Segen schufen die Schmiede dort wunderbare Werkzeuge, die sie mit den anderen Städten tauschten. Die Bewohner der himmelnahen Berge jedoch huldigten Fahs, und seine Winde lehrten sie die Geheimnisse der Heilkunst und manch anderes Wissen, das nun verloren ist. Sie lebten gut, die Menschen unter dem Schutz der Hüter, und sie waren frei von Leid und Elend.«

Der Alte schwieg und schien den Nachklang seiner Worte zu prüfen. Die Männer am Feuer hingen an seinen Lippen. Beide Wachen an Bord der *Taube* waren aus dem Schatten des Mastes getreten und lauschten nun, auf ihre Wurfspeere gestützt, dem Erzähler. Hinter ihnen drängten sich die Namenlosen, die Sklaven, an das Gitter. Auch Atib der Händler hörte der altbekannten Geschichte aufmerksam zu.

»Dann aber«, fuhr der Erzähler fort, »kam Strydh, der letzte der erstgeborenen Götter, zu den Fürsten der zwölf Städte und sprach zu ihnen: ›Ein hartes Leben ist es, das ihr führt, nichts als Mühe und Schweiß, und es währt nur kurz. Ist es aber zu Ende, dann steigt ihr hinab in das Land ohne Wiederkehr und wartet im Staub der Totenstadt Ud-Sror auf das Vergessen. Und dieses ereilt euch schnell, denn wer entzündet Opferfeuer für euch, wenn eure Söhne erst einmal gestorben sind? Dann entschwindet euer Geist endgültig aus dem Kreis dieser Welt, und verloren seid ihr auf ewig.‹

Und die Fürsten fürchteten sich.

Strydh aber fuhr fort: ›Dies ist das Los der Menschen seit alters her, ich aber kann euch ein neues Leben zeigen. Wenn ihr mir folgt, werden eure Tage ruhmvoll sein, Gold und Silber wird eure Hallen schmücken, und noch die Enkel eurer Enkel werden eurer Taten gedenken. In der Stadt der Toten aber werdet ihr an der Tafel meines Dieners Uo, des Fürsten der Toten, sitzen, und lange und ehrenvoll soll euer Sein dort währen, denn die Opferfeuer für Helden werden nie verlöschen. Diesen Weg aber kann nur ich euch zeigen, denn meine Geschwister, die Hüter, wissen nichts von ihm.‹

Da gelobten die Fürsten Strydh Treue und schworen, seinem Rat zu folgen und künftig ihm – noch vor den Hütern – zu huldigen. So lehrte Strydh sie, Helme, Speere und Schilde zu schmieden, und er zeigte ihnen, wie sie im Kampfe Ruhm gewinnen konnten.

So endete die lange Zeit des Friedens, denn bald schon kämpfte Stadt gegen Stadt. Große und ruhmreiche Taten wurden vollbracht und besungen.

Und Strydh hielt Wort. Der Reichtum der Fürsten nahm zu, und bald schmückten Gold und Silber ihre Hallen. Doch aus den Straßen der Städte stiegen Klagen auf, denn manches Heer, das auszog, kehrte nie zurück, und mancher Held, der besungen wurde, hat den Lobgesang nie vernommen. So, wie der Glanz der Städte zunahm, so sank die Zahl der Bewohner, und viele Menschen – Männer, Frauen und Kinder – glitten lange vor ihrer Zeit hinab in das Land ohne Wiederkehr. Auch vor den Hallen der Mächtigen machte das Leid nicht Halt, denn viele Fürstensöhne starben auf den Schlachtfeldern.

Jetzt erschraken die Mächtigen, und sie sagten: ›Wohl kann es sein, dass unsere Namen nicht vergessen werden, wenn wir sterben. Doch wie lange werden wir an der Tafel Uos sitzen, wenn unsere Söhne und deren Söhne gefallen sind und unsere Völker uns verfluchen, statt uns in ehrendem Gedenken Opfer zu bringen? Strydh hat uns betrogen, er ist ein Gott der Falschheit und des Todes, und wir wollen seinem Weg nicht mehr folgen.‹ Und sie zerbrachen ihre Speere, sagten sich von Strydh los und erklärten ihre Eide für ungültig.

Strydh aber ging zu den Hütern und klagte die Menschen an, die ihr Wort einem Gott gegeben und es gebrochen hatten. Diese waren hilflos. So ungern sie es auch taten, so mussten die Erstgeborenen Strydh doch recht geben. Fürchterlich waren die Strafen, die nach Strydhs Willen verhängt wurden: Alwa entfesselte mächtige Fluten, die die Küsten zerschmetterten, Brond ließ Feuer und Asche aus den Bergen steigen und vom Himmel regnen, und Fahs entfesselte Blitz und Sturm. Hirth aber zermalmte Berge mit gewaltigen Beben, und ihre Stiefkinder, die Wüsten, verschlangen das Land. Zwölfmal zwölf Monde wüteten die Hüter, bis alle Städte der Menschen zu Staub zermahlen waren und keiner von den wenigen, die noch lebten, das Angesicht der Welt wiedererkannte.

Endlich beendeten die Hüter ihr Zerstörungswerk und begaben sich zur Ruhe, um am folgenden Tag die Wunden der Welt zu heilen, die Meere und Wüsten zurückzudrängen und den Menschen eine neue Zeit des Friedens zu schenken.

Strydh jedoch schlich in der Nacht an ihr Lager und belegte sie mit einem Zauber, den er der Schlafblume gestohlen hatte, sodass sie am folgenden Tag nicht erwachten. Auch der nächste Sonnenaufgang konnte sie nicht wecken und der übernächste auch nicht. Und so kam es, dass die Hüter die Welt nicht geheilt haben, dass sie keine Macht mehr über die Geschicke dieser Welt besitzen und sie unser Flehen nicht hören außer in ihren Träumen. Deshalb herrscht Strydh als Einziger der fünf ersten Götter und regiert die Welt mit Krieg und Zerstörung – bis, ja, bis eines Tages das Horn Bogas erklingt und die Hüter erweckt.«

»Möge das Horn Bogas bald gefunden werden«, murmelten die Männer die Formel, die immer am Ende der Geschichte gesagt wurde.

Der Alte nickte. Seine Geschichte war zu Ende, und seine Gestalt schien wieder zu der eines Bettlers zu schrumpfen. Nachdenklich starrten die Männer ins Feuer. »Strydh ist ein mächtiger Gott«, sagte Fakyn.

Kadar legte Holz ins Feuer. Im Kochtopf blubberte es leise vor sich hin, und der Fluss rauschte. Die Zikaden und Grillen schwiegen.

Plötzlich hob der Alte den Kopf und lauschte in die Nacht. »Es kommt jemand, ein Reiter.«

Nach einer Weile hörten selbst die Sklaven an Bord der *Taube* den Hufschlag. Es war der langsame Tritt eines müden Pferdes. Die Krieger waren bereit, jedem, der dort aus der Nacht kam, einen würdigen Empfang zu bereiten. Der junge Dyl lauerte im Schatten einer Mauer mit einem Pfeil auf der Sehne. Fakyn, der Schab der Männer, hatte mit Kadar am Rande des Feuerscheins Stellung bezogen. Im Stehen zeigte sich erst, was für ein Hüne er war. Der stämmige Kadar wirkte an seiner Seite beinahe wie ein Kind. Ihre mächtigen Turmschilde würden sie vor unangenehmen Überraschungen schützen, und gegen Reiter waren ihre langen Speere die besten Waffen. Der Schiffsführer hatte sich mit seinem Gehilfen sofort an Bord der *Taube* zurückgezogen. Die beiden, die dort Wache hielten, waren mit dem Schatten des Kahns verschmolzen. Nur die Spitzen ihrer Wurfspieße schimmerten im Feuerschein. Atib hielt sich hinter dem Käfig der Sklaven versteckt. Der alte Biredh war sitzen geblieben und starrte aus leeren Augenhöhlen ins Feuer.

Fakyn lächelte grimmig. Vermutlich machte er sich selbst Vorwürfe, weil er mit den Wachen so nachlässig gewesen war. Der Hufschlag kam näher.

Kadar war unruhig. »Was, wenn es nicht nur ein Reiter ist?«

Fakyn schüttelte den Kopf. »Sie würden kaum einen Reiter vorschicken, wenn sie sich anschleichen wollten, oder?«

Jetzt erschien ein Schatten am Rand der Ruinen.

»Wer kommt da?«, rief Fakyn.

»Ein Mann, in Frieden«, antwortete eine raue Stimme.

»Zeig dich!«

Der Reiter lenkte sein Pferd näher an das Feuer heran. Dabei hielt er seine Hände ausgestreckt, sodass gut zu sehen war, dass er keine Waffe hielt.

»Du bist allein?«

»Nur ein Mann und sein Pferd. Im Namen der Hüter erbitte ich Schutz für die Nacht.«

Die Krieger entspannten sich. Es waren harte und unruhige Zeiten, aber wer sich auf die Hüter berief und um Schutz bat, wurde erhört. Das Gastrecht war heilig – für den Gastgeber ebenso wie für den Gast. Nichts Übles würde in dieser Nacht von dem Fremden ausgehen. Was aber der morgige Tag brachte, das würde man sehen.

»Sei willkommen an unserem Feuer und iss mit uns, Fremder«, sagte Fakyn.

Es galt als unhöflich, einen hungrigen Reisenden während des Essens mit Fragen zu belästigen. Nach dem Mahl, das Lob verdiente und bekam, waren Fragen natürlich erlaubt.

Atib der Händler erkundigte sich mit der gebotenen Höflichkeit nach Namen, Herkunft, Beruf und – wie es der Brauch verlangte – dem Wohlbefinden des Fremden.

»Tasil ist mein Name, und aus Urath, einer Stadt weit südlich des Schlangenmeeres, stamme ich. Händler bin ich, doch wurde ich vom Unglück verfolgt, denn nach einigen guten Geschäften mit den Hakul verlor ich in der Wüste meinen Begleiter und mein Packpferd im Sand.« Er schilderte einer begierigen Zuhörerschaft, wie sein Begleiter mitsamt Pferd von der Wüste verschlungen worden war – wobei er den schweren Ledersack nicht erwähnte.

»Du hast die Wüste der Erschlagenen durchquert? Auf einem Pferd? Wirklich ein kühnes Unternehmen. Selbst die Hakul reisen dort nur mit dem Trampeltier.«

»Es sei denn, sie haben vor, etwas zu stehlen oder zu rauben«, warf Fakyn übellaunig ein.

Tasil tat, als hätte er die Bemerkung nicht gehört, und Atib hakte nicht nach. Ihn interessierten andere Dinge. »In wessen Namen hast du gehandelt? Und welche Waren? Wenn du nur ein Packpferd hattest, können es ja kaum Häute oder Sklaven gewesen sein.«

»Ases, der Kaidhan von Albho, gab mir sein Siegel. Er vertraute mir einige Maß Salz und etwas Silber an. Ich habe dafür Bernstein und Wolfspelze und andere Dinge eingetauscht.«

»Wenn du zurück nach Albho willst, bist du recht weit von deinem Weg abgekommen«, sagte Fakyn.

»Der Weg über Serkesch erschien mir sicherer«, entgegnete Tasil schnell.

»Wie man sich täuschen kann«, antwortete der Schab trocken.

Atib achtete nicht darauf: »Ah, Bernstein! Eine gute Wahl! Die Frauen in Ulbai sind ganz verrückt danach. Ich nehme an, bei den Romadh in Albho ist es nicht anders. Mit wem hast du gehandelt?«

Tasil lächelte. »Verzeih, dass ich meine Quelle nicht offenbare, nicht bei dieser Ware. Wie du sicher weißt, kommt der Stein aus dem fernen Norden, und die Hakul geben nicht viel von dem weiter, was sie eintauschen. Ich denke außerdem daran, das Geschäft zu wiederholen.«

»Ach, schade, aber ich verstehe dich nur zu gut«, sagte Atib, »und all der Bernstein wurde vom Sand verschlungen?«

»Jedes einzelne Stück.«

»Warum hast du etwas so Wertvolles nicht am Leib getragen?«

Tasil zögerte einen Moment, dann sagte er: »Ich bereue diesen Fehler, aber ich wollte mein Pferd schonen, ihm so viel Gewicht ersparen wie möglich.«

Den jungen Dyl beschäftigte etwas anderes. »Ein Loch, das sich im Boden auftut und ein Pferd mitsamt Reiter verschlingt? Wie ist das möglich? War das ein Alfskrol?«

»Ich weiß nicht, ob es ein Alfskrol oder ein anderer Daimon war, doch habe ich so etwas auch noch nie zuvor erlebt.«

»Ja, eine sehr seltsame Geschichte«, sagte Fakyn.

Biredh räusperte sich. »Die Slahan hat schon ganze Heere verschlungen. Es heißt, dass ihre Dünen über Knochenberge wandern und dass es sogar Seen aus Blut unter dem Sand gibt. Und sie verbirgt noch weit mehr Schrecken und Geheimnisse.«

Dyl starrte den Alten mit aufgerissenen Augen an, doch Atib schnitt dem alten Erzähler das Wort ab. »Nun, es ist furchtbar, Tasil, wie dir dieses Geschäft verdorben wurde, doch ich bin überzeugt, dass die Götter dir bald wieder mehr Glück gönnen werden, denn sie belohnen die Mutigen. Es gehört schon einiges dazu, mit den Hakul Geschäfte zu machen. Ihr Stolz ist fast so groß wie ihr Eigensinn, sagt man. Leicht zu beleidigen sind sie und nachtragend. Wenn sie sich einmal übervorteilt fühlen, vergessen sie das nie, habe ich gehört.«

»Die, mit denen ich zu tun hatte, werden sich nicht über mich beklagen«, sagte Tasil schlicht. Biredh lachte leise, so als habe er hinter dem Gesagten einen verborgenen Sinn gehört. Tasil wechselte das Thema. »Und du handelst mit den Budiniern?«, fragte er Atib.

»So ist es. Unter dem Siegel des Raik Utu-Hegasch zog ich nach Akyr. Die Budinier sind auch nicht einfach, das könnt ihr mir glauben. Wenn das Geschäft halbwegs gut ist, dann muss man noch froh sein, wenn man auf dem Hin- oder Rückweg nicht Räubern zum Opfer fällt. Deshalb auch diese tapferen Krieger zu meinem Schutz.« Atib lachte halblaut. »Wir haben Häute, Kupfer und Namenlose erworben. Was die Budinier eben so anbieten ...« Er wurde ernst. »Seit Wochen sind wir nun schon unterwegs, immer im Kampf mit dem Staub, den störrischen Lasteseln und den faulen Treibern. Auf dem Rückweg kamen noch die Sklaven dazu, auf die man ein Auge haben muss, denn es sind meist dumme Menschen, die selbst in der Wildnis davonlaufen würden, eine Idee, auf die doch kein vernünftiger Mensch kommen würde. Dazu die wandernden Sippen der Budinier, die das Siegel eines Raik oder Dhan nur achten, wenn es von bewaffneten Männern getragen wird. Dennoch war es eine gute Reise, wir haben nur wenige Esel und Treiber verloren und nur einen einzigen Sklaven. Den hat am Fuße der Hochebene von Edhawa ein Löwe geholt. Ein großer und starker Mann und somit ein echter Verlust, wenn du verstehst, was ich meine.«

»Ein Löwe?«, fragte Tasil verwundert.

»Ja, das ist seltsam, nicht wahr. Ich weiß nicht, warum er einen Menschen angegriffen hat, wo er doch leicht einen unserer Esel hätte reißen können. Und ich weiß auch nicht, warum er sich dann diesen prachtvollen Mann geholt hat und nicht das Mädchen, das mit ihm zusammen Feuerholz gesucht hat. Das wäre noch zu verschmerzen gewesen. Nun, die Hüter werden es wissen.« Er seufzte.

Tasil warf einen Blick auf den Holzverschlag der Sklaven. Es war nicht viel mehr zu erkennen als Hände, die sich an den hölzernen Stäben festklammerten.

»Als wir endlich in Scha-Adu das Schiff bestiegen, dachte ich, wir hätten das Schlimmste hinter uns«, fuhr Atib fort. »Wenigstens waren wir die störrischen Esel und ihre Treiber los, die mindestens genauso verstockt waren wie ihre Tiere. Nun, die *Taube* ist klein und bietet nicht viel Bequemlichkeit, aber wir kamen der Heimat schnell näher. Doch wie es scheint, hat mich das Unglück jetzt doch noch getroffen, ebenso wie dich, Fremder.«

Tasil blickte den Händler überrascht an. »Ist euer Schiff beschädigt? Ich habe mich schon gefragt, warum ihr angelegt habt. Es kann nicht mehr weit sein bis nach Serkesch.«

»Wenn es nur das Boot wäre, ein zerrissenes Segel, ein verlorenes Ruder, das alles ist nichts gegen das Verhängnis, das über uns alle hereingebrochen ist.« Atib nahm Tasil am Arm und zog ihn einige Schritte vom Feuer weg. Fakyn folgte ihnen. Der Händler deutete stromabwärts. »Sieh nach Osten, Fremder.«

Tasil blickte in die angegebene Richtung. Tausende Sterne standen jetzt am Himmel. Im Osten war der Himmel jedoch rot verfärbt. »Dort brennt es«, stellte er fest, »ist das Serkesch?«

»Nein, es ist nicht die Stadt, doch kann dies durchaus noch geschehen, wenn das Unglück es will.«

»Es ist das Letzte Haus unseres Raik, das dort in Flammen steht«, erklärte Fakyn düster.

»Und das bedeutet?«, fragte Tasil schlicht.

Atib seufzte. »Nun, als wir aufbrachen, hieß es, Utu-Hegasch, der geliebte Raik von Serkesch, Freund und Gesalbter der Götter, sei ernsthaft erkrankt, was eigentlich erstaunlich ist, denn Utu ist … war … in seinen besten Jahren. Die Priester haben zu Fahs, dem Hüter der Heilkunst, gebetet und gehofft, ihre Gebete würden seine Träume erreichen und ein Wunder bewirken. Sie haben sogar Maghai aus den fernen Sümpfen zurate gezogen. Und du kannst dir vorstellen, wie schlimm es steht, wenn die Priester diese Zauberer um Rat fragen. Ich selbst habe eine nicht unbedeutende Summe für Opfergaben gespendet, im Rahmen meiner bescheidenen Möglichkeiten, versteht sich. Das war vor beinahe zwei Monden. Als wir von Akyr nach Scha-Adu zurückkamen, hörten wir bereits, dass das Letzte Haus errichtet worden sei. Heute, kurz vor der Abendstunde, hat dann der junge Dyl den schwarzen Rauch entdeckt. Es ist fürchterlich.«

»Also ist der Raik verstorben?«

»So ist es. Du musst wissen, bei den Kydhiern war es Brauch, den Palast des Herrschers bei seinem Ableben niederzubrennen, mit allem was darin war. Es ist dies das erste Opfer, das ihm in der Stadt der Toten den Weg an Uos Tafel ebnen soll.«

»Mit allem? Den Schätzen? Den Sklaven?«

»Natürlich, was für ein Sinn soll es für einen Sklaven haben weiterzuleben, wenn der Raik verstorben ist?«

»Was für eine Verschwendung«, sagte Tasil.

Atib lachte. »Ah, ein Händler, der den Wert der Dinge zu schätzen weiß! Du gefällst mir, Urather. Ich glaube, die Akkesch haben ebenso gedacht, denn als sie das Land eroberten, haben sie den

Brauch zwar übernommen, aber doch geändert. Wenn ein Raik in die Jahre kommt oder Zeichen seines baldigen Todes auftreten, errichten sie einen neuen Palast aus Holz, eben sein Letztes Haus. Es ist bedeutend ärmlicher eingerichtet als der eigentliche Palast, wie du dir vielleicht denken kannst. Nach seinem Tod tränken sie alles mit Erdpech und verbrennen es, natürlich auch die Sklaven. Das Opfer darf nicht zu gering sein, denn der Raik soll mit Würde und Stolz an Uos Tafel treten können. Vor drei, nein, vor vier Jahren haben sie es so gemacht in Igaru, als Raik Biltu-Nin starb, und davor habe ich Gleiches aus der Stadt Esqu gehört. Aber ich teile deine Meinung, es ist eine Verschwendung. Allein das Erdpech muss ein Vermögen wert sein.«

»Ich verstehe, doch bin ich erstaunt, dass die Akkesch ihre Toten neuerdings verbrennen.«

»Nein, nein, sie verbrennen den Raik doch nicht! Sie haben in einem Tal hinter der Stadt Tempel für Uo und die verstorbenen Raik. Dort im Felsen ruhen sie, begraben mit ihren Schätzen.«

Tasils Miene blieb beinahe auffällig ausdruckslos. »Mit ihren Schätzen?«

»Ja, so will es der Brauch«, bestätigte Atib.

Fakyn sah Tasil misstrauisch an. »Warum fragst du danach?« Seine Hand ruhte auf dem Blatt seiner Axt.

Tasil ging nicht darauf ein. »Also, Raik Utu ist tot. Ich verstehe, dass dies ein Unglück ist, doch begreife ich nicht, warum du um die Stadt fürchtest, oder hat er keine Erben hinterlassen?«

Atib breitete die Arme in einer Geste der Verzweiflung aus: »Schlimmer, er hat zwei! Zwillingsbrüder!«

»Zwillinge? Und er hat keinen der beiden töten lassen? Das ist wirklich ein Unglück!«

»Ja, die Akkesch haben viele gute Sitten in dieses Land gebracht, und sie waren klug genug, viele Gebräuche von uns Kydhiern anzunehmen, wenn sie auf Weisheit gründeten. Doch in dieser Frage …«

»Er war doch lange krank, sagst du. Hat er da seine Nachfolge nicht geregelt?«

»Nun, die Krankheit, die ihn befiel, war von sehr eigenartiger Natur, musst du wissen. Es war ein tiefer, fiebriger Schlaf, der ihn überfallen hatte. Er konnte weder reden, noch schreiben. Leider hat er seine beiden Söhne zu sehr geliebt, sonst hätte er die Entscheidung sicher schon früher gefällt. Jetzt ist es zu spät. Für uns alle, fürchte ich. Ich habe Kupfer, Häute und Sklaven geladen, beste Ware, Ware für den Palast, alles unter dem Siegel Utu-Hegaschs. Doch was ist sein Siegel jetzt noch wert? Wer wird den Leuchtenden Thron besteigen, wer die neuen Siegel ausgeben? Wem soll ich meine Waren anvertrauen? Und wer wird mich für meine Mühen entschädigen? Und wann? Sind die Tage der Trauer und heiligen Riten erst einmal vorbei, wird es sicher einen Bruderkrieg geben. Da ist der Ausgang immer ungewiss, und was, wenn ich mich für die falsche Seite entscheide? Und als Händler des Raik *muss* ich mich entscheiden. Ich glaube, Strydh wird noch viel Freude an Serkesch haben.« Atib blickte zum roten Horizont, schüttelte den Kopf und war offensichtlich bereit, in seinem Jammer zu versinken.

Fakyn schüttelte unmerklich seinen Kopf und sagte mit einer Spur Verachtung in der Stimme: »Wenn es der Wille Strydhs ist, wird es zum Kampf kommen. Ich bin bereit, mich jedem Schicksal zu stellen.«

Tasil schwieg und betrachtete die hängenden Schultern des Händlers. Plötzlich lächelte er. »Die Sklaven, die du geladen hast …« Er machte eine Pause.

Atibs Aufmerksamkeit war geweckt. »Ja, zwei Dutzend, beste Ware, das heißt, jetzt sind es noch dreiundzwanzig, denn einen hat ja der Löwe geholt.«

»Wie ich vorhin erwähnte, habe ich meinen Begleiter in der Wüste verloren. Ich könnte Ersatz gebrauchen.«

Atib schien aus seinen trüben Gedankengängen herauszutreten. »Du brauchst einen Sklaven? Ich hatte angenommen, dein Begleiter … Wie war sein Name?«

»Maru.«

»Richtig. Ich hatte angenommen, Maru sei ein Verwandter gewesen? Dein Neffe, nicht wahr?«

»Ja, doch ist es unwahrscheinlich, dass ich in dieser Gegend jemanden von meiner Familie treffe, oder? Deshalb werde ich mich mit einem Sklaven als Ersatz zufriedengeben müssen.«

Atib lachte leise. »Natürlich, einen Verwandten kann ich dir nicht anbieten, wie dumm von mir.« Er stutzte und schüttelte den Kopf. »Allerdings gehören die Sklaven nicht mir, sondern sind Eigentum des Raik, wer immer das auch werden mag. Ich kann dir nicht helfen, fürchte ich.«

»Ich denke, ich werde dir ein ansprechendes Angebot unterbreiten können.«

»Sagtest du nicht, du habest dein ganzes Vermögen in diesem scheußlichen Sandloch verloren?«

»Nun … Nicht mein ganzes Vermögen«, entgegnete Tasil lächelnd.

»So?« Atib rieb nervös die Fingerspitzen aneinander. »Ich habe nur die beste Ware. Bestimmt für die Tempel und den Palast. Und dann die Gefahr für mich, wenn die Verwalter das herausfinden!«

»Wenn ich dich richtig verstanden habe, ist im Moment die größte Gefahr, dass du für deine Mühen gar nichts erhältst.«

Atib wand sich und schüttelte besorgt den Kopf, aber schließlich schien er seine Zweifel zu überwinden und lachte wieder einnehmend. »›Ansprechend‹, sagst du? Was benötigst du?«

»Am besten zeigst du mir einfach, was du hast.«

»Jetzt? Im Licht der Fackeln? Du willst nicht bis morgen warten?«

Tasil schüttelte den Kopf. »Machen wir es jetzt«, drängte er.

»Meinetwegen, aber nicht, dass du hinterher Beschwerde führst.«

Atib führte Tasil auf das Deck der *Taube*, wo Fakyn zwei Fackeln entzündete. In dem engen Gitterverschlag warteten die Sklaven, allesamt mit kurz geschorenen Haaren und in einfaches Leinen gekleidet.

»Habe ich dir zu viel versprochen? Allerbeste Ware, alle wohl genährt. Der hier«, Atib zeigte auf einen untersetzten Mann, »kann sogar schreiben.«

»Was soll ich damit?« Tasil umrundete den Verschlag zweimal. »Die meisten sind zu groß oder zu fett. Und warum haben sie keine Haare?«

»Die Läuse, du verstehst? Die Budinier sind da nicht so empfindlich wie die Verwalter des Raik«, erklärte Atib, der mit einer Fackel hinter Tasil herlief, »aber sie wachsen ja wieder nach. Und was hast du gegen kräftige Sklaven? Ein Händler kann doch immer einen starken Handlanger gebrauchen.«

»Mein Begleiter muss jung und lernwillig sein, für einen alten Ochsen habe ich keine Verwendung. Was ist mit dem da? Und dem in der Ecke?«

»Die beiden? Unsere Jüngsten. Die sind für den Tempeldienst vorgesehen … oder für die Palastküche. Je nachdem.«

»Können sie lesen und kochen?«

»Weder noch«, Atib lachte, »aber sie sind jung und können lernen.« Der Händler winkte die beiden schmächtigen Gestalten an das Gitter heran. Tasil leuchtete mit der Fackel und prüfte mit harter Hand die Stärke ihrer Arme, schüttelte missmutig den Kopf und griff erst dem einen, dann dem anderen ins Gesicht, öffnete ihren Mund und warf einen Blick auf ihre Zähne. Abschließend schaute er ihnen in die Augen. Der eine der beiden senkte sofort den Kopf, aber das Augenpaar des anderen hielt seinem Blick stand.

»Ich muss sagen, ich hätte mehr erwartet, aber wie heißt der hier?«

»Wer?«

»Na, dieses Milchgesicht.«

Atib wirkte einen Moment verunsichert, bevor er langsam sagte: »Es sind Sklaven, Namenlose, sie haben keine Namen, bis der Käufer ihnen einen gibt.«

Unter den Sklaven entstand Unruhe. Sie sahen einander an, doch keiner sagte etwas.

Tasil achtete nicht darauf. »Keine Namen?«, vergewisserte er sich. »Ein Budinier scheint er nicht zu sein. Wo kommt er her? Ist er mit einem der anderen verwandt?«

»Über die Herkunft kann ich dir nichts sagen. Es sind Sklaven, wer fragt danach, wo sie herkommen? Keine Familie, keine Namen, aber einen gewissen Wert, vor allem unter den gegenwärtigen Umständen, wenn du verstehst, was ich meine.«

»Über den Wert kann man geteilter Meinung sein, aber ich sehe nichts Besseres. Ich will dir zeigen, was ich dir zum Tausch anbieten kann.« Tasil verschwand in der Dunkelheit.

Als er außer Sicht war, drehte sich Atib zu den Sklaven um: »Ich will kein Wort hören. Oder soll ich euch alle im Dhanis ersäufen?«

Tasil kam kurz darauf mit einem Bündel zurück, das er im Schein der Fackeln entrollte. Zum Vorschein kamen fünf gekrümmte Messer in kunstvoll gearbeiteten Scheiden.

»Bei den Hütern!«, rief Atib. »Sind das Dolche der Hakul?«

»Du sagst es«, erwiderte Tasil lächelnd.

Atib versuchte vergeblich, seine Begeisterung zu zügeln. Er nahm einen der Dolche in die Hand und zog ihn aus der Scheide. »Herrliche Arbeit!«

Fakyn war näher getreten. Die Augen des Kriegers funkelten, als er die Klingen musterte. »Es heißt, sein Dolch sei dem Hakul mehr wert als sein Weib, seine Kinder und selbst sein Pferd. Es heißt auch, dass er sich nie davon trennt.« Er wog ein Messer in der Hand und betrachtete das eingravierte Muster. Der Feuerschein spiegelte sich in der polierten Bronzeklinge.

»Oh, sie machen Ausnahmen«, erwiderte Tasil ausdruckslos.

»Und in diesem Fall gleich fünfmal«, sagte Fakyn langsam, aber er konnte seine Augen nicht von der Waffe in seiner Hand lassen.

Tasil nickte, ohne mit der Wimper zu zucken.

»Eine Eisenklinge!«, rief Atib entzückt, der einen anderen Dolch aus der Scheide gezogen hatte.

»Ich möchte einen Sklaven, nicht die ganze Ladung kaufen«, sagte Tasil.

Atib seufzte. »Ich habe Kupferbarren, ich würde dir ein Dutzend davon zusätzlich anbieten.«

»Was soll ich damit? Ich bin mit nur einem Pferd unterwegs. Den Sklaven, mehr Gepäck will ich nicht. Ich biete dir dafür diesen Dolch, und du kannst nicht sagen, dass das ein schlechtes Angebot ist.« Tasil reichte Atib eine Klinge, deren Horngriff mit eingelegten Silberfäden verziert war. Es war eine meisterhafte und sehr markante Arbeit.

Atib runzelte die Stirn. Das Messer war mehr wert als ein Sklave, viel mehr. Eigentlich war das Angebot viel zu gut. Es musste einen Haken geben. Atib sah Tasil ins Gesicht. Der erwiderte den Blick gelassen. Der Händler wog den Dolch in der Hand und betrachtete ihn. Die Silberfäden schimmerten im Schein der Fackeln. »Gut, abgemacht«, sagte er, »dieser Dolch gegen – wie sagtest du? – das Milchgesicht.« Und er schlug in Tasils angebotene Hand ein.

Sie kamen überein, die »Ware« über Nacht noch im Verschlag zu lassen und den Austausch erst am Morgen vorzunehmen. Als Tasil sich im Schatten des Schiffs zur Ruhe betten wollte, stand auf einmal der blinde Biredh vor ihm. »Erlaubst du, dass ich mein Nachtlager hier neben dir bereite?«

»Du bist ein Erzähler, hat man mir gesagt.«

»So ist es.«

»Nun, solange du nicht vorhast, mir eine deiner langweiligen Geschichten zu erzählen, soll es mir recht sein.«

Der Alte lachte leise. »Keine Sorge, ich habe nicht vor, Silber von dir zu erbetteln, aber ich wollte dir etwas sagen.«

»Und das wäre?«

»Das war ein guter Kauf.«

Das Feuer warf flackerndes Licht auf das zerfurchte Gesicht des Erzählers. Tasil starrte in die Schatten seiner leeren Augenhöhlen. »Nun, ich weiß das. Aber woher weißt du es, blinder Mann?«

»Der Fluss hat es mir gesagt.«

Tasil schnaubte verächtlich. »Was hat der Dhanis dir denn noch erzählt?«

»Nun, du hast deine Geheimnisse, ich habe meine«, antwortete der Alte kichernd

»Ich weiß nicht, was du meinst.«

Biredh senkte die Stimme ein wenig. »Ich meine nur, dass es seltsam ist, dass ein Mann fünf Dolche bei sich trägt, seinem Pferd aber das Gewicht von etwas Bernstein ersparen will. Dabei ist der so leicht, dass er sogar auf den Fluten des Dhanis schwimmen würde.«

Tasil schaute ihn nachdenklich an. »Und ich denke, dass du diese Gedanken besser für dich behalten solltest, alter Mann, sie könnten sonst deiner Gesundheit schaden.« Sein Tonfall war ausnehmend freundlich.

Am nächsten Morgen war der Alte verschwunden. Keine der Wachen hatte sein Verschwinden bemerkt, weshalb Fakyn einige sehr ernste Worte mit ihnen wechselte. Atib nahm die Sache leichter: »Vielleicht hat er sich auf den Weg nach Serkesch gemacht, vielleicht geht er auch nach Westen. Wer kann das bei einem Geschichtenerzähler schon wissen?«

»Er ist also nicht mit euch gereist?«, fragte Tasil.

»Nein, wir haben ihn erst gestern in diesen Ruinen getroffen. Es ist schade, dass er fort ist, denn er konnte gut erzählen.«

Tasil ließ sich von Atib zu einem kurzen Frühstück nötigen. Die schwarze Rauchsäule stand noch immer im Osten.

»Wie weit ist es bis Serkesch?« erkundigte sich Tasil.

»Auf dem Landweg weniger als zwei Doppelstunden«, sagte der Schiffsführer.

Nach dem Frühstück sollte der Warenaustausch stattfinden. Tasil wirkte beunruhigt, was vielleicht daran lag, dass sich alle Männer zu diesem doch eher belanglosen Vorgang am Verschlag der Sklaven versammelten. Fakyn sah ihn ausdruckslos und von oben herab an, was ihm aufgrund seiner Körpergröße nicht schwerfiel.

Ein Verdacht beschlich Tasil, als der Sklave aus dem Verschlag geholt wurde. Er schaute in ein schmales Gesicht mit grünen Augen, die ohne Angst seinem Blick standhielten. Die Farbe der Augen war aber nicht das Schlimmste. »Das ist ein Mädchen!«

»Wie?« Atib tat überrascht. »Was sollte es denn sonst sein?«

Die umstehenden Männer grinsten, Fakyn von allen am breitesten.

»Du willst mir ein Mädchen verkaufen?«

»Das ist nicht ganz richtig, Tasil aus Urath, denn ich habe dir diese Namenlose bereits verkauft, erinnerst du dich?« Atib sah ihn mit gut gespielter Besorgnis an. »Ist denn etwas nicht in Ordnung, Tasil? Es ist die, die du gestern unter all den anderen selbst ausgewählt hast.«

»Ein Mädchen? Ich? Lieber würde ich einen Eimer Pferdemist kaufen!«

»Damit kann ich leider nicht dienen«, spottete der Händler. »Nun, ich gebe zu, ich habe mich auch gewundert, und hättest du gesagt, dass du ausschließlich einen Jungen willst, so hätte sich das sicher einrichten lassen.«

Jetzt lachten die umstehenden Männer schallend.

»Die will ich nicht. Was soll ich mit einem Weib? Der Kauf ist ungültig, du hast mich betrogen.«

»Ah, jetzt kränkst du mich, Urather! Es war nicht meine Idee, sich die Ware in der Nacht anzusehen, erinnerst du dich?« Atib war ernst geworden. »Der Kauf ist von uns beiden per Handschlag besiegelt worden, nicht wahr, Fakyn?«

»Ich habe es gesehen«, sagte der Hüne und legte die Hand auf die Axt an seinem Waffengurt. Die Männer um ihn herum spannten sich an.

Tasils Hand zuckte zum Dolch in seinem Gürtel. In seinem Gesicht kämpfte Zorn gegen Vernunft. Doch mit einem Mal schien er sich zu beruhigen. »Gut, ich nehme sie, doch nicht, weil ich es will, sondern weil ihr viele seid, und ich alleine bin. Die Hüter werden dich für deinen Betrug bestrafen.«

»Dann fehlt nur noch eine Kleinigkeit«, stellte Atib der Händler ungerührt fest.

Tasil nickte grimmig und gab den Dolch heraus. Der war mindestens zwei oder drei gute Sklaven wert. Es war eine auffällige Waffe, sie würde die Aufmerksamkeit jedes Hakul wecken, der sie zu Gesicht bekam.

»Ich danke dir, Tasil, es ist ein Vergnügen, mit dir Geschäfte zu machen.«

»Das Gleiche kann ich von dir nicht behaupten.«

»Oh, dein Urteil ist hart. Und wenn dir die Ware nicht gefällt, kaufe ich sie gerne für ein paar Kupferstücke zurück.«

Tasil sattelte sein Pferd unter dem Gelächter der anderen, aber er tat, als achtete er nicht mehr darauf. Er bestieg sein Pferd, bedeutete dem Mädchen mit einem Kopfnicken, ihm zu folgen, und ritt nach Osten davon. Die Rauchsäule stand immer noch am Horizont.

Erst als sie die Ruinen weit hinter sich gelassen hatten, hielt Tasil sein Pferd an. Das Mädchen war ihm ohne Widerspruch gefolgt und hatte noch kein Wort gesprochen.

»Kannst du eigentlich sprechen?«, fragte er.

»Ja«, sagte das Mädchen einfach.

»Wie alt bist du?«

»Das weiß ich nicht.«

Tasil lenkte sein Pferd im Kreis um sie herum, um sie von allen Seiten zu betrachten. Ihr fehlten sicher noch ein, vielleicht zwei Jahre, um als Frau zu gelten, ihr Körper zeigte noch keine Anzeichen weiblicher Entwicklung. Wäre sie die Tochter eines Bauern gewesen, hätte man sie natürlich trotzdem schon verheiratet. »Hast du einen Namen?«

»Ich bin eine Namenlose, Herr, bis du mir einen Namen gibst.«

»Man wird dich doch irgendwie gerufen haben.«

»Die anderen nannten mich Nehis«, erklärte das Mädchen.

»Ein seltsamer Name.«

»Es heißt *die Ruhige* in der Sprache der Dhanier, Herr.«

»Du bist eine Dhanierin?«

»Das weiß ich nicht, Herr, doch die Kräuterfrau, die mich als Erste so nannte, war von diesem Volk.«

»Eine Budinierin bist du nicht, das sehe ich, aber vielleicht stammst du von den Bauern im Norden ab oder von den Waldleuten, den Farwiern«, überlegte Tasil. »Woher stammen dein Vater und deine Mutter?«

»Ich habe sie nie kennen gelernt, Herr, doch es heißt, auch sie seien schon Namenlose gewesen.«

Noch immer umkreiste Tasil das Mädchen auf seinem Pferd. »So? Heißt es das? Ich glaube, das erzählen die Budinier allen Sklavenkindern. Und hör auf, mich Herr zu nennen.«

»Wie soll ich dich nennen?«

»Nenn mich Onkel.«

»Onkel?«

»Ja, alle meine Sklaven haben mich so genannt. Kannst du dir das merken, oder bist zu dazu zu dumm?«

»Ich werde es mir merken … Onkel.«

»Gut, und ich werde dich Maru nennen, verstanden?«

»Maru?«

»Ja, in der alten Sprache meiner Heimat bedeutet das *Junge*, aber hier wird das keiner wissen. Ich habe bisher alle meine Sklaven so genannt, und ich sehe nicht ein, diesen Brauch zu ändern, nur weil du ein wertloses Mädchen bist.«

Maru, die einmal Nehis gerufen worden war, sah Tasil schweigend an.

»Du hast grüne Augen, Maru.«

Das Mädchen schwieg. Was sollte sie darauf auch sagen?

»So wie die Göttin Hirth, weißt du das?« Er umkreiste sie immer noch. Eine Hand hatte er auf seinen Dolch gelegt. Seine Miene war finster. »Weißt du, was man von den Grünäugigen sagt?«

»Nein … Onkel.«

Tasil hielt sein Pferd an. Er sah in das blasse, schmale Gesicht. Seine Hand ruhte immer noch auf dem Griff der Waffe. Dann entspannte sich seine düstere Miene. »Du weißt es wirklich nicht?« Er zog seinen Dolch aus der Scheide. »Nun gut, komm her, Maru.«

Sie trat zögernd einen Schritt näher. Er beugte sich herab, griff nach dem schmalen Lederband, an dem das bleierne Sklavenzeichen um ihren Hals hing, schnitt es durch und steckte es ein. »Das heißt nicht, dass du frei bist, verstanden? Du bist mein, und es ist besser, du vergisst das nie. Solltest du versuchen zu fliehen, werde ich dich finden. Und du weißt, was man mit entflohenen Sklaven macht.«

Das Mädchen, das jetzt Maru hieß, nickte. Tasil steckte das Messer wieder ein. Er schüttelte den Kopf, so als würde er sich über sich selbst wundern. Dann streckte er seinen Arm aus: »Spring auf, Maru, ich habe nicht den ganzen Tag Zeit.«

Erster Tag

Die Mauern von Serkesch

Seit jeher haben die Wächter eines Tores Anrecht auf einen Krug Brotbier am Tag, der Schab der Eschet auf deren zwei. Jeden Tag liefern unsere Brauer also vierzehn Krug zu jedem Wachwechsel an jedes der vier Tore, doch welche Eschet, o Herr, zählte noch zwölf Mann?

Kerva der Schreiber, *Bericht für den Hohen Verwalter*

Der Weg von Tasil und Maru führte am Ufer des Dhanis entlang nach Osten. Der Fluss war eingezwängt zwischen den südlichen Ausläufern des Glutrückens und einer gegenüberliegenden Hügelkette, deren Namen Maru nicht kannte. Sie traute sich nicht, ihren Herrn danach zu fragen. Nach drei Stunden erreichten sie ihr Ziel. Der Weg überquerte eine kleine Anhöhe, dann lag Serkesch vor ihnen. Maru hatte noch nie eine so große Stadt gesehen, und der erste Eindruck war überwältigend. Die Stadt lag ein Stück oberhalb des Flusses in einer sanft ansteigenden Ebene, auf zwei Seiten geschützt durch die roten Felsen der Hügelkette. Eine hohe Mauer mit zahllosen Türmen ragte in den Himmel. Gerade, als das Pferd auf der Hügelkuppe stehen blieb, wehte der Wind den Klang von Hörnern herüber. Er trieb auch feine Staubwolken über die Ebene, und Marus Herr zog sich die Kapuze tiefer ins Gesicht, eine Möglichkeit, die Maru nicht hatte. Ihre Augen tränten.

»Das erinnert mich daran, dass ich Fahs, dem Hüter der Himmel und der Winde, ein Opfer bringen muss«, sagte Tasil. Es war das Erste, was er sagte, seit sie gemeinsam ritten.

»Warum?«, fragte Maru.

Tasil drehte sich um und lächelte auf eine Art, die das Mädchen an einen Wolf erinnerte. »Sagen wir, er hat mir zur rechten Zeit einen sehr hilfreichen Sandsturm geschickt.«

»Als du bei den Hakul warst … Onkel?« Es fiel ihr schwer, Tasil so zu nennen, und sie hatte auch keine Ahnung, warum er das von ihr verlangte.

»Du solltest nicht zu viele Fragen stellen, Maru. Und ich sollte dir vielleicht nicht zu viel erzählen. Weiter jetzt.«

Entlang des Flusses waren Felder angelegt. Auch Akyr, die Stadt, in der Maru die letzten Jahre gelebt hatte, lag am Strom, und auch die Budinier hatten Felder am Fluss angelegt, aber die Akkesch hatten ein feines Netz von Kanälen durch die Ebene gegraben, und so war ein breiter Streifen des einst trockenen Tals von Palmenhainen und Feldern bedeckt. Der Dhanis schwenkte kurz hinter der Stadt in einer weiten Schleife nach Süden ab. Und soweit Maru sehen konnte, waren beide Ufer von üppigem Grün gesäumt.

Inmitten der Felder lag der Hafen der Stadt. Er war von einer roten Mauer umgeben, und die Masten einiger Schiffe ragten hinter dieser hervor. Maru hatte in Akyr von Serkesch gehört. Die Budinier sprachen in einer Mischung aus Verachtung und Bewunderung von dieser Stadt, ihrer Größe – die sicher ungesund war –, ihren uneinnehmbaren Mauern – die die Akkesch und Kydhier wie Vieh zusammenpferchten –, ihrem Reichtum – der doch nur geraubt sein konnte –, den Kanälen, in denen das Wasser bergauf floss – was sicher das Werk böser Zauberer war. Maru hatte sich die Stadt trotz aller blumigen Beschreibungen nie recht vorstellen können. Die nördliche Festung der verhassten Akkesch war in aller Munde, auch wenn niemand, den Maru danach fragte, jemals dort gewesen zu sein schien. Jetzt lag die Stadt vor ihr, und sie übertraf alles, was sie darüber gehört hatte. Dennoch war etwas seltsam. Sie brauchte einige Zeit, bis sie sich darüber klar wurde, was es war: Es war heller Tag, aber niemand arbeitete auf den Feldern, kein Fischerboot schwamm auf dem Strom.

Sie zupfte Tasil am Ärmel. »Onkel, wo sind die ganzen Menschen?«

»Irgendwo werden sie schon sein«, brummte er.

Das Westtor, dem sie sich im gemächlichen Schritt ihres Pferdes näherten, war von dunkler Farbe. Zwei staubige Wege führten hinaus. Der eine war jener, auf dem sie ritten, der andere führte nach Norden. Dort durchschnitt ein schmales Tal die Hügel des Glutrückens. Die schwarze Rauchwolke, die sie den ganzen Tag schon hatten sehen können, stieg von irgendwo dort auf.

Tasil hielt das Pferd an. Er schien zu überlegen, ob er zunächst in dieses Tal oder geradewegs in die Stadt reiten sollte. Wieder wehte der Klang vieler Hörner aus der Stadt über die Mauer. Maru empfand ihn als misstönend. Vielleicht verstand Tasil dies als Zeichen, jedenfalls entschied er sich für den Weg zum Tor. Die Wälle waren aus Tausenden von gebrannten Ziegeln gemauert. Rund um das mächtige Tor waren sie dunkelrot lasiert, in den vielen goldgelben Flammenzeichen darauf erkannte Maru das Symbol des Feuergottes Brond. Die riesigen, mit Kupfer beschlagenen Holztore, drei an der Zahl, waren verschlossen. Sie wurden von einer Handvoll Speerträger bewacht. Diese wirkten unruhig, aber offensichtlich hatte das nichts mit ihnen zu tun, denn sie schenkten den beiden Ankömmlingen bislang keinerlei Beachtung.

Wieder klang das vielstimmige, misstönende Hörnersignal über die Mauern, und es war so laut, dass Tasils Pferd scheute. Er und das Mädchen hatten alle Hände voll zu tun, nicht abgeworfen zu werden. Die Wächter wichen an die Mauern zurück, so als drohe

Gefahr aus dem Inneren der Stadt. Die Tore öffneten sich, aber zunächst ließ sich nur ein einzelner junger Mann mit rasiertem Schädel sehen. Er rannte aus dem Tor, drehte sich kurz um und rannte dann weiter.

Jetzt ging es Schlag auf Schlag. Hunderte Menschen drängten aus den Seitentoren. Im Mitteltor erschien eine Schar kahlköpfiger Jungen, die mit kurzen Besen eilig den Weg kehrte, Kinder liefen hinter ihnen und streuten Blumen, die Menge machte aber noch keine Anstalten, ihnen zu folgen.

»Was ist das, Onkel?«, fragte Maru.

»Wart es ab!«, erwiderte der barsch. Er war immer noch damit beschäftigt, das Pferd im Zaum zu halten.

Eine Gruppe stattlicher Krieger marschierte jetzt durch das mittlere Tor. Selbst Maru konnte erkennen, dass dies keine gewöhnlichen Speerträger waren. Sie waren allesamt groß, fast so groß wie der Hüne Fakyn, die Spitzen ihrer Speere waren aus kostbarem Eisen, und ihre großen, runden Schilde waren üppig mit Bronze beschlagen. Sie trugen knielange, mit zahllosen Bronzenieten verstärkte Lederpanzer und federgeschmückte Helme. Achtlos trampelten sie über die gestreuten Blumen hinweg und stellten sich beiderseits des Weges auf. Immer mehr Menschen drängten aus den Seitentoren, aber die Krieger verhinderten, dass sie den Weg blockierten. Aus der Stadt erklangen Schreie durch die Pforten.

Eine große Gruppe langsam schreitender Hornbläser erschien, die noch im Torbogen anhielt und mit einer Vielzahl unterschiedlicher Hörner den furchtbarsten Lärm veranstaltete, den Maru sich vorstellen konnte. Sie hatte das Gefühl, dass ihre Knochen im Leib von dem durchdringenden Klang erzitterten. Das Pferd scheute, und dieses Mal konnte sie sich nicht oben halten. Sie wurde abgeworfen, und Tasil versuchte fluchend, das aufgeregte Tier zu beruhigen. Aus den Seitentoren strömten weiter zahllose Menschen. Es schien, als sei die ganze Stadt auf den Beinen. Sie riefen durcheinander, jubelten und klagten und ließen, während sie vorwärtsdrängten oder gedrängt wurden, die Augen nicht vom mittleren Tor.

Dort erschienen jetzt, in würdevoller Langsamkeit, zwölf weiß gekleidete Männer, an ihren rasierten Schädeln leicht als Priester zu erkennen, die auf einer mit purpurnen Tüchern geschmückten Bahre eine mächtige Tonfigur trugen. Sie musste schwer sein, denn die Mienen der Priester waren vor Anstrengung verzerrt. Die Augen der Menge waren allein auf die Figur gerichtet. Die überlebensgroße Statue hatte die Gestalt eines bärtigen Kriegers in voller Rüstung. In der Rechten hielt er ein Sichelschwert aus Eisen, in der Linken einen kurzen Hirtenstab. Die Gestaltung der Gesichtszüge war starr und wie alles an der Figur übertrieben streng und würdevoll. Der Helm war mit einem silbernen Reif geschmückt, und Bernsteine funkelten anstelle der Augen.

Maru saß immer noch im Staub. Ihr war nichts passiert. Tasil hatte sein Tier jetzt im Griff und stieg ab, ohne seinen Blick von der seltsamen Szene zu wenden.

»Was ist das?«, rief Maru wieder, und sie musste sich anstrengen, um den lärmenden Misston der Hörner zu übertönen.

Ihr Herr antwortete nicht, sondern redete weiter beruhigend auf das Pferd ein. Es schien ihn nicht zu interessieren, wie seine Sklavin den Sturz überstanden hatte.

Die Menge nahm kein Ende, drängte an die Statue heran und schien doch davor zurückzuscheuen. Noch mehr Krieger erschienen und eilten nach vorne, um die Seiten der Trage zu schützen und die Menge zurückzudrängen. Maru stellte sich auf die Zehenspitzen. Sie sah weitere Priester. Vier waren weiß gekleidet, also Priester der Hüter, wie sie wusste. Dann wurde der Strom der Menschen dünner.

Maru konnte allerdings einen kurzen Blick auf einen weiteren

Priester erhaschen. Er war hager, groß und kahlköpfig, und eines seiner Augen war mit einer Augenklappe verschlossen. Sein langes Priestergewand war grau und mit einer blutroten Schärpe geschmückt. Maru wusste, dass es sich bei ihm um einen Hohepriester Strydhs handelte. Dem Priester folgten, geschützt von einer Schar Krieger, zwei junge Männer mit ernsten Gesichtern. Sie blickten starr geradeaus und schienen darauf zu achten, einander nicht zu nahe zu kommen. Hinter ihnen strömten noch mehr Menschen, viel mehr Menschen, aus den Toren. Sie weinten, beteten, und über dem Jammern und Rufen ertönte immer wieder das Schmettern der Hörner. Der Zug folgte langsam dem Pfad. Maru sah den Läufer, der den Zug eröffnet hatte, in einiger Entfernung am Wegesrand stehen. Er gab den kehrenden Jungen und den Blumen streuenden Kindern Zeichen. Sie verließen den Weg, und der lärmende Zug folgte ihnen langsam hinunter zum Fluss. Die Tore wurden wieder geschlossen.

»Was war das, Herr?«, erneuerte Maru ihre Frage.

»Du sollst mich Onkel nennen.«

»Was war das, Onkel?«

»Das war die Statue von Raik Utu-Hegasch.«

»Und was bedeutet das … Onkel?«

»Stell nicht so viele Fragen. Komm jetzt, wir wollen in die Stadt. Und kein Wort, bis wir an den Wachen vorbei sind.« Er packte das Pferd am Zügel und ging voraus.

Ein Soldat versperrte ihnen den Weg mit seinem Speer. »Halt, Fremde. Wie sind eure Namen? Und was führt euch in unsere Stadt?«

»Tasil ist mein Name, das ist die Tochter meiner Schwester, Maru genannt. Ich bin Händler.«

Der Soldat musterte ihn und schlenderte einmal um ihn, Maru und das Pferd herum, dann sagte er: »Viele Waren hast du ja nicht feilzubieten …«

»Der Schein trügt.«

»Das mag sein. Dennoch sehe ich keinen Grund, dir Zugang zur Stadt zu gewähren, wenn du kein triftiges Anliegen oder keinen Bürgen zu nennen weißt. Bettler und Diebe sind hier nicht willkommen.«

Tasil überging die Beleidigung. »Ich bin gekommen, um den Händler Atib zu besuchen.«

»Atib? Den kenne ich, doch er ist nicht in der Stadt«, sagte der Soldat und machte keine Anstalten, den Weg freizumachen.

»Wenn du mir den Weg zu seinem Haus beschreibst, werde ich dort auf ihn warten.«

»Hm, du kennst ihn, aber hast du ein Siegelzeichen von ihm?«

»Nein, aber ich reite unter dem Siegel des Fürsten von Albho.«

»Ases von Albho ist ebenso wenig in unserer Stadt wie Atib, den du angeblich kennst. Doch kennt jener auch dich? Und wenn, so heißt das noch lange nicht, dass er dich erwartet oder dass er erfreut sein würde, dich zu sehen. Und wenn er dich nicht sehen will und auch nicht erwartet, so hast du in Serkesch nichts verloren, das ist klar. Du kannst nicht hinein.« Der Soldat war offenbar stolz auf seinen langen Gedankengang und lächelte selbstzufrieden, dann setzte er hinzu: »Aber vielleicht kannst du ja gute Gründe anführen, die mich überzeugen.«

Maru sah dem Krieger ins Gesicht. Er schien aus demselben Holz geschnitzt zu sein wie die Wächter von Akyr. Die neigten auch dazu, anderen das Leben schwerzumachen. Sie hatte das eine oder andere Mal miterlebt, wie angeblich unüberwindliche Schwierigkeiten mit ein paar Kupferstücken aus der Welt geschafft wurden. Sie ahnte, dass auch dieser Mann bestochen werden wollte, und fragte sich, warum Tasil nicht darauf einging.

Der legte gerade eine Hand freundschaftlich auf den Arm des Mannes. »Es gibt keinen Grund, uns nicht hineinzulassen«, sagte er langsam.

Maru stutzte. Es kam ihr so vor, als würde sie Tasil zweimal hören. Da waren die Worte, die er zu dem Speerträger sagte, und dann hörte sie ihn gleichzeitig noch einmal mit einer sanften Stimme von Vertrauen und tiefer Freundschaft sprechen. Maru konnte nicht genau verstehen, was *diese* Stimme sagte, doch sie fühlte plötzlich tiefes Wohlbehagen in sich aufsteigen.

»Freunde Atibs sind hier doch gerne gesehen, oder?«, fragte Tasil jetzt.

Der Krieger schaute ihn verwirrt an. »Freunde Atibs …«, flüsterte er. Dann räusperte er sich. »Freunde Atibs sind willkommen.«

»Das ist gut«, sagte Tasil und ließ den Arm des Kriegers los. Der gab einem unsichtbaren Wächter irgendwo auf den Mauern einen Wink, und das Tor öffnete sich.

»Wie hast du das gemacht, Onkel«, fragte Maru, als sie das Tor hinter sich gelassen hatten.

»Was meinst du?« Alle Farbe war aus Tasils Gesicht gewichen, und Schweißperlen standen auf seiner Stirn.

»Du hast ihn dazu gebracht, uns hineinzulassen, obwohl er das nicht wollte.«

Tasil blieb stehen und betrachtete sie argwöhnisch. »Du hast es gemerkt?« Seine Hände zitterten wie von einer großen Anstrengung.

»Wie hätte ich es nicht merken können, Onkel?«

Tasil schüttelte den Kopf, dann nahm er einen großen Schluck Wasser aus dem Lederbeutel, der am Sattel hing. »Wer, sagtest du, waren deine Eltern?«

»Ich weiß es nicht«, antwortete Maru.

»Das ist schade, denn sie hätten dir beibringen können, dass man nicht so viele Fragen stellen soll. Komm jetzt weiter!« Er hielt noch einmal an und packte Maru an der Schulter, um ihr etwas einzuschärfen: »Wenn dir ein anderer die Frage nach deinen

Eltern stellt, sagst du, dass du die Tochter meiner Schwester bist, die ebenso wie dein Vater schon zur Totenstadt Ud-Sror hinabsteigen musste, was sehr bedauerlich ist, denn nun habe ich dich am Hals und deshalb verdiene ich Mitleid.«

»Wie hieß deine Schwester … Onkel?«

»Niemand wird dich das je fragen, dumme Gans.«

»Und wenn doch?«

Tasil seufzte. »Binntu, meine Schwester hieß Binntu, kannst du dir das merken?«

»Und ihr Mann?«

Tasil schüttelte ungeduldig den Kopf. »Dein Vater hieß …«

»Er sollte von einem anderen Volk sein, denn man kann sehen, dass wir nicht von einem Stamm sind, Onkel.«

Tasil unterdrückte einen Fluch. »Für ein Mädchen, das einmal ›die Ruhige‹ genannt wurde, redest du entschieden zu viel, aber gut. Dein Vater … dein Vater war einer dieser Halbmenschen aus den Wäldern im Westen, ein Farwier. Das erklärt, warum du aussiehst, wie du aussiehst, und dir die Schönheit der Töchter Uraths verwehrt blieb. Vielleicht ist er auch nicht tot, sondern davongelaufen, als er dich gesehen hat. Zufrieden?«

Maru setzte ein sehr feines Lächeln auf. »Und sein Name?«

»Sein Name war … Aiul, der Holzklotz. Und jetzt weiter!«

Sie folgten der Hauptstraße, die geradewegs ins Herz der Stadt führte. Von außen hatte Serkesch mit seinen regelmäßigen Mauern und Türmen auf Maru erhaben gewirkt, der Eindruck verflüchtigte sich schnell. Graubraune Lehmhäuser ohne sichtbare Fenster und Türen standen dicht gedrängt. Schmale und dunkle Seitengassen bogen von der breiten Hauptstraße ab. Jedes Haus, das sie sah, war mindestens einmal erweitert oder aufgestockt worden. Sie konnte deutlich die klaren geraden Linien der ursprünglichen Hütten erkennen, die von den kühnen Anbauten späterer Bewohner geradezu überwuchert wurden. Hunde streunten durch die Gassen und stöberten nach Abfällen, aber Menschen waren auf den Straßen nicht zu entdecken.

Sie erreichten einen großen freien Platz in der Stadtmitte. Maru hatte hier einen Markt erwartet so wie in Akyr. Doch sie sah sich getäuscht, der Platz war leer. Er wurde im Norden von einer hohen Mauer beherrscht, die eine Gruppe von großen Speichern und Lagerhäusern schützte. Es gab nur ein einziges Zugangstor. Einige Speerträger saßen oder lagen auf den Treppenstufen davor und dösten in der prallen Mittagssonne

»Ist das hier der Markt, Onkel?«

»Dies ist eine Stadt der Akkesch. Hier gibt es keinen Markt.«

Maru runzelte die Stirn. Für die Budinier waren Markttage immer die besten Tage der Woche, und Feilschen war eine ihrer Leidenschaften.

»Kein Markt?«

»Nicht wie in anderen Orten, Maru. Alles Land, alles Wasser, jede Frucht und jedes Korn gehört dem Raik. Die Pächter liefern ihre Waren hier im Bet Mahir, dem Markthaus, ab. Sie erhalten dafür, was sie zum Leben brauchen.«

Tasil lenkte sein Pferd in Richtung der Lagerhäuser. Die Speerträger beachteten ihn nicht.

»Verzeiht, edle Krieger«, sagte Tasil mit dem freundlichsten Lächeln der Welt, »ich hätte ein oder zwei Dinge zu kaufen und zu verkaufen. Ist es möglich, das Bet Mahir zu betreten?«

Einer der Soldaten erhob sich nun doch. Er war der Einzige, der eine Axt im Gürtel trug. Es handelte sich also vermutlich um den Schab, den Befehlshaber der Männer.

»Es sind die heiligsten Tage der Trauer, Fremder. Das Bet Mahir ist geschlossen.«

»Geschlossen? Aber es ist dringend. Ich war lange unterwegs.«

Der Schab zuckte mit den Schultern.

»Und was ist mit denen, die Hunger und Durst haben?«

»Die sollten sich etwas zu essen und zu trinken suchen, doch nicht hier«, sagte der Schab und wischte sich gelangweilt den Schweiß aus dem Nacken. Einer der Männer lachte.

Tasil starrte den Schab an und machte keine Anstalten, sich zu entfernen. Nach einer Weile fügte der Soldat schließlich hinzu: »Es gibt in den Seitenstraßen Häuser für die Reisenden aus der Ferne. Da keine Karawanen in der Stadt sind, werden sie Platz haben.«

Maru zupfte Tasil am Ärmel, sie hatte jemanden entdeckt. Am Rande des Platzes gab es einen Brunnen, und auf der niedrigen Mauer, die ihn umgab, saß der blinde Biredh und ließ die Sonne in seine leeren Augenhöhlen scheinen.

»Ich muss das Pferd sowieso tränken«, brummte Tasil.

»Sei mir gegrüßt, Tasil, und sei auch du gegrüßt, junges Mädchen«, sagte Biredh, als sie sich ihm näherten.

»Woher weißt du, dass ich es bin?«, fragte Tasil missmutig.

»Ich erkenne deinen Schritt und den Geruch deines Pferdes wieder. Vielleicht ist es aber auch umgekehrt«, antwortete Biredh und lachte.

»Hüte dich, alter Mann! Wie bist du überhaupt so schnell in die Stadt gekommen? Reisen die Blinden in diesem Land schneller als die Reiter?«

»Ich bin einfach nur gelaufen, Urather, wie sonst? Ich hatte unruhige Träume, als ich neben dir lag, und bin früh erwacht. Ich brauche auch nicht mehr viel Schlaf und bin daher sofort aufgebrochen. Wie du dir vielleicht denken kannst, ist es mir gleich, ob Tag oder Nacht ist. Der Fluss hat mir den Weg zugeflüstert.«

»Meinetwegen«, sagte Tasil, »aber vielleicht kannst *du* mir sagen, wie lange das Markthaus noch geschlossen bleibt.«

»Es sind die Tage der Trauer, Urather. Gestern war der Tag des Feuers, heute ist der des Aufstiegs. Ab morgen folgen die Tage der Wacht und des Abschieds. Mit dem heutigen noch drei. So lange wird hier nicht gehandelt.«

Tasil fluchte. »Das ist schlecht, denn ich habe keine Münzen mehr und müsste einen … Teil meiner Waren verkaufen.«

Der Alte lächelte immer noch versonnen. Ein halb verhungerter Hund streunte über den Platz, näherte sich, blieb unentschlossen stehen und kehrte dann um.

»Ich nehme an, du sprichst von deinen Dolchen«, sagte Biredh. »Vielleicht kann ich dir da helfen. Ich kenne den Wirt einer Herberge, dessen Bruder Schmied ist. Er kann sicher etwas für dich tun. Ich muss dich aber darauf hinweisen, dass sein Ruf nicht der Beste ist.«

»Ich wäre dir dankbar, alter Mann, wenn du über diese Dinge nicht so laut sprechen würdest. Wo finde ich diesen Wirt?«

»Für eine Mahlzeit führe ich dich hin, Tasil aus Urath.«

Tasil runzelte die Stirn. »Du bist armselig, alter Mann. Nun gut, wenn ich dort Erfolg habe, werde ich den Wirt bitten, dir ein paar Reste zu überlassen.«

Die Herberge lag in einer verwinkelten Seitengasse unweit des Marktes und nahm einen ganzen Block ein. Rund um einen schmalen Innenhof gruppierten sich Ställe und Schlafräume für die Reisenden, außerdem eine Küche, Schlafstätten für Bedienstete sowie eine Schenke und sogar eine kleine Brauerei.

Kwem, der Besitzer, war ein kleiner Mann mit listig blickenden Augen und einem meckernden Lachen. Er begrüßte Tasil mit einer Ehrerbietung, als sei Marus Herr ein Fürst, und bot ihm eine seiner angeblich besten Kammern zur Übernachtung an.

Tasil war mäßig begeistert. »Hier stehen zehn Betten, Kwem. Für zwei Reisende sind das zu viele. Ich brauche nur ein kleines

Zimmer, aber eines, in dem wir keine weitere Gesellschaft haben, wenn du verstehst.«

»Das verstehe ich vollkommen, edler Fremder, doch sind derzeit keine anderen Reisenden in der Stadt. Wenn doch, dann waren sie so töricht, eine andere Herberge aufzusuchen. Ihr seid hier also völlig ungestört, du und dieses so ernst blickende Mädchen. Deine Sklavin?«

»Nichte, sie ist meine Nichte.«

»Verzeih, die Reise hat sie wohl sehr mitgenommen, vor allem ihr Gewand. Wenn du willst, kann ich ihr ein anderes geben, fast neu, für einen sehr günstigen Preis.«

»Das ist großzügig von dir, Kwem, doch im Augenblick habe ich eher vor, etwas zu verkaufen, statt zu kaufen.«

Der Wirt blickte ihn aus seinen kleinen Augen lauernd an. »Und dies bei mir und nicht im Bet Mahir?«

»Das Markthaus ist geschlossen, wie du sicher weißt. Und wenn ich es recht bedenke, ist es vielleicht sogar besser, meine Ware an einer, sagen wir, weniger öffentlichen Stelle zu verkaufen.«

»Ich gestehe, du weckst meine Neugier, Fremder.«

Tasil zeigte Kwem einen seiner Dolche, und nach einem Schrei des Entzückens wechselte dieser wenige Minuten später für einige Segel Silber und etliche Kupferstücke den Besitzer. Offenbar war der Preis, den Tasil verlangte, mehr als angemessen. Kwem willigte, ohne zu feilschen, in den Handel ein. Und dann fiel ihm ein, dass er Tasil doch eine *noch* bessere Kammer für ganz besondere Gäste anbieten könne, selbstverständlich zum selben Preis. Sie lag ein Stockwerk höher, hatte nur drei Betten und sogar ein kleines Fenster.

»Viel besser«, sagte Tasil.

»Es freut mich, dass sie dir zusagt, edler Gast. Macht es euch bequem. Ich gehe derweil in die Küche und mache meinem Koch Feuer unter seinem fetten Hintern. Ihr seid sicher hungrig.«

Noch bevor Tasil antworten konnte, war Kwem bereits verschwunden. Sie hörten ihn die Treppe hinunterpoltern.

Die Schankstube war beinahe leer, als Tasil und Maru sie betraten. Es war ein niedriger, aber großer Raum mit einem türlosen Eingang, in dem leichte Tücher das Eindringen der Mittagshitze verhindern sollten. Biredh saß bereits bei einem Brotbier an einem der Tische in der hintersten Ecke. Außer ihm waren nur einige alte Männer dort, die jeder für sich saßen und schweigend Bier tranken.

Entgegen seiner Drohung lud ein gut gelaunter Tasil Biredh – und Maru – zu einer reichhaltigen Mahlzeit ein. Es gab sogar Fleisch, ein Genuss, den Maru sonst nur von Feiertagen kannte. Kwem gesellte sich zu ihnen.

»Wenn ich die Gebräuche der Akkesch richtig in Erinnerung habe«, begann Tasil das Gespräch, als er endlich satt und zufrieden seinen Teller zur Seite schob, »so trauern sie zweimal sieben Tage um ihre Fürsten.«

»So ist es«, bestätigte Kwem.

»Und der Aufstieg des neuen Gottes erfolgt am zehnten Tag?«

»Am elften. Neun Tage benötigen sie, um den Leib des Raik zu balsamieren und seine Statue zu formen. Auch wird seine letzte Ruhestätte, die doch schon lange in den Fels gehauen ist, für die Aufnahme des Toten vorbereitet. Am zehnten Tag entzünden sie das Erdpech unter dem Letzten Haus, bei Sonnenaufgang des elften Tages bahren sie den Leib des Raik vor dem Tempel Uos auf, und sein ältester Sohn tritt für zwei Tage und zwei Nächte die Totenwache an.«

»Und in diesem Fall, bei dem es *zwei* älteste Söhne gibt?«

»Es heißt, die beiden Malk werden abwechselnd wachen, doch weiß ich nicht, ob sie sich einigen können, wer das Recht der Ersten Wache hat«, sagte Kwem mit kummervoller Miene.

Tasil nickte nachdenklich, als habe er etwas Derartiges erwartet. »Als wir die Stadt erreichten, kam uns eine Art Festzug entgegen …«

»Dies war das Bildnis des Raik. Es wird von den Hohepriestern der Hüter im Fluss vom Schmutz der Lebenden gereinigt und dann in den Ahntempel der Raik getragen.«

»Wo liegt dieser Tempel?«

»Auch im Gräbertal, er liegt dem Tempel Uos gegenüber. Utu wird dort einen Platz zur Rechten Bukru-Hegaschs, des Stadtgründers, einnehmen und über uns wachen.«

»Ist er jetzt ein Gott?«, fragte Maru.

»Ja, Mädchen, die Fürsten dieser Welt haben einen besonderen Platz in der Stadt Ud-Sror. Sie können uns schützen, solange sie an der Tafel Uos weilen. Und dort sitzen sie, solange wir mit unseren Opfern ihrer gedenken.«

Das Tuch vor dem Eingang zur Schankstube wurde zur Seite geschoben, und drei Krieger betraten den Schankraum. Ein alter, rotgesichtiger Haudegen, der eine kleine Axt am Waffengurt führte, und zwei jungen Burschen, die ihre Helme wohl noch nicht sehr lange trugen. Kwem erhob sich, um die neuen Gäste zu bewirten. Der Rotgesichtige bestellte lautstark Bier für sich und seine Männer. Maru bekam ein ungutes Gefühl. Dieser Mann roch geradezu nach Streit.

Tasil beobachtete den Auftritt der Soldaten, dann fragte er recht laut: »Sag, Kwem, wer hat jetzt den Platz zur Rechten des Gottes inne?«

»Jetzt?« Kwem runzelte die Stirn. »Jetzt sitzt dort Arati-Hegasch, der Vater von Utu, wer sonst?«

»Aber der arme Arati muss seinen Platz jetzt für seinen Sohn räumen?«

»Ich verstehe deine Frage nicht.«

»Tröste dich«, rief Tasil lachend, »wer versteht schon die Pfade der Götter? Und wer versteht die seltsamen Bräuche der Akkesch?« Niemand konnte ihn überhören.

Der Anführer der Soldaten hatte es jedenfalls vernommen. Er stürzte sein Bier herunter und nahm einem seiner Männer, ohne zu fragen, den Becher aus der Hand. Dann schlenderte er direkt auf Tasil zu. »Du bist hier fremd, oder?«

»Das bin ich«, sagte Tasil mit einem Wolfslächeln.

Maru beobachtete die Szene gebannt. Offensichtlich hatte ihr Besitzer etwas vor.

»Ich bin Qurdu, Schab der zweiten Eschet vom Tor der Hirth. Und wer bist du?«

Maru wusste nicht genau, was eine Eschet war, aber so, wie es der Mann sagte, musste es etwas Großartiges sein.

»Tasil ist mein Name. Ich handle.«

»Was dagegen, wenn ich mich setze?«, fragte der Schab. Er wartete die Antwort nicht ab, sondern nahm sich einen Schemel und setzte sich an die Stirnseite des Tisches. Dabei starrte er Tasil unverwandt an. Weder Maru noch Biredh schenkte er Beachtung.

»Tasil ist ein merkwürdiger Name, Fremder. Du bist kein Kydhier und auch kein Auricier. Und schon gar kein Akkesch. Aber du redest über unsere Bräuche und unsere Raik.«

Tasil trank in aller Ruhe einen Schluck Brotbier aus seinem Becher, ohne etwas zu erwidern.

Der Schab runzelte die Stirn. »Wo kommst du her, Fremder? Nein! Sag es nicht, ich finde es selbst heraus. Du kommst aus dem Süden, oder? Noch südlich vom Schlangenmeer? Ein Ziegenhirte der Hattu? Ein Viehdieb aus Unar? Oder einer der Kadaverfresser der Imedhai?«

»Urath«, sagte Tasil.

Maru bemerkte, dass Tasil unauffällig ein kleines Stück vom Tisch wegrückte, um mehr Bewegungsfreiheit zu haben. Der alte

Biredh lächelte versonnen. Es schien, als würde er sich auf das freuen, was jetzt kommen musste.

»Urath? Aus der Stadt Urath, einst eine Verbündete des Alten Akkesch?«

»Eben daher«, sagte Tasil schlicht. Maru beobachtete ihn genau. Er schien auf etwas Bestimmtes aus zu sein.

»Du musst wissen, in meinen Adern fließt das Blut von Akkesch, rein und unverfälscht seit sieben Generationen!«

»Und vorher?«

Der Schab reagierte nicht auf die Beleidigung, vielleicht verstand er sie auch nicht. »Aus Urath sagst du.« Er löste langsam die Axt aus seinem Gürtel. »Es gibt Geschichten aus dem Alten Akkesch. Und da wird Urath erwähnt. Es ist eine Stadt von Feiglingen, ist es nicht so, Männer?« Er hatte die Stimme gehoben. Aber falls er Zustimmung erwartet hatte, wurde er enttäuscht. Nicht einmal die beiden Jünglinge aus seiner Eschet antworteten.

Tasil nahm schweigend einen weiteren Schluck aus seinem Becher.

»Doch, ich weiß es sicher. Es gab eine Schlacht. Die berühmte Schlacht von Ukkaschat. Sie wird in vielen Geschichten gerühmt«, fuhr der Krieger fort.

»Ich habe von ihr gehört. Ihr habt verloren.«

Der Schab nickte grimmig: »Wir haben sie verloren, weil die Urather uns im Stich gelassen haben. Unsere Helden haben gekämpft wie Löwen, Strydh ist mein Zeuge! Aber wir wurden von euch verraten. Denn ihr seid Feiglinge.«

»Nein, wir haben euch nur gesagt, dass diese Schlacht nicht zu gewinnen ist. Und wir waren so klug, euch nicht in den Untergang zu folgen.«

»Du sagst also, ich lüge? Ich sage, du bist ein Feigling aus einem Volk von Verrätern!«

Tasil lehnte sich zurück und lächelte. Maru beobachtete seine

Augen. Er überprüfte die Zuschauer der kleinen Szene. Die beiden bartlosen Frischlinge waren bestimmt keine Gegner für ihn. Die anderen waren Fischer und Bauern, einheimische Kydhier, die sicher noch nie von Urath und, ebenso wenig wie sie selbst, von der berühmten Schlacht von Ukkaschat gehört hatten. Der Rotgesichtige saß, die Hand an der Axt, angespannt auf seinem Schemel. Es war ein alter dreibeiniger Hocker mit dürren Beinen, der unter dem Gewicht des Kriegers stöhnte.

Der Schab hob zögernd seine Axt. Er wirkte verunsichert. Vielleicht hatte er angenommen, Tasil würde beim Anblick der Waffe schon klein beigeben. Einen Wimpernschlag später lag er auf dem Boden. Tasil kniete auf seiner Brust und hielt eine Hakul-Klinge an den Hals seines Opfers. Er hatte nur einen einzigen Tritt gegen den Schemel gebraucht, um den Kampf zu entscheiden. Der Hocker polterte noch durch den Raum, die einzige Bewegung in der Stube. Die Zuschauer waren wie erstarrt. Die beiden jungen Soldaten schielten ängstlich nach ihren Speeren und Schilden, die sie an die Wand gelehnt hatten. Es war offensichtlich, dass sie nicht wussten, was sie tun sollten.

»Es ist besser, du sagst deinen beiden Grünschnäbeln, dass es sehr dumm wäre, in einem geschlossenen Raum mit einem Speer zu kämpfen«, sagte Tasil böse grinsend. »Vor allem, wenn ihr Gegner ein Urather ist, denn diese sind doch allgemein für ihren Mut und ihr Geschick im Kampf berühmt. Ist es nicht so?«

Der Schab schnappte nach Luft, der Angriff hatte ihn völlig überrumpelt. Maru hörte, wie Tasil seine letzte Frage wiederholte, und sie hörte noch etwas anderes: Tasils seltsame zweite Stimme, die von Brüderlichkeit unter tapferen Kriegern sprach.

Qurdu, Befehlshaber der zweiten Eschet vom Tor der Hirth, nickte verdattert. Jetzt lachte Tasil, klopfte dem Krieger begütigend auf die Schulter, und dann bestellte er Bier für den Schab und seine Leute.

Zur Freude des Wirtes Kwem erwiderte der Schab diese Geste. Es folgten mehrere Runden, in deren Verlauf sich Tasil und Qurdu immer wieder gegenseitig ihre Hochachtung für die legendäre Tapferkeit der Akkesch und der Urather versicherten. Maru, die genau hinsah, bemerkte, dass Tasil dem Brotbier weit weniger zusprach als die Krieger, die er ausfragte.

Utukku

Vielerlei Unglück ereilte die Akkesch auf ihrem Großen Marsch. Steinschlag, Sturm und wilde Tiere töteten etliche, sodass Etellu zu dem Schluss kam, ein böser Geist müsse den Zug verfolgen. Da ging er zu den Maghai der Himmelberge, und Gold und Silber versprach er ihnen. Sieben Tage und sieben Nächte woben sie mit Etellu an einem Bannfluch – und das Unglück ließ von ihnen ab.

Etellu Kaidhan, *Vom Marsch der Akkesch*

Tasil hatte Maru nach der dritten Runde Brotbier zur Seite genommen und ihr aufgetragen, die Stadt zu erkunden und auf alles zu achten, »was wichtig sein könnte«. Was das genau sein sollte, hatte er leider nicht gesagt. Er hatte ihr dann tief in die Augen gesehen und gefragt: »Kann ich mich auf dich verlassen?«

Sie hatte stumm genickt. Jetzt stand sie vor der Herberge und wusste nicht, was er von ihr erwartete.

Biredh war Maru aus der Gaststube gefolgt. »Es wurden wahre Heldentaten vollbracht in der Schlacht von Ukkaschat.«

»Schon möglich«, erwiderte Maru verdrossen.

»Ich merke, die Jugend interessiert sich nicht für den Glanz der vergangenen Tage.« Biredh seufzte spöttisch.

»Ich werde mir immer gerne eine deiner Geschichten anhören, doch jetzt habe ich keine Zeit.«

Biredh nickte: »Ich habe gehört, was Tasil dir aufgetragen hat, und ich verstehe deine Ratlosigkeit.«

»Du hast es gehört?« Biredh war ein Dutzend Schritt entfernt gewesen, als Tasil mit ihr gesprochen hatte.

Der Alte ging nicht auf die Frage ein. »Wenn du meinen Rat annehmen willst: Geh zuerst hinunter zum Hafen.«

»Aber Tasil wollte, dass ich mich in der Stadt umsehe.«

»Und gehört der Hafen nicht zur Stadt? Jede Neuigkeit, die man sich hier in den Straßen erzählt, hat ihren Fuß im Hafen an Land gesetzt. Geh hinunter und hör, welche Nachrichten Dhanis bringt.«

»Der Fluss?«

»Dahnis ist der Vater des Landes, auch wenn die Akkesch, deren Reich er durchfließt, ihn nicht verehren. Er hat immer etwas zu berichten. Du musst ihm nur zuhören.«

»Wohin gehst du?«, fragte Maru. Sie war immer noch unschlüssig.

»Ich gehe hinauf zu den Tempeln. Vielleicht finde ich dort jemanden, der bereit ist, den Geschichten eines alten Mannes zu lauschen. Große Hoffnung habe ich nicht, denn die Priester wissen alles besser und geizig sind sie auch. Aber später werden dort viele Menschen sein, sehr viele sogar. Und bis dahin kann ich mit den Göttern sprechen – und wer weiß, vielleicht hören sie mir heute zu.«

»Weshalb werden dort viele Menschen sein?«

»So ist es Brauch am Tag des Aufstiegs. Sei am Nachmittag dort, das rate ich dir, denn dort kannst du mehr erfahren, als du je erzählen kannst.«

»Soll ich dich nicht hinführen?«

Biredh schüttelte den Kopf und lächelte. »Nein, ich kenne meinen Weg. Geh du nur hinunter zum Fluss. Aber sei wachsam, es sind unruhige und gefährliche Zeiten für die Stadt und jeden, der auf ihren Straßen wandelt.«

Das Südtor von Serkesch war Alwa, der Hüterin der Quellen, Meere und aller Gewässer gewidmet. Es war aus dunkelblauen Ziegeln gemauert, und eine riesige weiße Seeschlange war darauf abgebildet. Sie hatte sich mit ihren Klauen in den Torbogen geklammert und fast schien es, als wolle sie die Mauern zermalmen. Die Wächter dort waren viel freundlicher als der am Tore Bronds. Sie versicherten Maru, dass sie jederzeit wieder zurück in die Stadt kommen würde.

Auf dem Weg hinunter zum Fluss hatte Maru Zeit nachzudenken. Ihr Leben hatte sich in überwältigender Geschwindigkeit verändert. Gestern war sie noch sicher gewesen, dass sie den Rest ihres Lebens als Landarbeiterin, Küchenmädchen oder Tempeldienerin verbringen würde. Darauf hatte man sie in Akyr vorbereitet. Sie hatte etwas über Götter und über Gemüse gelernt, nicht allzu viel, denn sie war nur ein Mädchen und kam daher nur für die niederen Dienste infrage. Aber das war das Gestern. Jetzt gehörte sie Tasil. Ihr war klar, dass er kein Händler war, wie er behauptete, aber was war er dann? Er war rätselhaft. Er war rau und hart und schnell mit dem Messer, wie er bewiesen hatte. Er konnte zaubern, auch wenn er diese Kunst nicht sehr gut zu beherrschen schien. Wie erschöpft er nach der Geschichte am Tor ausgesehen hatte. Wie passte das alles zusammen? Warum hatte er ihr das Sklavenzeichen abgenommen? Er hatte keine Zweifel gelassen, dass sie dennoch sein Eigentum war und dass es töricht wäre davonzulaufen. Wo sollte sie auch hin? Und warum wollte Tasil, dass sie ihn »Onkel« nannte? Sie dachte verdrossen an das, was Kwem gesagt hatte: dass sie angeblich mitgenommen aussah, vor allem ihr

Kleid. Nicht gerade schmeichelhaft. Was das Kleid betraf, hatte Kwem allerdings recht. Es war der einfache Überwurf einer Sklavin, schmucklos aus grobem Leinen genäht. Wenn Tasil sich als ihr Onkel ausgeben wollte, hätte er das Angebot des Wirts ruhig annehmen und ein neues Gewand für sie kaufen können. Oder passte das nicht in seine Pläne? Er hatte etwas vor, nur das war sicher. Es wäre ihr leichter gefallen, seinen Auftrag zu erfüllen, wenn sie gewusst hätte, was das war.

Die Wächter am Hafentor beachteten sie gar nicht. Innerhalb der Mauern des Hafenviertels reihte sich Speicher an Speicher und Lagerhaus an Lagerhaus. Es gab auch einen mächtigen Turm, der alle anderen Gebäude überragte und auf dessen Dach Bogenschützen wachten. Maru sah sich um. Krieger lehnten gelangweilt an Mauern, an den Ladebalken lungerten Arbeiter herum. Nach und nach verstand Maru, dass die Arbeiter entweder Sklaven oder Mietlinge waren, Unfreie, nicht würdig, dem Aufstieg des Raik beizuwohnen. Es lagen kaum Schiffe im Hafenbecken. Früher hatte es sich vielleicht um eine natürliche Bucht des Flusses gehandelt, jetzt war sie in Stein gefasst und bot Platz für etwa zwei Dutzend Schiffe. Der gemauerte Kai ging über in zwei steinerne Arme, die sich ein Stück hinaus in den Fluss schoben und dort abknickten, um aufeinander zuzulaufen. Die Mole war, wie der ganze Hafen, durch eine äußere, mit Wachtürmen verstärkte rote Mauer gegen Angriffe gesichert. Außen war der Hafen durch einen zusätzlichen Wassergraben geschützt, wie Maru auf ihrem Weg festgestellt hatte. Das alles war interessant, doch bestimmt nicht das, was Tasil wissen wollte.

Maru hörte den Gesprächen der Arbeiter und Krieger zu. Das meiste schien belanglos, Gerede über Brotbier oder über die tägliche Plackerei, aber die eine oder andere Bemerkung war doch aufschlussreich. Offenbar waren die Männer in Sorge. Der Raik war tot, das war schlimm genug, aber dass er zwei lebende Söhne,

Zwillinge zumal, hinterlassen hatte, das beunruhigte die Männer. Es gab unheilvolle Zeichen. Einer hatte gehört, dass man unweit von Serkesch zwei kämpfende Flussechsen gesehen habe, die einander zerrissen. Ein anderer berichtete, dass die Eulen der Stadt, die doch seit Menschengedenken in den Tempeln nisteten, seit dem Tod des Raik verschwunden seien. Ein Soldat hatte vom Großen Turm aus eines Abends eine Schlacht zwischen einer schwarzen und einer weißen Wolke beobachtet, die damit endete, dass sich der ganze Himmel blutrot verfärbte, und einer berichtete, auch das Wasser des Flusses habe in den vergangenen Tagen mehrfach die Farbe von Blut angenommen.

Maru lauschte diesen Berichten und versuchte, sie sich so gut wie möglich einzuprägen. Wer konnte bei solchen Zeichen noch zweifeln, dass Unheil bevorstand? Sie war sich sicher, dass Tasil sich dafür interessieren würde. Biredh hatte recht behalten, es war gut, dass sie zum Hafen gegangen war. Es war schwierig, den Gesprächen der Männer zu folgen, denn sie verwendeten Worte, die sie nicht kannte. Es dauerte eine Weile, bis ihr klar wurde, dass mit dem Wort Malk die Erben des Raik gemeint waren. In Akyr wurden die Söhne des Dhan Dhansöhne genannt, aber das war den Akkesch offenbar zu einfach. Die Serkesch liebten offenbar beide Malk, aber sie schienen in ihrer Zuneigung gespalten.

»In diesen unruhigen Zeiten ist es besser, die bewährten Wege zu gehen«, hörte sie einen Krieger sagen, »Iddin ist ganz der Sohn seines Vaters. Er hat ihn stets in all seinen Entscheidungen unterstützt.«

»Dass Numur oft anderer Meinung war als der Raik, ist bekannt«, erwiderte ein anderer, »doch seine Liebe war nicht geringer. Und wenn er widersprach, tat er es stets zum Besten des Volkes.«

»Aber Iddin gibt viel auf den Rat der Priester, und die Hüter lieben ihn.«

»Dann hoffe ich, dass er auf sie hört und den Frieden sucht.«

»Zum Frieden gehören immer zwei. Und Numur hat eine Schwäche für Schwerter.«

»Sie werden beide keinen Streit suchen, solange die Zeit der Trauer währt.«

»Aber das sind nicht einmal mehr drei Tage. Und was wird dann?«

Maru hielt sich möglichst unauffällig in der Nähe der kleinen Gruppe auf. Ein alter Arbeiter, der bisher schweigend auf einer Taurolle saß, spuckte ins Hafenbecken und sagte dann: »Vielleicht kommt es nicht zum Schlimmsten, denn der Fluss trägt Hoffnung nach Serkesch.«

Die anderen sahen ihn fragend an.

»Habt ihr das Schiff nicht gesehen? Heute Morgen? Es kam in der Dämmerung, und nur ein Mann betrat das Ufer. Er lief hinauf in die Stadt. Auf den Tempelberg und in den Palast, wie ich gehört habe. Er kam mit dem Siegel des Kaidhan.«

»So ist es also wahr?«, fragte ein Bogenschütze. »Auch ich habe davon gehört. Es heißt, dass Immit Schaduk bald hier eintreffen wird. Er wird im Namen des Kaidhan die Dinge ordnen, denn er ist die rechte Hand des Herrn über alle Akkesch und Kydhier.«

»So ist es«, bestätigte ein anderer.

Das war endlich eine Neuigkeit, fand Maru. Die Erwartungen an Immit Schaduk schienen hoch zu sein. Die rechte Hand würde entscheiden, wie es weiterginge, ihr Wort sei so gut wie das des Kaidhan. Die rechte Hand würde das Schlimmste – den Bruderkrieg – verhindern.

Aber Maru hörte auch Stimmen des Zweifels. »Es wäre gut, Immit Schaduk würde erscheinen, bevor die zweimal sieben Tage der Trauer vorüber sind«, sagte ein Arbeiter.

Andere nickten. Was, wenn er nicht rechtzeitig erschiene? Das Schiff aus dem Süden sei schließlich wieder verschwunden. Die

Soldaten und die Ruderer an Bord hatten kein Wort gesprochen. Selbst der Hafenvorsteher hatte nichts aus ihnen herausbringen können. War dies nun ein gutes Zeichen – oder ein schlechtes? Die einen meinten, Immit Schaduk habe nur seine baldige Ankunft ankündigen wollen, andere widersprachen. Wenn er einen Boten schickte, konnte es nur heißen, dass sich seine Ankunft verzögerte. Der Dhanis war ein langer Strom mit zahlreichen Windungen, und viel konnte unterwegs passieren. Wieder ein anderer meinte, es sei unnütz, sich den Kopf darüber zu zerbrechen, denn es werde kommen, wie das Schicksal es vorgesehen habe.

Ein Krieger mischte sich ein. Sein Gesicht trug die Narben vieler Schlachten. »Ihr redet wie die Weiber. Frieden? Frieden macht uns nur schwach. Wir hatten seit Jahren keine echten Kämpfe mehr, weder mit den Hakul, noch mit den Budiniern. Ich glaube nicht, dass Strydh sich das noch lange ansehen wird.«

»Du bist ein elender Schwarzseher, Felai, so viel ist sicher. Außerdem sind unsere Krieger jeden Herbst in den Stillen Hügeln, und sie kämpfen doch mit den Budiniern!«

»Pah, diese Scharmützel? Meist marschieren die Heere doch nur wochenlang hin und her, ohne dass es überhaupt zur Schlacht kommt. Strydh lacht darüber. Er verlangt Blut als Opfer – und ich glaube, wir werden es ihm bald in Strömen anbieten.«

Maru ging weiter. Vielleicht hatte der Narbengesichtige sogar recht, dachte sie. Solange die Hüter schliefen, war Strydh der Herr dieser Welt. Er war ungeduldig. Sein Zorn konnte Städte und Menschen zermahlen wie Gerste. Sie lief ans Ende der Mole, verscheuchte die düsteren Gedanken und versuchte, das, was sie gehört hatte, zu ordnen. Würde Tasil mit dem, was sie erfahren hatte, zufrieden sein? Sein Auftrag war so völlig verschieden von dem, was sie bisher in ihrem Leben gemacht hatte. Das war etwas ganz anderes, als stundenlang Reisig, Kräuter oder Holz zu sammeln. Es war viel besser als Erntearbeit und Brotbacken. Andererseits wusste man beim Kräutersammeln immer, wie gut die Ernte gewesen war. Jetzt war sie sich nicht sicher, ob ihr Herr zufrieden mit dem Ertrag ihrer Arbeit sein würde.

Sie blieb stehen. Die Sonne schien, über dem Fluss wehte eine angenehme Brise – und niemand war da, der sie zur Eile trieb. Es war ein sehr eigenartiges Gefühl. Am Ende der Mole gab es einen zweistöckigen Wachturm, der, gemeinsam mit einem gleich gebauten Gegenüber, die Einfahrt überwachte. Maru lief dorthin, setzte sich an den Rand der Mole, ließ die Füße baumeln und starrte in das graublaue Wasser des Stroms. Vielleicht würde Dhanis ja wirklich zu ihr sprechen, wie es Biredh gesagt hatte. Sie fragte sich, wie der Alte wohl seine Augen verloren haben mochte. Ob es in einer Schlacht geschehen war?

Sie entdeckte Schwärme kleiner Fische im Wasser. Sie zuckten die Hafenmauer entlang und schienen Nahrung zu suchen. Ab und zu tauchte ein größerer Schatten zwischen ihnen auf, vielleicht ein Raubfisch. Dann zerstreuten sich die Schwärme in Windeseile, nur um sich Sekunden später wieder zusammenzufinden. Dann suchten sie wieder die Hafenmauer ab, bis der nächste Räuber auftauchte und sich das Ganze wiederholte. Fasziniert schaute Maru dem Spiel zu.

Plötzlich erschien noch ein Schatten im Wasser, größer, viel größer als jeder Raubfisch. Maru wurde kalt. War das eine Flussechse? Sie hatte noch nie eine gesehen, doch jeder in Akyr wusste, dass sie unvorsichtige Menschen fraßen. Doch das da unten sah nicht aus wie eine Echse. Er war wie eine dunkle Wolke, die langsam nach oben stieg. Maru schlug das Herz bis zum Hals. Der Schatten hatte die Wasseroberfläche fast erreicht. War das ein Mensch? Langsam tauchte ein kahler Schädel aus dem Wasser auf. Er war menschenähnlich, aber ohne Ohren, braunrot und mit seltsamen blauen Mustern bedeckt. Zwei Augen von der Farbe polierten Kupfers musterten sie. Der Kopf verschwand wieder, und die Gestalt glitt unter Wasser näher heran. Dann stieg der Schädel erneut empor. Er war jetzt weniger als vier Schritte vom Kai entfernt. Maru war wie gelähmt.

»Ich grüße dich, Maru Nehis«, sagte der Kopf mit einer Stimme, die sanft und silbrig klang wie Wellenschlag.

War das …? Nein, das konnte nicht sein! Trotzdem fragte Maru, und sie konnte nicht verhindern, dass sie stotterte: »Bist du … bist … bist du Dhanis?«

Das Wesen legte den Kopf ein wenig auf die Seite, als müsse es nachdenken. Dann sagte es schließlich: »Nein.«

Maru schielte nach links und rechts, aber niemand war in der Nähe. Sie war allein mit dem Dunklen im Wasser. »Du bist ein Alfskrol«, sagte sie so ruhig wie möglich, als sie sich einigermaßen gefasst hatte.

Die kupfernen Augen verengten sich. »Viele Stämme gaben mir viele Namen. Daimon kannst du mich nennen. Utukku war ich früher.«

»Du siehst aber aus wie ein Alfskrol«, erwiderte Maru nach einer Weile, in der sie gründlich nachgedacht hatte. Ihr war kalt, und ihre Glieder fühlten sich bleischwer an.

Der Wellenschlag wurde lauter, aber vielleicht lachte der Daimon auch. »Bist du vielen begegnet, Maru Nehis?«

»Nein, aber ich habe es von den Priestern gehört. Alfskrols haben rote Augen.«

»Glaube nicht, was man erzählt, Maru Nehis.« Sie musste sich anstrengen, um zu verstehen, was der Daimon sagte. Seine Stimme war kaum vom Plätschern der Wellen zu unterscheiden.

»Und was willst du von mir, Utukku?«, fragte Maru vorsichtig.

»Ich habe dich gesehen. An den Stromschnellen. Weiter gehe ich den Fluss nicht hinauf.«

An den Stromschnellen? Dort hatte sie mit Atibs Karawane den

Fluss erreicht. Aber was wollte der Daimon ihr sagen? Und woher kannte er ihren Namen. Maru schwieg. Der dunkle Umriss war ein wenig näher gekommen. Ihre Beine waren jetzt fast in seiner Reichweite. Sie hätte sie gern weggezogen, doch sie traute sich nicht. Es roch plötzlich nach fauligem Morast.

»Der Mann, mit dem du reitest«, sagte die Silberstimme und stockte, als müsse der Daimon über etwas nachdenken.

»Tasil?«

»Seine Hände. Da ist Blut.«

»Du willst mich warnen? Vor Tasil?«

»Mit wem redest du, Mädchen?«, fragte eine neue Stimme. Es war ein Soldat, der wie aus dem Nichts aufgetaucht war. Vielleicht tat er Dienst im Turm und vertrat sich gerade die Beine.

Der Kopf verstummte und glitt langsam unter Wasser. Der Schatten sank tiefer und tiefer ins Wasser, bis er sich im dunklen Graublau des Hafengrunds verlor.

»Mit den Fischen«, antwortete Maru. Dann sprang sie auf und lief davon.

Auf den Stufen der Götter

Das Volk und die Priester von Serkesch sind so eins wie die Stadt und der Tempelberg.

Kydhisches Sprichwort

Das Tor des Fahs war weiß wie Schnee, und hundert goldene Blitze, Zeichen des Himmel- und Sturmgottes, blinkten von den Ziegeln. Im Gegensatz zu den anderen Toren, die Maru bislang gesehen hatte, hatte es nur eine einzige Pforte. Diese stand offen und war unbewacht, denn es führte nicht hinaus in die Ebene, sondern hinauf zum höchsten Teil der Stadt, dem Tempelberg. Maru hatte im Hafen die Soldaten und Arbeiter vom »Berg« reden hören. Er war der Sitz der Macht, dort thronte der Palast des Raik, dort standen die Tempel der Götter. Die Priester sprachen hier mit den hohen Mächten, und mit ihrem Rat herrschte der Raik über die Stadt und das Land. Ehrfurcht schwang mit, wenn die Rede auf »den Berg« kam. Als Maru die allmählich ansteigende Hauptstraße zum Tor des Fahs gelaufen war, hatte sie schon von Weitem die oberen Stockwerke des Stufentempels sehen können. Er sah großartig aus, die Farben der Götter schmückten in schlichten Linien die braunen Mauern. Dann entzog das hohe Tor den Tempel ihren Blicken. Hinter dem Tor blieb sie überrascht stehen. Sie hatte es vorher gehört, sich aber nicht vorstellen können: Der Tempelberg lag außerhalb der Stadt. Eine breite Treppenbrücke führte hinauf. Der »Berg« – sie war ein bisschen enttäuscht deswegen – war indes nur ein stumpfer Hügel, der sich nur wenige Ruten über die Ebene erhob, aber immerhin von einer beeindruckenden Mauer eingefasst war. Diese war aus groben roten Steinen gefügt und hatte keinerlei Ähnlichkeit mit den Stadtmauern. Sie erinnerte Maru an den Wall von Akyr, und ebenso wie dieser schloss sie den Hügel offenbar in Kreisform ein. Maru lief zur Brüstung der Brücke. Sie konnte einen lang gezogenen Einschnitt in die roten Felsen des Glutrückens sehen. Von irgendwo dort stieg immer noch Rauch auf. Das musste das Gräbertal sein. Gerade jetzt bewegte sich ein Strom von Menschen von dort in Richtung Stadt. Vermutlich war also die Zeremonie, in der Raik Utu-Hegasch seinen Platz im Tempel eingenommen hatte, beendet.

Das Bett eines ausgetrockneten Baches kam aus diesem Tal hervor. Die Baumeister der Akkesch hatten es für ihre Zwecke benutzt. Sie hatten es zwischen Stadt und Tempelberg vertieft und verbreitert. Es war eine bedrückende Schlucht geworden, auf beiden Seiten von hohen Türmen und Mauern eingezwängt und nur auf der Treppenbrücke zu überwinden. Maru fragte sich, ob auch dieses ausgetrocknete Gewässer einen Gott hatte so wie der Dhanis. Utukku! Die Begegnung im Hafen sprang ihr wieder ins Bewusstsein. Für einige Momente hatte sie es geschafft, nicht an jenes Wesen zu denken, jetzt tauchte es vor ihrem inneren Auge wieder aus den Wellen auf. Ein Schauer lief ihr über den Rücken. Sie versuchte, das kalte Gefühl abzuschütteln, und lief weiter.

Das Tor zur Tempelstadt war rot wie der ganze steinerne Ringwall. Es war schlicht gehalten. Über dem Durchgang war eine Steintafel angebracht, auf der einige große Zeichen eingemeißelt waren. Sie fragte einen einsamen Wachposten, der auf der Brüstung saß und vor sich hindöste.

Er stand langsam auf, legte den Kopf in den Nacken und betrachtete die Tafel. »Es ist die Schrift der Akkesch.«

»Das kann ich mir denken, doch was steht dort geschrieben?«

Der Posten kratzte sich verlegen am Hinterkopf. »Das kann ich dir nicht sagen.«

»Du weißt nicht, was dort geschrieben steht?«

»Es hat mich noch nie jemand danach gefragt. Es steht eben da, und zwar schon solange ich denken kann.«

Hinter dem Tor, das das Bukru-Tor genannt wurde – das wusste der Wächter –, lagen beiderseits eines schmalen Weges die größten Gebäude, die Maru je gesehen hatte. Zu ihrer Rechten türmte sich Stockwerk auf Stockwerk. Prachtvolle Simse, kräftige Pfeiler und schmale Fenster lockerten diesen Berg an Ziegeln auf. Farbige Muster zogen sich über die Fassade und ließen die wuchtigen Mauern beinahe leicht aussehen. Zu ihrer Linken gab es nur eine lange, glatte und hohe Ziegelmauer mit roten Streifen. Der kurze Weg führte in die Mitte des Tempelbergs. Dort hatten die Akkesch mit glatt behauenen und verschiedenfarbigen Steinen einen großen Platz angelegt. Er lag menschenleer unter der gleißenden Nachmittagssonne. Nur ein Hund jagte halbherzig ein paar Tauben nach. Das Pflaster bildete ein Muster von geraden Linien, das wie die Strahlen der Sonne von einem hohen und schlanken Stein in der Mitte des Platzes ausging. Dieser Stein war hellgrau, und rote Zeichen nach Art der Akkesch waren in ihn hineingeschnitten. Es musste die Edhil-Säule sein, dem höchsten und ersten aller Götter geweiht. Die Budinier hatten so einen Stein außerhalb von Akyr aufgestellt. Der war völlig schmucklos, dennoch war die Ähnlichkeit für Maru unverkennbar.

Das Gebäude zur Rechten, das auch die Rückseite des Platzes einnahm – mit den verwirrend vielen Treppen, Absätzen, Simsen und Stockwerken –, war zweifellos der Palast des Raik. Eine breite Treppe führte einige Stufen hinauf. Es schien dort einen weiteren freien Platz zu geben, eine Art Terrasse, die dem eigentlichen Palast vorgelagert war. Im Vergleich zu diesem Gebäude war der Dhangar von Akyr eine armselige Hütte. Er war noch vielfach größer als das Dorf, in dem Maru geboren war, und bot sicher Platz für mehrere hundert Bewohner. Maru war beeindruckt. Sie verspürte einen starken Drang, einfach hinaufzulaufen, um dieses Wunder näher zu betrachten, aber die Wachen, die auf den Stufen standen und sie anstarrten, sahen nicht sehr freundlich aus. Sie trugen Speere mit wertvollen Eisenspitzen. Maru riss sich von dem Anblick des Palastes los. Sie hatte schließlich einen Auftrag, und hier gab es noch mehr zu bestaunen.

Die Südseite des Platzes gehörte dem Stufentempel der Hüter. Auch hier war Maru die Bauweise aus ihrer Heimat vertraut. Doch der Schirqu von Akyr war aus Holz und Lehm, und es gab nur einen einzigen Raum im Erdgeschoss, den sich die Hüter teilen mussten. Er war weit von jener Kunstfertigkeit entfernt, die sie hier entdeckte. Die lange Mauer mit den roten Streifen, die an den Torweg grenzte, umfasste den Sockel. Die oberen Stockwerke waren jeweils vier bis fünf Schritte zurückgesetzt. Es gab vier Stockwerke, für jeden der erstgeborenen Götter eines. Auch wenn Maru beinahe nichts von Baukunst wusste, so sah sie doch die strenge Harmonie, der diese Mauern folgten.

Auf dem Sockel, der natürlich Brond gehörte, ruhte das Stockwerk der Alwa, von einer Doppelreihe blauer Steinen geschmückt. Die obere Reihe war durchbrochen. Es erinnerte von Ferne an Wellen. Ihrer Schwester Hirth war die nächste Stufe geweiht. Senkrechte dunkelgrüne Linien zierten die Außenwand. Sie schienen wie Säulen aus Schilf das oberste Stockwerk zu tragen. Dort musste der Heilige Raum des Fahs zu finden sein, einzelne weiße Sterne leuchteten von den Ziegeln. Eine einzige steile Treppe führte hinauf. Die Eingänge lagen rechts und links davon.

In Akyr durften nur die Priester und Tempeldiener das heiligste Innere betreten, denn nur sie waren rein. Die arbeitenden, schwitzenden Menschen durften nur einen kleinen Vorraum betreten, aber keinesfalls mit ihren Ausdünstungen die Hüter beleidigen. Ihre Opfergaben übergaben sie den Tempeldienern oder niederen Priestern, und sie durften die Statuen der Götter sehen, wenn auch nur aus der Entfernung. Sklaven war sogar das verboten, daran erinnerte sich Maru noch zu gut. In Akyr war es so gewesen, und sie nahm nicht an, dass es in Serkesch anders war.

Die westliche Front des Platzes wurde von einem weiteren wuchtigen Gebäude beherrscht. Es hatte nur ein einziges, dreifach mannshohes Stockwerk und war fast völlig schmucklos. Kein Pfeiler, kein Sims, keine Fresken schmückte die grauen Mauern, nur über dem schwarzen Eingang war eine mächtige rote Doppelaxt auf die Ziegel gemalt. Mehr Schmuck duldete Strydh nicht an seinem Haus, das die Budinier deshalb »Haus der Axt« nannten.

Maru hielt Strydh für einen schwierigen Gott. Sie hatte einmal versucht, mit Galbo, einem Jungen, der mit ihr auf den Feldern arbeiten musste, darüber zu reden. Er hatte erst gar nicht verstanden, was sie meinte, und nur »Strydh ist mächtig« gesagt, so als sei damit alles geklärt. Es war an einem jener drückenden Tage gewesen, wie der Weizenmond so viele brachte: Es war zu heiß, der Tag auf dem Feld schier endlos, und der Gerstenstaub ließ die Kehle austrocknen. Sie hatte ihren Gedanken fortgeführt und gesagt: »Manchmal wünschte ich, Edhil hätte seine Augen zugemacht, als er Hirth erschuf – dann wäre Strydh nie geboren worden.« Der Gedanke war ihr schon lange im Kopf herumgegangen, aber als sie ihn aussprach, wusste sie, dass es ein Fehler war. Galbo hatte sie entsetzt angestarrt und sie danach wochenlang gemieden. Die Geschichte sprach sich herum, und auch die anderen Sklaven fingen an, sie seltsam anzusehen. Ihre weiteren Gedanken über Strydh hatte sie für sich behalten.

Jetzt stand sie vor seinem Tempel und betrachtete die rote Doppelaxt. Die eine Schneide stand für den Ruhm, die andere für den Tod. Strydh konnte einem Menschen beides bringen: ein frühes, armseliges Ende oder Ruhm über den Tod hinaus. So hatte es Maru von den Priestern gelernt. Etwas an dem Bild hatte sie immer gestört, ohne dass sie genau wusste, was es war. Vielleicht, dass die Schneide, die den Tod brachte, viel schärfer schien als jene, die Glanz und Ehre verhieß? Oder war es, weil der Ruhm des einen immer den Tod eines anderen bedeutete?

Sie betrachtete den Furcht einflößenden Tempel des Kriegsgottes, der sich selbst zum Gott der Menschen gemacht hatte. Der Eingang lag im Schatten und wirkte daher äußerst anziehend auf Maru. Es hieß, dass Strydh selbst für die Gebete der Sklaven ein offenes Ohr hatte, auch wenn die Priester ihnen natürlich den Zugang zum Tempel verwehrten. Strydh konnte aus einem Sklaven einen Helden machen – und er hörte den Unfreien und Namenlosen zu, die zu ihm beteten. Maru gab es ungern zu, aber darin unterschied er sich von seinen Geschwistern. Die Hüter schliefen. Es war selbst für Fürsten und Priester schwer, sie zu erreichen. Kein Sklavengebet durfte der Bitte eines freien Menschen den schmalen Pfad in das Ohr eines Gottes versperren. Strydh dagegen lauschte den Klagen der Menschen, den Fürsten ebenso wie den Sklaven, so hieß es. Doch wenn er ein Flehen erhörte, dann war seine Antwort so zweischneidig wie seine Axt. Und nun stand Maru ganz allein vor seinem Tempel.

In ihrem ganzen Leben hatte sie noch kein Götterhaus betreten. Tasil hatte am Morgen ihr schmales Sklavenhalsband zerschnitten, aber so einfach waren die Götter sicher nicht zu täuschen. Dennoch, der schwarze Eingang lockte. Sie sah sich um. Die Wachen vor dem Palast beachteten sie nicht. Der Hund trottete nach erfolgloser Taubenjagd mit hängendem Kopf durch die Nachmittagshitze. Sonst war kein lebendes Wesen zu sehen. Mit weichen Knien näherte sich Maru dem Eingang. Es gab kein Tor, nur tiefe Dunkelheit unter einem mächtigen Torsturz. Sie spähte angestrengt in die Finsternis, aber drinnen war kein Licht zu sehen. Der Zugang zur Totenstadt Ud-Sror konnte nicht dunkler sein. Noch ein Schritt. Jetzt hatte sie den Schatten erreicht. Noch einer …

Plötzlich schoss eine knochige Hand aus der Finsternis hervor und packte sie am Arm. Eiseskälte durchfuhr sie, als lange Fingernägel in ihr Fleisch schnitten. Maru schrie erschrocken auf.

Dann erschien das uralte Gesicht eines kahlköpfigen Mannes in der Finsternis. Es hatte nur ein Auge. »Wen haben wir denn da?«, fragte eine heisere Stimme.

»Nur … nur ein Mädchen«, stotterte Maru.

»Ein Mädchen möchte das Haus der Axt betreten? Weißt du nicht, dass dies den Kämpfern vorbehalten ist?«

Maru schüttelte stumm den Kopf. Der Schreck saß ihr in den Gliedern. Die Klauen des Alten hielten ihren Arm fest umklammert. »In wie vielen Schlachten hast du denn deine Waffe gezogen? Wie viel Blut hast du Strydh, unserem Herrn, geopfert? Wie viele Wunden ertragen, wie viele Feinde getötet?

»Noch gar keine«, sagte Maru. Sie versuchte, vorsichtig ihren Arm aus dem eisernen Griff des Alten zu befreien. Ihre Augen gewöhnten sich langsam an die Dunkelheit. Der Alte war nicht größer als sie, das konnte sie sehen. Ganz schwaches Licht schien von den Seiten in den finsteren Eingangsbogen zu fallen. Plötzlich begriff Maru, dass eine schwarze Wand den Gläubigen ebenso wie dem Licht den geraden Weg in den Tempel versperrte.

»*Noch* keine?« Der Alte lachte ein unirdisches Lachen. »Strebst du etwa nach Ruhm in der Schlacht? Ist dein Platz nicht eher auf dem Feld oder am Herd, Mädchen? Oder bist du eine Viramatai aus dem Eisenland? Nein?« Es klang höhnisch, doch im nächsten Augenblick schlug die Stimme des Einäugigen um in schrille Wut. »Dann beleidige Strydh, den Herrn der Welt, nicht! Schenke ihm Söhne, Krieger, aber tritt ihm nicht unter die Augen, bevor du nicht Witwe bist!«

Die Klaue am Arm lockerte sich eine Winzigkeit. Maru ahnte es mehr, als sie es sah: Der Alte holte mit einem Stock aus. Sie riss sich los und rannte davon. Der Schlag ging ins Leere, und der Alte krächzte einen Fluch hinter ihr her. Sie rannte davon bis zur Ecke des Tempels. Hier, zwischen Strydhs Haus der Axt und dem Stufentempel der Hüter gab es einen schmalen Torbogen. Er war ihr vorher gar nicht aufgefallen. Sie schlüpfte schnell hindurch und stieß heftig mit einem Mann zusammen. Beide stürzten, und irgendetwas zerbrach.

»Bei den Hütern! Kannst du nicht aufpassen, Dummkopf?«, schimpfte eine Männerstimme.

Maru rappelte sich auf. Ihr war nichts passiert. Der andere saß auf dem Boden und hielt einen Stapel Tontafeln ängstlich umklammert. Einige waren jedoch seinem Griff entglitten und auf dem Boden zerschellt. Es war ein junger Mann mit rundlichem Gesicht.

»Es tut mir leid«, murmelte Maru. Dieser Tag schien verflucht zu sein. Jede Begegnung war schlimmer als die vorige.

»O nein, die Berichte!«, jammerte der Sitzende.

»Ich helfe dir«, sagte Maru, und sie begann, die zerbrochenen Tonscherben aufzuheben.

Der Mann rührte sich nicht, sondern sah traurig auf die Bruchstücke getrockneten Tons, die Maru ihm reichte.

»Schatir wird nicht erfreut sein. Er wird überhaupt nicht erfreut sein.«

»Wer ist das?«

»Du bist nicht von hier, oder? Schatir ist der Erste Schreiber des Raik. Er sitzt zur Rechten des Hohen Verwalters und hat sein Ohr.«

Maru besah sich die Tontafeln näher. Zeichen waren darauf eingeritzt, ein wirres Durcheinander von Linien, die auf den zweiten Blick einer geheimnisvollen Ordnung zu gehorchen schienen: Schrift, die Zauberei der Akkesch, wie sie es in Akyr genannt hatten. Der Mann sah aber gar nicht aus wie ein Zauberer, er hatte ein rundes, freundliches Gesicht, das jetzt in tiefen Sorgenfalten lag. »Du kannst schreiben?«, fragte Maru.

»Schreiben und lesen, das kann ich, wenn man mich lässt. Doch du hast meine Arbeit zunichte gemacht.«

»Es sind nur zwei oder drei Tafeln. Du hast doch noch viel mehr.«

Der Schreiber schnaubte verächtlich: »Hirth möge mir beistehen! Ist eine Woche vollständig, wenn zwei Tage fehlen? Du bist außerordentlich dumm, scheint mir!«

Maru bedachte den Mann mit einem langen Blick aus ihren grünen Augen.

Der senkte verlegen den Blick. »Verzeih, Mädchen, es ist ja auch meine Schuld. Ich hätte eben besser aufpassen müssen. Doch jetzt sind die Berichte unvollständig, und ich muss sie erneut schreiben –

wenn das überhaupt möglich ist.« Endlich legte er die Tafeln, die er so ängstlich umklammert gehalten hatte, zur Seite und besah sich die Scherben, die Maru ihm reichte. »Taidh aus Albho brachte sechzig Lasten … doch sechzig Lasten von was und wann?«, flüsterte er unruhig. »Du hast alles durcheinandergebracht!« Er hob einige andere Bruchstücke auf, hielt sie an das erste, legte sie wieder weg und suchte hektisch nach dem nächsten.

Maru sah eine Weile zu, dann beschloss sie, dem Mann zu helfen. Offenbar sah er vor lauter Linien das Offensichtliche nicht. Die Tontafeln waren zerbrochen, doch anstatt nach dem passenden Text war es sicher einfacher, nach der passenden Bruchstelle zu suchen. Sie nahm dem Schreiber das kleine Tonstück aus der Hand, suchte kurz und hatte innerhalb weniger Augenblicke die drei zerbrochenen Tontafeln auf dem Boden geordnet und zusammengefügt.

Der Schreiber war für einen Moment sprachlos, dann las er die Tafeln sorgfältig und jubelte schließlich: »Das ist es, das ist es!«

Maru lächelte. »Und was hat Taidh aus Albho jetzt gebracht?«

»Hier steht es doch: »Taidh aus Albho brachte sechzig Lasten Salz in die Stadt. Ich, Kurri, Verwalter des Lagers, nahm sie entgegen im Namen des Raik Utu-Hegasch. So besiegelt am elften Tag des Trockenmondes.«

»So etwas schreibt ihr auf?« Maru gelang es nicht, ihre Enttäuschung zu verbergen. Das war nicht aufregender als die langweiligen Erntelisten, wie sie im Dhangar geführt wurden.

»Das ist wichtig!«, sagte der Schreiber, und er wirkte gekränkt.

»Wenn du es sagst. Und es ist noch alles da, nichts von der Schrift ist verloren gegangen?«

»Ja, den Hütern sei Dank! Und wenn ich nicht wieder von einem Mädchen oder einem Trampeltier über den Haufen gerannt werde, kann ich es neu schreiben und endlich Schatir vorlegen.« Der Schreiber stand auf und raffte seine Tafeln zusammen. »Ich hoffe, unsere nächste Begegnung verläuft weniger stürmisch, Mädchen.«

Maru nickte missmutig. Der Mann hatte sie mit einem Trampeltier verglichen, das war nicht sehr schmeichelhaft. Aber bevor sie noch etwas erwidern konnte, drehte der Schreiber sich um und eilte über den Platz Richtung Palast. Er sah immer noch nicht wie ein Zauberer aus.

Sie durchquerte den Torbogen und betrat, leicht verstimmt, einen kleinen Hof, der von den wuchtigen Gebäuden und der emporragenden Festungsmauer fast erdrückt wurde. Am Wall war ein Schrein aufgestellt, der angesichts der beeindruckenden Nachbarschaft klein und verloren wirkte. Maru trat näher heran. Unter einem Schatten spendenden Altarhimmel thronte eine Statue aus rotem Stein. Kerzen und Opferlampen brannten davor. Die Skulptur zeigte in Lebensgröße den Oberkörper eines vielarmigen Mannes, der aus einem Fluss aufzusteigen schien. Sein langes Haar und sein Bart hatten Wellen, die sich mit denen des Flusses vermischten. Seine hervorquellenden Augen und sein lippenloser Mund waren weit aufgerissen. Der Stein war rissig und rußgeschwärzt. Eine Aura von Trauer, Einsamkeit und Verlust umgab das Bildnis.

»Das ist Dhanis, Gott des Stromes, der alte Vater des Landes«, sagte jemand.

Maru erschrak. Konnten die Leute sich nicht abgewöhnen, sie aus dem Verborgenen anzusprechen? Aber der Sprecher hatte sich gar nicht versteckt. Er saß nur in der schattigsten Ecke des Platzes auf dem Boden und lächelte. Es war der blinde Biredh.

»Das also ist Dhanis?«

Die Figur wirkte alt, sehr alt.

»Ja, hast du ihn dir anders vorgestellt?«

Maru seufzte. Leider hatte der Gott sowohl Haare als auch Ohren. Er sah nicht im Entferntesten so wie der Daimon aus dem

Hafenbecken aus. »Warum sollte ich?«, erwiderte sie, betont gelassen.

»So bist du ihm nicht begegnet?« Biredh grinste. Seine Stimme klang spöttisch. Eigentlich hatte Maru darauf gehofft, den alten Erzähler zu treffen. Wem, wenn nicht ihm, konnte sie von ihrer Begegnung am Fluss erzählen? Doch jetzt sträubte sich etwas in ihr. »Nein, leider nicht«, antwortete sie.

Biredh lachte laut. »Hattest du das etwa erwartet, Mädchen? Dhanis spricht zu uns, doch nicht in Worten. Er spricht durch das Wasser, die Fische, die Bäume an seinem Ufer. Nur die Narren und die Priester können glauben, dass die Götter unsere Sprache benutzen.«

Maru betrachtete das faltige Gesicht des Alten, seine leeren Augenhöhlen. Machte er sich über sie lustig? Sie kämpfte mit der Versuchung, ihm die Zunge herauszustrecken. Sie fand, das hatte er verdient. Aber sie fragte nur: »Und warum hast du mich dann zum Hafen geschickt?«

»Die Kydhier sagen: ›Nachrichten wandern schneller als Fische, aber sie reisen ebenfalls mit dem Fluss.‹ Ich bin sicher, du hast viele Neuigkeiten gehört.«

»Möglich«, sagte Maru verdrossen.

»Du musst lernen, das zu hören, was die Leute meinen, nicht was sie sagen.« Der Alte lächelte und sagte leise: »Das gilt vor allem für deinen … Onkel. Er erwartet einiges von dir, sonst hätte er dir das Halsband nicht abgenommen.«

»Woher weißt du …? Ach, ich verstehe, die Sinne der Blinden.«

Biredh lachte wieder. »Du lernst schnell. Du bist nicht so dumm, wie der Schreiber gesagt hat.«

»Auch das hast du gehört?«

»Man sollte nicht streiten, wenn man zwischen zwei Tempeln steht.«

»Du meinst, die Götter fühlen sich gestört?«

Jetzt lachte Biredh noch lauter: »Nein, aber die Mauern verstärken den Schall der Worte.«

»Wir haben nichts Schlimmes gesagt.«

Das Lachen verebbte, und Biredh senkte seine Stimme: »Nun, vielleicht nicht, aber es ist sicher nicht gut für den Schreiber, wenn man erfährt, dass er Fremden geheime Berichte vorliest.«

»Geheim? Es war nur ein einziger Satz, über Salz!«, widersprach Maru.

»Zwischen den Tempeln werden Worte nicht nur verstärkt, sondern auch verdreht. Salz? Das ist das weiße Gold der Romadh. Wen außerhalb des Palastes geht es etwas an, wer es bringt und wie viel und wann? Du musst vorsichtig sein! Weißt du nicht, wie gefährlich diese Stadt ist?« Biredh seufzte. »Du musst es doch gehört haben: Jeder Mann, ja, jeder Hund und jeder Grashalm in dieser Stadt zittert vor dem nächsten Tag, der doch auch der letzte sein könnte.«

Maru wusste, was der Alte meinte, auch sie sprach jetzt nur noch im Flüsterton. »Ich habe es gehört, unten im Hafen. Alle haben Angst, dass es Krieg zwischen den Brüdern gibt.«

»Alle?«

»Nein, ein Soldat sagte, dass Strydh ungeduldig wird, weil schon so lange Frieden herrscht. Er schien sich fast auf den Krieg zu freuen.«

»Was hast du noch gehört?«, fragte Biredh. Er war ernst geworden.

»Sie erwarten jemanden namens Immit Schaduk, aus der Stadt Ulbai. Er scheint die Macht zu haben, den Streit zwischen den Brüdern zu schlichten. Er muss bald eintreffen.«

»Immit, das ist ein Titel, kein Name. Er ist der Vertraute des Kaidhan, seine rechte Hand. Seine Worte sind so gut wie die des Herrschers. Auch ich habe gehört, dass er erwartet wird.« Der Alte schwieg einen Augenblick, bevor er fragte: »Ist dir klar, was das bedeutet?«

Maru dachte nach, gelangte aber zu keiner befriedigenden Antwort. »Nein, denn ich verstehe diesen ganzen Streit nicht.«

Biredh seufzte: »Wie solltest du auch? Es ist ein Zwist, den es nur bei den Akkesch geben kann. Dann hör zu, Mädchen! Werden die ersten Söhne eines Mannes in der gleichen Stunde geboren, Zwillinge also, so ist das ein besonderer Segen der Hüter, gut für die Familie, die doch zahlreich werden soll und stark. Ein großes Dankopfer ist den Göttern für dieses Geschenk gewiss. Obwohl am selben Tag geboren, gilt doch einer von den Zwillingen als der Ältere, als der, der den Hof, die Schmiede oder das Fischerboot des Vaters erbt. Die Budinier, die Kydhier, selbst die wilden Hakul, alle handhaben es so – nur die Akkesch nicht. Bei ihnen gelten die Söhne als gleichgeboren. Bei ihnen hat der Vater also zwei Erstgeborene, die für ihn die Opferfeuer entzünden, wenn er nach Ud-Sror hinabgestiegen ist – und deshalb teilen die Söhne nach dem Tod des Vaters das Erbe zu gleichen Teilen auf. Manchmal verzichtet einer der beiden auf sein Erbrecht. Dies soll von Zeit zu Zeit geschehen, bei Brüdern die einander lieben. Doch unsere Malk sind solche Brüder nicht. Wie Feuer und Wasser sind Numur und Iddin, und keiner von beiden wird auf sein Recht verzichten. Doch wie soll man eine Stadt aufteilen? Wie den Thron eines Raik? Deshalb wird das Schwert entscheiden, es sei denn, der Immit findet eine andere Lösung. Deshalb ist es eine gute Nachricht, dass er bald hier sein wird – und auch eine schlechte.«

Biredh war während seiner Erklärungen in seinen wohlklingenden Erzählton verfallen, jetzt schwieg er. Er schien dem Wind zu lauschen, während Maru versuchte zu ergründen, was der letzte Satz bedeuten mochte. Wie konnte es gleichzeitig gut und schlecht sein, dass der Immit bald hier sein sollte?

»Denk nach, vielleicht findest du die Lösung selbst. Es würde mich nicht überraschen«, sagte Biredh, als hätte er ihre Gedanken erraten. Er erhob sich.

»Wo willst du hin?«, fragte Maru.

»Auf den Platz hinaus. Hörst du es nicht? Der Malk kommt.«

Tatsächlich strömte draußen eine Menschenmenge auf den Platz der Edhil-Säule. Er war schnell überfüllt, doch immer noch drängten weitere Menschen nach. Maru war Biredh gefolgt, hatte den Alten im Gedränge aber schnell aus den Augen verloren. Die ganze Stadt schien auf den Beinen zu sein, und alle reckten die Hälse, um nach etwas Ausschau zu halten, was den Platz offenbar noch nicht erreicht hatte. Da die meisten Menschen größer waren als sie, konnte Maru nicht viel erkennen. Schließlich kam sie auf die Idee, auf den Schirqu zu steigen. Sie war nicht die Erste, die Treppen und Absätze des Tempelturms waren bereits voller Menschen, aber sie fand einen guten Platz auf dem Dach der zweiten Stufe, wo sie sich setzen und den ganzen Platz überblicken konnte. Die Serkesch in ihrer Umgebung sahen sie neugierig an. Maru fragte sich, warum es so offensichtlich war, dass sie nicht aus dieser Stadt stammte. Dann fiel ihr ein, dass sie vermutlich ihr kurz geschorenes Haar und ihre ärmliche Kleidung verrieten. Der Überwurf, den sie trug, war nicht viel besser als ein Sack. Sie sah sich die Menschen um sie herum an: Es waren fast nur Männer. Sie wirkten wohl genährt, ihre Skers und Umhänge waren sauber und farbenfroh, nur wenige waren geflickt. Auf der Stufe unter ihr entdeckte sie einige Männer, die die ärmlichen Schilf-Skers von Fischern trugen. Aber das waren Ausnahmen. Den Menschen der Stadt schien es gut zu gehen. Sie entdeckte auch einige junge Priester oder Tempeldiener mit den üblichen kahl geschorenen Schädeln. Unwillkürlich strich sie sich mit der Hand über den Kopf. Fast einen Monat war es jetzt her, dass ihr Atib der Händler ihr die Haare hatte abrasieren lassen. Es hatte geholfen, die Läuse waren verschwunden, aber mit den kurzen Haaren und in dem Leinensack sah sie eben aus wie eine frisch verkaufte Sklavin. Maru seufzte. Sie sollte Tasil bitten, ihr etwas anderes zum Anziehen zu kaufen. Das musste doch auch in seinem Sinne sein, oder? Ob er auch auf dem Platz war? Gesehen hatte sie ihn nicht.

Unten tat sich etwas. Die Menschen auf dem Platz gerieten in noch größere Unruhe. Eine Welle lief vom Torweg her quer durch die dicht gedrängten Leiber. Dann teilte sich die Menge. Maru sah große, kräftige Soldaten, die sich mit den Schäften ihrer Speere den Weg bahnten. Sie drängten die Umstehenden zur Seite. Es wurde geschrien und geflucht, aber der Spalt wurde breiter, und schließlich war eine Gasse vom Torweg bis zum Palast gebahnt. Dann erschien der Malk. Er war umringt von einer Schar Krieger mit großen eisernen Äxten. Er kam allein, von seinem Bruder war nichts zu sehen. Erst jetzt fiel Maru auf, dass Biredh das auch so angekündigt hatte. »*Der* Malk kommt«, hatte er gesagt. Woher hatte er nun wieder gewusst, dass es nur einer war? Hinter dem Malk, mit respektvollem Abstand, folgten fünf Priester. Vier trugen weiße Umhänge. Maru erkannte an der Farbe ihrer Gürtel, welchem Hüter sie dienten: Rot für den Diener Bronds, blau für Alwas Priester; bei dem von Hirth war der Gürtel grün, und beim Priester von Fahs war er weiß. Grau war das Gewand des fünften, der den anderen folgte. Maru hatte in Akyr genug gelernt, um zu wissen, dass es immer so war. Die Diener der vier Hüter hatten in vielem Vorrang vor den Priestern Strydhs, denn Strydh war als letzter der erstgeborenen Götter zur Welt gekommen. Maru sah aber auch, dass diese Reihenfolge nichts über die wahren Machtverhältnisse auf dem Tempelberg aussagte. Selbst von Weitem sah sie dem Graugekleideten an, welch schneidende Verachtung er seiner Umgebung entgegenbrachte. Er war ein großer, hagerer Mann, der die anderen Priester im Wuchs überragte – und er strahlte eine Selbstsicherheit aus, die Maru noch auf der zweiten Stufe des Schirqu zu spüren glaubte.

Plötzlich spürte sie eine harte Hand auf ihrer Schulter: »Maru, du nutzlose Sandkröte, hier treibst du dich also herum!« Es war Tasil.

Maru fiel vor Schreck fast von der Mauer. Tasil saß plötzlich neben ihr, während einige verdutzte Serkesch sich ein Stockwerk tiefer aufrappelten. Jemand schien auf sie gefallen zu sein. Verletzt war offenbar niemand, aber es wurde mächtig geschimpft. Der Gefallene behauptete, dass er gestoßen worden sei, aber niemand glaubte ihm.

Tasil lächelte. »Wenigstens hast du einen guten Platz ausgesucht«, lobte er, »aber hast du auch etwas von Belang in Erfahrung gebracht?« Er sprach halblaut, damit die Umstehenden nichts hörten.

Maru ordnete kurz ihre Gedanken. »Der Immit des Kaidhan wird bald, eigentlich täglich hier erwartet«, antwortete sie ebenso leise. Diese Nachricht schien ihr unter allen, die sie gehört hatte, die wichtigste.

Tasil warf ihr einen überraschten Seitenblick zu. Offenbar hatte er nicht wirklich erwartet, dass sie ihm irgendetwas von Bedeutung mitzuteilen hatte. Er legte den Kopf in den Nacken. »Der Immit… Täglich? Ist dir klar, was das heißt?«

Auf diese Frage hatte Maru gewartet. Seit Biredh daraus ein Rätsel gemacht hatte, hatte sie sich erfolglos das Hirn zermartert. Sie sah die Menschenmenge, die Krieger, die Priester, den Malk, und sie spürte die ungeheure Anspannung, die über allem lag. Plötzlich wusste sie es: »Ja, es bedeutet, dass vorher etwas passieren wird.«

Tasil hob anerkennend eine Augenbraue, aber dann runzelte er die Stirn und sagte nur: »Gut geraten, Maru.«

Auf der Terrasse vor dem Palast war inzwischen in einer großen, bronzenen Schale ein Opferfeuer entfacht worden. Die Priester der Hüter traten einer nach dem anderen an die Flammen heran, warfen Palmenzweige hinein und flehten dann lautstark zu ihrem Gott, er möge den Raik wohlbehalten nach Ud-Sror geleiten. Eine Bitte, die von der Menge immer mit einem lauten »Wir erflehen es!« begleitet wurde. Viermal wiederholte sich dieser Vorgang, dann trat der Priester Strydhs nach vorne.

Auch er verbrannte einen Zweig in der Lohe, dann trat er einen weiteren Schritt auf die Menge zu und rief: »Strydh, Herr der Axt, auch ich erbitte dein Geleit für Raik Utu-Hegasch. Lass Gnade vor Recht ergehen, auf dass er seinen Platz in Ud-Sror finde!« Die schon viermal gerufene, immer gleiche Antwort erstarb der Menge auf den Lippen. Maru sah die Entrüstung bei den anderen Priestern. Der von Alwa schien nach vorne drängen zu wollen, doch der Hohepriester Bronds hielt ihn zurück. Strydhs Diener fuhr fort, und seine heisere Stimme hallte wider von den Tempelmauern. »In seiner Jugend war Utu fürwahr ein tapferer Krieger, vergib ihm die Schwäche seiner späteren Jahre!«

Totenstille legte sich über den Platz. Die Serkesch sahen einander an, so als könnten sie nicht glauben, was sie eben gehört hatten.

Der Priester fuhr fort, und sein einäugiger Blick wanderte voller Verachtung über den Platz. »Vergib auch den Bewohnern der Stadt Serkesch, die die Hüter so oft um Frieden baten. Zürne ihnen nicht, denn wie soll die Herde den Weg finden, wenn der Hirte sie in die falsche Richtung führt?« Er machte eine Pause, die schwer auf der Menge lastete. »Ich habe es gehört, das Lachen in den Städten der Budinier und über den Zelten der Hakul. Sie lachen über uns und unsere Schwäche. Unsere Äxte sind stumpf, doch es sind nicht die Spuren des Kampfes, die ihre Klingen schartig werden ließen. Hilf deinen unwürdigen Dienern, Strydh, aus diesen Lämmern wieder Wölfe zu machen. Schärfe die Schwerter, stärke unseren Mut! Wir sind bereit, dir unser Blut zu opfern – und lieber opfern wir es vor der Tür unserer Feinde als vor unserer eigenen! Ist es nicht so, Söhne von Serkesch?«

Einzelne Rufe antworteten, doch Maru war sich nicht sicher, ob sie Zustimmung oder Entsetzen bedeuteten. Tasil stieß ihr plötzlich mit dem Ellbogen in die Rippen. »Gaffe nicht blöd in die Menge, achte auf die Priester, den Malk, die Krieger«, raunte er ihr ins Ohr.

Sie verstand zunächst nicht, was er meinte. Sie folgte seinen Blicken, die unruhig über den Platz wanderten, und dann bemerkte sie es selbst: Sie sah die versteinerten Mienen der anderen Priester – doch der Malk wirkte nicht im Mindesten überrascht.

Scheinbar völlig unberührt folgte er der Rede des Priesters, dessen gellende Stimme von den Tempelmauern widerhallte. »Wir erbitten deine Hilfe, Strydh, hilf uns und hilf dem künftigen Raik der Stadt, wer immer es sein möge, unsere Waffen wieder zu deinem Ruhm in dem Blut unserer Feinde zu tränken! Wir erflehen deinen Segen, Strydh!«

»Wir erflehen ihn«, antworteten viele Stimmen. Es waren nicht alle, aber doch weit mehr als noch vor wenigen Augenblicken.

Tasil schnaubte verächtlich. »Diese Schafe«, murmelte er.

Maru ahnte, was er meinte, doch sie hatte das Gefühl, dass die Sache noch nicht entschieden war. Die Zustimmung der Menge war halbherzig. Dann wusste sie, was die Menschen zögern ließ. Es war nur *einer* der Malk anwesend. Es war sehr offensichtlich, und sie hörte, wie ein Mann hinter ihr seinem Nachbarn zuraunte: »Abeq Mahas und Malk Numur so offen, wer hätte das gedacht?«

Die Menge blickte wie gebannt auf den Priester Strydhs, der mit erhobenen Armen den Segen seines Gottes erflehte. Aber Maru sah, wie der Malk mit einem seiner Diener sprach, der daraufhin in den Palast eilte. Sie bemerkte, dass der Priester mit Numur einen kurzen Blick austauschte und der Malk leicht nickte.

Der Malk erhob sich jetzt, um seinerseits an die Opferschale zu treten. Auch er warf einen Zweig hinein. Er schwieg einen langen Augenblick, dann rief er: »Mögen Strydh und die Hüter Raik Utu-Hegasch gut nach Ud-Sror geleiten, und möge Uo ihn fürstlich bewirten. Dies erflehe ich von den Erstgeborenen.«

»Dies erflehen wir«, rief die Menge. Und hinter Maru raunte dieselbe Stimme wie eben: »Er hat Strydh vor den Hütern angerufen, hast du gehört?«

Malk Numur breitete die Hände in einer Geste der Einladung aus. »Volk von Serkesch, ich danke für die guten Gebete und Wünsche. Ich weiß, was ihr fürchtet. Ihr habt gehört, dass Uneinigkeit herrscht zwischen mir und meinem Bruder Iddin.«

Er sprach sehr schnell, und seine Stimme war hoch und dünn, Maru fand sie sogar ein wenig schrill.

»Doch das ist nicht so«, fuhr der Malk fort, »wir sind einander zugetan, wie Brüder es sein sollten, und nichts als Liebe ist zwischen uns! Ich weiß, er ist in Gedanken jetzt bei mir und bei euch, so wie ich in Gedanken bei ihm und dem Leib meines Vaters bin, dem er, gemäß unserem Gesetz, die Ehre der Totenwache erweist. Das Recht, dieses als Erster zu tun, hat er, denn er ist der Ältere – und wer bin ich, ihm dieses Recht streitig zu machen?«

Die Menge lauschte gebannt. Und wieder war es die Stimme hinter Maru, die flüsterte: »Er erkennt Iddin als den Älteren an? Das gibt es doch nicht!«

Der Malk lächelte, als er weitersprach. »Ich weiß, dass manche unter euch erwarten, dass ich auf meine Rechte auch in anderer Hinsicht verzichte.«

Die Menge hielt den Atem an. Im Opferfeuer knackte ein Ast.

»Doch wisset«, fuhr der Malk fort, »dass auch das Recht dieser Erklärung zuerst meinem Bruder zusteht, denn er ist der Ältere unter uns Gleichgeborenen. Ich werde auch dieses Recht nicht bestreiten.«

Ein Seufzer der Enttäuschung lief durch die dicht gedrängten Reihen. Das war nicht, was sie zu hören gehofft hatten.

»Und noch etwas habe ich zu verkünden, Volk von Serkesch.« Der Malk wartete, bis er sich der Aufmerksamkeit des ganzen Platzes sicher war.

In diesem Augenblick tauchten in einem schmalen Nebeneingang des Palastes zwei Männer auf. Sie hatten Ort und Zeitpunkt gut gewählt, niemand schenkte ihnen Beachtung, niemand außer Tasil. Er stieß Maru wieder in die Rippen und machte sie auf die beiden Gestalten aufmerksam. Sie trugen beide lange, schmale Leinenbündel unter dem Arm. Auf den ersten Blick konnte man sie für zwei Arbeiter halten. Sie nahmen den Weg zur Stadt hinunter.

»Siehst du, es geht los«, meinte Tasil

»Wir haben heute die Nachricht erhalten«, setzte der Malk seine Rede endlich fort, »dass morgen zur Zeit des Mittags Immit Schaduk aus Ulbai hier eintreffen wird.« Maru erkannte, dass der Malk mit »wir« sicher nicht die Hohepriester der Hüter meinte. Sie wirkten sehr überrascht. »Der Immit wird nicht nur kommen, um mit uns zu trauern und mit uns Abschied zu nehmen von unserem geliebten Vater. Er ist bekannt für seine Weisheit, und der Segen des Kaidhan reist mit ihm. Sein Rat wird in dieser Angelegenheit von unschätzbarem Wert sein. Erbitten wir für seine Reise den Segen der Hüter.«

»Wir erflehen den Segen der Hüter«, riefen hunderte Kehlen. Es klang aufrichtig.

»Von Wert, was meint er – wird er sich dem Beschluss beugen, oder nicht?«, raunte es hinter Maru und Tasil.

Tasil beugte sich zu Maru hinüber. »Weißt du es?«

Maru wusste es nicht.

»Du musst besser aufpassen. Die Antwort ist vor wenigen Augenblicken aus jener schmalen Tür getreten.«

Maru wollte etwas erwidern, doch Tasil gebot ihr mit einer knappen Geste zu schweigen. Er wurde unruhig. Offenbar hatte er noch etwas entdeckt, was ihr entgangen war. Sie versuchte, seinen schnellen Blicken zu folgen und bemerkte, dass der Hohepriester Bronds irgendjemanden auf dem Platz zu suchen schien.

Tasil stand auf, um besser sehen zu können. Dann stieß er Maru, die ebenfalls aufgestanden war, zum dritten Mal in die Rippen. Offenbar hatte er gefunden, was der Priester gesucht hatte. Und Maru sah es jetzt auch. Es war ein gefiederter Stab, der aus der Menge herausragte. Tasil runzelte die Stirn. Der Stab bewegte sich Richtung Tor. Maru fiel auf, dass sich die Menschenmenge vor dem Träger des Stabes teilte. Sie hatte keine Ahnung, was da vor sich ging, aber sie sah Tasils Lächeln, das dem eines Wolfes glich. Irgendetwas Wichtiges musste gerade passiert sein.

Am Opferfeuer ergriff jetzt wieder der Hohepriester Fahs' das Wort. »Söhne und Töchter von Serkesch, geliebte Kinder von Raik Utu-Hegasch, die Opferfeuer für den Raik sind entzündet. Kommt, reiht euch ein! Tragt Sorge, dass unser Herr mit Ehren aufgenommen wird in Ud-Sror!«

Das war das Zeichen, dass die Versammlung beendet war. Junge Priester öffneten die Tore der Tempel für die Opferwilligen.

Tasil hatte offenbar keine Lust, der Einladung zu folgen. Er packte Maru an der Schulter und zeigte auf den Stab, der sich immer noch Richtung Unterstadt bewegte. »Siehst du den Stab? Du musst den Träger für mich verfolgen, ohne dass er dich sieht, kannst du das?«

Maru nickte. So etwas hatte sie noch nie gemacht, aber wie schwer konnte das sein?

»Du darfst ihm auf keinen Fall zu nahe kommen, denn dieser Mann kann dich spüren, ohne dich zu sehen, verstehst du?«

»Nein«, sagte Maru.

Tasil schüttelte den Kopf, so als könne er ihre Dummheit nicht fassen. »Er ist ein Maghai, einer der alten Zauberer aus den Sümpfen. Die sind gefährlich. Gib also auf deine Schritte acht, Mädchen.«

Er griff in eine der verborgenen Taschen auf der Innenseite seines Umhangs und zog einen kleinen Fladen Brot heraus. Die Menge strömte in die Tempel. Niemand achtete auf den Mann und das Mädchen, die auf dem Schiqur standen und offenbar etwas Essbares teilen wollten. Tasil nahm das Stückchen in beide Hände, murmelte eine kurze Beschwörung, spuckte auf das Brot und drückte es Maru in die Hand.

Sie nahm es zögernd entgegen. »Was ist das, Onkel?«

»Der Maghai wird einen Ort brauchen, an dem er ungestört ist. Ein eigenes Haus wahrscheinlich, vielleicht geht er aber auch hinaus in die Wildnis. Du folgst ihm. Sobald er sein Ziel erreicht hat, isst du dieses Brot!«

»Dieses?« Es war noch feucht.

»Hast du noch anderes?«

»Und dann?«

»Das wirst du schon sehen.«

»Und was machst du, Onkel?«

»Das geht dich nichts an. Und jetzt lauf, bevor der Maghai dir entwischt!«

Die Nacht des Maghai

Als das Heer des Fürsten die Stadt Ulbai belagerte, wurde es von Geisterwesen angegriffen. Doch Etellu ermahnte die Seinen: »Blendwerk ist dies, geschaffen durch die Maghai. Dies hat keine Macht über uns.« Und Etellu stellte sich vor das Heer, und die Wesen wurden an seiner Größe zunichte. So geschah es, und die Stadt fiel.

Etellu Kaidhan, *Vom Marsch der Akkesch*

Als Maru endlich die dicht gedrängte Menschenmenge hinter sich hatte, war es nicht mehr schwer, dem gefiederten Stab des Maghai zu folgen. Sie achtete sehr auf Abstand. Tasil hatte sie vor dem Zauberer gewarnt, doch das war gar nicht nötig gewesen. Jedes Kind wusste, dass Maghai Menschen in Mäuse verwandeln konnten. Außerdem konnten sie Dörfer verschlingende Flussechsen beschwören. Darüber wusste man an jedem Herdfeuer von Akyr zu erzählen. Die Maghai waren Halbdaimonen, Kinder von Hexen und Seeschlangen. Sie wurden im Nebel der Sümpfe gezeugt, und sie konnten sich nach Belieben wieder in Nebel verwandeln. Sie mieden die Menschen und gingen geheimen Geschäften nach. Maghai konnten heilen, aber sie konnten vor allem verderben. Sie waren mächtig, und sie konnten sehr hilfreich sein, aber es war gefährlich, sie um etwas zu bitten, denn sie forderten stets einen hohen Preis. Es hieß, der Flussgott Dhanis selbst sei ihr Stammvater und die Maghai einst die Herren des Landes gewesen. Meist blieben sie ein Gerücht, das weit im Süden seine Heimat hatte, in den düsteren Sümpfen des Wasserlands Awi. Manchmal aber wurden sie auch auf den Weiden der Budinier gesehen. Es hieß, sie schlichen nachts um die Dörfer, um Kinder zu rauben. Es gab so viele düstere Geschichten über sie, dass sie einfach wahr sein *mussten*. Auf jeden Fall war es klug, sich von ihnen fernzuhalten.

Der gefiederte Stab bog jetzt von der Hauptstraße ab. Maru rannte zur Ecke und spähte in die Nebenstraße. Die Dämmerung hatte eingesetzt. Der Weg wurde schmal und verlor nach wenigen Schritten seine gerade gezogene Richtung. Die Serkesch neigten offenbar dazu, Wege als Baugrund zu nutzen. Die Straße schrumpfte zur Gasse und schlängelte sich zwischen Häusern und Anbauten hindurch. Die Sonne stand schon tief, und dichter Schatten lag in der Gasse. Außer dem Maghai war niemand zu sehen, nur einige Hühner scharrten im Sand. Maru folgte dem Mann in gehörigem Abstand. Es erschien ihr unnatürlich ruhig. Sie wunderte sich, dass in einer so großen Stadt keine Kinder in den Straßen spielten. Vielleicht war das während der Trauerzeit verboten? Oder vielleicht spielten sie anderswo, an freundlicheren Orten. Nach einer Weile bemerkte sie, dass es doch Leben hinter diesen Mauern gab. Es verstummte, wenn sie sich näherte, und es schien sich erst wieder bemerkbar zu machen, wenn sie es hinter sich gelassen hatte. Dann wurde ihr klar, dass es nicht an ihr lag. Es war der Maghai. Es war, als würde er von einer Welle des Schweigens begleitet. Maru schauderte, und sie wünschte sich, Tasil wäre in der Nähe.

Es war dunkel in der engen Gasse. Die fensterlosen Mauern der Häuser waren in die Höhe gewachsen und ließen nicht viel Platz für den Himmel. Wo es ein zweites Stockwerk gab, ragte es meist über die Straße, manchmal so weit, dass es das Haus auf der gegenüberliegenden Seite berührte. Von Zeit zu Zeit kreuzten andere Wege die Gasse. Diese hatten eine gepflasterte Rinne in der Mitte. Diese Wege mussten demnach Richtung Fluss nach Süden führen. Der Maghai ging also nach Osten. Er ging weder besonders schnell, noch besonders langsam, hielt nicht an, und er drehte sich auch nicht einmal um.

Maru wagte sich allmählich näher heran. Sie hatte noch nie einen Maghai gesehen. Eigentlich hatte sie sich einen Zauberer anders vorgestellt, größer, Ehrfurcht gebietender. Der Mann trug einen knöchellangen braunen Mantel, der an den Schultern mit Wolfspelz besetzt war. Sein Haar war ungezähmt, eine wahre Löwenmähne. Er war nicht sehr groß, etwas untersetzt. Ein halbes Dutzend Federn von Raubvögeln und Krähen baumelte an der Spitze seines gebogenen Stabes.

Es wurde jetzt schnell dunkel, das Licht in den Gassen immer ungewisser. Zweimal bog der Maghai in noch schmalere Seitengassen ab, und beide Male fürchtete Maru, sie könne ihn verlieren, aber sie hatte Glück und holte immer wieder auf. Die Gegend wurde ärmlicher, die Hütten kleiner und schäbiger. Der Weg war inzwischen nicht mehr als ein Trampelpfad, der sich zwischen schiefen Lehmmauern hindurchwand. Schließlich erreichte der Maghai einen kleinen Platz, eine Wegkreuzung, mit einem Brunnen in der Mitte. Es war ein einfaches Loch im Boden, das mit zwei Reihen Lehmziegeln eingefasst war, aber wohl der Grund, warum der Ort von der Bauwut der Serkesch verschont blieb. Ein hölzerner Deckel, der den Schacht sonst verschlossen hielt, war achtlos an die Ziegel gelehnt, ein Ledereimer lag daneben.

Die Nacht war hereingebrochen. Maru musste sich anstrengen, um überhaupt noch etwas zu erkennen. Die Hütten an diesem Platz waren niedrig, die Mauern unregelmäßig. Keine hatte ein zweites Stockwerk, und Maru sah weder Fenster noch Türen, nur Trittsteine, die als Leiterersatz dienten. Sie kannte diese Bauweise aus ihrem Heimatdorf. Dort war es ein Ring von Häusern gewesen, mit nur einem einzigen Einlass zum Platz in der Mitte. Die Hütten waren nur über eine Luke im Dach zu betreten. Wer hineinwollte, brauchte eine Leiter. Das war eine einfache Verteidigungsmaßnahme in unsicheren Zeiten.

Der Maghai ging über den Platz, aber am Brunnen blieb er

plötzlich stehen. Er hob den Kopf und sog prüfend die Luft ein. Langsam drehte er sich um. Maru drückte sich schnell in eine Mauerspalte zwischen zwei Häusern. Sie wartete mit wild klopfendem Herzen. Hatte er sie entdeckt? Tasil hatte sie gewarnt. Hatte der Maghai ihre Anwesenheit etwa gespürt? Sie lauschte, irgendetwas näherte sich – aber es war nur ein streunender Hund, der in den Ecken schnüffelte. Als sie sich endlich wieder aus ihrem Versteck wagte, war der Zauberer verschwunden.

Maru lief auf den Platz, der verlassen im Sternenlicht lag. In einiger Entfernung flammten Fackeln auf. Dort musste sich die Stadtmauer befinden, wo jetzt Wachen auf und ab gingen. Maru hatte nicht gedacht, dass sie so nah war. Sie spähte in die kleinen Gassen, die von dem Platz ausgingen, fand aber keine Spur vom Maghai. Sie lief erst ein Stück in die eine, dann in eine andere – nichts. Er war verschwunden. Aus den Häusern drangen jetzt mehr und mehr Geräusche. Es war, als hätten die Bewohner von Serkesch auf den Anbruch der Nacht gewartet, um die Stadt erwachen zu lassen. Mütter schimpften, Kinder weinten, Männer fluchten oder lachten. Offenbar verlagerte sich das Leben auf die Dächer. Fackeln und offene Feuer streuten rötliches Licht in den Nachthimmel. Es roch nach gebratenem Lamm.

Maru spürte plötzlich ihren Hunger. Sie hatte seit dem Mittag nichts mehr gegessen. Aber das war unwichtig. Wo war der Maghai? Sie lauschte. Es war seltsam, das Stadtviertel war voller Leben, aber keines der vielen Geräusche schien aus der unmittelbaren Nähe zu stammen. Die Hütten an dem kleinen Platz lagen wie tot. Es roch unter dem Bratenduft plötzlich nach faulendem Unrat. Irgendwo kläffte ein Hund mit bemerkenswerter Ausdauer. Er schien auf einem Dach zu stehen. Maru fragte sich, wie er da wohl hinaufgekommen sein mochte. Der Geruch von Fäulnis wurde stärker. Sie drehte sich um.

Nur wenige Schritte entfernt saß der Daimon Utukku auf der Umrandung des Brunnens und beobachtete sie. Seine kupferfarbenen Augen schimmerten matt in der Dunkelheit.

»Der, den du suchst, ist dort drinnen, Maru Nehis«, sagte er mit seiner silberfließenden Stimme.

Marus Herz schlug bis zum Hals. Dieses unheimliche Wesen hatte sie zu Tode erschreckt. »Der Maghai?«, fragte sie, um überhaupt etwas zu sagen

Der Daimon schloss die Augen und legte den Kopf auf die Seite, als wollte er nachdenken. »Ja, Maghai«, sagte er schließlich, dann sah er Maru wieder schweigend an.

Sie fragte sich, wie lange er schon da gesessen haben mochte. Es war auf einmal unangenehm still. Die vielen Geräusche, die eben noch durch die engen Straßen schallten, schienen seltsam gedämpft. Selbst der Hund, der sich eben noch die Seele aus dem Leib gebellt hatte, war verstummt.

»Danke«, sagte sie, um die bleierne Ruhe zu brechen.

»Er braucht viel Kraft«, sagte der Daimon.

»Du weißt, was er tut?«

Der Daimon überlegte, bevor er nach einer Zeit, die Maru wie eine Ewigkeit erschien, verneinte. »Da ist eine Mauer«, fuhr er nach einer weiteren Pause fort. »Und dahinter sein Wille. Und seine Augen.«

Maru hatte kaum zugehört. Sie trat unruhig auf der Stelle. Warum glotzte dieser Daimon sie so an? Warum war er überhaupt hier? Und wie hatte er sie gefunden? Ein Durcheinander von Fragen schoss ihr durch den Kopf. »Was willst du von mir?«, platzte sie heraus.

Der Daimon sah sie auf die ihm eigene Art lange an, bevor er sagte: »Dinge sind geschehen. Dinge werden geschehen. Etwas ändert sich.«

Was war das für einen Antwort? Wich er ihr aus? Oder beantwortete er vielleicht eine Frage, die sie nur noch nicht gestellt hatte?

»Aber was, Utukku, was hat das mit mir zu tun?«

»Das Ende.«

»Ende? Wovon?«

Die kupfernen Augen schlossen sich langsam und gingen noch langsamer wieder auf. Der Blick war jetzt durchbohrend, Maru fühlte sich schutzlos und nackt.

»Du musst essen, Maru Nehis«, sagte der Daimon mit seiner gleichzeitig silbern und undeutlich klingenden Stimme. Dann glitt er mit einer schlangenartigen Bewegung in den Brunnen und verschwand.

Maru war einen Augenblick verblüfft, dann rannte sie zum Brunnen. »Utukku!«, rief sie hinab. Der Brunnen schwieg, Sterne spiegelten sich in seinem Wasser, Sterne und ein kurz geschorener Mädchenkopf. Es gab keinen Wellenschlag, kein Kräuseln der Oberfläche. Nichts deutete darauf hin, dass eben ein Daimon dort unten verschwunden war. Sie richtete sich auf und sah sich um. Der Hund bellte wieder, und Lachen erklang irgendwo über Häusern. Es war immer noch niemand auf der Straße.

Wie ein Fisch, der einem aus den Händen gleitet, dachte Maru.

Der Daimon wollte etwas von ihr, das war sicher. Aber was mochte das bloß sein? Sie dachte über seinen letzten Satz nach: »*Du musst essen.*« Was sollte das bloß wieder heißen?

Im nächsten Moment fiel es ihr ein. Das halbe Stückchen Brot, das Tasil ihr gegeben hatte! Das hatte sie völlig vergessen. Sie nahm es aus dem Beutel, den sie am Gürtel trug, und befühlte es. Es war zu dunkel, um viel zu sehen. Sie roch daran, es roch würzig, fremd, salzig. Mit Schaudern dachte sie daran, dass Tasil draufgespuckt hatte. Sie seufzte, dann steckte sie es kurz entschlossen in den Mund, kaute zwei-, dreimal und schluckte es runter. Sie wartete – nichts passierte. Und satt wurde sie auch nicht, eher noch hungriger. Ein Zauberbrot war es also nicht.

Sie war immer noch unschlüssig. Tasil wollte, dass sie in Erfahrung brachte, was der Maghai tat. Um das herauszufinden, musste sie aufs Dach. Tasil hatte sie aber davor gewarnt, dem Maghai zu nahe zu kommen. Auf dem Dach wäre sie direkt über ihm, und das war sehr nah. Also durfte sie nicht hinauf. Was sie auch tat, es konnte nicht richtig sein. Schließlich zuckte sie mit den Schultern. Dann war es eben so, und sie konnte tun, was sie wollte. Vorsichtig kletterte sie hinauf und kauerte sich hinter ein leeres Wasserfass. Sie konnte jetzt den Hund sehen, der immer noch die Sterne anbellte. Er stand vier oder fünf Dächer entfernt. Auch auf anderen Hütten war Leben, Menschen saßen im Licht von Laternen oder kleinen Feuern und unterhielten sich. Es gab sicher viel zu bereden für die Serkesch. Die Stimmung schien eigenartig gedämpft. Angst lag über der Stadt, Maru konnte das spüren. Am Horizont zeigte sich haarfein die Sichel des neuen Mondes. Zikaden zirpten, und Fackelträger wanderten die Stadtmauer auf und ab. Es war eine laue Sommernacht, ebenso mild wie die vorige. In Akyr hatten sich die Sklaven in solchen Nächten um die Feuer versammelt und Geschichten erzählt in Stunden, in denen das Leben leicht und das harte Tagwerk weit weg schien. Zum Beispiel Geschichten über Maghai, die neugierige Menschen in Mäuse verwandelten.

Die nächsten Dächer lagen allesamt in Dunkelheit, was Maru seltsam erschien. Es war, als sei um die Hütte des Zauberers ein Kreis von Schweigen und Dunkelheit gezogen. Vorsichtig kroch sie weiter. Von unten schimmerte Licht in dünnen Streifen durch die geschlossene Dachluke. Sie schlich näher heran. Die Klappe war aus Holz, und zwischen den einzelnen Brettern war genug Platz, um hindurchzuspähen. Der Maghai würde sie durch einen geschlossenen Eingang nicht bemerken können, oder?

Maru schob sich langsam nach vorne und spähte hinunter. Dutzende Kerzen erhellten den Raum. In der Mitte saß der Maghai vor einem großen Weidenkorb und murmelte ohne Unterlass in einer Sprache, die sie nicht verstand. Manchmal klang es vertraut, dann wieder völlig fremd. Irdene Töpfe standen neben dem Maghai, sein Stab lag neben ihm. Rauchschwaden zogen durch die Luft. Sie quollen aus kupfernen Tiegeln, die auf dem Herdfeuer standen. Der Weidenkorb war offen, etwas bewegte sich darin. Der Maghai hob die Stimme und senkte sie wieder. Maru presste ihr Gesicht näher an die Luke. Es war der Leib einer Schlange, hellbraun, mit rotbraun gezacktem Muster, der sich in unruhigen Bewegungen durch den Korb wand.

Der Maghai steckte eine Hand in einen schwarzen Topf und zog sie wieder heraus. Eine gelbliche Flüssigkeit troff von seinen Fingern. Er steckte die Hand in den Korb und bestrich die Schlange damit. Die Bewegungen der Schlange wurden schneller. Der Zauberer hob seine Stimme, stieß einige unverständliche Laute aus, streckte die Hand aus und – hielt plötzlich inne.

Maru fühlte ein leichtes Prickeln in den Fingern und Zehen, erst ganz fein, dann stärker. Es breitete sich aus, kroch die Arme und Beine empor, ergriff den ganzen Körper. Sie fühlte Eis, das ihr Rückgrat emporzuwachsen schien. Es verschlug ihr den Atem. Plötzlich sah sie Tasil. Er saß auf dem Dach. Er saß auf einer Grabstele. Er reinigte seinen Dolch mit Sand. Sie sah ihn, und sie sah ihn nicht. Denn sie hätte den Kopf heben müssen, um ihn sehen zu können, aber sie konnte sich nicht bewegen. Er konnte auch nicht auf dem Dach sitzen, denn dort gab es weder Grabstelen noch Sand. Und doch saß er da, mit geschlossenen Augen, und reinigte mit gedankenverlorener Bewegung seine Hakul-Klinge.

Ein Brennen lief ihr über das Gesicht, ihr Blick trübte sich, und weißer Nebel war alles, was sie noch sah. Sie hätte geschrien, wenn sie gekonnt hätte, sie wäre aufgesprungen und davongerannt, wenn sie noch Gewalt über ihre Glieder gehabt hätte – aber sie war gelähmt. Ihre Lungen wurden taub, sie konnte nicht mehr atmen. Sie konnte den Kopf nicht bewegen, sie konnte es nicht sehen, aber sie *fühlte*, wie sich das Fleisch ihres ganzen Körpers in grauen, verwitterten Stein verwandelte.

Mit einem Mal war da der Schmerz. Er kroch aus ihrem Genick in den Kopf, bohrte sich tief in den Schädel, wurde stärker, unerträglich und – löste sich plötzlich in nichts auf. Eine Träne floss aus ihrem Auge und fiel, scheinbar endlos lange, bis sie auf einem der Hölzer der Dachluke zerstob. Dann war da eine Stimme: *»Reiß dich zusammen, Maru!«*

War das … Tasil?

»Wer sonst, du nutzlose Kröte? Kannst du dich beherrschen? Oder wirst du schreien, wenn ich loslasse?«

Loslassen? Maru fühlte eine weitere Träne, die über ihre Wange lief und fiel. Auch sie tropfte auf eine der Latten. Unter ihr bestrich der Maghai die Schlange wieder mit der gelben Flüssigkeit. Die Schlange bewegte sich ruhig und langsam. Maru konnte wieder atmen, aber es war mühsam, so als würde ihr jemand die Kehle zuschnüren und ihr gerade genug Luft zum Atmen gönnen. Sie konnte sich immer noch nicht rühren.

»Wo bist du? Zeige mir, was du siehst!«, sagte Tasils Stimme. Sie blinzelte, konnte ihre Umgebung nur verschwommen erkennen, aber dann wurde es wieder klarer. Ihr Atem ging immer noch flach und gepresst, sie bekam nicht genug Luft. Der Maghai unter ihr war immer noch mit seinen Beschwörungen beschäftigt. Sie hörte ihn nur gedämpft. Der Nebel kam zurück, verfärbte sich rot. *»Ah, ich verstehe.«* Tasils Stimme schien leiser zu werden. Blut pochte in Marus Ohren. Für die Dauer einiger Herzschläge blieb es sonst still in ihrem Kopf. *»Gut, du wirst gleich Arme und Beine wieder fühlen. Du kannst dann von da verschwinden. Warte auf mich am Tor des Fahs.«*

Ihre Beine, sie konnte ihre Beine wieder spüren! Und ihre Arme waren doch nicht in Stein verwandelt – sie brannten! Hastig kroch sie von der Luke weg. Sie zitterte am ganzen Leib und bekam immer noch keine Luft.

»*Weiter, du musst weiter weg.*« Es war nur noch ein Flüstern.

Im Sitzen schob sich Maru bis zum Rand des Daches. Dann ließ sie sich einfach nach unten fallen. Erst jetzt schwand der eiserne Griff, der ihr den Hals zugeschnürt hatte. Maru lag auf dem Boden und rang nach Luft. Tränen liefen ihr übers Gesicht. Sie rappelte sich auf, rannte in eine der Seitenstraßen und übergab sich.

Als die Übelkeit verschwunden war, blieb Maru hinter einem Mauervorsprung sitzen. Tasil hatte sie an das Tor des Fahs bestellt. Tasil war in ihren Geist eingedrungen. Tasil hatte ihren Körper beherrscht. Sie zitterte am ganzen Leib. Sie fühlte sich leer. Tasil hatte sie an das Tor des Fahs bestellt, aber sie wollte ihm nicht begegnen, jetzt nicht, nie wieder. Sie atmete tief und langsam. Wie gut es tat, einfach atmen zu können. Sie beruhigte sich allmählich. Sie konnte sich nicht ewig verstecken. Sie wollte sich auch nicht verstecken. *Sie* hatte ja nichts Unrechtes getan. Sie würde Tasil gegenübertreten, und dann … dann … dann würde ihr schon etwas einfallen.

Sie war müde, aber dort, wo sie war, konnte sie nicht bleiben. In den Gassen war es jetzt stockdunkel. Maru tastete sich durch die Dunkelheit. Über ihr, auf den Dächern, saßen die Serkesch an den Feuern. Maru konnte sie hören, und manchmal fiel auch etwas Licht in die schmalen Wege. Sie konnte sich vorstellen, dass es schön sein konnte: auf den Dächern zu sitzen, Geschichten zu hören, die Sterne zu betrachten. Wahrscheinlich lachten und sangen sie sonst auch, so wie sie es in Akyr machten, doch jetzt schien die Stimmung gedrückt zu sein. Es wurde halblaut gesprochen, selten gelacht, und niemand sang. Sie hatten alle Angst vor dem nächsten Tag. Soweit Maru das beurteilen konnte, hatten sie dazu auch allen Grund.

Ihr wurde plötzlich klar, dass sie den Rückweg nicht kannte. Es war leicht gewesen, dem Maghai in das Gewirr zwischen den Hütten zu folgen, aber jetzt, in der Finsternis, erkannte sie die Wege nicht wieder. Er hatte zweimal die Richtung gewechselt. Und hier liefen die Wege auch nicht im rechten Winkel wie die Hauptstraßen. Sie blieb stehen und sah sich um. Dann schüttelte sie den Kopf, drehte sich um und hielt auf das Licht der Fackeln zu, die über die Stadtmauer getragen wurden. Ab da wurde es einfach. Es gab eine breite Straße hinter der Mauer, und das Licht der Wachfeuer erhellte sie. Maru lief schneller. Sie war müde, aber sie spürte einen starken Drang, sich zu bewegen. Sie wollte nicht nachdenken, sie wollte einfach nur laufen. Ihre Gedanken holten sie trotzdem ein.

Tasil. Er war in ihren Kopf eingedrungen. Was genau hatte er getan? Die Erinnerung war seltsam blass. Maru lief schneller. Seine Stimme, sie hatte seine Stimme gehört. Und sie hatte ihn gesehen, auf dem Dach. Sicher nur ein Trugbild. Aber wo war er gewesen? Was hatte er gemacht? Als sie sich trennten, war er davongehetzt, und natürlich hatte er nicht verraten, wohin. Maru fühlte ein Stechen in der Seite, sie keuchte, aber sie wollte auf keinen Fall anhalten. Natürlich hatte es mit den beiden Männern aus dem Palast zu tun. Er hatte sie verfolgt. Das musste es sein. Und sie hatte ihn gesehen, wie er im Sand saß und seinen Dolch reinigte. Ein Trugbild, eine Täuschung. Nichts davon musste wahr sein. Maru lief noch schneller. Vor ihr türmte sich die Mauer auf. Es ging nicht weiter nach Norden. Ohne langsamer zu werden, bog sie nach Westen ab.

Utukku. Sie würde erst anhalten, wenn sie das Tor des Fahs erreicht hatte. Was wollte diese seltsame Kreatur von ihr? Der Daimon hatte ihr geholfen. Er hatte ihr gesagt, in welcher Hütte der Maghai verschwunden war. Ihre Lungen brannten. Wie hatte er sie gefunden? Und was meinte er, als er vom »Ende« sprach? Und das Brot, er hatte von dem Brot gewusst! Vielleicht war er doch ein Alfskrol und wollte sie ins Verderben stürzen. Es wurde heller vor ihr. Das weiße Tor des Fahs schimmerte im Licht der Wachfeuer. Maru lief langsamer. Utukku hatte etwas vor, er wollte etwas von ihr, aber er verriet nicht, was es war. Genau wie Tasil. Und niemand hatte bis jetzt gefragt, was sie wollte. Ein einsamer Wachposten schritt vor dem Tor auf und ab. Das Tor war geschlossen. Maru hielt an. Sie hatte ihr Ziel erreicht. Sie war völlig außer Atem.

»Maru, du faule Sandkröte, steh auf!«

Sie spürte einen Tritt und schreckte hoch. Tasil stand vor ihr. Sie hatte auf ihn gewartet an der Mauer, dicht beim Tor, aber doch weit genug entfernt, dass der einsame Wächter keine Fragen stellte. Sie hatte sich in den Straßenstaub gesetzt und gewartet. Und dann war sie wohl eingeschlafen. Wie viel Zeit mochte vergangen sein? Die scharfe Sichel des neuen Mondes stand hoch am Himmel.

»Hier, willst du?«

Tasil hielt ihr ein in Schilf eingewickeltes Päckchen hin. Es roch nach gebratenem Huhn. »Ist noch Fleisch an den Knochen, und der Koch von Kwem versteht sein Handwerk. Willst du, oder willst du nicht?«

Maru verspürte großen Hunger, schließlich hatte sie seit dem Mittag nichts mehr gegessen. Aber dann fielen ihr die Ereignisse des Abends wieder ein. Sie hatte auf dem Dach gelegen, und dann hatte Tasil mit ihr gesprochen und dann …

Sie runzelte die Stirn. Da war ein großes schwarzes Loch und einige verschwommene bruchstückhafte Bilder. Sie versuchte, die Eindrücke festzuhalten, aber je mehr sie sich anstrengte, desto mehr entglitt ihr die Erinnerung. Vielleicht hatte sie ja wirklich nur geträumt, hatte schon den ganzen Abend an dieser Mauer gesessen und geschlafen. Alles schien so … blass. Das Nächste, woran sie sich klar erinnern konnte, war, dass sie hinter einer Mauer stand und sich übergab. Es hing mit dem Stück Brot zusammen, das er ihr gegeben hatte. Sie erinnerte sich auch daran, dass sie zornig auf Tasil gewesen war.

Ein Bild stand dann doch wieder vor ihrem Auge: Tasil, der auf einer Grabstele saß und seinen Dolch mit Sand reinigte. Ein Schauer lief ihr über den Rücken. Im Augenblick wollte sie von Tasil nicht mal ein Stück Brot annehmen. Sie würde *vor allem* kein Brot mehr von Tasil annehmen. Sie öffnete den Mund, um Tasil zu fragen, was er da getan hatte – aber etwas hielt sie zurück. Er hielt ihr immer noch das duftende Päckchen vor die Nase. Sie schüttelte den Kopf.

»Keinen Hunger? Na schön, aber jetzt komm, ich habe nicht die ganze Nacht Zeit.« Tasil warf das Schilfpäckchen achtlos auf die Straße und wartete, bis Maru aufgestanden war.

Das weiße Tor des Fahs leuchtete im Sternenlicht, doch weder oben auf der Mauer noch unten vor dem Portal brannte die Fackel eines Postens. Der Speerträger, den Maru vorhin gesehen hatte, war verschwunden. Das Holztor stand offen. Tasil packte Maru an der Schulter: »Ist hier jemand durchgekommen? Hast du jemanden gesehen?«

»Ich habe geschlafen, Onkel.«

»Du bist wirklich nutzlos!« Tasil fluchte und trieb sie zur Eile. Sie rannten die Treppenbrücke empor. Auch das Bukru-Tor war unbewacht. Tasil murmelte wieder einen Fluch. Auch Maru wunderte sich, aber nicht nur darüber, dass der Tempelberg unbewacht war. Tasil hatte die Kleidung gewechselt. Das fiel ihr erst jetzt auf. Und offenbar hatte er nicht nur Zeit dazu, sondern auch zum Essen gehabt. Warum hatte er es dann plötzlich so eilig? Tasil stand im Torbogen und schüttelte den Kopf. »Es ist viel zu früh«, sagte er, »es kann nicht sein.«

»Was denn, Onkel?«

Aber statt einer Antwort packte er sie am Handgelenk und zerrte sie zum Platz der Edhil-Säule. Wächter standen auf den Stufen des Palastes, und Wachfeuer flackerten in Kupferschalen.

»Immerhin«, murmelte Tasil und zerrte Maru weiter hinter sich her, quer über den Platz zur Haupttreppe.

Zwei Wächter versperrten ihnen den Weg.

»Ihr könnt nicht hinein«, sagte einer der beiden. Er schien die Ruhe selbst zu sein. Wenn er es für ungewöhnlich hielt, dass ein Mann und ein Mädchen zu dieser Stunde in den Palast wollten, dann ließ er es sich nicht anmerken.

»Ich habe eine wichtige Nachricht für Malk Numur«, sagte Tasil.

Der Wächter stand eine Treppenstufe höher als Tasil und lehnte auf seinem riesigen Lederschild. »Kein Fremder betritt das Haus des Raik, es sei denn, er erscheint unter dem Siegel des Raik, des Malk, des Obersten Verwalters oder eines anderen Mannes von hohem Rang. Hast du so ein Siegel?«

»Es ist wirklich sehr wichtig!«

Der Wächter nickte bedächtig. »Es ist immer wichtig.«

Tasil starrte ihn an. Maru fragte sich, ob Tasil versuchen würde, auch diesen Mann mit einem Zauber zu überzeugen. Der andere Posten hörte dem Gespräch interessiert zu. Weiter oben an der Treppe standen weitere Wachen. Es würde nicht leicht sein hineinzugelangen.

»Ich habe eine wirklich dringende Botschaft.«

»Gib sie mir, ich gebe sie weiter. Aber halt, das kannst du vermutlich nicht, denn nur der Malk darf deine Botschaft hören. Ist es nicht so?«

Tasil nickte grimmig. »Genau so ist es.«

Der Wächter zuckte mit den Schultern, seufzte wie unter einer schweren Last und sagte dann: »Wenn du willst, kann ich den Schab der Palastwache holen. Ich bin sicher, Muqtaq wird erfreut sein, zu so später Stunde gestört zu werden. Er wird sicherlich auch wissen wollen, wie ihr überhaupt auf den Tempelberg gelangt seid. Eine gute Frage, die ich dir nun auch stelle, Fremder.« Der zweite Wächter sagte nichts, aber er ließ Tasil nicht aus den Augen.

»Nun, dies gehört zu den wichtigen Dingen, die ich Malk Numur mitzuteilen haben«, antwortete Tasil.

»Also soll ich den Schab rufen lassen?«

Tasil zögerte einen Moment. »Das wird nicht nötig sein, denn eigentlich kann ich diese Nachricht auch Abeq Mahas überbringen. Er wird entscheiden, ob es nötig ist, den Malk zu stören oder nicht. Ich nehme an, ich finde ihn im Haus der Axt?«

»Du irrst, Fremder, Abeq Mahas hält sich keineswegs im Bet Ulmu auf, er ist bei unserem Malk ebenso wie die anderen Abeqai. Es wird dir nicht entgangen sein, dass dies eine schwere Stunde für die Stadt und ihre Würdenträger ist.«

»Und ist es möglich, dass ich …«

»Es ist nicht möglich, doch du kannst hier warten, bis er das Haus des Raik verlässt. Oder warte im Tempel Strydhs. Und immer noch hast du die Frage nicht beantwortet, wie du an den Torwachen vorbeigekommen bist.«

»Vielleicht fragst du sie selbst?«, schlug Tasil vor. »Ich für meinen Teil werde den Tempel aufsuchen. Hoffentlich ist das Ohr des Gottes für wichtige Nachrichten offener als das deine, Krieger.«

Maru folgte Tasil. Sie hatte wenig Lust, den Tempel des Strydh zu betreten. Sie dachte an den Alten vom Nachmittag. »Müssen wir da hinein, Onkel?«

»Wir müssen«, antwortete Tasil schlecht gelaunt.

»Aber die Wache sagte doch, dass der Hohepriester gar nicht da ist.«

»Natürlich ist er nicht da.«

»Aber …«

Tasil blieb stehen. »Siehst du nicht, was hier vorgeht, Maru?«

»Nein, Onkel.«

Er schüttelte den Kopf, als könne er so viel Dummheit nicht fassen. »Hoffentlich ist ein Priester mit mehr Verstand in diesem Tempel.«

»Ich will dort nicht hinein, Onkel.«

»Wer fragt danach, was du willst?«

»Die Götter, Onkel. Ich bin eine Sklavin und darf keinen Tempel betreten.«

»Du bist meine Nichte, jedenfalls für alle anderen, und niemand wird das Gegenteil behaupten. Die Götter sind verschwiegen. Also trödle nicht!«

»Heute Mittag, der Priester, er könnte mich wiedererkennen.«

»Welcher Priester?«

»Er saß in der Dunkelheit, ein uralter Mann mit Händen wie Klauen. Ich habe ihn nicht gesehen. Vielleicht kann er sich unsichtbar machen«, sagte Maru unsicher.

»Alt, sagst du? Hatte er ein oder zwei Augen?«

»Steinalt, aber was haben seine Augen …«

»Ein oder zwei?«

»Eins, Onkel.«

Tasil lächelte auf eine Art, die Maru beinahe Angst machte. »Dann werden wir ihn jetzt aus seinem Versteck aufscheuchen. Komm!«

Der Eingang des Bet Ulmu lag in völliger Dunkelheit. Keine Fackel und kein Feuer brannten davor. Doch auf den zweiten Blick zeigte sich ein seltsamer roter Schimmer. Maru erinnerte sich an die Mauer, die den geraden Weg in den Tempel versperrte. Vermutlich fiel von der Seite Licht auf die schwarzen Steine. Maru sah einen schwarzen Umriss vor diesem ungewissen Licht. Er bewegte sich.

»Du kannst hinein, Krieger, das Mädchen nicht!«, krächzte eine Stimme, die Maru sofort wiedererkannte.

Tasil blieb stehen. »Du bist der Torwächter dieses Tempels?«

»Natürlich bin ich das. Geh hinein und sprich mit unserem Gott. Ich kann das Blut an deinen Händen riechen. Du musst Strydh in vielen Schlachten geopfert haben.« Die Stimme kam immer noch aus dem Dunkeln.

»Ich will aber nicht mit Strydh sprechen, sondern mit dir, alter Mann.« Tasil griff in eine seiner vielen Taschen und zog etwas heraus.

»Mit mir?«, krächzte es aus der Finsternis

In Tasils Hand glomm ein Funke auf. Dann verbreitete Zunder etwas Licht. Der Alte saß auf einer Strohmatte. Eine dünne Decke lag neben ihm. Offenbar schlief er sogar in diesem Eingang.

»Nein, eigentlich nicht mit dir, sondern mit dem Obersten deines Tempels, doch die Wachen lassen mich nicht zu ihm. Du wirst also für mich gehen.« Tasil ließ den Zunder fallen, bevor er ihm die Hand verbrannte. Die Flamme erlosch, und es schien dunkler zu sein als zuvor.

»Und warum, Fremder, sollte ich das tun? Rede mit dem Schab der Wache. Ich bin Diener eines Gottes, kein Laufbursche.«

Tasil machte ein paar Schritte in die Finsternis hinein. Ein empörter Aufschrei war zu hören. Er zog den Alten am Kragen hinaus in das Sternenlicht. »So ist es doch viel besser, Alter, oder nicht?« Er erstickte die Proteste, indem er dem Greis einfach den Mund zuhielt. »Hör zu! Ich habe nicht viel Zeit für Erklärungen: Sie werden heute Nacht versuchen, Malk Numur zu töten. Abeq Mahas ist ein treuer Gefolgsmann des Malk, wenn ich mich nicht irre. Ist Numur tot, ist er ebenfalls in Gefahr, oder? Als ich hier hochkam, waren keine Wachen an den Toren. Das heißt, jemand im Palast ist in den Anschlag eingeweiht. Wir können niemandem trauen – außer den treuen Dienern Strydhs –, und wie ich sehe, bist du ihm sehr ergeben, ist es nicht so?« Er ließ den Alten los.

»Ein Anschlag? Auf das Leben des Malk? Aber wie? Warum?«, stammelte der Priester verwirrt.

»Die Einzelheiten werde ich dem Hohepriester mitteilen, nicht seinem Pförtner. Und sag ihm, ich zähle auf seine Dankbarkeit und auf die des Malk.«

»Dankbarkeit?«

»Frag nicht, beeil dich lieber, im Namen Strydhs! Und sprich nur mit Abeq Mahas, mit niemandem sonst!«

Der Alte nickte und hastete davon. Offenbar hatte er den Ernst der Lage erfasst. Er war trotz seines Stocks erstaunlich behände. Die Wachen ließen ihn passieren, ohne zu fragen.

»Onkel«, fragte Maru, »was ist das für ein Anschlag? Und woher weißt du, dass du dem Alten trauen kannst?«

Eigentlich rechnete sie nicht mit einer Antwort, aber Tasil sagte: »Glaubst du, der Maghai hat die Schlange nur zum Spaß beschworen? Sie ist vielleicht schon im Palast und sucht nach dem Malk.«

Maru dachte einen Moment nach. »Wäre es nicht klüger, damit zu warten, bis der Malk schläft?«

Tasil schwieg einen Moment, und es schwang eine Spur von Anerkennung mit, als er ihr schließlich zustimmte. »Der Angriff sollte kurz vor dem Morgengrauen erfolgen, wenn der Malk sich in seine Gemächer zurückgezogen hat. Dann findet die Schlange ihr Ziel leicht, und die wenigen Wachen sind übermüdet und unaufmerksam. Aber vielleicht habe ich die Fähigkeiten des Zauberers unterschätzt.«

»Und der Alte?«, fragte Maru. »Woher weißt du, dass er auf unserer Seite steht?«

»Ich denke, er ist ein treuer Diener Strydhs und damit auf derselben Seite wie der Hohepriester seines Gottes.«

Maru antwortete nicht, aber Tasil spürte offenbar, dass sie es noch nicht verstanden hatte. »Weißt du denn gar nichts, Mädchen? Der Alte hat die hohen Weihen des Strydh empfangen, wie du leicht an seinem verlorenen Auge erkennen kannst. Vielleicht war er sogar selbst einmal Hohepriester hier. Und er ist nicht zu stolz, um sein Gnadenbrot an der Schwelle des Tempels zu fristen. Sein Glaube muss stark und seine Treue fest sein.«

Jetzt begriff Maru. Tasil hatte recht, sie war wirklich dumm. Es hieß, dass Strydh seine Priester vor den höheren Weihen einer besonders grausamen und schmerzhaften Prüfung unterzog. Nur die ergebensten seiner Diener waren bereit, das geforderte Opfer zu bringen. Strydhs Hohepriester von Akyr hatte auch so eine Furcht einflößende Augenklappe getragen, aber alle wussten, dass er darunter ein gesundes Auge versteckte, und er war beliebter Gegenstand heimlichen Spotts gewesen. Bei den Akkesch nahm man die Dinge offenbar etwas ernster.

Der Alte blieb eine ganze Weile verschwunden. Endlich ertönte ein leiser Pfiff. Er kam aus der Dunkelheit zwischen Palast und Tempel.

»Hierher, Fremder«, krächzte die Stimme des Alten leise. Tasil schien sich nicht darüber zu wundern, dass der Alte an einer ganz anderen Stelle wieder auftauchte als an jener, an der er verschwunden war.

»Komm, Maru«, kommandierte Tasil und zog sie am Arm mit in die Dunkelheit.

Das Haus des Raik

Als die Akkesch die Ringfestung der Kydhier genommen hatten, sah Bukru-Hegasch, wie einer seiner Krieger seinen Speer in den Boden rammte als Zeichen, dass er dort sein Zelt aufzuschlagen gedachte. Der Speer aber zerbrach, und Bukru sprach: »Seht, dies ist kein Ort für gewöhnliche Sterbliche, und keiner meiner Männer wird hier seine Wohnung nehmen. Tempel für die Götter werden wir bauen, und auch ich werde mein Haus hier errichten.«

Kerva der Schreiber, *Die Geschichte von Serkesch*

Der Priester erwartete sie in einem schmalen Zugang zum Palast. »Ein Geheimgang, natürlich«, murmelte Tasil und blickte Maru an. »Die Akkesch lieben solche Dinge, verborgene Gänge, unsichtbare Türen, heimliche Treffen im Dunkeln.«

»Redet nicht, beeilt euch!«, krächzte der Alte.

Er hastete mit einer Fackel in der Hand vor ihnen her und führte sie durch einen Gang, der so schmal war, dass sie hintereinander gehen mussten. Es folgte eine ebensolche Treppe, mehrere Ecken, schließlich eine weitere Tür. Unvermittelt standen sie in einer Art Lagerhalle. Große hölzerne Regale voller Körbe reichten bis zur Decke. Einige Tische standen in der Mitte des Raums, und dort, im Schein einer Öllampe, erwartete sie Abeq Mahas. Er nickte dem Alten zu, der sich umdrehte und verschwand. Er zog die Tür, durch sie hereingekommen waren, hinter sich zu, und es war, als hätte es nie eine Tür gegeben. Da war einfach nur ein Stück Mauer zwischen zwei Holzgestellen. Keine Fuge, kein Schatten deutete darauf hin, dass hier gerade ein Mann durch die Wand gegangen war. Abeq Mahas winkte sie heran, und unüberhörbare Herablassung klang in seinen Worten mit. »Nun, Fremder, du wolltest mich sprechen?«

»So ist es, ehrwürdiger Abeq, denn durch Zufall habe ich erfahren, dass das Leben von Malk Numur und vielleicht auch dein Leben in Gefahr ist.«

»Unser Leben liegt in den Händen der Götter«, erwiderte der Priester.

»Aber euer Tod liegt in denen eurer Feinde«, entgegnete Tasil.

»Du sprichst zum Hohepriester des Strydh vom Tod? Glaubst du nicht, dass ich ihn besser kenne als du? Er ist ein Diener meines Gottes, ebenso wie ich. Aber gut, welcher Art soll denn die angebliche Gefahr sein, in der ich schwebe, Fremder?«

»Nun, vielleicht hat der Alte, den ich geschickt habe, erwähnt, dass ich auf die Dankbarkeit Strydhs und ebenso des Malk zähle...«

»Er hat es erwähnt. Da ich nicht annehme, dass es mein Segen ist, den du begehrst, frage ich: Was ist dein Preis?«

»Ich bin ein bescheidener Mann, gebt mir, was ihr für angemessen haltet, wenn ich mein Wissen mit euch geteilt habe.«

Der Abeq zögerte, er witterte offenbar eine Falle. »Das ist ein seltsames Angebot...«

»Du wirst es später verstehen, ehrwürdiger Abeq. Habe ich dein Wort, dass ich angemessen entlohnt werde.«

»Du hast es«, versprach der Abeq zögernd.

»Dann höre: Es ist ein Maghai in dieser Stadt. Er hat eine Schlange beschworen, die den Malk in dieser Nacht töten soll. Es handelt sich um eine Sandviper.«

»Eine Schlange? Und wie soll das gehen? Wie will er sie in das Bet Raik bringen? Will er sie über die Mauer werfen? Nein, hier auf dem Tempelberg sind wir sicher. Die Mauern sind hoch, die Krieger zahlreich und wachsam.«

Es sollte wohl spöttisch klingen, doch Maru fand, es klang verunsichert.

»Die Viper wird denselben Weg nehmen, den ich gekommen bin, ehrwürdiger Abeq, durch die Tore, die nicht bewacht sind.«

»Nicht bewacht?« Jetzt gelang es dem Abeq nicht mehr, seine Besorgnis zu verbergen.

»Ich nehme daher an«, fuhr Tasil fort, »dass jemand von innerhalb dieser Mauern in das Vorhaben eingeweiht ist. Und ich vermute des Weiteren, dass sich die Viper bereits im Palast befindet.«

»Jemand von innerhalb ...«, murmelte der Hohepriester.

Maru fragte sich, warum Tasil nichts von dem erzählte, was sie auf dem Platz gesehen hatten, zum Beispiel wie der Hohepriester des Brond dem Maghai ein Zeichen gegeben hatte.

»Deshalb habe ich auch darauf bestanden, mit dir zu sprechen, Ehrwürdiger«, fuhr Tasil fort, »denn ich weiß, dass du fest zu Malk Numur stehst.«

»So, das weißt du?«

»Oh, ich habe das eine oder andere in den Straßen der Stadt aufgeschnappt, ehrwürdiger Abeq.«

Der Abeq musterte Tasil nachdenklich, dann sagte er, wie um das Thema zu wechseln: »Du bist ein Mann aus dem Süden, das sehe ich. Aber ein Akkesch bist du nicht. Wie ist dein Name?«

»Tasil werde ich genannt, ehrwürdiger Abeq. Ich stamme aus Urath.«

»Urath? Ein Name, der ungute Erinnerungen weckt.«

»Vielleicht kann ich helfen, den Ruf dieser Stadt zu verbessern«, erwiderte Tasil mit einer angedeuteten Verbeugung. Seine Demut war nicht besonders überzeugend gespielt, fand Maru, aber dem Priester schien das nicht aufzufallen. Er nickte knapp.

»Wir werden sehen. Folge mir in den Saal der Beratung, Tasil aus Urath«, sagte er, »Numur sollte aus deinem Mund erfahren, was du mir bereits berichtet hast.«

Er blieb noch einmal stehen und drehte sich um. »Diese Einladung gilt nicht für deine Sklavin.«

»Nichte«, verbesserte Tasil.

»Du kannst sie nennen, wie du willst, Urather, aber Frauen haben in der Kammer der Beratung nichts zu suchen. Sie mag hier warten.«

Zu Marus Enttäuschung nickte Tasil, murmelte ein knappes »Warte hier und mach keinen Unsinn« und folgte dem Abeq.

Maru sah den beiden Männern nach, bis sie um die nächste Ecke verschwunden waren. Bronzelampen flackerten in dem kurzen, schmucklosen Gang. Wachen waren nicht zu sehen. Sie seufzte und sah sich in der Halle um. Sie hätte den Malk gerne aus der Nähe gesehen, und sie hätte gerne gewusst, was Tasil vorhatte, aber wieder einmal wurde sie ausgeschlossen, als es spannend wurde. Sie wanderte durch die Reihen der hohen Regale. Es roch nach feuchtem Ton.

Sie fragte sich, was wohl in den Körben sein mochte. Ihr Magen knurrte. Es würde sicher niemand etwas dagegen haben, wenn sie sich den Inhalt ansah. Sie hoffte auf etwas Essbares, aber sie wurde enttäuscht. Die Körbe enthielten nichts anderes als Stapel von Tontafeln. Warum man das wohl »die Zauberei der Akkesch« nannte? Sie nahm einige heraus und besah sich das feine Netz der Linien im Licht einer Öllampe. Als sie mit den Fingerspitzen darüber fuhr, fühlte es sich interessant an, aber trotzdem verstand sie nicht, was dort geschrieben stand. Die Zeichen waren sich zu ähnlich, und jedes von ihnen konnte alles Mögliche bedeuten. Auf den Erntelisten in Akyr gab es Bilder und Symbole, sodass jeder gleich sehen konnte, was gemeint war. Auf diese Idee waren die Akkesch offenbar nicht gekommen, aber vielleicht wollten sie auch nicht, dass Uneingeweihte ihre Schriften lesen konnten. Nach dem, was Tasil gesagt hatte, neigten sie zur Geheimniskrämerei.

Auf jeden Fall waren diese Schriften langweilig, viel langweiliger als die Beratung, zu der Tasil sie nicht mitgenommen hatte. Er hätte dem Priester ruhig widersprechen können, fand Maru. Schließlich behauptete er, sie sei seine Nichte, auch wenn ihm das sicher niemand glaubte, solange er sie in diesen Lumpen herumlaufen ließ. Sie musste ihn bei nächster Gelegenheit bitten, das zu ändern. Und was war mit der Schlange? Die war gefährlich und Maru ganz allein in diesem Lager der Langeweile. Was, wenn die Viper zufällig hier vorbeikam?

Maru seufzte. Sie hielt es für unwahrscheinlich, dass in dieser staubigen Kammer etwas derart Aufregendes geschah. Was sollte die Schlange hier schon wollen? Sie trat noch einmal in die Tür und blickte den Gang hinunter. Es waren immer noch keine Wachen zu sehen. Sie glaubte, Stimmen zu hören. Kam das aus dem Saal der Beratung? Es klang nicht sehr weit entfernt. Außerdem hatte sie Hunger. Vielleicht gab es hier in der Nähe eine Küche? Auch Malk mussten schließlich essen.

Sie beschloss, dem Geräusch zu folgen, zog ihre Sandalen aus und schlich auf nackten Füßen den Gang hinunter. Die Steine waren kühl. Vorsichtig spähte sie um die nächste Ecke. Rechts und links reihte sich Durchgang an Durchgang. Aus einigen fielen Streifen von Licht in den Flur. Dazwischen mühten sich Öllampen, den Gang zu erhellen. Es gab eine weitere Abzweigung, einige Dutzend Schritte entfernt. Die Stimmen kamen von irgendwo da.

Es würde Tasil sicher nicht gefallen, wenn sie sich hier herumtrieb, und dem Abeq erst recht nicht. Doch die Neugier war stärker als die Angst, also schlich Maru weiter. An der nächsten Ecke standen einige mannshohe Tonkrüge. Sie fühlten sich feucht und kalt an. Vielleicht Wasser? Sie warfen tiefe Schatten und standen weit genug voneinander entfernt, dass sie zwischen ihnen Deckung finden konnte. Aber zunächst wagte sie sich noch ein kleines Stück weiter vor.

Zwei Wachen waren vor einer Doppeltür postiert. Sie starrten mit ausdruckslosen Gesichtern ins Nichts. Ihre Sichelschwerter waren aus Eisen, also waren sie wahrscheinlich wichtig, denn einfachen Soldaten würde man so wertvolle Waffen nicht anvertrauen. Die Tür war verschlossen, und nur undeutlich drang eine Stimme heraus. Maru konnte nicht viel verstehen, aber sie erkannte den Tonfall. Es war die hohe Stimme des Malk, der wieder etwas zu schnell zu sprechen schien. Es klang aufgebracht. Dann sprach eine ruhigere, leicht heisere Stimme, das war die von Tasil. Danach hörte Maru den herablassenden Tonfall des Abeq, dem der Malk aufgeregt ins Wort fiel.

Maru verstand einige Wortfetzen und versuchte, sich daraus zusammenzureimen, was vorging: Tasil berichtete von der Gefahr, Malk Numur war empört und erregt, Abeq Mahas tat so, als hätte er das Geschehen im Griff. Aber Numur schnitt ihm jetzt das Wort ab und brüllte einen Befehl. Die Tür flog auf. Ein Diener kam herausgestürzt und eilte genau auf Maru zu. Sie drückte sich geistesgegenwärtig in die Schatten zwischen den Krügen. Der Mann rannte an ihr vorbei und verschwand um eine Ecke.

Die Tür war nicht wieder ins Schloss gefallen, sodass Maru jetzt alles besser verstehen konnte. Eine Stimme schrie, es war ganz ohne Zweifel die des Malk, und sie überschlug sich vor Wut. »Verräter, ich bin von Verrätern umgeben! Und mein eigener Bruder ist einer von ihnen. Gegen die heiligen Gesetze unseres Volkes begehrt er meinen Tod, den Tod seines eigenen Fleischs und Bluts.«

Eine andere Stimme sprach leise und beruhigend auf den Malk ein. Maru hielt sie für die des Hohepriesters von Brond, aber sie war sich nicht sicher.

Plötzlich hörte Maru Schritte im Gang. Zwei Männer näherten

sich. Vorneweg hastete der Diener, der sich beeilte, aber immer wieder stehen blieb und sich umdrehte, weil der zweite Mann es offenbar weit weniger eilig hatte. Maru war froh, dass sie in ihrem Versteck geblieben war, sie wäre sonst entdeckt worden. Der Unbekannte war groß, breitschultrig, und sein Gesicht war von einem schwarzen Bart überwuchert. Sein Haar war zu einem langen Zopf gebunden. Obwohl in Haar und Bart keine Spur von Grau zu sehen war und auch sein Körper stark und jugendlich wirkte, war irgendetwas an ihm, was ihn alt wirken ließ. Maru vermochte aber nicht zu sagen, was das war. Er trug einen seltsamen Brustpanzer. Zuerst hatte sie gedacht, es sei altes Leder, denn er schien grau und stumpf zu sein, aber unter der rauen Oberfläche glitzerte es hier und dort schneeweiß. Dann roch sie ihn. Als er an ihrem Versteck vorbeischritt, verschlug es Maru fast den Atem. Er stank nach Knoblauch, ranzigem Fett und verbranntem Schilf. Der Mann trug einen kurzen Stock, auf dessen Knauf ein kleiner Tierschädel saß, vielleicht von einem Raubvogel. Ein zerschlissener und vielfach geflickter Mantel wehte hinter ihm her. Maru hatte keine Zweifel daran, dass dies ein weiterer Zauberer aus den Sümpfen war.

Der Diener hielt ihm unter einer Reihe von Verbeugungen die Tür auf und schloss sie unter weiteren Bücklingen, obwohl sie der Maghai gar nicht sehen konnte, hinter ihm wieder. Maru hörte dann die schrille Stimme von Malk Numur, der ein tiefer Bass antwortete. Maru legte sich auf den Boden und kroch ein Stückchen aus ihrer Deckung heraus. Es dauerte nicht lange, und die Tür öffnete sich wieder. Mehrere Diener stürzten heraus und liefen in verschiedene Richtungen davon. Ihnen folgte Abeq Mahas. Er wirkte unzufrieden.

»Gebt Alarm!«, befahl er einer der Wachen. »Es sind Feinde im Haus des Raik.«

Der Wächter drehte sich um und schlug mit einem Stab gegen eine lange Kupferstange, die nahe der Tür von der Decke hing.

Helle misstönende Schläge hallten durch die Gänge. Maru drückte sich wieder tief in die Schatten. Sekunden später wimmelte es um ihr Versteck von Menschen. Aus allen Türen kamen sie gestürzt, einige schlaftrunken und nur halb angezogen. Krieger stürmten durch die Gänge heran, viele nur mit Schild und Schwert bewaffnet und ohne weitere Rüstung. Sklaven rannten, als gelte es ihr Leben, Schabai brüllten Befehle, Dienerinnen flohen durch die Gänge. Der ganze Palast war auf den Beinen – und Maru saß in der Falle …

Maru machte sich ganz klein, hoffte, dass niemand über die Krüge stolpern würde, und wartete. Dort, wo sie war, konnte sie nicht bleiben, das war ihr klar. Sie hoffte, es würde bald ruhiger werden, aber das Gegenteil war der Fall. Minute um Minute verstrich, und sie saß immer noch fest. Tasil oder irgendjemand anders würde sie bald im Lager suchen. Es wäre gut, wenn sie dann auch dort wäre. Doch wie sollte sie unbemerkt dorthin gelangen? Sich davonzuschleichen war unmöglich, es waren zu viele Menschen auf den Gängen unterwegs.

Doch nach einer Weile wurde es tatsächlich etwas ruhiger, und die Befehle der Schabai wurden in größerer Entfernung gebrüllt. Konnte sie es wagen? Gerade wollte sie sich nach vorne tasten, als sie Schritte ganz in ihrer Nähe hörte. Sie kauerte sich wieder in die Schatten. Zwei Männer unterhielten sich leise.

»Sind die beiden Männer noch nicht zurück?«

»Sie haben sich nicht gemeldet, Herr«, antwortete eine zweite Stimme ebenso leise.

»Du hast sie ausgesucht, Ehrwürdiger.«

»Ja, Herr, und es sind die besten Männer deiner Leibwache. Wir müssen uns in Geduld fassen.«

Maru wagte nicht zu atmen. Die Männer standen genau vor ihrem Versteck. Sie müsste nur die Hand ausstrecken, um sie zu berühren. Gebannt starrte sie auf die Beine der Männer. Sie hatte Angst, den Blick zu heben, weil sie fürchtete, die Männer würden das spüren. Die Sandalen des einen waren alt und trugen Spuren langjähriger Benutzung, aber sie waren gut gearbeitet. Der andere trug bronzene Beinschienen, die mit eingelegtem Silber verziert waren. Auch wenn sie sehr leise sprachen, hatte Maru die Stimmen erkannt. Es waren Malk Numur und Abeq Mahas, die da vor ihr standen.

»Geduld?« Die Stimme des Malk wurde schon wieder schrill. »Du siehst doch, was geschieht. Wäre dieser Urather nicht aufgetaucht, hätte ich die Nacht vielleicht nicht überlebt.«

»Ja, Strydh selbst hat ihn uns gesandt.«

Die beiden Männer schritten jetzt langsam den Gang hinab.

»Du hältst ihn für vertrauenswürdig?«

»Ich halte ihn für einen Aasgeier, der sich an der Not anderer mästet«, urteilte Abeq Mahas. »Solange wir ihm genug zu fressen geben, können wir ihm auch vertrauen. Er könnte noch sehr nützlich werden – oder sehr gefährlich. Er weiß mehr, als er sagt, viel mehr.«

Das Gespräch wurde schlagartig beendet, denn ein Trupp Krieger eilte heran, und ein Schab meldete seinem Fürsten, dass die Schlange bislang nicht gefunden worden sei, er aber bereit sei, das Leben seines Herrn mit dem seinigen zu verteidigen. Der Malk dankte für diese Treue und befahl, ihm in den Saal der Beratung zu folgen. Diener rannten mit offensichtlich dringenden Aufträgen hin und her, Schwertträger hasteten von einem Raum in den nächsten, und Maru wartete. Sie hoffte, dass die Aufregung nachlassen würde, bevor sie vermisst wurde, und dass sie irgendwann einen ruhigen Augenblick erwischen würde, um sich davonzustehlen.

Da kam ihr eine andere Idee. Sie stand auf, spähte kurz nach links und rechts, und als sie annahm, dass niemand in ihre Richtung sah, trabte sie aus den Schatten und lief den Gang entlang. Sie lief mit gesenktem Haupt und vermied Augenkontakt, wie sie es bei den anderen Dienern beobachtet hatte. Ihre Vermutung bestätigte sich. Niemand achtete in dem Durcheinander auf eine einfache Sklavin, die sicher in einem wichtigen Auftrag unterwegs war. Endlich war es einmal von Vorteil, dass sie so ärmlich gekleidet war.

Maru erreichte das Lager, ohne angehalten zu werden, und schlüpfte durch die offene Tür. Ihr schlug das Herz heftig gegen die Rippen, aber sie hatte es geschafft. Die Erleichterung verflog allerdings sofort wieder, als sie feststellte, dass sich noch jemand im Raum befand. Eine Öllampe tanzte zwischen den Regalen und warf ihr Licht auf einen jungen Mann, der dort auf und ab lief. Er hatte einen Stock in der Hand, mit dem er gelegentlich zaghaft gegen die Pfosten schlug. Sein rundliches Gesicht lag in Sorgenfalten. Maru erkannte ihn. Es war der Schreiber, mit dem sie zusammengestoßen war, derjenige, der sie mit einem Trampeltier verglichen hatte. Er war so vertieft in seine Arbeit, dass er ihr Hereinkommen gar nicht bemerkt hatte. Er murmelte leise vor sich hin und klopfte weiter die Regale ab.

»Was machst du da?«, fragte Maru.

»Wie?« Der Schreiber drehte sich erschreckt um. Er hielt seine Lampe höher, um besser sehen zu können. »Ach, du bist es, das Mädchen vom Dhanis-Platz.« Es klang nicht sehr begeistert.

Maru nickte.

»Was macht denn ein Mädchen im Saal der Schrift?«

»Ich bin schon die ganze Zeit hier.«

»Die ganze ... Aber, ich habe dich gar nicht gesehen.«

»Ich habe dahinten gesessen und bin wohl kurz eingenickt«, sagte Maru und deutete unbestimmt in eine besonders dunkle Ecke.

»Seltsam, ich dachte, da wäre ich eben gewesen.« Der Schreiber schüttelte den Kopf. Offenbar war er sich selbst nicht mehr sicher, aber dann schien ihm etwas einzufallen: »Ah, warst du am Dattelmond?«

»Wo war ich?«

»Am Dattelmond, ich meine, an den Berichten dieses Monds. Sie werden in den Körben dort drüben aufbewahrt.«

Maru zuckte mit den Schultern. Sie hatte vorhin einige Tafeln in der Hand gehabt. Aber woher sollte sie wissen, welchen Mond sie betrafen?

»Kann schon sein, warum?«, fragte sie.

»Die Tage, die Reihenfolge stimmte nicht. Ich dachte schon, uns wäre ein Fehler unterlaufen und wir müssten das ganze Regal noch einmal prüfen. Den Hütern sei Dank, dass uns das erspart bleibt. Aber was hast du in meinen Berichten zu suchen, Mädchen?«

»Ich warte auf meinen Onkel. Er ist beim Malk.« Maru fand, das klang beeindruckend.

»Und du musst unbedingt hier warten?« Es schien den Mann wirklich zu stören. Er fürchtete offensichtlich, sie würde seine wertvollen Tontafeln noch mehr durcheinanderbringen.

»Ja, muss ich, aber was tust *du* hier?«

»Hast du es nicht gehört? Eine gefährliche Schlange ist im Palast. Und jetzt wird sie überall gesucht.«

»Und du glaubst, sie ist hier?«

»Ich hoffe nicht, aber solange sie nicht gefunden ist, kann ich nicht sicher sein. Und ich bete, sie wird gefunden, bevor die Krieger anfangen, unsere Archive auf den Kopf zu stellen.« Er senkte die Stimme. »Sie haben nämlich keine Achtung vor der Schrift, und Fahs weiß, was sie hier für ein Unheil anrichten könnten mit ihren Schwertern und Äxten.«

»Ich bin sicher, die Schlange ist nicht hier«, sagte Maru. »Was sollte sie denn hier wollen?«

»Ja, das ist wahr.« Der Schreiber klopfte wieder halbherzig gegen ein Regal. Nichts bewegte sich. Er seufzte und stellte seine Lampe auf einen Tisch. Offenbar hatte er die Vergeblichkeit seiner Bemühung eingesehen. »Wie ist dein Name, Mädchen?«

»Maru.«

»Maru ... Das ist seltsam. Das ist ein Wort aus dem Süden und bedeutet *Junge*. Deine Eltern haben sich wohl einen Scherz erlaubt – oder haben sie sich so sehr einen Jungen gewünscht?«

Maru zuckte zusammen. Tasil hatte behauptet, dass das niemand in dieser Gegend wissen würde. »Meine Eltern sind tot, und ich kann sie nicht mehr fragen, warum sie mich so nannten.«

»Das tut mir leid zu hören. Von welchem Volk bist du?«

»Mein Vater war Farwier und meine Mutter Uratherin«, log Maru, wie Tasil es ihr aufgetragen hatte.

»Eine seltsame Mischung. Ein Farwier und eine Uratherin? Wie um der Himmel willen sind diese beiden sich begegnet?«

»Die Wege der Hüter sind seltsam«, sagte Maru. Den Satz hatte sie schon oft gehört, wenn es darum ging, das Unerklärbare doch irgendwie zu erklären.

Der Schreiber sah sie nachdenklich an. »Ich bin mir sicher, dahinter verbirgt sich eine interessante Geschichte, und ich hoffe, es ist nicht die einer entlaufenen Sklavin.« Er nahm seine Lampe und leuchtete Maru ins Gesicht.

»Ich reise mit meinem Onkel Tasil«, sagte sie schnell. »Er ist Urather.«

»Und er nimmt dich mit? Trotz deiner grünen Augen?«

Maru runzelte die Stirn. »Was meinst du?«

»Du bist dir sicher, dass deine Mutter Uratherin war?«

Maru fühlte sich in die Ecke getrieben. Hatte dieser Schreiber nichts Besseres zu tun, als sie auszufragen? »So hat man es mir gesagt. Sie ist bald nach meiner Geburt gestorben.«

Der Schreiber musterte ihr Gesicht. »Die Akkesch und – soweit ich weiß – auch die Urather glauben, dass grünäugige Menschen vom Verhängnis begleitet werden.«

Maru starrte ihn verblüfft an. Sicher, grüne Augen waren nicht sehr häufig, aber sie hatte doch in Akyr zwei oder drei mit dieser Augenfarbe gekannt. Und niemand hatte jemals etwas davon gesagt, dass dies Unglück brächte. »Warum sollten sie so etwas glauben?«

»Es sind die Augen der Göttin Hirth. Ihr Blick soll Edhil betört haben, sodass aus der Unreinheit seiner Gedanken Strydh geboren wurde. Daher heißt es, die Hüter hätten mit den Grünäugigen besondere Pläne. Der Glaube ist allerdings etwas in Vergessenheit geraten. Grüne Augen sind am Dhanis nicht so ungewöhnlich, wie sie es im alten Akkesch waren. Hat dein Onkel diese Geschichte nie erwähnt?«

Maru schwieg. Tasil hatte davon gesprochen. Es war mit das Erste, was er zu ihr gesagt hatte, und die ganze Zeit hatte er die Hand am Dolch gehabt. Das war am Morgen gewesen. Es kam ihr vor, als seien Wochen seitdem vergangen.

Es wurde laut im Flur. Dann flog die Tür auf, und ein grauhaariger Diener steckte seinen Kopf in den Saal. »Ah, dachte ich mir doch, dass du hier bist, Kerva«, rief er, »aber du kannst dich beruhigen, sie haben die Schlange getötet.«

»Wirklich? Ist das sicher?«

»Ja, sie war riesig. Ein Dutzend Schritte lang, mindestens, und dick wie die Edhil-Säule. Die Bestie hat zwei Männer verschlungen, bevor der Maghai sie mit Blitz und Donner niedergestreckt hat.«

»Zwei Männer? Sie muss wahrhaft riesig gewesen sein.«

»Ja, doch jetzt ist sie tot, habe ich gehört.« Der Diener zog plötzlich den Kopf zurück und riss dann unter einer hastigen Verbeugung die Tür weit auf.

Tasil trat ein, begleitet von zwei Schwertträgern. Er wirkte gehetzt. »Maru, du faule Kröte, los beweg dich, wir haben zu tun!«

»Ist die Schlange wirklich tot?«, fragte Maru, als sie mit Tasil und den beiden Kriegern durch den Gang eilte.

»Ja, der Maghai hat sie aufgespürt, und einer der Krieger hat sie mit dem Schwert geköpft«, erwiderte Tasil knapp. Das war weit weniger blumig als der Bericht des grauhaarigen Dieners, aber dafür war er vermutlich wahr.

»Und wo gehen wir jetzt hin?«

»In die Stadt.«

Sie eilten durch mehrere Gänge, über einen großen Innenhof und standen plötzlich am Kopf der Haupttreppe, über die sie den Palast nicht hatten betreten dürfen. Unten auf dem Platz stand eine Gruppe von Kriegern. Drei von ihnen trugen einen starken Pfahl. Der Maghai war bei ihnen.

Tasil legte eine Hand auf Marus Schulter. »Die Schlange ist tot, doch ihr Meister lebt noch. Du musst uns zu der Hütte führen, in der du den Maghai beobachtet hast. Findest du sie wieder?«

»Jetzt?«

»Natürlich jetzt! Also?«

»Ja, Onkel, ich finde sie.«

»Gut, dann los. Wir müssen uns beeilen.«

Maru hätte noch ein oder zwei Fragen gehabt, aber vermutlich hätte Tasil sie sowieso nicht beantwortet. Sie lief über den Platz, und die Männer folgten ihr im Trab. Selbst der Maghai beeilte sich. Maru entschied sich für den Weg entlang der Stadtmauer. Das war zwar etwas weiter, doch der Trupp würde wesentlich schneller vorankommen als in den engen Gassen. Es war immer noch tiefste Nacht. Die Männer trugen Fackeln, und einer lief direkt neben Maru, um ihr zu leuchten. Es war ein eigenartiges Gefühl, plötzlich so wichtig zu sein. Die Stadt schlief, nur auf den Mauern wanderten Wachen auf und ab. Maru konnte sehen, wie sie im Schein ihrer Fackeln den Trupp, der zu ihren Füßen dahineilte, angafften. Die Häuser wurden ärmlicher, die Gassen zwischen ihnen schmaler.

Als sie die Stelle erreichten, an der sie die breite Straße verlassen mussten, befahl der Maghai, anzuhalten. »Wir brauchen Kraft für das, was vor uns liegt.«

Die Männer waren dankbar, verschnaufen zu können, aber sie waren auch unruhig und angespannt.

»Was wird passieren?«, fragte Maru Tasil leise. »Wollen sie den Maghai verhaften?«

»Einen Maghai? Wohl kaum. Es wird zum Kampf kommen.«

»Ein Kampf?«

»Ja, doch uns geht das eigentlich nichts an. Wir werden uns also zurückhalten und den tapferen Kriegern des Bet Raik diese Ehre überlassen – wenn der Maghai nicht schon lange weg ist.«

Es roch plötzlich nach Knoblauch und altem Fett.

»Er ist nicht fort«, sagte eine tiefe und volltönende Stimme.

Maru drehte sich um. Der schwarzbärtige Zauberer stand direkt hinter ihr. Sie war sich sicher, dass er vor wenigen Augenblicken noch ein Dutzend Schritt entfernt gewesen war.

»Und dein … *Onkel* … hat recht, du solltest auf dich achtgeben. Wenn sich zwei alte Sumpfratten streiten, kann es für Menschen sehr gefährlich werden.«

Der seltsame Brustpanzer des Maghai war aus Schlangenhaut, das konnte Maru jetzt erkennen. Er wirkte alt, und die Oberfläche war grau und stumpf. Der Größe der Schuppen nach zu urteilen, musste er von einem wahren Ungetüm, vielleicht sogar einer der sagenhaften Seeschlangen, stammen. Sein Gesicht war nicht unfreundlich, und was er eben gesagt hatte, klang wohlmeinend. Maru nickte. Er hatte sie angesprochen, nicht Tasil, und er betrachtete sie dabei eingehend. Ihr wurde unbehaglich unter seinem Blick.

Aber jetzt drehte er sich um und gab das Zeichen zum Aufbruch. Der Schab mahnte seine Leute zu Ruhe und Vorsicht, und so löschten sie ihre Fackeln und rückten schweigend in das Gewirr der Gassen vor. Es war nicht mehr weit zur Hütte. Maru fand den kleinen Platz trotz der Dunkelheit sofort wieder. Der Deckel lehnte immer noch an dem Brunnen, aus dem Utukku gestiegen war. Das Viertel lag in völliger Stille. Der Maghai flüsterte dem Schab der Krieger etwas zu. Der nickte und gab seinen Männern ein Zeichen. Sechs von ihnen griffen sich den starken Pfahl, die anderen zogen ihre Sichelschwerter.

Maru begriff, dass der Pfahl als Rammbock dienen sollte. Die sechs nahmen so viel Anlauf, wie es auf dem kleinen Platz möglich war, und dann rannten sie gegen die Hütte an. Tasil packte Maru am Kragen und zog sie in eine der Seitengassen. Unter dem ersten Ansturm des Rammbocks zerbrachen einige Ziegel, und die Mauer wankte. Der Aufprall hallte wie Donner durch die stillen Gassen. In der Nachbarschaft erwachten Hunde und schlugen Alarm. Die Männer wiederholten den Angriff. Diesmal brüllten sie laut, und ihr zweiter Ansturm riss ein Loch in die Wand, Ziegel polterten zur Erde, das Mauerwerk knirschte. Die Krieger fassten den Pfahl erneut und rannten zum dritten Mal an. Wieder krachte und donnerte es, und die halbe Wand zerbarst und stürzte ein. Der Schab hob sein Schwert, um das Zeichen zum Angriff zu geben – doch der Befehl erstarb auf seinen Lippen.

Ein Funken glomm hinter der Bresche auf, und Flammen schossen hervor. Ein orangeroter Feuerball erfasste die ersten drei Männer. Sie schrien entsetzt auf und stolperten hell brennend davon. Nach wenigen Schritten brachen sie sterbend zusammen.

»Zurück!«, brüllte der Schwarzbärtige.

Er murmelte ein paar Worte, und eine Staubwolke erhob sich vom Platz und stürzte wie ein Wirbelsturm durch die Lücke in die

Finsternis der Hütte. Die Flammen erstarben. Die Krieger starrten entsetzt auf ihre Kameraden, die sich sterbend auf der Erde krümmten.

»Vorwärts, ihr Feiglinge!«, brüllte der Schab und riss sein Schwert in die Höhe.

Der Maghai stand immer noch vor der Hütte. Er breitete die Arme aus und rief Worte in einer fremden Sprache. Zögernd rückten die Kämpfer vor – und der nächste Schrecken brach über sie herein.

Eine riesige Schlange erhob sich aus der Dunkelheit über der Hütte. Sie war turmhoch, fahlgrau, ihr Maul riesig. *Dieses* Untier konnte einen Menschen verschlingen. Maru stand hinter der Ecke und sah dem Kampf zu. Es war schrecklich, und doch konnte sie ihren Blick nicht abwenden. Die Schlange zischte, dass es durch Mark und Bein ging, und stürzte sich auf die Krieger, die verzweifelt hinter ihren Schilden Deckung suchten. Mit zwei schnellen Kopfstößen schleuderte sie die Männer zur Seite. Maru meinte zu hören, wie Knochen brachen, als sie gegen die Wände geschmettert wurden.

Der Maghai sprach erneut eine Formel. Die Bestie wurde von einer blauen Flamme erfasst und löste sich mit einem schrillen Fauchen in Rauch auf. Jetzt tauchte der andere Maghai mit einem Schrei in der Bresche auf. Er hob seinen gefiederten Stab … Doch dann hielt er inne, er hatte seinen Gegner entdeckt. Der Schwarzbärtige stand breitbeinig neben dem Brunnen und streckte mit gespreizten Fingern die Hand gegen den anderen aus. Der hob, wie zur Abwehr gegen einen Schlag, seinen Stab. Für endlose Augenblicke geschah gar nichts. Dann stöhnte der Maghai in der Mauerlücke auf, begann um Luft zu ringen, stolperte, taumelte – und brach keuchend zusammen.

Der Schwarzbärtige trat an ihn heran und drehte ihn auf den Rücken. »Berichte in Ud-Sror, dass es Jalis, der Awier, war, der dich tötete. Vergiss es nicht!« Langsam drückte er seinen kurzen Stock durch die Brust des Sterbenden. Es knackte, der Liegende röchelte kurz, dann war es vorbei.

»Licht!«, befahl Jalis kurz.

Er setzte sich auf den Rand des Brunnens. Maru konnte sehen, dass er völlig erschöpft war. Die verletzten Krieger rappelten sich auf. Im Licht der Fackeln untersuchten sie ihre gefallenen Kameraden. Auch Maru sah sie an. Sie hatte noch nicht viele Tote gesehen und noch nie Krieger, die im Kampf gefallen waren. Einer hatte sich wohl das Genick gebrochen, als er gegen die Wand geprallt war. Sein starrer Blick ging ins Leere. Der Schab schloss ihm die Augen und bat Uo um gnädige Aufnahme seines Kameraden in die Stadt Ud-Sror. Das Grauen beschlich Maru, als sie die anderen drei Gefallenen sah. Es waren jene, die verbrannt waren, und das Entsetzen stand noch in ihren Gesichtern geschrieben, doch sie wiesen keinerlei Verbrennung auf. Ihre Haut war völlig unversehrt, und auch ihre Kleidung zeigte keine Brandspuren

»Das verstehe ich nicht«, sagte Maru leise zu Tasil. »Ich habe doch gesehen, wie sie in Flammen standen.«

»Maghai kämpfen mit Blendwerk und mit ihrem Geist. Diese Männer sind verbrannt, weil sie *glaubten* zu verbrennen. So wie jener Unglückliche gegen die Wand prallte, weil er glaubte, von einer Schlange angegriffen zu werden.«

»Aber der Maghai, Jalis, er hat doch das Feuer gelöscht?«

»Wieder nur Blendwerk und wieder für unsere Augen, nicht für den Feind. Wir sollten glauben, dass die Flammen verlöschten. Und hast du nicht gesehen, dass sich die Schlange in Rauch auflöste?«

»Doch, habe ich. Eine schreckliche Bestie, aber auch seltsam. Ich konnte die Sterne durch sie hindurch sehen.«

Tasil fasste sie hart an der Schulter und starrte ihr ins Gesicht, so als suche er nach einer Lüge. »Das hast du *gesehen?*« Er flüsterte plötzlich.

Maru nickte. »Ist das gut oder schlecht«, fragte sie besorgt.

Tasil lächelte grimmig. »Sowohl als auch. Es ist gefährlich, Maru, darum solltest du niemandem davon erzählen. Und jetzt still, wir reden später darüber.«

Er ließ sie los und wandte sich an den Schab. »Ich beglückwünsche dich zu deinem großen Sieg, Krieger.«

»Sieg?«

»Natürlich, der Maghai ist tot. Malk Numur wird erfreut sein, wenn du ihm davon berichtest.«

»Ich?«

»Wer sonst? Ich werde den Ruhm gerne dir überlassen, wenn gewisse Kleinigkeiten geklärt sind.«

Der Schab brauchte einen Augenblick, um zu verstehen, was Tasil meinte. Dann griff er an seinen Gürtel und löste ein kleines Ledersäckchen. »Hier ist deine Belohnung, Urather. Der Malk lässt dir danken.«

Tasil nahm den kleinen Beutel in Empfang. »Ich werde die Großzügigkeit des Malk im ganzen Reich rühmen.« Er klang unzufrieden.

Inzwischen hatten sich einige Serkesch aus der Umgebung vorsichtig dem Ort des Geschehens genähert. Sie wirkten verängstigt und jammerten, als sie die Toten sahen.

»Wenn du erlaubst, werden ich und meine Nichte uns nun zur Ruhe begeben«, sagte Tasil.

»Du kommst nicht mit zum Bet Raik?«

»Der Tag war lang, und mein Geschäft ist für heute erledigt. Ich werde deinem Herrn morgen gerne wieder zur Verfügung stehen, wenn er Bedarf an meinen Diensten hat.«

»Der Morgen ist nicht mehr weit, Urather, du solltest also schnell schlafen. Und wenn ich ehrlich bin, weiß ich nicht, ob ich mich über ein Wiedersehen mit dir freuen werde. Du hast meinen Leuten kein Glück gebracht.«

»Sie sind im Kampf gefallen, was kann ein Krieger mehr erwarten? Und nicht ich habe sie getötet.«

Damit drehte Tasil sich um und ließ den Schab stehen. Er zog Maru hinter sich her. Maru warf einen Blick zurück zum Brunnen. Der Schwarzbärtige saß immer noch da. Er wirkte alt, müde und einsam. Die Serkesch wagten nicht, sich ihm zu nähern. Dann erkannte Maru, dass der Zauberer ihren Blick mit dem gleichen Interesse erwiderte.

Zweiter Tag

Das Tal der Gräber

»Wehe mir, dass ich kinderlos bin! Wer wird die Opferfeuer auf meinem Grab unterhalten, wenn ich nach Ud-Sror hinabgestiegen bin?«

Klagelied eines Akkesch

Als sie außer Sicht waren, blieb Tasil stehen und untersuchte den kleinen Beutel. Einige Silbermünzen fielen in seine Hand.

»Malk Numur soll an seinem Geiz ersticken!« Kopfschüttelnd steckte er die Münzen zurück in den Beutel. »Man sollte meinen, dass das Leben eines Malk mehr wert ist als zwanzig Segel Silber. Ich hoffe, sein Bruder ist großzügiger.«

»Sein Bruder?«

»Nun, wir werden es bald wissen. Komm, es ist nicht mehr lang bis zum Morgen. Dann müssen wir schon zurück sein.«

»Ich dachte, wir gehen zur Herberge?«

»Nur, um das Pferd zu holen. Die Zeit ist knapp.«

Einer von Kwems Leuten sperrte ihnen gähnend auf. Maru war am Verhungern, aber Tasil ließ ihr keine Zeit, etwas zu essen.

»Meinst du, ich wecke Kwem, damit er dir jetzt ein Hühnchen brät? Ich habe dir etwas angeboten, am Tor des Fahs, aber du wolltest ja nicht. Also hör auf zu jammern und hilf mir, das Pferd aufzuzäumen!«

Als Maru hinter Tasil aufsaß, wusste sie nicht, was schlimmer war, der knurrende Magen oder die unglaubliche Müdigkeit, die sie plötzlich überfiel. Es war ein langer und aufregender Tag gewesen – das war noch eine Untertreibung –, und wie es aussah, war er noch nicht zu Ende. Tasil lenkte das Pferd durch Seitengassen zum Tor der Alwa. Der Posten war höchst verwundert, dass jemand mitten in der Nacht die Stadt verlassen wollte, aber Tasil hielt ihm das Siegel des Malk unter die Nase, und ab da wagte der Wächter nicht mehr, weitere Fragen zu stellen. Sie ritten zunächst Richtung Hafen, bis Tasil sich sicher war, dass die Dunkelheit sie vor den Wachen auf der Mauer verbarg, dann bogen sie ab. Sie schlugen in scharfem Trab einen weiten Bogen um die Stadt, bis sie das Gräbertal erreichten. Aber auch hier trieb Tasil ihr Pferd weiter zur Eile. Über den Hügeln verblassten die ersten Sterne.

»Warum müssen wir uns so beeilen, Onkel?«, fragte Maru.

»Wir müssen Malk Iddin vor dem Morgengrauen erreichen und ihn in Sicherheit bringen, bevor Numurs Häscher kommen.«

Maru schwieg und dachte nach. Es ergab in ihren Augen keinen Sinn, wie so vieles, was Tasil unternahm. Andererseits war sie sich sicher, dass er einen Plan verfolgte.

»Ich dachte, wir wären auf der Seite von Malk Numur«, sagte sie schließlich.

Tasil lachte. »Das denken Numur und seine Männer hoffentlich auch.«

»Aber wir haben doch das Attentat auf ihn verhindert.«

»Das haben wir, aber in dieser Stadt gibt es zwei Malk, und es kann doch nicht schaden, die Dankbarkeit beider Seiten zu gewinnen.«

»Sie vertrauen dir nicht, Onkel.«

»So? Woher willst du das wissen?«

»Ich habe es gehört, im Bet Raik.« Sie wusste, dass es gefährlich war, darüber zu reden, aber sie musste ihn warnen.

Tasil hielt das Pferd an. »Was hast du gehört, Maru?«

»Malk Numur und Abeq Mahas haben über dich gesprochen, als alle die Schlange gesucht haben.«

»Und das haben sie im Saal der Schrift getan?«

»Nein, Onkel, draußen auf dem Gang. Aber ich war … zufällig in der Nähe.« Sie verwendete diese Worte mit Bedacht.

Tasil ließ das Pferd weitergehen.

»Zufällig, hm …? Was hast du noch gehört?«

»Sie warteten auf die Rückkehr zweier Männer aus Numurs Leibwache, und der Malk hatte Angst. Abeq Mahas konnte ihn kaum beruhigen.«

»Weiter.«

»Der Abeq nannte dich … er nannte dich Aasgeier.«

Tasil drehte sich nicht um und sprach leise, als er sagte: »Ich hatte dir befohlen zu warten. Wenn du noch einmal nicht gehorchst, wirst du es bereuen. Hast du das verstanden?«

»Ja, Onkel«, sagte Maru. Dass Tasil so ruhig blieb, machte es schlimmer, als wenn er sie angeschrien hätte. Sie hatte auf einmal Angst vor ihm.

Tasil schien beim Reiten nach irgendetwas Ausschau zu halten. Schließlich hielt er das Pferd an und schwang sich aus dem Sattel. »Warte hier, ich habe eine Verabredung.«

Maru verzichtete darauf zu fragen, mit wem er an diesem Ort und zu dieser Stunde verabredet war. Tasil sprang auf einen Felsvorsprung. Es schien ein natürlicher Sims zu sein, der allmählich anstieg. Tasil tastete sich den schmalen Grat empor. Irgendwann konnte Maru ihn nicht mehr sehen. Sie streichelte dem Pferd den Hals und sah sich um. Grabstelen standen überall um sie herum im weichen Sand. Sie schienen alt zu sein, keine von ihnen stand noch gerade.

Maru stockte der Atem. Sie hatte das schon einmal gesehen. Der Sand, die schiefen Stelen. Es fehlte nur Tasil, der dort saß und seinen Dolch reinigte. Es war das Bild, das sie gesehen hatte, als sie auf der Hütte des Maghai lag. Ihr wurde kalt bei der Erinnerung, die aus dem schwarzen Loch in ihrem Gedächtnis aufstieg. Sie versuchte wieder, sich zu erinnern, aber alles, was in jenen langen Augenblicken passiert war, nachdem sie Tasils Stimme gehört hatte, war weg. Es war wie ein vergessener Traum, und das Einzige, woran sie sich klar erinnern konnte, war das Bild von Tasil auf der Grabstele. Sollte sie ihm davon erzählen? Es würde ihn sicher interessieren, vielleicht gehörte das zu ihren »Fähigkeiten«, von denen er gesprochen hatte. Aber nein, er hatte sie selbst davor gewarnt, also sollte sie vielleicht besser den Mund halten. Er war im Moment sowieso nicht gut auf sie zu sprechen. Außerdem: Er hatte seine Geheimnisse, sie nun die ihren.

Es dauerte eine Weile, bis sich Tasil wieder die Felsen hinabtastete. Er hatte etwas mitgebracht. Es handelte sich um einen Hornbogen, einige Pfeile und einen Leinensack, in dem etwas Rundes steckte. Als Tasil aufs Pferd sprang, sah Maru, dass es dunkel aus dem Sack heraustropfte. Sie stellte keine Fragen. Am Himmel verblassten die Sterne.

Der Brandgeruch wurde stärker. Sie ritten um eine letzte Biegung, und dann waren sie am Ziel. Ein Feuer brannte und erhellte die Front eines Tempels, der auf der rechten Seite des Tals in den Felsen gegraben schien. Zwei Speerträger saßen dort und starrten in die Flammen. Aber der Brandgeruch stammte nicht von dieser kleinen Feuerstelle. Ein großer schwarzer Trümmerhaufen versperrte den Weg weiter in das Tal. Das musste das Letzte Haus des Raik gewesen sein. Jetzt war noch Glut in der Asche, und es stank nicht nur nach verbranntem Holz. Maru wollte gar nicht so genau wissen, nach was es noch roch. Das Pferd schnaubte, als es die Glut witterte. Die beiden Wachen vor dem Tempel wurden aufmerksam.

Das flackernde Feuer warf unruhiges Licht auf die Front des Tempels. Vier flache Stufen führten zu einem breiten, gedrungenen Portal, das von zwei mächtigen Säulen flankiert wurde. Sie waren höher als alles, was Maru in ihrem Leben gesehen hatte. Es sah fast aus, als würden sie nicht nur das Dach des Götterhauses, sondern auch den Himmel tragen. Aber dann erkannte sie, dass sie einer Täuschung erlegen war. Die beiden riesigen Säulen waren nicht errichtet, sondern aus dem Felsen gehauen worden. Sie trugen auch kein Dach, sondern nur eine steinerne Spange, die auf den ersten Blick wie ein Giebel wirkte. Sie war mit rechtwinkligen Mustern überzogen. Zwischen dem breiten Rahmen des gemauerten Portals und dieser Spange klaffte ein Loch, durch das Maru ein Stück Himmel und in einiger Entfernung weitere Felsen erkennen konnte.

Die beiden Wachen erhoben sich.

»Wer kommt da?«, fragte einer der beiden.

»Ein Freund«, antwortete Tasil und ritt noch ein Stück näher.

Am oberen Ende der Treppe tauchten weitere Wächter auf. Einer von ihnen, an seinem federgeschmückten Helm leicht als Anführer zu erkennen, trat ihnen mit einer Fackel entgegen. Misstrauisch leuchtete er den beiden ins Gesicht. »Eine seltsame Zeit für einen Besuch der Tempel, Fremder.«

»Es ist in der Tat eine seltsame Zeit. Ich bin jedoch nicht hier, um die Tempel aufzusuchen, ich muss mit Malk Iddin sprechen.«

Der Schab schüttelte den Kopf. »Es sind die heiligen Stunden der Totenwache. Weißt du nicht, dass Iddin, und mit ihm die Stadt, um unseren geliebten Raik Utu-Hegasch trauert? Wie kannst du verlangen, dass wir ihn jetzt stören?«

»Natürlich weiß ich um euren Verlust, und mein Mitgefühl gehört dieser Stadt, doch wenn du nicht willst, dass weitere Tage der Trauer folgen, solltest du mich zu deinem Fürsten bringen.«

»Dunkle Andeutungen? Ist es das, was du ihm sagen willst? Du kannst nicht ernsthaft annehmen, dass wir dich mit düsteren, aber leeren Worten zu ihm lassen. Er trauert.«

»Nun, ich bringe mehr als Worte. Vielleicht kann dies hier die Pforte zu Malk Iddins Aufmerksamkeit öffnen.«

Bei diesen Worten warf Tasil den Bogen und den Beutel auf den Boden.

Der Schab gab einem seiner Männer ein Zeichen. Der lief heran, öffnete den Beutel und stieß einen Schrei aus. »Bei den Hütern, das ist ein Kopf! Das ist der Kopf… von Kyna! Einer von Numurs Leibwächtern.«

Der Schab zog sein Sichelschwert. »Es ist besser, du erklärst mir, was das bedeuten soll!«

Tasil blieb gelassen.

»Wenn du einen Blick auf den Bogen wirfst, wirst du feststellen, dass es ein Hornbogen der Hakul ist. Er gehörte demselben Mann wie jener Kopf. Ich habe ihm beides auf einem Felsen hier in der Nähe abgenommen. Und nun solltest du dich fragen, edler Schab, was ein Leibwächter von Malk Numur mit einem Hakul-Bogen in Schussweite deines Herrn wollte.«

Der Blick des Schab wanderte zwischen dem Kopf, dem Bogen und Tasil hin und her. Endlich traf er eine Entscheidung. »Weckt die anderen, Malk Iddin ist in Gefahr. Und du kannst mir folgen, ich bringe dich zu ihm.«

Maru erwartete eigentlich, dass man ihr wieder verbieten würde mitzukommen, aber niemand verlor ein Wort über sie. Also folgte sie Tasil und dem Schab ins Innere des Tempels. Das Portal, das sie durchschritt, war nur der Eingang zu einer großen Tempelanlage. Ein weitläufiger, von schmalen Säulen umstandener Platz lag vor ihnen, rechts und links davon standen zwei eindrucksvolle Tempel, beide halb in den Fels hineingehauen. Hinter dem Platz schien sich ein weiteres Tal zu öffnen. In der Mitte des Platzes stand ein steinerner Sockel, auf dem, eingehüllt in einen weißen Mantel, die sterblichen Überreste eines Menschen aufgebahrt waren. Daneben saß ein Mann auf einem hölzernen Stuhl. Es war Malk Iddin. Er hatte die Arme vor der Brust verschränkt – und schlief.

Der Schab berührte ihn vorsichtig. Malk Iddin schreckte hoch. Für einen Augenblick schien er nicht zu wissen, wo er war, dann fiel sein Blick auf den Leichnam, und ein schmerzvoller Zug zeigte sich auf seinem Gesicht. Er stand auf. Maru fand, dass er seinem Bruder nicht sehr ähnlich sah. Sein Gesicht war breiter, seine Züge wirkten regelmäßiger und ruhiger. Beide Malk waren ungefähr gleich groß, doch Iddin schien eine Spur stämmiger zu sein als sein Bruder. Der Schab berichtete ihm leise, dass ein Mann gekommen sei, der ihm Wichtiges zu sagen habe.

Iddin musterte Tasil mit gerunzelter Stirn. »Nun, Fremder, was gibt es so Bedeutendes, dass du meine Trauer unterbrichst?«

»Verzeih bitte die Störung deiner … Andacht, Herr, aber dieser Kopf«, erwiderte Tasil und zeigte auf das Haupt, dass einer der Männer hereingetragen hatte, »und dieser Bogen gehörten einem von zwei Männern, die dein Bruder in dieses Tal geschickt hat, um dich zu töten. Sie trugen Waffen der Hakul, um den Verdacht von deinem Bruder abzulenken. Ich dachte, das solltest du wissen.«

Malk Iddin zuckte bei diesen Worten nicht mit der Wimper. Er schwieg nur einen kurzen Moment und fragte dann ganz ruhig: »Und warum hast du sie daran gehindert, ihren Auftrag auszuführen?«

Maru war beeindruckt. Der Malk hatte sofort erfasst, was vorgefallen war, und stellte eine Frage, auf die Tasil offenbar nicht vorbereitet war. Es dauerte einen Augenblick, bevor Tasil sich mit einer Gegenfrage aus seiner Verlegenheit rettete. »Wäre es dir lieber gewesen, ich hätte sie gewähren lassen?«

»Wenn du die Frage nach deinen Gründen nicht beantworten kannst, Fremder, dann kannst du mir vielleicht sagen, woher du von ihrem Vorhaben wusstest?«

»Ich habe es zufällig gehört, Herr.«

»Zwei Männer schleichen in dieses Tal, um mich zu töten – und das hast du gehört? Deine Ohren müssen außergewöhnlich gut sein. Was hast du denn noch ›zufällig‹ gehört?« Offenbar war dieser Malk weit misstrauischer als sein Bruder und nicht so leicht einzuwickeln.

»Nun, in Serkesch geschehen merkwürdige Dinge, Herr«, sagte Tasil. »Eine Sandviper wurde im Haus des Raik entdeckt. Denk dir, sie soll versucht haben, Malk Numur zu töten. Dieses Vorhaben misslang jedoch. Man beschuldigte einen Maghai in der alten Stadt, hinter diesem Anschlag zu stecken. Er starb, als ihn ein anderer Maghai in dieser Angelegenheit … zu sprechen wünschte. Nun, Herr, du wirst verstehen, dass ich mich nicht in den Kampf zweier Zauberer einmischen werde, aber als ich hörte, dass dein Leben bedroht sei, da beschloss ich einzugreifen.«

Maru beobachtete gespannt das Gesicht des Malk, doch dort war keine Gefühlsregung auszumachen. Falls ihn der Tod seines Verbündeten und die Mordpläne seines Bruders beunruhigten, ließ er es sich nicht anmerken. »Das bringt uns zu der Frage zurück, warum du getan hast, was du tatest.«

»Ich bin fremd in dieser Stadt und diesem Land, Herr. Ich will nicht verhehlen, dass meine Gründe nicht völlig uneigennützig waren. Es schien mir hier möglich, mich der Dankbarkeit eines bedeutenden und großzügigen Mannes zu versichern. Du verstehst vielleicht, dass ich diese Gelegenheit nicht vorüberziehen lassen konnte.«

»Ah«, sagte Iddin, und es klang beinahe belustigt, »jetzt verstehe ich: Du bist ein Söldner!«

»Nein Herr, ein Söldner ist ein Mann, der seinen Waffenarm gegen Silber verkauft. Ich hingegen bin ein Reisender, ein Händler, der mit jeder Art Ware handelt, die gefragt ist.«

Der Malk nickte und winkte den Schab heran. »Geh in den Ahntempel und sage dem Abeq, dass ich fünfzig, nein, sagen wir sechzig Segel Silber aus der Schatztruhe der Ahnen benötige.«

»Ja, Herr.«

Der Schab verschwand in dem Tempel zur Rechten. Das war also der Tempel, von dem Kwem gesprochen hatte, der Ort, an dem die Statuen der an Uos Tafel über die Stadt wachenden Raik standen. Über den Felsen war der neue Tag zu erahnen. Das Dach des Tempels verfärbte sich rötlich. Maru hätte ihn gern von innen gesehen.

»Du bist sehr großzügig, Herr«, sagte Tasil, »doch bin ich nicht nur wegen der Belohnung hier, sondern auch, um dich zu warnen.«

»Noch mehr Attentäter?«

»Das weiß ich nicht, Herr, doch wenn der Morgen anbricht, wird dein Bruder seine Krieger schicken, um dich festzunehmen. Er wird behaupten, dass du versucht hast, ihn umzubringen, dass der Maghai in deinem Auftrag gehandelt hat. Er wird darauf bauen, dass er Immit Schaduk von deiner Schuld überzeugen kann.«

Die Kinnmuskeln des Malk spannten sich. »Der Immit …«, wiederholte er nachdenklich. »Numur mag das versuchen. Ich werde einfach diesen Bogen und den Kopf als Gegenbeweis vorlegen. Immit Schaduk soll ein weiser Mann sein. Er wird die Wahrheit erkennen.«

»Wenn du lange genug am Leben bleibst, ist dies vielleicht eine Möglichkeit, Herr. Ich fürchte aber, dass deinem Bruder diese Gefahr bewusst ist. Er wird vermeiden wollen, dass der Immit beide Seiten hört. Und er kann dich nicht anhören, Herr, wenn du tot bist.«

Iddins Gesicht blieb eine undurchdringliche Maske. »Wenn du meine Sache für aussichtslos halten würdest, wärest du kaum hier, Fremder. Ich nehme also an, dass du einen Plan hast.«

»Ich habe ein schnelles Pferd und kann dich vor Sonnenaufgang aus diesem Tal bringen. Wenn wir dann ein sicheres Versteck finden, kann ich dem Immit eine Nachricht von dir übermitteln.«

»Flucht? Ich bin ein Malk von Serkesch und, wenn die Hüter es erlauben, der siebte Raik aus dem Geschlecht der Hegasch. Ich werde nicht davonlaufen.«

»Wenn du bleibst, wirst du sterben, Herr.«

»Wir alle müssen sterben. Und wenn das Schicksal es will, sterbe ich heute, hier, an der Seite meiner Männer!«

»Du wärest ein würdiger Nachfolger deines Vaters, Herr, viel würdiger als dein Bruder, der leider noch heute die Herrschaft über dein Volk an sich reißen wird.«

Der Schab räusperte sich. »Herr, der Fremde hat recht. Du darfst nicht sterben. Es wäre das Verderben unserer Stadt. Deine Ahnen würden es weder dir noch uns verzeihen, wenn wir das zuließen. Meine Männer und ich werden mit Freuden für dich sterben, Herr, doch du musst dich in Sicherheit bringen.«

Malk Iddin sah seinem Schab in die Augen, dann musterte er seine Männer, als sähe er sie das erste Mal. »Ich werde sie fragen«, sagte er, drehte sich um und ging, ohne ein weiteres Wort, in den Tempel der Raik.

Selbst Tasil war überrascht. »Was macht er?«, fragte er verblüfft, als der Malk verschwunden war.

»Du hast es doch gehört«, erwiderte der Schab, »er berät sich mit seinen Ahnen.«

Tasil wollte Iddin folgen, doch der Krieger hielt ihn auf. »Mein Herr spricht mit den Ahngöttern. Du bist nicht würdig, den Tempel jetzt zu betreten.«

»Ich weiß nicht, ob ich würdig bin. Ich weiß nur, dass ich bald tot sein werde, wenn wir nicht schnell von hier verschwinden.«

»Du scheinst den Tod sehr zu fürchten, Fremder. Ich hätte dich für mutiger gehalten.«

Tasil schnaubte verächtlich. »Ich bin Uo sicher schon öfter begegnet als du, tapferer Krieger, aber ich habe es dennoch nicht eilig, den Weg nach Ud-Sror einzuschlagen.«

Der Schab klopfte ihm beruhigend auf die Schulter. »Es ist noch nicht gesagt, dass wir heute zu Uos Stadt hinabsteigen. Es gibt nur einen Zugang zu den Tempeln. Der Verräter Numur wird viele Männer schicken müssen, wenn er ihn gegen unseren Willen nehmen will.« Er winkte einen seiner Männer heran. »Wappnet euch und bereitet euch vor, niemand darf den Platz betreten. Holt auch die Wachen von der Grube.«

»Und die Sklaven?«

»Die werden sicher nicht davonlaufen.«

Die Morgenröte ergriff Besitz vom Himmel über den Tempeln, und in ihrem Schimmer machten sich die Kämpfer von Malk Iddin zum Sterben bereit. Maru zählte ein Dutzend Krieger, alle mit eisernen Waffen und den großen Schilden der Akkesch gerüstet. Sie halfen sich gegenseitig in ihre Brustpanzer und beim Anlegen der Bein- und Armschienen. Es waren sicher tapfere Männer, und ihre Gesichter zeigten Entschlossenheit, dennoch schien Tasil keine Zweifel zu haben, wie die Sache ausging.

»Was für eine Verschwendung«, murmelte er.

»Und was machen wir jetzt?«, fragte Maru.

»Wenn dieser Narr von einem Malk unbedingt mit seinen Ahnen sprechen muss, werden wir wohl ohne ihn verschwinden. Schade um ihn, er ist großzügig. Wir können aber nicht länger warten. Numurs Männer werden bald hier sein.«

»Aber der Schab glaubt, er kann sie aufhalten.«

Tasils Lächeln erinnerte wie so oft an das eines Wolfs. »Er hat das für seine Männer gesagt, Maru. Wenn Numur bei Verstand ist, wird er nicht nur eine Eschet, sondern zwei oder drei Ansai aufbieten. Und was hilft diesen Helden ihre Tapferkeit, wenn Numur Bogenschützen schickt? Der Ausgang ist bestenfalls ungewiss – und darauf lasse ich mich nicht ein.«

Als sie zum Portal liefen, kam ihnen einer der Krieger entgegen. Er führte ihr Pferd am Zügel.

»Was tust du da?«, fuhr ihn Tasil an.

»Ich bringe dein Tier hinein, damit ihm während der Schlacht nichts geschieht.«

»Ich habe nicht vor, während des Kampfes noch hier zu sein.«

»Es tut mir leid, Fremder, aber der Schab hat befohlen, dass du zu bleiben hast.«

»Dein Schab hat keine Gewalt über mich, Krieger!«

»Der Schab vielleicht nicht«, sagte der Schab, der aus den Schatten herantrat, »aber vielleicht die Schwerter seiner Männer? Ich kann dich und deine Sklavin nicht gehen lassen. Du könntest dem Feind unsere Pläne verraten.«

»Ich kann ihm verraten, dass ihr plant zu sterben, mehr nicht.«

»Das ist schon zu viel«, sagte der Schab lächelnd. »Doch ich lade dich ein, an unserer Seite zu kämpfen und, wenn es sein muss, zu sterben, Fremder.«

»Ein großzügiges Angebot, das ich leider ausschlagen muss, Krieger.«

»Du kannst tun und lassen, was du willst – nur gehen kannst du nicht.«

Tasil schickte einen Fluch in den Himmel. Es wurde jetzt schnell heller. Rötliche Wolkenstreifen zogen über das Firmament.

»Komm, Maru«, sagte Tasil, drehte sich um und hastete zum Tempel der Raik.

»Warum hast du nicht versucht, ihn zu verzaubern so wie die Wache am Tor«, fragte Maru, als sie hinter ihm herstolperte.

Tasil blieb stehen und packte sie hart an der Schulter. »Sprich nicht so laut von diesen Dingen! Du weißt nie, wer zuhört!«

Maru blieb erschrocken stehen.

Er lief zwei Schritte, drehte sich noch einmal um und trat nahe an sie heran. In seinen Augen blitzte Zorn. »Verstehst du es wirklich nicht, dumme Gans? Fahs mag wissen, warum ich dich kaufen musste, ich weiß es nicht!«

Maru hatte das Gefühl, dass er nicht ihretwegen so wütend war. Tasil lief ein paar Schritte weiter, und sie folgte ihm. Da drehte er sich ein drittes Mal zu ihr um. »Du musst noch viel lernen, Maru. Es bleibt nur die Frage, ob du dazu noch Gelegenheit haben wirst.«

Als sie den Tempel fast erreicht hatten, erschien Malk Iddin im Eingang. Er lächelte auf eine Art, die Maru befremdete.

»Deine Männer wollen mich nicht gehen lassen … Herr!« Tasils Stimme war anzuhören, wie zornig er war.

»Ich nehme an, du verstehst die Gründe dafür«, erwiderte Iddin gelassen.

»Ich habe aber nicht vor, mit dir und deinen Männern zu sterben, Herr.«

»Dann solltest du beten, dass Numurs Männer dich verschonen, Fremder. Der Tempel meiner Ahnen steht dir offen.«

Tasil nickte grimmig. Maru sah ihm an, dass er fieberhaft nach einer Möglichkeit suchte, der Falle zu entkommen. Selbst ihr war klar geworden, wie gefährlich seine Lage war. Würden Numurs Krieger ihn hier aufgreifen, war sein Leben verwirkt. Plötzlich wurde ihr bewusst, dass sie in der gleichen Gefahr schwebte. Dieses Tal war eine tödliche Falle. Oder konnten sie sich vielleicht doch irgendwo in den Tempeln verstecken? Sie sah sich um. Wie ein Sarkophag schlossen sie die roten Felsen auf allen Seiten ein. Es gab keinen Pfad hinaus. Die ersten Sonnenstrahlen leckten in unerreichbarer Höhe am Gestein. Ein neuer Tag war angebrochen.

»Du bist erstaunlich gefasst für jemanden, der gleich sein Leben verlieren wird, Herr«, sagte Tasil.

Malk Iddin erlaubte sich ein feines Lächeln. »Mein Leben liegt in der Hand der Götter, und es ist gut, dass einige von ihnen Vorfahren von mir waren.«

»Vorfahren, wie?« Tasil kratzte sich nachdenklich am Kinn. Im nächsten Augenblick hob er ruckartig den Blick und musterte den Malk. »Maru, geh und sieh nach dem Pferd«, sagte er, ohne sie anzublicken. »Ich habe mit Malk Iddin etwas unter vier Augen zu besprechen.«

Maru öffnete den Mund, um zu widersprechen, aber Tasil verlieh seiner Anweisung mit einer knappen Geste Nachdruck. »Ja, Onkel.«

Etwas hatte sich gerade geändert, sie hatte es gespürt. Aber was? Hatte Tasil in den Worten des Malk einen Fluchtweg entdeckt? Wollte er mit Iddin das tun, was er bei dem Schab nicht getan hatte? War das möglich? Konnte er einen vornehmen Malk ebenso verzaubern wie einen einfachen Wachposten? Sie wäre gerne geblieben, aber wie immer, wenn es interessant wurde, schickte er sie weg. War sie ihm im Weg? War sie wirklich so nutzlos? Oder hatte er vor, sie zurückzulassen?

Der Gedanke schnürte ihr die Kehle zu. Ihre Schritte verlangsamten sich. Sie blickte zurück und sah Tasil, der auf Iddin einredete. Seine Hand lag auf der Schulter des Malk. Sie lief weiter. Es war besser, sie würde ihren Auftrag schnell erledigen. Sonst wäre Tasil vielleicht fort, bevor sie zurückkehrte. Wo hatte der Krieger das Pferd hingebracht?

Sie verließ den Platz und betrat das kleine Tal hinter dem Tempelplatz, das von hohen Felsen umschlossen wurde. Zunächst sprang Maru das Loch im Fels ins Auge. Für einen winzigen Moment hoffte sie auf ein Versteck, aber dann wurde ihr klar, dass dies der Eingang zur Grabkammer von Utu-Hegasch sein musste. Der Eingang lag zwei Schritt über dem Boden und war nur über einen schmalen Steg zu erreichen. Dieser führte über eine breite viereckige Grube. Das war seltsam. Warum hob man eine Grube aus, wenn man dann mühsam einen Steg darüber bauen musste, um ins Grab zu gelangen?

Erst auf den zweiten Blick sah sie, dass die Senke nicht leer war. Menschliche Köpfe waren zu sehen. Das musste die Grube sein, von der der Schab gesprochen hatte. Ein niedergebranntes Wachfeuer rauchte vor einem Sandhaufen. Offenbar wurden darin Sklaven gefangen gehalten, doch den Zweck verstand sie nicht. Maru bemerkte, dass noch weitere Gräber in den Fels gehauen waren. Sie waren leicht an den großen Steinplatten zu erkennen, die sie verschlossen hielten. Eine solche Platte entdeckte sie auch über dem Grab von Raik Utu. Sie war auf einem starken Gerüst in die Höhe gezogen worden und sah ungeheuer schwer aus. Mehrere starke Holzstämme stützten sie. Es mussten viele Hände geholfen haben, sie dort hochzubringen.

Dann sah Maru etwas, was sie noch mehr überraschte: einen Gemüsegarten. Irgendjemand hatte sich bemüht, dem sandigen Boden etwas Essbares abzuringen. Das Ergebnis sah kärglich aus. Das war nicht anders zu erwarten, dachte Maru, denn die armseligen Beete würden die meiste Zeit des Tages im Schatten liegen. Wer immer diesen Garten angelegt hatte, musste bescheidene Ansprüche an die Ernte stellen. Immerhin gab es einen Brunnen und ein System kleiner Gräben, das für ausreichend Bewässerung sorgte. Jetzt stand dort Tasils Pferd und knabberte an einigen Gerstenhalmen. Jemand saß in einem der Gräben und sah ihm zu. Utukku!

Maru ging langsamer.

»Dieses Tier hat keine Angst, Maru Nehis«, begrüßte er sie.

Angst? Angst war es nicht, was Maru verspürte. Der Daimon hatte bislang nicht versucht, ihr Schaden zuzufügen. Im Gegenteil, in der Sache mit dem Maghai hatte er ihr sogar geholfen, wenn auch nicht sehr. Dennoch hatte sie bei diesem Wesen ein ungutes Gefühl. Es sprach in Rätseln, und sie wusste immer noch nicht, was es von ihr wollte.

»Ich grüße dich, Utukku«, sagte sie vorsichtig. Es war das erste Mal, dass sie ihn zur Gänze und bei Tageslicht sah. Sein Körper war von menschlicher Gestalt, aber von den seltsamen dunkelroten und -blauen Mustern überzogen, die sie bei der ersten Begegnung im Hafen in seinem Gesicht gesehen hatte. Er war nackt, soweit sie das beurteilen konnte. Da fiel ihr etwas auf, das sie wieder daran erinnerte, was er war. Er saß im Gras, aber er knickte die Halme nicht. Es sah so aus, als würden sie durch ihn hindurchwachsen.

»Der Boden bebt«, sagte Utukku.

Maru versuchte zu verstehen, was der Daimon meinte. Sie blieb stehen. Irgendwo grüßte ein Vogel den Morgen. Die Hufe des Pferdes scharrten im Sand. Von einem Beben der Erde war nichts zu merken. »Ich spüre nichts.«

»Sie sind bewaffnet.«

Maru runzelte die Stirn. Warum konnte der Daimon nicht einfach sagen, was er meinte? Vielleicht war es das! Er *konnte* es nicht sagen! Es schien, als würden ihm die richtigen Worte fehlen. Dann verstand sie. »Krieger? Du hörst das Marschieren der Krieger von Malk Numur?«

Es dauerte eine ganze Weile, bevor Utukkus Silberstimme antwortete. »Es sind viele.«

Maru schluckte. Die ganze Zeit wurde schon darüber gesprochen, dass Numurs Männer kommen würden, aber erst jetzt begriff sie, dass es wirklich geschah, dass ihr Leben wirklich und unmittelbar in Gefahr war. »Ja, sie werden uns töten, Utukku. Wenn du also etwas von mir willst, solltest du es schnell sagen, denn es kann sein, dass ich diesen Morgen nicht überlebe.«

Utukku machte einen schnarrenden Laut, der alles Mögliche bedeuten konnte. »Es ist Wasser im Fels.«

Es war zum Verzweifeln. Sie sprach vom Sterben, er von Wasser. Er schien in einer ganz anderen Welt zu leben, völlig losgelöst von der ihren. Oder gab es da einen Zusammenhang? Konnte das sein? Es musste so sein! Der Daimon wollte etwas, und er bot ihr etwas an. Sie wusste in beiden Fällen nicht, was es war, aber das würde sie noch herausfinden. Ihr war klar, dass es keinen Sinn hatte, Utukku zu drängen. Sie musste sich gedulden, auch wenn das viel verlangt war. Numurs Männer konnten jeden Augenblick hier eintreffen. Sie wollte sich nicht vorstellen, was dann geschehen würde. Vielleicht hatte Tasil noch einen gerissenen Plan in der Hinterhand, schließlich war er voller Ideen, Ränke und Finten. Irgendetwas würde ihm sicher noch einfallen. Aber vielleicht hatte er heute einen Plan zu viel geschmiedet, und sie saßen in der Falle. Vielleicht wollte das Schicksal, dass ihr Leben heute endete. Vielleicht würden die Krieger ihr Leben auch verschonen, und sie würde sich wieder in das Heer der namenlosen Sklaven einreihen können. Sie wollte weder das eine noch das andere. Sie hatte Angst. Sie spürte ein Brennen in den Augen und blickte auf. Ein Bussard kreiste vor dem wolkenlosen Blau. Es würde ein schöner Tag werden.

Der Daimon hob ebenfalls den Kopf. In seinen kupferfarbenen Augen spiegelten sich Felsen und Himmel. »Es kann nicht seinen alten Weg nehmen.«

»Was?«, fragte Maru. Der Daimon wollte etwas Wichtiges sagen, das konnte sie fühlen.

»Sie haben ihn unterbrochen.«

Maru versuchte zusammenzusetzen, was Utukku gesagt hatte. Es erinnerte sie an die Tontafeln von Kerva dem Schreiber. Feine Linien, die jemandem, der nicht lesen konnte, völlig sinnlos erschienen. Sie schüttelte den Kopf. Das, was der Daimon sagte, *musste* einfach Sinn ergeben. Es war genau wie bei den zerbrochenen Tafeln. Man durfte nicht auf die Linien achten, sondern auf die Umrisse, wenn man sie zusammensetzen wollte. Ihr Leben hing davon ab, dass sie den Daimon verstand.

Maru hatte eine vage Idee. »Die Akkesch? Sie haben den Weg des Wassers im Fels gestört? Meinst du das?«

»Akkesch. Ja. Sie haben gegraben.«

Meinte er die Felsengräber? Das offene Grab! Es könnte ein gutes Versteck sein! »Du meinst, ich sollte mich in dem neuen Grabmal verstecken, ist es das?«

Der Daimon schüttelte den Kopf. »Nicht bei den Toten.« Seine Augen waren halb geschlossen. Er schien angestrengt über seinen nächsten Satz nachzudenken. Es war das erste Mal, dass er etwas so klar und so eindeutig ausdrückte, dass Maru es sofort verstand. »Da ist ein verborgener Weg. Durch den Berg.«

Am liebsten wäre sie dem Daimon um den Hals gefallen, aber sie tat es natürlich nicht. Sie war sich nicht einmal sicher, ob sie ihn überhaupt hätte berühren können, aber das war im Augenblick auch unwichtig. Es gab einen geheimen Fluchtweg! Und Utukku wusste sogar, wo der Eingang zu finden war. Es dauerte eine Weile, bis Maru aus den verschwommenen Äußerungen des Daimons die genaue Lage in Erfahrung gebracht hatte. An der Seite des Talkessels, einen Steinwurf weit von Utus Grab, lagen die mächtigen Trümmer eines alten Felssturzes. Zwischen ihnen versteckt sollte der Eingang liegen. Tasil würde Augen machen! Sie würden noch einmal davonkommen, sie würden den Tag überleben. Die Steine, die ihr vom Herzen fielen, waren kaum kleiner als die Brocken, die den Tunnel verbargen.

»Sie haben ihn verschlossen«, sagte Utukku da.

Marus Hochgefühl verflog. »Verschlossen?«

»Ein Stein. Er gehört dort nicht hin.«

Maru atmete tief durch. Vielleicht war es nur eine Tür? Der Daimon verstand vielleicht nichts von solchen einfachen Menschendingen. Sie musste es selbst sehen. Eine Idee, auf die sie hätte schon früher kommen können, wie sie sich eingestand. »Zeig es mir.«

Der Daimon sah sie aus seinen kupfernen Augen kurz an. Sie glaubte, ihr eigenes Spiegelbild darin zu sehen. Dann bewegte er sich. Vielleicht bewegte er sich auch nicht. Auf jeden Fall stand er plötzlich zwischen den Felsen, gut dreißig Schritte von Maru entfernt.

Maru nahm es hin. Sie war müde, sie war hungrig, und sie hatte in den vergangenen Stunden mehr Wunder gesehen als andere Menschen in ihrem ganzen Leben. Ihr fehlte die Kraft zu staunen. Sie folgte Utukku wortlos.

Wer nicht wusste, dass es der Eingang zu einem geheimen Stollen war, hätte ihn nie gefunden. Maru musste sich durch mehrere enge Spalte zwängen, bevor sie vor der Felsplatte stand. Sie schien in der Wand zu stecken. Selbst wenn sie frei zugänglich gewesen wäre, hätte man zehn Männer gebraucht, um sie anzuheben. Maru allein hatte keine Chance, sie zu bewegen. Es war der Eingang, da war sich Maru sicher, aber sie hatte keine Vorstellung, wie er zu öffnen war. Die Akkesch waren wirklich elende Geheimniskrämer. Vielleicht hatte Tasil eine Idee. Sie musste ihm davon erzählen.

Als sie aus dem Gewirr der Felsen herauskletterte, war Utukku verschwunden. Dafür packte sie plötzlich jemand am Arm. Es war Tasil. »Was hast du hier zu suchen, du Sandkröte? Solltest du nicht nach dem Pferd sehen?«

»Der Eingang… Ein geheimer Gang durch den Berg«, stammelte Maru verwirrt.

Malk Iddin stand neben Tasil und sah sie misstrauisch an. »Wovon redest du, Mädchen?«

Ein geheimer Gang, Herr, aber er ist versperrt.«

Malk Iddin schüttelte den Kopf. »Natürlich ist er das. Glaubst du, meine Vorfahren haben so einen Gang angelegt, damit gewöhnliche Sterbliche darin spazieren gehen?«

Tasil sah sie düster an. Sein Gesicht war aschfahl. Sie ahnte den Grund dafür. »Auch über diesen Vorfall werden wir noch reden, wenn Zeit ist.«

»Beeil dich, Urather, die Zeit wird knapp. Sag deiner Sklavin, was du zu sagen hast, und dann lass uns gehen.«

»Sie ist meine Nichte.«

»Ist das so? Du solltest ihr ein paar bessere Kleider kaufen, man kann sie sonst leicht mit einer Namenlosen verwechseln«, erwiderte Malk Iddin trocken.

»Sei es, wie es sei. Maru, hör zu. Ich habe einen Auftrag für dich.«

»Ja, Onkel.«

Maru fühlte sich überrumpelt. Sie hatte gedacht, sie würde Tasil beeindrucken können, stattdessen schien er verärgert zu sein. Sie fühlte ein seltsames Prickeln. Irgendetwas geschah gerade, und es würde nicht gut für sie sein. Tasil nahm sie am Arm und führte sie beiseite. Sie entfernten sich von den Felsbrocken – und dem rettenden Geheimgang.

»Ich werde den Malk in Sicherheit bringen«, begann Tasil. »Leider bietet der Gang keinen Platz, um mein Pferd mitzunehmen, aber das werde ich noch dringend brauchen, verstehst du?«

»Nein, Onkel.« Und wie sie es verstand! Er wollte sie zurücklassen!

Tasil lächelte sie an, aber es wirkte überhaupt nicht beruhigend. »Ich habe ein sicheres Versteck für dich gefunden. Da wirst du warten, bis der Kampf vorbei ist. Sobald die Männer von Numur abgezogen sind, kannst du von hier verschwinden. Du reitest hinunter zum Fluss, und zwar nach Westen, bis zur großen Biegung, schaffst du das?«

»Ich kann gar nicht reiten, Onkel«, sagte Maru trotzig. Sie hätte am liebsten laut geschrien. Hatte er ernsthaft vor, sie in dieser Todesfalle zurückzulassen?

Tasils Mine verfinsterte sich. Das Lächeln war verschwunden und es blieben nur die kalt blickenden Augen. »In dem Fall hast du unterwegs Gelegenheit, es zu üben. Das Tier ist gutmütig und wird schon dafür sorgen, dass du nicht herunterfällst.«

»Aber …«

»Kein Aber! Ich habe dem Abeq des Tempels der Raik von dir erzählt. Er wird dich holen, wenn die Gefahr vorüber ist.«

»Aber wenn es einen so sicheren Platz gibt, warum verstecken wir uns nicht alle dort.«

»Es ist sicher für dich, Maru, nur für dich.«

Sie überlegte noch, was er meinte, als Tasil stehen blieb. Er hatte sie zur Grube gelenkt. Sie war ein breites, viereckiges Loch im Boden, nicht sehr tief, ein großer Mann hätte leicht hinausklettern können. Zwanzig Gesichter starrten sie stumm an. »Was hast du vor, Onkel?«

»Nun, ich denke, einen Fisch versteckt man am besten unter anderen Fischen, und wie Iddin schon sagte: Du siehst aus wie eine Sklavin. Ich bin mir sicher, die anderen werden dich nicht verraten.« Bei diesen Worten packte er sie und warf sie hinab in die Grube.

Maru schrie erschrocken auf. Keiner der Sklaven machte Anstalten, sie aufzufangen. Als sie sich verwirrt und wütend aufrappelte, sah sie Tasil oben am Rand der Grube stehen.

»Du weißt, wo ich dich erwarte. Komm nicht zu spät!«, sagte er mit finsterem Blick. Im nächsten Augenblick war er verschwunden.

Sie hätte schreien und heulen können. In ihr tobte ein Sturm. Tasil hatte sie verstoßen. Tasil brachte sich in Sicherheit und ließ sie zurück. Tasil setzte sie der Todesgefahr aus. Tasil war fort. In ihren Augen brannten Tränen. Vielleicht waren es Tränen der Wut. Sie wusste es selbst nicht. Die Sklaven starrten sie stumm an. Keiner von ihnen stellte eine Frage, keiner reichte ihr eine Hand, um ihr aufzuhelfen. Sie saßen einfach nur da und schienen auf etwas zu warten.

Maru stand auf. Es war kühl in der Grube. Der Grund war feucht und lehmig. Gab es hier eine Wasserader unter der Erde? Sie fror. Erschöpfung und Hunger meldeten sich zurück, und sie fühlte sich unendlich schwach und müde. Sie kämpfte mit der Versuchung, aus der Grube zu fliehen, Tasil hinterherzurennen, aber sie wusste, dass es sinnlos war. Tasil hatte recht, auch wenn sie das ungern zugab. Hier, unter den anderen Sklaven – wie seltsam sich diese Worte anfühlten –, war sie sicher.

Da war nichts außer der Grube, den roten Hügeln und dem blauem Himmel, der von dem schmalen Holzsteg geteilt wurde. Maru verstand immer noch nicht, warum man direkt vor dem Zugang zur Grabkammer diese Grube angelegt und dann einen Steg darüber gebaut hatte. Er würde tagsüber etwas Schatten spenden, aber deshalb hatten die Serkesch das sicher nicht gemacht. Die Sklaven saßen stumm an den Pfosten des Stegs gelehnt. Keine Wolke war zu sehen, und auch der Bussard war verschwunden. Es lag Stille über dem Talkessel. Es war eine gespannte Ruhe, so als würden selbst die Vögel und die Felsen wissen, dass eine Schlacht bevorstand. Auch die Sklaven sprachen nicht, nicht einmal ein Flüstern untereinander. Maru hielt es nach kurzer Zeit nicht mehr aus.

»Wer … wer seid ihr?«, fragte sie.

Zunächst schien sich niemand angesprochen zu fühlen, doch dann blickte sie einer an. Er war nicht viel älter als Maru. »Wir waren Sklaven von Utu-Hegasch, und wir sind hier, um seine Grabkammer für ihn vorzubereiten.«

»Ist sie noch nicht fertig?«

»Seine letzte Ruhestätte wartet schon seit Jahren auf ihn, so wie seine beiden Frauen, die in diesen Felsen schlafen, doch muss sie noch hergerichtet werden, zur Aufnahme des Raik.«

Maru wusste nicht genau, was es da vorzubereiten gab, aber sie traute sich auch nicht nachzufragen. Der junge Mann wirkte so schwermütig.

»Wann wird er beigesetzt?«, fragte sie, um das Gespräch nicht sterben zu lassen.

»Schon morgen«, lautete die einsilbige Antwort.

Die Traurigkeit des Sklaven war bedrückend. Maru fragte sich, ob das nur daran lag, dass er um seinen Herrn trauerte. Hoch über ihr schrie der Bussard. Sie war ihm dankbar, dass er die lastende Stille unterbrochen hatte. Doch da wurde ihr klar, dass er Unheil ankündigte. Sie konnte es hören. Es war der Marschtritt vieler Menschen, der über die Felsen des Talkessels hallte. Sie mussten schon dicht beim Tempel sein. Dann, mit einem letzten, lauten Stampfen, endete der Marsch plötzlich. Maru lauschte. Sie hatte wildes Gebrüll erwartet, aber es blieb ruhig. Bange Augenblicke vergingen. Dann war das leise Klirren von Metall zu hören. Es mochte das Geräusch von Männern sein, die vorsichtig vorrückten. Sonst blieb es still. Maru konnte den Bussard sehen, der vor dem blassblauen Himmel seine Kreise zog. Er schien tiefer zu gehen.

Plötzlich erklang ein dumpfer Ton, ein Stöhnen und dann ein einzelner Klageruf voller Schmerz, der Maru einen Schauer über den Rücken jagte. Jetzt ließ Strydh die Wölfe des Krieges los. Schreie hallten von den Hügeln, Befehle wurden gebrüllt. Schwerter klirrten, Männer stöhnten, und Schilde stießen krachend aufeinander. Es dauerte nicht einmal sehr lange, dann brüllte irgendjemand »Rückzug!«, und unter Fluchen, Flehen und Jammern wich offenbar eine der beiden Parteien zurück. So plötzlich, wie er losgebrochen war, verebbte der Kampflärm. Zurück blieb das Stöhnen der Unglücklichen, für die der kurze Kampf böse geendet hatte. Ein paar Stimmen brachen in Triumphschreie aus. Es waren nicht sehr viele.

Eine Stimme, Maru erkannte sie als die des Schab von Iddin, übertönte den verhaltenen Jubel. »Zurück, zurück Männer! Hinter die Pforte und nehmt die Schilde hoch!«

Seine Krieger verstummten.

Maru fragte sich, was geschehen war. War die Schlacht schon vorüber? Waren Numurs Männer geflohen? Oder war es nur ein erster Angriff, den Iddins Kämpfer abgewehrt hatten.

»Kannst du mir hochhelfen«, fragte sie den Sklaven, der mit ihr gesprochen hatte.

Er schüttelte den Kopf. Die Sklaven schienen sich für den Ausgang des Kampfes nicht zu interessieren. Maru konnte sich mit diesen Gedanken nicht aufhalten. Sie sprang in der Ecke der Grube hoch, bekam den Rand zu fassen und zog sich nach oben, bis sie hinausspähen konnte. Iddins Männer kauerten hinter den Felsen beiderseits des schmalen Eingangs. Wie viele Opfer der erste Angriff gefordert hatte, konnte sie nicht sehen, denn der Platz zwischen den Tempeln lag höher als der Grund des Talkessels.

Da sah sie eine schnelle, schwarze Wolke über dem Giebel der steinernen Pforte aufsteigen. Pfeile! Sie stiegen steil in die Höhe und regneten kurz hinter dem Tor nieder. Einige flogen durch die Lücke zwischen Pforte und Felsspange. Die Männer pressten sich an die Felsen und hielten sich die Schilde über den Kopf. Keiner von ihnen wurde getroffen, aber offenbar lagen Männer auf dem Platz, denn zwischen das Prasseln der Pfeile auf dem Pflaster mischte sich das dumpfe Stöhnen von Verwundeten. Zweimal wiederholte sich das Schauspiel.

Maru sah den Schab, der hinter seiner Deckung hervorspähte. Plötzlich zog er hastig den Kopf zurück. Sekunden später schwirrte ein erneuter Pfeilhagel, dieses Mal jedoch in flacher Flugbahn, durch das Tor. Wie Hagelkörner prasselten die Pfeile gegen die Säulen, die Ziegel, wurden abgelenkt und taumelten auf die Verteidiger nieder, ohne Schaden anzurichten. Die Geschosse, die durch das Tor flogen, sprangen über das Pflaster wie die Steine, die Maru manchmal flach über den Fluss geworfen hatte.

Schließlich sah der Feind offenbar ein, dass den Verteidigern mit Pfeilen nicht beizukommen war, denn der Beschuss hörte auf. Maru hörte viele Männer, die vor dem Tor hin und her hasteten. Befehle wurden gerufen. Offenbar hatten Numurs Schabai einen neuen Plan gefasst. Dumpfes Stampfen erklang. Es mussten viele Füße sein, die da im Gleichschritt näher kamen. Sehen konnte Maru sie noch nicht. Da verließ sie die Kraft, sie konnte sich nicht länger an der Kante halten und rutschte hinab.

»Sie halten sich gut«, informierte sie die anderen in der Grube.

Aber auch diese Nachricht nahmen die Sklaven mit Gleichmut auf. Keiner von ihnen stellte eine Frage. Sie blickten nicht einmal auf. Maru sprang noch einmal hoch. Sie konnte nicht anders, ein seltsames Fieber hatte sie erfasst. Das Stampfen hatte das Tor erreicht.

Jetzt sah sie es. Eine dicht gedrängte Masse von Leibern rückte heran. Sie marschierten geduckt, ihre Schilde überlappten sich, und nur die Spitzen vieler Speere ragten hervor. Iddins Schab hielt seine Männer zurück und ließ Numurs Krieger herankommen. Erst im letzten Moment gab er mit einem Handzeichen einen Befehl, und sie warfen sich in den Eingang. Schild krachte auf Schild, Speere splitterten, Männer stöhnten. Das Portal war schmal. Es waren nicht mehr als vier oder fünf Männer nötig, um es zu verteidigen. Iddins Krieger standen in doppelter Reihe und versuchten, den übermächtigen Feind zurückzudrängen. Der anmarschierende

Wall von Schilden, Speeren und Leibern war viele Reihen tief, aber es schien, als würde ihm die Zahl nichts nutzen. Die eisernen Schwerter der Verteidiger zerhackten die Schilde der Angreifer. Die Vorwärtsdrängenden mussten über ihre gefallenen Kameraden steigen, und fast sah es so aus, als könnten Iddins Krieger die Oberhand behalten – aber da ertönte weit hinter den ineinander verkeilten Kämpfern ein Kommando.

Plötzlich wurde einer von Iddins Männern von einer unsichtbaren Gewalt zurückgeworfen. Er taumelte, drehte sich langsam um die eigene Achse und fiel. Maru konnte sehen, dass ein Pfeil seine Stirn durchbohrt hatte. Dutzende Pfeile schwirrten jetzt durch den Eingang und in die Reihen der Kämpfer. Männer schrien, und es waren nicht nur Iddins Krieger. Vielleicht verloren die Angreifer bei diesem rücksichtslosen Beschuss sogar mehr Männer als ihre Gegner.

Für einen Augenblick geriet der Kampf ins Stocken. Als der nächste Pfeilhagel heranrauschte, ließen die Kämpfer voneinander ab, duckten sich und suchten hinter ihren Schilden Deckung. Dann brüllte jemand einen Befehl, und ein Brüllen aus vielen Kehlen antwortete. Die hinteren Reihen des Schildwalls drängten mit aller Macht nach vorne. Die Verteidiger konnten den Ansturm nicht mehr aufhalten. Fast alle waren schon verwundet, einige gefallen. Iddins Männer wurden zurückgedrängt und standen jetzt einzeln gegen eine vielfache Übermacht. Sie wehrten sich noch, aber der Kampf war entschieden.

Maru sah, wie Iddins Schab, der schon aus mehreren Wunden blutete, am Hals von einem Wurfspieß durchbohrt wurde und zusammenbrach. Es war ein entsetzlicher Anblick. Sie rutschte zurück in die Grube und wollte nichts mehr sehen. Das Fieber, das sie gepackt hatte, war verflogen. Die Felsen hallten noch für eine kurze Weile wider vom Echo des Kampfes. Dann erstarb die Schlacht.

Maru setzte sich auf den Boden. Sie zitterte am ganzen Leib. Die anderen stellten immer noch keine Fragen. Draußen wurden nach dem Sieg Befehle gebrüllt, aber es gab keinen Jubel. Verwundete stöhnten, doch man schien sie bereits vom Kampfplatz zu tragen. Das hörte Maru aus dem Durcheinander zumindest heraus. Es mussten viele Krieger da draußen sein. Sie hasteten hierhin und dorthin und schienen alles nach Malk Iddin abzusuchen. Einer Eschet wurde befohlen, in das offene Grab von Raik Utu vorzudringen. Doch die Männer zögerten.

»Was ist mit dem Thymanbadh?«, fragte einer.

»Er hat sein Wort noch nicht gefressen und schläft, ihr Schafsköpfe. Also los, beeilt euch!«

Maru sah, wie sich die Männer vorsichtig über den schmalen Holzsteg in die Grabkammer vorantasteten. Sie blieben nicht lange drinnen und sahen sehr erleichtert aus, als sie wieder herauskamen. Maru fragte sich, was ein Thymanbadh sein mochte, und nahm sich vor, einen der Sklaven zu fragen, sobald Numurs Männer verschwunden wären. Gelegentlich traten andere Krieger an den Rand der Grube, aber keiner von ihnen warf mehr als einen flüchtigen Blick auf die Sklaven. Niemand schien auf die Idee zu kommen, sie nach dem Verbleib des Malk zu fragen. Maru war das nur recht. Ihr waren neue Zweifel an Tasils Plan gekommen. Was, wenn einer sie erkannte? Es mochte einer unter ihnen sein, der sie schon an einem der Tore oder im Palast gesehen hatte. Sie kauerte sich in einer Ecke zusammen und hielt den Blick auf den Boden gerichtet. Dabei fühlte sie sich völlig zerschlagen, und sie konnte nicht aufhören zu zittern. Sie hoffte nur, dass dieser Albtraum bald enden würde, und schlief ein.

Jemand schüttelte sie. Maru schreckte hoch. Für einen kurzen Augenblick glaubte sie, im Käfig auf Atibs Schiff zu sein, aber dann sah sie die anderen Sklaven, die lehmigen Wände der Grube. Der junge Mann, mit dem sie gesprochen hatte, hielt sie an der Schulter. Jemand sprach. Sie war so schlaftrunken, dass sie ihn nicht gleich verstand. Wie lange hatte sie geschlafen? Eine Sekunde? Sie versuchte, sich zurechtzufinden.

Da stand eine füllige Gestalt und redete. Es war ein Priester. »Ja und du auch«, sagte er gerade. »Beeilt euch!«

Jemand half ihr auf die Beine und hob sie dann ohne weitere Umstände hoch. Oben wurde sie von zwei kräftigen Armen in Empfang genommen. Weitere Sklaven krochen aus der Grube. Der Priester teilte ihnen Arbeit zu: »Ihr da, kommt zu mir in den Tempel, wir brauchen Eimer, ihr anderen geht auf den Platz. Es gib viel zu tun!«

Maru gehörte zur ersten Gruppe und stolperte hinter dem Mann her. Sie hatte keine Ahnung, was sie mit einem Eimer anfangen sollte. Sie betraten den Tempel der Raik durch einen Seiteneingang. Hier gab es Räume für Werkzeug, eine Küche, eine Art Waschraum und Wohnkammern. Maru wurde wieder halbwegs wach. Der Priester, ein freundlicher, dicker Mann, drückte den anderen Eimer in die Hand und schickte sie zum Brunnen: »Wir brauchen Wasser, sehr viel Wasser, um das Blut auf unserem heiligen Platz abzuwaschen.«

Maru erhielt keinen Eimer.

Der Abeq wartete, bis die anderen unterwegs waren. »Verzeih, dass du warten musstest, mein Kind, aber diese Krieger sind so misstrauisch.«

»Welche Krieger?«

»Hast du sie nicht gesehen? Sie haben zwei Eschet hier gelassen für den Fall, dass Iddin sich irgendwo in den Felsen versteckt. Das hat dein Onkel wohl nicht bedacht. Ich musste mir etwas einfallen lassen.«

Es war das erste Mal, dass jemand von Tasil als ihrem Onkel sprach, ohne dass es nach Spott klang.

»Ich muss sagen, es war eine gute Idee von ihm, dich in dieses Sklavenkleid zu stecken. Er ist sehr gerissen, scheint mir. Und du bist sehr mutig.«

Maru fühlte sich nicht besonders mutig, nur müde. »Sehr gerissen«, wiederholte sie und konnte dabei ein Gähnen nicht unterdrücken.

Der Priester starrte sie auf eine Art an, die sie nicht deuten konnte. War es so unschicklich, in den Wirtschaftsräumen eines Tempels zu gähnen?

»Entschuldige bitte«, sagte sie. »Ich bin eben kurz eingenickt.«

»Du hast geschlafen? Mitten in dieser furchtbaren Schlacht?« Seine Augen weiteten sich.

Jetzt verstand sie den Blick. Der Mann bestaunte sie. Nun wurde sie verlegen.

»Ihr seht euch ja wirklich nicht sehr ähnlich, du und dein Onkel, aber nun erkenne ich, dass ihr beide aus demselben Holz geschnitzt seid. Was für ein Mut, welche Kaltblütigkeit! Ich selbst zittere noch vor Angst und werde noch tagelang nicht schlafen können. Meine beiden Jungpriester halten sich versteckt und trauen sich nicht aus ihren Kammern – und dieses Mädchen schläft, als ruhte es im Schoße der Hüter!«

»Ich war müde«, versuchte Maru die Sache zu erklären.

Offensichtlich war es zwecklos. Der Mann sah sie an und schüttelte immer wieder den Kopf, als könne er ihre Tapferkeit nicht fassen. Maru versuchte, auf das Wesentliche zurückzukommen. Wenn sie das richtig verstanden hatte, waren Numurs Krieger auf dem Platz draußen. Das war schlecht. Das war sehr schlecht. Aber der Abeq hatte noch etwas gesagt. »Du hast dir etwas einfallen lassen, ehrwürdiger Abeq?«

Der Abeq geriet für einen Moment ins Grübeln, dann lächelte er stolz. »Nun, die erste Schwierigkeit war, dich unauffällig aus der Grube zu holen. Aber dann wollten Malk Numurs Männer, dass die Sklaven den Platz reinigen. All das Blut, die vielen Leichen, es ist ein furchtbarer Anblick! Und es ist ein unerhörter Frevel. Noch nie in der Geschichte dieser Stadt wurde die heilige Totenruhe eines Raik auf so widerwärtige Weise gestört. Malk Numur wird große Opfer bringen müssen, um den gerechten Zorn seiner Ahnen zu besänftigen! Wenn es ihm überhaupt gelingt, was ich zu bezweifeln wage. Das Totenkleid Utus befleckt vom Blut einfacher Krieger! Wo war ich? Ah, der Plan! Ich habe also einfach alle Sklaven aus der Grube geholt, sodass die Krieger den Überblick verlieren. Niemand wird merken, dass einer fehlt.«

Der Abeq lächelte selbstzufrieden. Maru fand allerdings, dass dazu wenig Grund bestand.

»Gut, ich bin hier, ehrwürdiger Abeq«, sagte sie, »aber ich bin noch nicht in Sicherheit und schon gar nicht dort, wo mein Onkel mich, mitsamt Pferd, treffen will.«

»Nur Geduld, Mädchen, nur Geduld. Das Beste kommt doch noch. Ich werde dich nämlich gleich mit einer wichtigen Botschaft in die Stadt schicken. Und da sie so eilig und dringend ist, wirst du das Pferd brauchen. Und bevor du fragst: Sie ist schon geschrieben. Einer meiner jungen Priester hat sie verfasst. Sie ist sogar echt, denn ich berichte den Abeqai des Tempelbergs von den traurigen Vorkommnissen dieses Morgens. Wir werden gemeinsam eine angemessene Sühne für diesen Frevel festlegen. Die Ahnen von Utu sind zornig, das kann ich spüren, und wir müssen sie besänftigen. Sonst wird großes Unglück über Serkesch hereinbrechen!«

»Und das alles ist dir eingefallen?«

»Nicht alles, ich gebe zu, dieser Teil der Idee ist von deinem Onkel.«

»Aber werden Numurs Männer mich durchlassen? Ist es denn üblich, dass einfache Sklaven eine so wichtige Botschaft befördern?«

»Nein, natürlich nicht, aber daran habe wiederum ich gedacht. Ich glaube, diese Lumpen, die du trägst, haben ihren Zweck erfüllt. Ich habe das Gewand eines einfachen Tempeldieners für dich. Ich hoffe, das genügt dir. Du solltest dich natürlich waschen, und wir müssen dir wohl die Haare scheren.«

»Nicht die Haare!«, sagte Maru sehr bestimmt.

»Aber du weißt doch, Tempeldiener müssen kahl sein, da sie sonst das Heiligste verunreinigen könnten.

»Nicht die Haare!« Maru sah den Abeq lange mit ihren grünen Augen an.

Er wurde unsicher.

»Ich gebe zu, es hat Nachteile. Man wird sich fragen, warum Tasils Nichte geschoren ist. Aber du könntest später ja ein Kopftuch tragen!«

»Und kann ich das Kopftuch nicht jetzt tragen, ehrwürdiger Abeq? Und mein Haar darunter verstecken?«

»Hm, nun ja, bei der Feldarbeit tragen unsere Jungpriester und Diener manchmal ein Kopftuch, gerade wenn sie frisch geschoren sind. Dann ist die Haut sehr empfindlich, musst du wissen. Aber sehr überzeugend scheint mir das nicht zu sein.« Es schien, als hinge er sehr an seiner ursprünglichen Idee.

»Ich finde es überzeugend genug, ehrwürdiger Abeq«, sagte Maru, und sie sah ihn so entschieden an, dass er nicht widersprach.

Es zeigte sich, dass Abeq Asid – das war sein Name – ein umsichtiger Mensch war. Als Maru nämlich darauf hinwies, dass sie unmöglich eine Botschaft auf den Tempelberg bringen konnte, weil sie schließlich dort schon einmal gewesen sei, beruhigte der Priester sie. »Es ist nicht notwendig, dass du in die Stadt reitest. Ich habe einen der Diener bereits kurz nach der Schlacht mit einer anderen Botschaft losgeschickt. Er wird dich vor dem Tor des Brond erwarten, wenn du ihn nicht schon vorher einholst. Wenn die Wachen fragen, behaupten wir einfach, wir hätten etwas vergessen.«

Er gab ihr eine genaue Beschreibung des Mannes, die vermutlich gar nicht nötig gewesen wäre. Es würden nicht viele junge Priester zwischen dem Gräbertal und der Stadt unterwegs sein.

Ein Tempeldiener kam und führte Maru in einen Waschraum. Es gab dort eine steinerne Schale, die mit eiskaltem Wasser gefüllt war. Sie fand es wundervoll erfrischend, sich den Staub und Lehm der Sklavengrube abzuwaschen. Dann zog sie sich um. Es war der schlichte Leinenüberwurf eines Tempeldieners, wie es Abeq Asid gesagt hatte, aber es war besser als alles, was sie bisher in ihrem Leben getragen hatte. Sie ging den Abeq suchen. Der Diener sagte ihr, dass sie ihn im Tempel finden würde.

Der Tempel der Ahnen, das Haus der zu Göttern aufgestiegenen Raik der Stadt – vor wenigen Stunden hatte sie es unbedingt sehen wollen, jetzt erschien es ihr seltsam unwichtig.

Sie betrat ihn durch einen der Wohnräume der Priester. Die Serkesch hatten den halben Tempel und sämtliche dazugehörigen Kammern in den Fels gegraben. Maru trat durch die kleine Pforte und blieb stehen. *Erhaben* war das erste Wort, dass ihr in den Sinn kam. Als Sklavin war es ihr eigentlich verboten, einen Fuß in ein Götterhaus zu setzen, und so trat sie mit sehr gemischten Gefühlen ein. Der Ahntempel der Raik war viel größer und beeindruckender als der bescheidene Schiqur von Akyr. Er war von rechteckigem Grundriss, tiefer als breit; eine Halle, deren Dach hoch oben auf schlanken Säulen ruhte. Zwischen den Säulen standen die Statuen der Herrscher auf niedrigen Sockeln. Sie zählte sechs Standbilder und noch einmal so viele Sockel, die noch nicht besetzt waren. Am Kopfende der Halle beherrschte eine überlebensgroße bronzene Figur den gesamten Raum. Sie zeigte einen bärtigen Mann, der einen Hammer und einen Speer in den Fäusten hielt. Zu seiner Rechten stand das Bildnis von Utu-Hegasch, das sie am vorigen Tag auf dem Weg zur rituellen Reinigung im Dhanis gesehen hatte. Alle anderen Standbilder fanden sich auf der anderen Seite des Tempels, was Maru das Gefühl gab, der Raum sei nicht im Gleichgewicht.

In diesem Moment betrat Abeq Asid den Tempel durch den vorderen Eingang. »Ah, da bist du ja. Passt es?«

Maru nickte. Sie konnte den Blick nur schwer von den ehrwürdigen Bildnissen abwenden.

»Nun, ich weiß, es ist nichts Besonderes, aber ich denke, für den Augenblick wird es genügen.«, sagte der Abeq entschuldigend.

»Oh, es ist wundervoll.« Maru besann sich. »Ich meine, es passt sehr gut.«

»Dann bin ich erleichtert.«

»Sind das die Götter der Stadt?«, fragte Maru.

»Ja, das sind sie. Die göttlichen Raik, von den Hütern gesalbt und nach ihrem Tod an Uos Tafel über uns wachend. Doch ich fürchte, sie sind zornig, und ich weiß nicht, wie wir sie besänftigen sollen.«

»Wen stellt die große Statue da, die mit dem Hammer?«

»Das ist Bukru, der Gründer von Serkesch. Zu seiner Rechten siehst du Utu, den Unglücklichen, dessen Totenruhe heute so schmählich gestört wurde. Links von Bukru steht sein Sohn Suti, der Gerechte. Der dort ist Salassu, der Alte, jener dort ist Usesch, der vierte Raik der Stadt, und dieser ist Arati, der Vater von Utu.«

»Und die freien Sockel?«

»Die sind für die Raik, die noch kommen werden. Und ich hoffe, sie werden auch aus dem Haus Hegasch sein. Es sind finstere Zeiten, und es ist möglich, dass beide Sprösslinge dieses hohen Geschlechts in diesem Kampf verenden.«

Sie verließen den Tempel und kehrten zurück in den Wohntrakt der Priester. Asid händigte Maru eine in Tuch eingeschlagene Tontafel aus. Es war die Nachricht für die Hohepriester der Stadt.

»Bist du bereit aufzubrechen?«, vergewisserte sich der Abeq. »Ich kann einen der Diener oder Sklaven schicken, das Pferd zu holen. Andererseits solltest du vielleicht noch einen Augenblick warten. Es sind gerade sehr viele Krieger auf dem Platz. Sie tragen die Leichen hinaus. Es ist kein schöner Anblick.«

Maru nickte. Sie war nicht erpicht darauf, das Ergebnis der Schlacht zu sehen. Sie musste an Iddins Krieger denken. Der Schab war freundlich zu ihr gewesen, und jetzt war er auf dem Weg nach Ud-Sror. Sie nahm sich vor, ein Opferfeuer für ihn anzuzünden, sobald sie Zeit dafür fand.

Sie kehrten zurück in die Wirtschaftsräume des Tempels. Ein bestimmter Geruch stach Maru in die Nase: Hirsebrei!

»Wenn ich noch warten muss, ehrwürdiger Abeq, ist es dann vielleicht möglich, dass ich hier noch etwas essen kann?«

»Essen? Wirklich, du bist erstaunlich. Jetzt, in diesem Augenblick der Gefahr, kannst du ans Essen denken?«

»Ich habe Hunger«, sagte Maru schlicht. Das war untertrieben. Sie hatte seit dem vorigen Mittag nichts mehr gegessen, und ihr war schon ganz flau im Magen. Es zeigte sich aber, dass der Abeq recht behielt. Ihr Magen knurrte, aber sie bekam keinen Bissen hinunter. Sie saß am Tisch vor einem Teller mit dampfendem Hirsebrei, doch immer stand ihr das Bild des Schabs vor Augen, wie er mit durchbohrtem Hals zusammenbrach.

»Du kannst es auch mitnehmen und später essen, Kind«, sagte Abeq Asid lächelnd, als er bemerkte, dass sie den Brei nicht anrührte.

»Es ist nur … Ich frage mich, warum sie sterben mussten. Malk

Iddin war doch schon fort. Warum hat er sie nicht mitgenommen?«

Asid sah sie mit gerunzelter Stirn an. »Mitgenommen? Ich habe mich schon sehr gewundert, dass er deinem Onkel erlaubt hat, ihn zu begleiten. Niemand darf wissen, dass es diesen Gang gibt, denn er ist die letzte Fluchtmöglichkeit, falls die Stadt einmal belagert und eingenommen werden sollte. Selbst die Schabai von Numur wissen offensichtlich nichts von ihm, denn sonst hätten sie ihn doch durchsucht.«

»Aber du weißt es doch auch.«

Der Priester lächelte. »Ich bin ein Diener der Ahngötter, die Geheimnisse der Hegasch sind bei mir gut verwahrt, und selbst ich weiß nur, dass es ihn gibt. Ich kenne weder Eingang noch Ausgang, noch begehre ich, es zu wissen.«

»Aber warum haben sich die Krieger nicht einfach ergeben? Iddin war doch fort. Warum mussten sie sterben?«

»Es ist nicht gesagt, dass Numur sie am Leben gelassen hätte. Sie sind … waren die Leibwächter seines Bruders, und die beiden befinden sich jetzt im offenen Kampf. Numur wird jeden töten, den er auf der Seite seines Bruders weiß – oder vermutet. Das Schicksal hält düstere Stunden für uns bereit. Die Hüter mögen uns beschützen.«

Als einer der Tempeldiener unterwegs war, um das Pferd zu holen, beschloss Maru, den Priester um einen Gefallen zu bitten. »Würdest du für Iddins gefallene Krieger ein Opferfeuer für mich entzünden, ehrwürdiger Abeq? Ich würde es selbst tun, aber ich weiß noch nicht, wann ich dazu Gelegenheit haben werde.«

Der Abeq nickte. »Ich werde gleich nachher hinübergehen in seinen Tempel und ihnen mit Öl opfern, wenn es dir recht ist. Ihr Pfad nach Ud-Sror soll erleuchtet sein.«

Wenig später führte Maru das Pferd durch den Talkessel. Abeq

Asid hatte sie noch bis zur Pforte begleiten wollen, doch Maru hatte das abgelehnt.

»Der Abeq der Ahngötter wird doch einen Diener nicht zur Tür bringen«, hatte sie gescherzt und so hatten sie sich am Seitenausgang des Tempels verabschiedet. Maru drehte sich nicht um. Abeq Asid war freundlicher als alle Priester, denen sie bisher in ihrem Leben begegnet war. Sie hatte sich in seiner Gegenwart sehr wohlgefühlt, und sie hoffte, dass sie ihn wiedersehen würde.

Als sie den Platz erreichte, blieb das Pferd stehen. Einige Krieger lehnten an den Säulen und sahen den Sklaven zu, die versuchten, die Steine mit Wasser und Sand zu reinigen. Das helle Pflaster war von Blutlachen bedeckt. Sie würden noch viel arbeiten müssen. Maru schnalzte mit der Zunge, wie sie es bei Tasil beobachtet hatte, und zog das Pferd hinter sich her. Pfeile lagen überall verstreut. Ein Sklave war damit beschäftigt, sie aufzusammeln. Es war der, mit dem sie in der Grube gesprochen hatte. Er sah kurz auf, aber in seinem Gesicht zeigte sich keinerlei Regung. Maru fragte sich, was mit ihm und den anderen los war. Ihr fiel ein, dass sie den Abeq hätte fragen können, doch dafür war es jetzt zu spät. Sie war froh, dass die Leichen nicht mehr da waren.

Vorsichtig führte sie das Tier die Stufen des Portals hinunter. Zwei Krieger standen dort Wache, aber sie hielten sie nicht auf. Verwundete lehnten neben dem Portal an den Felsen. Kameraden kümmerten sich um sie. Weiter rechts, vor den schwarzen Überresten des Letzten Hauses des Raik, lagen leblose Körper im Sand. Eine kurze Reihe, angeführt vom Schab Iddins, und eine zweite Reihe, die wesentlich länger war. Es roch immer noch verbrannt. Gegen ihren Willen starrte Maru die Gefallenen an. Das Pferd wurde unruhig, vielleicht vom Qualm, vielleicht vom Leichengeruch. Maru wandte sich ab, zog sich in den Sattel und gab dem Tier die Fersen. Es wurde Zeit, dass sie aus diesem Tal herauskam.

Immit Schaduk

»Das Reich der Akkesch ist groß – und der Kaidhan ist weit.«

Sprichwort der Serkesch

Es war immer noch ein Trauertag für die Serkesch, und als Maru durch die Felder ritt, sah sie keine Menschen. Alles war glatt gegangen. Sie war aus dem Gräbertal geritten, ohne angehalten zu werden. Der Tempeldiener hatte auf halber Strecke auf sie gewartet und die Botschaft für die Priester entgegengenommen, und das Pferd war ihrer Führung gefolgt, als hätte sie ihr ganzes Leben im Sattel verbracht. Jetzt war sie fast am Ziel. Die Stadt lag hinter ihr, und die Hügel des Glutrückens waren einer Ebene gewichen, durch die sich der Dhanis schob. Felder und Dattelpalmenhaine säumten den Fluss, und gelegentlich erblickte sie ein einzeln stehendes Gehöft. Hunde bellten, aber auch hier, weit von der Stadt entfernt, arbeitete niemand auf den Feldern. Der Dhanis, befreit von den Höhenzügen, die ihn bis nach Serkesch stets nach Osten zwangen, hatte sich entschieden, nun im weiten Bogen nach Süden zu schwenken. Sein Wasser glitzerte in der Morgensonne.

Hier sollte sie also Tasil treffen. Maru hielt das Pferd an und sah sich um. Es war nichts von ihm zu sehen. Die »große Biegung«, wie er es genannt hatte, war natürlich leicht zu finden, aber sie war eben auch *groß*. Sie wünschte, Tasil hätte einen etwas genaueren Treffpunkt angegeben. Sie entdeckte nahe dem Ufer ein kleines Wäldchen aus Dattelpalmen, das Schatten bot und so vereinzelt in den Feldern stand, dass es ins Auge fiel. Sie lenkte das Pferd dorthin, kletterte aus dem Sattel, band das Tier an einer der schlanken Palmen an und lehnte sich mit dem Rücken an eine andere.

Das Land war flach, Tasil würde das Pferd entdecken. Die Müdigkeit kam zurück – und der Hunger. Sie wickelte den Hirsebrei und das Brot, das ihr Abeq Asid gegeben hatte, aus den Schilfblättern und aß. Die Schreckensbilder des frühen Morgens verblassten allmählich. Der Fluss rauschte, irgendwo in der Nähe zwitscherte ein Singvogel, in der Ferne blökten Schafe. Sie schlief ein, noch während sie aß …

Langsam öffnete Maru die Augen. Dattelpalmen wiegten sich in einem leichten Wind, grüne Blätter vor wolkenlosem Himmel. Ein Raubvogel ließ seinen hellen Ruf hören. Er war weit weg. Dann kam die Erinnerung zurück wie ein Stachel in diesem friedlichen Tag: der Kampf, die Toten und …

Jemand beobachtete sie! Sie setzte sich auf. Nur wenige Schritte entfernt saß Tasil im Schatten und betrachtete sie, während er die letzten Reste ihres Essens vertilgte. »Ausgeschlafen, Kröte?«

»Ja, Onkel.«

»Wie ich sehe, hatte ich recht. Du hast die Nacht unbeschadet überstanden.« Tasil grinste und wischte sich mit dem Ärmel den Mund ab. »Vielleicht bist du doch nicht so völlig unbrauchbar, wie ich annehmen musste.«

»Wo ist Malk Iddin?«

»In einem sicheren Versteck. Und dort wird er bleiben, bis die Sache entschieden ist.«

»Seine Krieger sind gefallen, alle«, sagte Maru. Das Bild des sterbenden Schab stand ihr wieder vor Augen.

»Tapfere Männer, aber dumm.«

»Sie hatten keine Wahl!«, verteidigte Maru die Kämpfer.

»Vielleicht hatten sie die wirklich nicht. Es ist schade um sie. Ihre Eisenwaffen waren ein Vermögen wert.«

Maru lief ein Schauer den Rücken herunter. *Kaltblütig* hatte Abeq Asid Tasil genannt. Sie fand, er hatte untertrieben.

»Das Gewand, das du da anhast …«

Sie unterbrach ihn. »Der Abeq hat es mir geschenkt. Es ist viel besser als mein altes.«

»Ich hoffe, du hast es noch, denn ich kann dich nicht in der Verkleidung eines Tempeldieners mit mir schleifen.«

Maru konnte ein vorsichtiges Lächeln nicht unterdrücken. »Leider habe ich es dort liegenlassen, Onkel. Du musst mir wohl ein neues kaufen.«

»Meinst du? Ich werde lieber Kwem fragen, ob er nicht ein paar alte Sachen für dich hat.«

»Onkel!«

»Wir werden sehen. Aber jetzt komm, der Tag ist zwar noch jung, aber wir haben noch viel Arbeit vor uns.«

Seufzend erhob sich Maru aus dem warmen Sand. Der Tag war wirklich noch jung. Dem Stand der Sonne nach war es früher Vormittag. Sie konnte nicht lange geschlafen haben. Ihr Blick fiel auf den Fluss. Über dem tiefblauen Wasser zeichneten sich stromabwärts einige seltsame rote Punkte ab.

»Onkel, sieh nur!«, rief sie.

Tasil war dabei, das Pferd loszubinden. Er richtete sich auf, beschattete die Augen, um besser sehen zu können, und runzelte die Stirn. »Wir sind wirklich spät dran, Maru. Steig auf! Das sind die Schiffe von Immit Schaduk.«

Obwohl sie wenig Hoffung hatte, eine klare Antwort zu bekommen, fragte Maru, als sie im scharfen Trab über die staubigen Felder ritten, was Tasil vorhabe.

Er ließ sich mit der Antwort Zeit. Die Mauern der Stadt rückten näher.

»Sobald wir dich umgezogen haben, werden wir Malk Numur aufsuchen. Ich habe Neuigkeiten, die ihm einiges wert sein dürften.«

»Wirst du ihm verraten, wo sich Malk Iddin versteckt hält?«, fragte sie besorgt. Sie mochte Iddin weit mehr als seinen Bruder.

»Nein, das wäre dumm.«

Maru war jetzt wirklich überrascht. »Heißt das, dass du doch auf der Seite von Iddin stehst?«

Tasil lachte. »Nein, es heißt, dass ich die Kuh, die ich noch melken kann, nicht an den Schlachter verkaufen werde.«

»Aber du *wirst* ihn verraten?« Es war eher eine Feststellung als eine Frage.

Tasil drehte sich halb zu ihr um. »Ich verrate niemanden, denn ich habe niemandem Treue geschworen. Ich bin Händler. Beliefert wird, wer zahlt. Im Augenblick zahlen beide Malk, also versorge ich beide. Verstehst du das?«

»Nein, Onkel.«

»Du musst es auch nicht verstehen. Du bist meine Sklavin und hast zu tun, was ich dir auftrage. *Das* verstehst du, oder?«

Maru schluckte. »Ja, Onkel.«

»Gut, und denk daran, dass uns dieser Streit nichts angeht. Das ist nicht unsere Stadt, es sind nicht unsere Fürsten. Es kann uns gleich sein, wer von den beiden als Sieger aus diesem Zwist hervorgeht. Meinethalben können sie beide sterben oder beide überleben. Ich verschwende nicht mehr Gedanken an ihr Wohlergehen als sie an das meine.«

Tasil schnalzte mit der Zunge und setzte das Tier in einen schnellen Trab. Irgendwo über der Stadt erklang ein Hornsignal. Es war misstönend und lang anhaltend.

»Was ist das?«, fragte Maru.

»Sie haben die Schiffe entdeckt. Das ist das Signal, dass der Immit kommt.«

Maru drehte sich um. Die Schiffe waren immer noch nur kleine Punkte über dem Wasser. Sie schienen sich überhaupt nicht genähert zu haben.

Tasil schien ihre Gedanken zu lesen. »Es geht gegen die Strömung, da kommen sie nur langsam voran. Dennoch sollten wir uns beeilen.«

In der Herberge machte Tasil seine Drohung wahr und fragte Kwem, den Wirt, tatsächlich nach einem »angemessenen« Kleid für Maru. Es fand sich ein abgelegtes Stück einer seiner Helferinnen. Es war weitaus bescheidener als der Überwurf des Tempeldieners, aber immer noch besser als der Sack, den sie zuvor getragen hatte. Und sie erreichte von Tasil die von verständnislosem Kopfschütteln begleitete Zustimmung, das Tempelgewand behalten zu dürfen.

Sie lief auf ihr Zimmer, zog sich schnell um, verstaute den feinen Leinenüberwurf sorgsam gefaltet unter Tasils Gepäck, warf einen sehnsüchtigen Blick auf das unbenutzte Bett und eilte hinunter in die Gaststube, wo Tasil schon auf sie wartete.

Der blinde Biredh war ebenfalls da. »Ich grüße dich, Maru. Neues Kleid?« Lächelnd schien er sie mit seinen leeren Augenhöhlen anzublicken.

Maru nickte stumm. Sie war sich sicher, er würde auf geheimnisvolle Weise auch das mitbekommen.

»Man hört seltsame Geschichten von dir, Mädchen.«

»Von mir?«

»Es geschehen eigenartige Dinge: Riesenschlangen im Bet Raik, ein toter Maghai in der alten Stadt, eine Schlacht im Gräbertal… Und irgendwie scheinst du immer in der Nähe zu sein.«

»Es war wohl eher ein Scharmützel als eine Schlacht, alter Mann«, warf Tasil finster ein, »und wir waren nicht mal in der Nähe.« Er blickte sich misstrauisch um. Aber außer ihnen war niemand in der Stube. Selbst Kwem war nicht zu sehen.

»Wenn du es sagst, Tasil, muss ich es wohl glauben.« Biredh

lachte. »Wie könnte ich einem Mann widersprechen, der durch Felsen gehen kann …«

Tasil legte ihm die Hand auf die Schulter. »Ich sage es noch einmal, es wäre wirklich besser für dich, du würdest von solchen Dingen nicht so laut reden, Alter.«

»Aber es ist niemand außer uns hier, Urather.«

»Das ist dein Glück! Und jetzt komm, Maru, wir haben zu tun.«

Maru hastete Tasil durch die Straßen zum Tempelberg hinterher. »Woher weiß er das alles, Onkel.«

»Dieser blinde Narr hat seine Ohren überall, wie mir scheint. Ein seltsamer Mann.« Es klang ein wenig besorgt.

»Aber der Gang, niemand wusste davon, außer dir und dem Malk.«

Tasil packte Maru unvermittelt am Kragen. »Das sollte auch so bleiben, also rede nicht davon, schon gar nicht auf der Straße, einfältige Kröte.«

»Verzeih, Onkel«, murmelte Maru. Er hatte natürlich recht. Die Straße lag zwar wie ausgestorben vor ihnen, aber dennoch … Man konnte nie wissen, wer auf einem Dach oder hinter einer Ecke lauerte. Da fiel ihr etwas auf. Die Straße war wie ausgestorben. Als sie die Stadt erreicht hatten, waren die Straßen voller Leben gewesen. »Wo sind denn alle?«

»Vermutlich unten am Hafen, um dem Immit zuzujubeln. Einfältige Narren.« Tasil ging jetzt schneller.

»Und Numur ist nicht unten am Hafen?«, fragte sie nach einer Weile.

»Nein, ist er nicht.«

Maru hatte Mühe, Schritt zu halten, und kam langsam außer Atem. Dennoch wollte sie mehr wissen. Sie hatte das unbestimmte Gefühl, dass es an diesem Tag galt, gut vorbereitet zu sein, und

Tasil schien insgesamt mitteilsamer zu sein als je zuvor. »Warum nicht?«

Tasil blieb stehen. »Er ist der Malk, Schaduk nur der Immit, klar?«

»Nein.«

»Dumme Gans, Numur ist ein Fürst, gesandt von den Göttern – vorausgesetzt, er kann den Thron erklimmen. Der Immit ist nur ein Diener eines Fürsten. Wie könnte ein Gottgesandter einem Diener entgegengehen? Ist das so schwer zu begreifen?«

»Nein, Onkel.«

»Dann halt den Mund und geh schneller!«

Und mit noch weiter ausgreifenden Schritten marschierte Tasil die Straße zum Tor des Fahs hoch.

Die Wachen vor dem Palast wirkten gereizt. Sie hielten die beiden nicht auf, denn Tasil hatte immer noch das Siegel des Malk in den Händen, aber sie sahen aus, als hätten sie ihm liebend gern den Zugang verwehrt.

Malk Numur war in der Hohen Kammer, dem Thronsaal des Bet Raik. Dieser Saal war der größte des ganzen Palastes. Er grenzte an den vorderen Hof und nahm fast die Hälfte dieses Teils des Palastes ein. Die breite Pforte stand offen, eisenbewehrte Krieger hielten zu beiden Seiten Wache.

Tasil trat ein, ohne auch nur langsamer zu werden, und Maru folgte ihm, als sei das selbstverständlich. Sie wusste inzwischen, dass die Akkesch einfach alles größer, erhabener und kunstvoller bauen *mussten* als die Budinier, und dieser Saal bestätigte ihre Meinung. Der Boden war mit kostbaren Teppichen ausgelegt, die Wände und die Decke waren mit edlen Hölzern vertäfelt. Lange steinerne Bänke auf beiden Seiten der Halle boten Platz für mehr als hundert Menschen. Prunkstück der Hohen Kammer aber war der steinerne Thron. Er war schlicht, aus einem einzigen grauen

Felsblock gehauen und ohne jeden Schmuck. Er stand auf einem breiten Podest am Kopfende des Saals. In der Decke, über ihm, musste eine verborgene Öffnung sein. Durch sie fiel gleißendes Licht auf den Platz des Raik. Es musste irgendeine Akkesch-Zauberei dahinterstecken, denn die Sonne stand noch lange nicht auf dem Scheitelpunkt, und trotzdem fiel das Licht genau auf den Thron. Maru verstand jetzt, warum man ihn den Leuchtenden Thron nannte. Wer immer dort Platz nähme, wäre von einer goldenen Aura umstrahlt.

Doch der Platz war leer. Numur lief unruhig neben dem Thron auf und ab. Abeq Mahas stand bei ihm, und es befanden sich viele weitere Würdenträger im Saal. Maru sah die Hohepriester der Hüter und andere Männer, die offenbar bedeutende Ämter bekleideten. Sie standen in kleinen Gruppen und unterhielten sich leise. Maru spürte eine unruhige Anspannung, die die Luft der Halle erfüllte.

Tasil schritt durch den Saal, ohne auf die neugierigen Blicke der Anwesenden zu achten. Er näherte sich ohne Umschweife dem Malk und verbeugte sich knapp. »Sei gegrüßt Malk Numur.«

Der Malk sah Tasil von oben herab an. »Ah, Tasil, der Urather.

»Zu deinen Diensten, Herr.«

»Oder sollte ich sagen, Tasil, der nächtliche Reiter? Tasil, der heimlich die Stadt verlässt?« Numur sprach leise und schnell, es hatte etwas vom Zischen einer Schlange.

»Ich tat es nicht heimlich, Herr, denn ich zeigte deinen Kriegern dein Siegel. Ich hatte dringende Geschäfte am Fluss zu erledigen.«

»Am Dhanis? Kann es nicht sein, dass deine Geschäfte dich in das Gräbertal und zum Ahntempel geführt haben?«

Maru empfand die Stimme des Malk immer noch als unangenehm hoch.

»Nein, Herr, wieso sollten sie?«

Abeq Mahas schaltete sich ein. »Strydh hat dort heute Morgen ein Festmahl gefeiert, doch der Hauptgast war nicht erschienen.«

»Nach dem, was ich gehört habe, war es für Strydh wohl eher ein Imbiss. Vielleicht kam der Gast deshalb nicht?«

Numur lief rot an, und seine Hand zuckte zum Dolch, den er im Gürtel trug.

Abeq Mahas legte dem Malk beruhigend eine Hand auf den Arm. »Die Opfer werden Strydh in jedem Fall willkommen sein, Herr, und deine gefallenen Helden werden ehrenvolle Aufnahme finden in Ud-Sror.« Dann wandte er sich an Tasil. »Sag uns doch, Urather, welcher Art waren denn deine Geschäfte, die du zu so seltsamer Zeit zu erledigen hattest.«

»Oh, ich kenne einen Mann dort unten am Fluss, der viele interessante Dinge weiß.«

»Zum Beispiel?«

Tasil trat einen Schritt näher. Er sprach jetzt sehr leise. »Ich habe beunruhigende Neuigkeiten gehört. Es heißt, dein Bruder, Herr, plane einen neuen Anschlag auf dein Leben.«

Numur starrte Tasil an. Sein Blick war voller Gift. Er setzte zu einer wütenden Bemerkung an, aber erneut hielt ihn der Hohepriester zurück.

Abeq Mahas zog Tasil zur Seite, wo sie vor unerwünschten Zuhörern sicher waren. »Was hast du uns zu sagen, Urather?«

»Leider noch nichts Genaues, ehrwürdiger Abeq, aber ich weiß, dass es Kräfte auf dem Tempelberg, ja selbst im Haus des Raik gibt, starke Kräfte, die an diesem Vorhaben beteiligt sind.«

»Namen, wir brauchen Namen.«

Tasil lächelte. »Jetzt, da der Immit in der Stadt eingetroffen ist, werdet ihr nicht nur Namen, sondern auch Beweise brauchen.«

»Und ich nehme an, du kannst beides liefern ...«

»Das wird nicht einfach, ehrwürdiger Abeq.«

Der Hohepriester sah ihn durchdringend und voller Verachtung an. »Wie viel, Urather?«

»Gestern bot ich dir an, dass du mir nach deinem Belieben geben kannst. Ich habe gesehen, dass das Leben eines Malk in dieser Stadt erstaunlich gering geschätzt wird. Ich verlange deshalb das Dreifache.«

»Ich sollte dich für deine Unverschämtheit auspeitschen lassen, Fremder«, zischte Numur.

Wieder legte ihm der Abeq beruhigend die Hand auf den Arm. »Wären es andere Zeiten, wäre dies schon lange geschehen, Herr, doch an diesem Tag sollten wir großmütig sein.«

»Und großzügig, Herr«, fügte Tasil mit einem Grinsen hinzu.

Numur lief rot an, doch in diesem Augenblick erschien eine Wache und meldete, dass Immit Schaduk den Tempelberg erreicht habe.

Abeq Mahas schob den Malk daraufhin sanft zurück auf seinen Platz. »Beruhige dich, Herr, und denk an das, was wir besprochen haben: nicht mehr als drei Schritte.« Er warf Tasil einen kurzen Blick zu. »Es gilt, doch rate ich dir dringend, unsere Erwartungen nicht zu enttäuschen, Urather.«

Die Würdenträger im Saal nahmen geräuschvoll ihre Plätze ein, und Tasil zog sich mit Maru in den Hintergrund zurück. Wieder einmal fragte sie sich, was ihr Besitzer vorhatte. Was war das für ein Anschlag, von dem er gesprochen hatte? Und warum hatte er alles daran gesetzt, den Abeq und den Malk zu verärgern?

»Du hast sie wütend gemacht, Onkel«, flüsterte Maru.

»Hoffentlich, denn Zorn macht blind«, antwortete Tasil, und das Wolfslächeln, das Maru inziwschen gut kannte, verzog seine Miene.

»Und jetzt?«

»Jetzt haben wir ein wenig Zeit und Gelegenheit, uns den Immit anzusehen. Ich glaube, das wird heute ein ruhiger Tag.«

Er sah zufrieden aus, so als verliefe alles genau nach Plan. Maru hingegen hatte plötzlich, und ohne dass sie dafür einen Grund hätte nennen können, ein ausgesprochen ungutes Gefühl …

Sie hatte keine klare Vorstellung davon, wie ein Immit wohl aussehen mochte. Er war die rechte Hand des Kaidhan, des Herrn über das ganze Reich der Akkesch, also erwartete sie einen stattlichen Mann, würdevoll, mit Ausstrahlung, vielleicht mit einem weißen Bart, auf jeden Fall aber in einem prachtvollen Gewand. Immit Schaduk entsprach kaum einer dieser Erwartungen. Er war klein, geradezu schmächtig, mit einem schmalen Vogelgesicht und vorstehenden, unruhigen Augen. Er war sehr alt und sein Haar nur noch ein dünner grauer Kranz auf einem zerfurchten Schädel. Seine Kleidung aber war erlesen. Sie war vielfarbig wie ein Regenbogen und aus allerbesten Stoffen, das sah Maru selbst aus der Entfernung. Eine breite Kette lag um seinen faltigen Hals. Maru dachte, sie sei aus Bronze, aber Tasil stieß sie an und flüsterte: »Sieh nur, er trägt Gold! Den Schmuck des Kaidhan, wertvoller noch als Eisen.«

Immit Schaduk betrat die Halle ganz allein, schritt, erstaunlich schnell für sein Alter, bis zur Mitte des Saales, blieb stehen, breitete die Arme aus und lächelte. »Malk Numur, ich bin geehrt, im Hause deines Vaters Gast sein zu dürfen.«

Malk Numur, der, eine Hand auf der Lehne des Throns, gewartet hatte, trat genau drei Schritte vor und breitete ebenfalls die Arme aus. »Immit Schaduk, dieses Haus fühlt sich geehrt durch deine Anwesenheit. Sei willkommen.«

Danach geschah erst einmal nichts. Weder der Immit noch der Malk bewegten sich. Beide standen da und lächelten durch die Halle einander an. Die Blicke der Würdenträger wanderten von einem zum anderen.

Schließlich war es der Immit, der sich zuerst rührte. »Ach, vergessen wir die Förmlichkeiten unter Freunden!«, rief er lachend und setzte sich in Bewegung. Sein Lächeln war strahlender als das Licht, das auf den Thron fiel. Auch Numur löste sich aus seiner Erstarrung und ging dem Immit drei weitere Schritte entgegen.

»Dummkopf«, brummte Tasil, als er das sah.

»Was bedeutet das«, fragte Maru leise.

»Das bedeutet, dass der Immit Numurs Herrschaft über die Stadt nicht anerkennt und dass Numur das hinnimmt«, lautete die geflüsterte Antwort.

Die beiden Männer standen nun voreinander, und der Immit verbeugte sich. »Gegrüßt seiest du, Malk Numur, Spross des Hauses Hegasch.«

Numur deutete eine Verbeugung nur an. »Noch einmal begrüße ich den Stellvertreter des Kaidhan von Ulbai. Ich hoffe, deine Reise war angenehm.«

»Angenehm?« Schaduk lachte. »Seit fast vier Wochen bin ich schon unterwegs. Und in jedem Dorf und jeder Stadt wurde ich aufgehalten. Immer gab es Klagen und Streitfälle, die ich schlichten musste. Ich frage mich, was diese Leute unternähmen, wenn der Kaidhan sie nicht an meiner Weisheit teilhaben ließe. Angenehm war die Reise also nicht, und auch zu lang«, der Immit wurde ernst, »denn so blieb es mir verwehrt, meinen Freund Utu-Hegasch noch einmal zu seinen Lebzeiten zu sehen. Und an dieser Stelle sei versichert, dass Kaidhan Luban-Etellu, unser aller Herr, wie auch ich und der gesamte Hof von Ulbai in Trauer mit dir verbunden sind. Wir haben mit Utu einen Bruder verloren.«

»Deine Freundlichkeit beschämt mich, Immit. Es tut gut, die Worte der Anteilnahme zu hören. Wir wissen, dass der Kaidhan ebenso um meinen Vater weint, wie ich und die Bewohner seiner Stadt es tun.«

»In der Tat, ich habe bemerkt, dass die Menschen dieser Stadt sehr besorgt sind. Der Verlust scheint sie zutiefst zu bestürzen.«

Der Immit nahm Numur beim Arm und führte ihn plaudernd Richtung Thron. »Es sind immer traurige Tage, wenn ich den Tod eines großen Mannes beweinen muss. Schon manchen guten Raik habe ich gehen sehen, doch noch nie habe ich so viel Sorge und Angst gespürt wie in dieser Stadt.«

»Die Zeiten sind schwierig«, sagte Numur knapp.

»Vielleicht sind sie sogar schwieriger, als sie sein müssten, verehrter Malk. Ich hörte von einem Streit zwischen dir und deinem Bruder.«

»So ist es! Mein eigener Bruder hat versucht, Hand an mich zu legen. Eine Giftschlange sollte mich töten! Im Haus meines Vaters, in den heiligsten Tagen des Abschieds. Ist dies nicht ein unerhörter Frevel, edler Immit?«

»Das ist es in der Tat, doch hörte ich auch von einem Kampf im Tal der Gräber, der auf deinen Befehl hin entbrannte.«

Maru war beeindruckt. Der Immit war gerade erst in der Stadt angekommen, und doch schien er bereits bestens informiert.

Numur lief wieder einmal rot an. »Ich habe nur versucht, meinen Bruder Iddin festzunehmen, wie das Gesetz es befiehlt, edler Immit. Ich wollte ihn deinem Urteil übergeben. Doch er flüchtete, und seine Krieger überfielen die meinen.«

»Ja, das war hinterhältig, dreizehn Männer gegen nur drei Ansai.« Die Miene des Immits war reglos.

Numur verfärbte sich von Purpurrot zu einem aschfahlen Weiß.

Bevor er jedoch aufbrausen konnte, fuhr Schaduk fort. »Doch jetzt bin ich eingetroffen, und ich bin der Wille Luban-Etellus, des Kaidhan. Mit dem Segen der Götter wird es mir hoffentlich gelingen, diesen unseligen Streit zu beenden. Diese Stadt hat Frieden verdient und dein Vater eine Beisetzung, die von beiden Söhnen begleitet wird.«

Während er diese Worte sprach, hatte Schaduk ihre Schritte die

Stufen zum Thron emporgelenkt. Maru verstand nichts von den Gebräuchen in einem Palast, aber sie konnte an den Mienen der Würdenträger ablesen, dass hier entscheidende Dinge vorgingen. Das Gesicht von Abeq Mahas war zu einer Maske versteinert, während der Hohepriester des Brond so aussah, als müsse er sich das Lachen verbeißen.

Auch Tasil grinste breit, und ohne dass Maru fragen musste, erklärte er ihr, was vor sich ging »Siehst du, der Immit hat sich mit dem Malk auf eine Stufe gestellt.«

Malk Numur hatte es jetzt offensichtlich auch bemerkt, denn er lief wieder rot an. Doch es war zu spät. Arm in Arm stand er mit dem Immit vor dem grauen Thron seines Vaters.

»Und nun«, wandte sich der Immit an den gedemütigten Prinzen, »erlaube mir, dass ich dir meine Begleitung vorstelle.« Er wartete die Erlaubnis gar nicht erst ab, sondern klatschte zweimal in die Hände.

Ein ganzer Schwarm von Menschen strömte in die Halle. Immit Schaduk hatte einen Teil seiner Familie mitgebracht, ein Umstand, der viele in der Halle zu überraschen schien. Zunächst stellte er dem Malk seinen Sohn Narsesch vor. Narsesch war ungefähr doppelt so groß und schwer wie sein Vater und wirkte gleichzeitig hundert Jahre jünger. Maru konnte kaum glauben, dass der eine der Sohn des anderen war. Sie schätzte ihn auf nicht ganz zwanzig Jahre und fand alles an ihm ungeschlacht und grob. Auch eine Tochter hatte Immit Schaduk mit auf die Reise genommen. Hassadi war nicht viel älter als Maru, also, wie man sich rechts und links zuflüsterte, im besten Hochzeitsalter. Ihre Kleidung war von überwältigender Schönheit. Feine blaue und rote Stoffe, die bei jeder Bewegung in anderen Schattierungen schimmerten, umhüllten sie. Zahllose silberne Armreife und riesige Ohrringe klimperten, als sich Hassadi mit einem Lächeln vor Malk Numur verneigte. Leider konnten weder Schmuck noch

Gewand darüber hinwegtäuschen, dass sie ihrem Bruder in der Statur sehr ähnlich war.

»Ihre Gesichtszüge erinnern mich an einen Schlachter, den ich in Albho gesehen habe«, flüsterte Tasil, dessen Grinsen immer breiter zu werden schien. »Diese Kleider wirken an ihr, als hätte man versucht, einen Schrank zu verhängen.«

Maru konnte dem nicht widersprechen. Sie war enttäuscht. Von der Tochter eines so wichtigen Mannes hatte sie mehr erwartet.

Als Nächstes stellte Immit Schaduk dem Malk seine Ehefrau vor. Viele Serkesch in der Hohen Kammer runzelten die Stirn. Offenbar war das nicht üblich, vielleicht sogar ein Verstoß gegen guten alten Brauch. Maru hingegen bestaunte die Frau mit offenem Mund. Umati war bestimmt nicht die Mutter von Hassadi und Narsesch. Zum einen war alles an ihr schlank und feingliedrig, zum anderen war sie kaum älter als die beiden. Sie trug ähnliche Gewänder wie ihre Stieftochter und noch mehr Schmuck, aber an ihr wirkten sie, wie sie bei einer Fürstin wirken sollten. Selbst Hirth, so dachte Maru, könnte nicht viel schöner aussehen. Ihre Bewegungen waren anmutig, ein anderes Wort fiel Maru dafür nicht ein. Sie überragte ihren Mann etwa um einen halben Kopf.

»Der Immit scheint etwas übrig zu haben für große Frauen«, kommentierte Tasil.

»Sie ist schön«, murmelte Maru ehrfürchtig.

»Sie ist ein Weib, und es ist seltsam, dass der Immit sie mitbringt. Ich kann verstehen, dass er versucht, seine Tochter mit dem zukünftigen Raik zu verkuppeln, doch warum zeigt er uns sein Weib?«

»Es ist seine dritte Frau und wieder jünger als ihre Vorgängerin, die wiederum viel jünger als sein erstes Weib war«, sagte jemand hinter ihnen. »Vielleicht hofft er, dass ihre Jugend auf ihn abfärbt.« Es war Biredh. »Vielleicht ist sie aber auch nur ein weiteres Schmuckstück, das seiner Eitelkeit schmeichelt. Oder vielleicht dient sie einem Zweck, den wir nicht einmal erahnen.«

»Wer hat dich denn in den Thronsaal gelassen, alter Mann«, fragte Tasil mürrisch.

»Raik Utu pflegte ein offenes Haus, und ich, als Erzähler, war ihm stets willkommen. Ich hoffe, sein Erbe setzt diesen Brauch fort. Auf jeden Fall hatte er noch keine Zeit, ihn abzuschaffen.«

»Und woher weißt du das mit den Frauen?«, fragte Maru neugierig.

»Ich bin blind, doch nicht lahm, mein Kind. Den ganzen Dhanis bin ich einst hinauf- und hinabgewandert. So kam ich auch nach Ulbai, an den Hof des Kaidhan, zu jener Zeit, als Enlin-Etellu Herrscher war. Schon ihm war Schaduk ein Diener, wenn auch kein Immit. Und schon damals liebte er die schönen Dinge.«

Nach der Familie kamen Verwalter, Priester, Schreiber und dann noch mehr Verwalter und Schreiber in die Halle, die alle dem Malk ihre Aufwartung machten. Maru fragte sich, welchem Zweck das diente, denn offensichtlich schien es außer dem Immit niemanden zu interessieren.

Doch da lief noch einmal ein Raunen durch die Halle, nämlich als Immit Schaduk einen hageren, grauhaarigen Krieger namens Harbutu als seinen »Schab Kischir« vorstellte. Selbst Tasil sah beunruhigt aus. Maru fragte ihn nach dem Grund.

»Eine Kischir zählt über siebenhundert Mann, Maru. Wenn Schaduk wirklich so viele Krieger mitgebracht hat, haben die Serkesch allen Grund, sich Sorgen zu machen – und ich vielleicht auch.«

»Dreihundert, viel mehr können auf seinen fünf Schiffen nicht gewesen sein«, wandte Biredh ein.

Tasil warf ihm einen missgünstigen Seitenblick zu. »Auch dreihundert sind genug, um Ärger zu machen.«

Als der letzte wichtige Schreiber des Immit sich endlich verbeugt hatte, war es an Numur, seinem Gast die bedeutendsten

Männer der Stadt vorzustellen. Der große Empfang war weit langweiliger, als Maru sich das vorgestellt hatte. Sie fragte sich, worauf Tasil wartete. Seit beinahe einer Stunde waren sie schon in der Halle, und er sah aus, als hätte er alle Zeit der Welt. So kannte sie ihn gar nicht. Er *musste* doch irgendetwas vorhaben. Sie fragte sich, was das wohl sein mochte.

Plötzlich zupfte jemand an ihrem Kleid. Sie drehte sich um.

Hinter ihr stand ein Sklave. »Bist du das Mädchen, das mit dem Urather reist?«

»Wer will das wissen?«, fragte Tasil misstrauisch an Marus Stelle.

»Der Maghai Jalis aus Awi schickt mich. Ich soll das Mädchen zu ihm bringen.«

»Sie ist meine Nichte. Sie geht nirgendwohin, wenn ich es nicht erlaube«, sagte Tasil bestimmt.

»Aber ich bin sicher, du wirst ihr die Erlaubnis erteilen, Urather, nicht wahr?« Das kam von Abeq Mahas, der, wie aus dem Boden gewachsen, plötzlich neben Maru stand. Ihr wurde flau im Magen. Sie hatte Angst vor dem Abeq, aber noch viel mehr vor dem Maghai.

»Das ist allein meine Sache, ehrwürdiger Abeq«, antwortete Tasil mit zusammengebissenen Zähnen.

»Ist es das? Es wäre unklug, die Einladung eines Maghai auszuschlagen. Sie sollen leicht beleidigt sein, heißt es.«

»Gut, vielleicht hast du recht, Ehrwürdiger. Ich werde meine Nichte begleiten.«

»Das wäre unhöflich, Urather, denn Malk Numur bat mich, dich zu holen. Er will dich dem Immit vorstellen, und ich habe gehört, dass der Immit mindestens genauso schnell beleidigt ist wie ein Maghai.«

Das Gesicht von Abeq Mahas war eine undurchschaubare

Maske, aber seine Augen verrieten ihn. Er genoss es. Maru konnte erkennen, dass sich Tasil sträubte. Offensichtlich witterte er eine Falle und suchte einen Ausweg. Aber er schien keinen zu finden.

Schließlich beugte er sich zu ihr herab. »Verrat ihm nichts über mich, das rate ich dir!«, flüsterte er.

Dann drehte er sich um und folgte dem Abeq. Der Immit erwartete ihn mit einem strahlenden Lächeln. Es war unübersehbar, wer die Hoheit im Saal innehatte. Malk Numur sah ausgesprochen verdrossen drein.

Schicksal

Jede Nacht erträumen die Hüter das Schicksal aller Menschen, und sie enthüllen den Gestirnen, was ist und was sein wird. Die Kundigen können es von den Himmeln lesen.

Kerva der Schreiber, *Die Künste des Fahs*

Der Sklave führte Maru durch einen Seiteneingang der Halle hinaus, über den Hof und durch mehrere lange Gänge. Als Maru hinter ihm hertrottete, gingen ihr tausend Gedanken durch den Kopf. Das ungute Gefühl, das sie im Thronsaal beschlichen hatte, war wieder da, und es war so stark, dass sie am liebsten davongelaufen wäre. Aber das kam nicht in Frage. Abeq Mahas hatte recht: Die Einladung eines Maghai konnte man nicht ausschlagen. Sie hatte zumindest noch keine Geschichte gehört, in der das vorgekommen wäre. Und leicht beleidigt waren sie auch, *das* war mit vielen Erzählungen belegt. Wo sollte sie auch hin? Es gab kein Loch auf dieser Welt, das tief genug gewesen wäre, um sich vor einem Maghai zu verstecken. Also musste sie die Höhle des Löwen betreten.

Vielleicht war auch alles gar nicht so schlimm. Was konnte er schon von ihr wollen? Sie war eine Sklavin, also völlig unbedeutend. Wie seltsam das inzwischen in den eigenen Ohren klang – Sklavin. Fing sie etwa selbst schon an, an Tasils Lüge, sie sei seine Nichte, zu glauben?

Tasil! Es konnte nur um Tasil gehen. Und was wusste sie schon über dessen geheimnisvolle Geschäfte? Dieser Gedanke beruhigte sie für einige Schritte, aber dann wurde ihr klar, dass sie eine Menge wusste, und je länger der Weg wurde, desto mehr Dinge fielen ihr ein, die sie lieber vergessen hätte. Tasil hatte ihr geraten, nichts zu verraten, und die Drohung in seinen Worten klang immer noch nach. Aber sollte sie den Maghai anlügen?

Konnte man einen Zauberer überhaupt anlügen?

Nach endlosen Gängen und Abzweigungen erreichten sie schließlich einen kleinen Hof. Sie befanden sich immer noch im obersten Stockwerk des Bet Raik und jetzt offensichtlich auf dessen rückwärtiger Seite. Vor Maru ragten die Ausläufer des Glutrückens auf. Es war Wind aufgekommen, und rötliche Staubfahnen wehten von den Hügeln herab. Hinter dem Hof lag ein einzelnes niedriges Gebäude. Es hatte eine Tür, aber sie sah keine Fenster, und es wirkte abweisend und bedrohlich. Marus Herz schlug ihr bis zum Hals. Sie wünschte sich, Tasil wäre bei ihr. Der Diener klopfte an die Tür.

Ein tiefes »Tritt ein« erklang.

Der Diener öffnete die kleine Holztür und wartete. Als Maru zögernd eintrat, raunte er »viel Glück« und schloss die Tür schnell hinter ihr. Sie konnte an seinen Schritten hören, dass er es eilig hatte wegzukommen.

»Komm näher, Mädchen.« Jalis, der Maghai, saß inmitten des Raumes auf einem Wolfsfell und winkte sie heran. Er roch immer noch nach Knoblauch und ranzigem Fett. Der Geruch füllte den ganzen Raum aus.

Maru trat einen vorsichtigen Schritt auf ihn zu.

»Noch näher, ich beiße nicht.«

Noch zwei Schritte. Maru sah sich verstohlen um. Der Raum war karg. Es gab eine ebenerdige Schlafstelle in der Ecke, und daneben standen allerlei Krüge und andere Tongefäße. Die Wand gegenüber der Tür hatte vier breite, aber niedrige Fenster, die einen Blick auf die Hügel erlaubten.

»Setz dich, Kind«, lud der Maghai sie ein. Seine Stimme klang freundlich und er lächelte, als er auf den Boden deutete. Weitere Wolfsfelle waren dort ausgebreitet. Mit Unbehagen bemerkte Maru, dass sie einen Kreis magischer Zeichen überschreiten musste, um den angebotenen Platz zu erreichen. Sie achtete darauf, keines der Zeichen zu berühren, als sie sich zögernd setzte.

»Hier, trink!« Jalis reichte ihr einen Becher mit einer weißen Flüssigkeit.

Sie roch misstrauisch daran. »Was ist das?«

»Ziegenmilch, die wird dich beruhigen.«

Es war wirklich Ziegenmilch, stellte Maru fest, als sie einen winzigen Schluck nahm. Sie war noch warm. Ob sich der Maghai eine eigene Ziege in diesem Palast hielt?

»Hast du Angst?« Jalis musterte sie.

Maru fühlte sich unter seinem durchdringenden Blick schutzlos und nackt. Sie hatte nicht vergessen, was mit dem anderen Maghai geschehen war. Sie nickte stumm.

»Es ist vernünftig, mich zu fürchten.« Er machte eine lange Pause. »Doch besteht dazu in deinem Fall wohl kein Grund.«

Er lächelte wieder. Sein Gesicht sah trotz des finsteren schwarzen Bartes nicht unfreundlich aus. Maru fiel auf, dass der Maghai auch hier im Palast den Brustpanzer nicht abgelegt hatte. Bei Tageslicht sah der noch abgetragener, schäbiger und älter aus. Aber wenn der Maghai sich bewegte, blitzte es unter den grauen Schuppen strahlend weiß wie von frisch gefallenem Schnee. Ob er wirklich von einer Seeschlange stammte?

»Du hast es gesehen«, sagte Jalis unvermittelt.

»Was gesehen, Herr?«, fragte Maru verwirrt.

»Bei dem Kampf, in der Alten Stadt. Du hast gesehen, dass die riesige Schlange, die mein Gegner beschworen hatte, nicht wirklich dort war.«

Maru schluckte. Tasil hatte sie gewarnt, darüber zu reden. Es sei gefährlich, hatte er gesagt. Doch hatte sie eine Wahl? »Ja, Herr.« Es konnte nicht gefährlicher sein, als die Unwahrheit zu sagen.

»Und was genau hast du gesehen?«

Maru versuchte, sich zu erinnern. Sie sah die brennenden Männer, dann das turmhohe Ungeheuer vor ihrem inneren Auge. »Ich sah die Schlange, aber ich sah auch die Sterne durch sie hindurchschimmern. Es erschien widernatürlich, Herr.«

Der Maghai nickte zustimmend. »Das war es, aber wäre diese Schlange wirklich dort gewesen, wäre das doch noch weit mehr wider die Natur gewesen, oder?«

»Das weiß ich nicht, Herr.«

»Ist dir klar, dass du die Einzige warst, die diese Täuschung durchschaut hat?«

»Aber du hast es doch auch bemerkt, Herr.«

»Ich bin ein Maghai, ich lasse mich nicht täuschen. Bei dir ist das hingegen etwas anderes.«

Maru fühlte das Unbehagen stärker werden.

»Du reist mit dem Urather, richtig?«

Tasil hatte sie gewarnt. Sie durfte nichts verraten – aber sie konnte einen Maghai doch nicht anlügen. »Das ist richtig, Herr.«

»Wie lange schon?«

»Nicht lange, Herr.«

Der Maghai lachte plötzlich. »Du musst keine Angst haben,

Kind. Dieser Mann ist für mich ohne Bedeutung, ich will mehr über dich erfahren.«

Maru nickte verunsichert. Es war gut, dass er sich nicht für Tasils viele Geheimnisse interessierte, aber warum, um der Hüter willen, wollte er etwas über *sie* wissen?

»Vielleicht fangen wir mit deinem Namen an. Wie heißt du?«

»Maru, Herr.«

»Nein, ich meine nicht den Namen, den dein Herr dir gegeben hat, Sklavin. Ich will wissen, wie du als Kind genannt wurdest.«

»Er ist mein Onkel«, rutschte es Maru heraus.

Der Maghai lehnte sich leicht vor und sah sie durchdringend an. »Ich hoffe sehr, dass du nicht versuchst, mich zu belügen, Kind. Ich bin ein Maghai, vergiss das nicht!« Dann zwinkerte er ihr zu. »Ich kann dich in eine Maus verwandeln, wenn ich will, das weißt du doch, oder?«

»Ja, ja, Herr«, stotterte Maru verlegen. Dieses Zwinkern mochte heißen, dass er das nicht ernst meinte. Aber wer konnte schon wissen, was ein Maghai alles konnte und was nicht? Sie würde ihn unter keinen Umständen noch einmal anlügen.

»Also? Dein Name?«

»Nehis. So wurde ich früher genannt, Herr.«

»Nehis also. Das ist ein dhanischer Name«, stellte der Maghai fest. »Wer hat ihn dir gegeben? Deine Eltern?«

»Nein, Herr, ich habe meine Eltern nicht gekannt. Eine Kräuterfrau der Budinier rief mich zuerst so, so hat man mir erzählt.«

»Ah, eine Kräuterfrau, das ist gut. Und deine Eltern? Wer waren sie? Und von welchem Volk?«

»Ich weiß es nicht, Herr«, antwortete Maru. »Meine Mutter starb, als ich sehr klein war. Meinen Vater habe ich nie gesehen. Die Budinier, bei denen ich aufwuchs, sagten, sie seien beide Sklaven gewesen.«

»Und glaubst du das?«

»Ich weiß es nicht anders, Herr.«

»Du solltest deine Namen in Ehren halten, Maru Nehis«, riet Jalis. »Beide wurden dir nicht ohne Grund gegeben. Es mag sein, dass in ihnen ein Teil deiner Bestimmung liegt.«

»In meinen Namen, Herr?«

Der Maghai ging nicht darauf ein. »Du solltest dich erinnern, Mädchen, es ist wichtig. Trink deine Milch.«

»Die Milch?«

»Ja, sie hilft dir dabei.«

Maru nahm noch einen Schluck Milch. Es war einfache Ziegenmilch, ohne Zweifel. Beunruhigt stellte sie fest, dass der Maghai ein Stück näher gerückt war. Die Angst war wieder da.

»Es gibt keinen Grund, sich zu fürchten, Maru Nehis. Ich will dir nur helfen, das, was vergessen ist, zurückzurufen.«

Sie spürte eine warme Berührung am Arm und fühlte sich plötzlich leicht benommen. Vielleicht war es doch nicht nur Ziegenmilch.

»Geh zurück in der Zeit, Maru Nehis, und erinnere dich!«

Die Stimme war weich und doch zupackend. Maru nickte stumm. Wie von selbst wanderten ihre Gedanken zurück. Es war ein wenig so, als würde sie jemand anderen beobachten. Sie sah sich mit Tasil in die Stadt reiten, das war am Morgen gewesen, dann die furchtbaren Momente in der Sklavengrube. Es waren Bruchstücke, einzelne Bilder, die in schneller Folge auf sie einprasselten. Sie sah noch einmal den Kampf der beiden Maghai. Ihr wurde warm, sie fühlte, wir ihr Schweißtropfen über die Stirn rannen. Sie hätte sie gern weggewischt, aber sie konnte sich nicht bewegen. Da war der Palast, die engen Straßen der Alten Stadt, dann plötzlich ein schwarzes Loch, vor dem sie ängstlich stehen blieb.

»Ah, der Urather«, sagte der Maghai, aber er ließ sie dort nicht verweilen. »Du musst weiter zurück, Maru Nehis, viel weiter.«

Seine Stimme schien sie zu umgeben, sie zu beschützen und zu leiten. Sie schlug einen Bogen um den dunklen Fleck, eilte weiter von Bild zu Bild. Atibs Schiff, dann der Berglöwe, der nicht sie getötet hatte, sondern den anderen Sklaven. Sie war gestürzt – und der Löwe über sie hinweggesprungen!

»Es scheint, dass die Göttin Hirth dir wirklich *sehr* gewogen ist«, sagte die Stimme, »doch musst du weitergehen.«

Der lange Marsch durch das Land der Budinier. Jetzt stand sie auf dem Markt von Akyr und hob heimlich eine Dattel auf, die von einem der Marktstände gefallen war. Ältere Bilder. Die Arbeit auf dem Feld, die sengende Sonne, die Getreidehalme, die ihr in die Finger schnitten. Dann der Wagen, der sie nach Akyr gebracht hatte. Er schien rückwärtszufahren. Da war das Dorf, jenes namenlose Nest, in dem sie die allerersten Jahre ihres Lebens verbracht hatte. Sie fuhr durch das Tor in den inneren Hof. Menschen standen auf den Hütten und sahen zu. Die Bilderflut stockte. Da war ein staubiges Feld, abgeerntet. Sie spielte Fangen mit jemandem. Sie konnte kaum laufen. Jemand wartete auf sie, rief sie. Doch wer? Ihre Erinnerung blieb stehen.

»Du kannst noch weiter gehen, Maru Nehis«, sagte die sie umhüllende Stimme. »Nimm irgendetwas. Du musst suchen.«

Da war etwas. Eine Frau. Sie hatte kein Gesicht. Doch, sie hatte ein Gesicht, aber Maru konnte es nicht sehen. Maru fühlte ein Brennen. Der Schweiß lief ihr in die Augen. Doch das geschah in der Zukunft, an einem fernen Ort, weit weg von dem abgeernteten Feld, wo sie jemand festhielt, sie jemand auffing, weil sie stolperte. Da war etwas. Ein Geruch. Vertraut, aber nicht bestimmbar. Alles war gut, solange sie diesen Duft roch.

Und da war noch etwas anderes. Es glänzte. Sie spielte damit. Es glitt ihr aus den Fingern und fiel in den Staub. Sie versuchte, danach zu greifen, doch die Frau hielt sie fest, und sie konnte das glänzende Etwas nicht erreichen. Jemand sprach, eine Männerstimme, doch Maru verstand die Worte nicht. Sie wurde hochgehoben und davongetragen, das glänzende Schmuckstück blieb im Staub des abgeernteten Feldes liegen. Dann verblasste das Bild, obwohl Maru versuchte, es festzuhalten. Sie wollte das Gesicht der Frau sehen, aber sie konnte den Kopf nicht drehen.

Maru schlug die Augen auf. Jalis saß auf seinem Wolfsfell und sah sie nachdenklich an. Sie wusste nicht, wo sie war. War sie nicht eben noch barfuß über ein Feld gestolpert? Und jetzt diese kalten Mauern?

»Es kann eine Weile dauern, Maru Nehis, deine Seele muss den Weg noch einmal gehen, bevor sie wieder ganz bei dir ist.«

Maru schloss die Augen und versuchte, das letzte Bild zurückzurufen. Da war fast nichts mehr, nur ein blinkendes Schmuckstück. »Es war eine Schlange. Sie war aus Bronze.« Sie war zurück im kalten Hier und Jetzt. Die Bilder der Erinnerung verschwanden

»Ich habe sie auch gesehen, Maru Nehis.«

»Da war ein Mann, er hat etwas gesagt.«

»Ich habe ihn gehört, doch leider ebenso wenig verstanden wie du.«

»War das mein Vater, Herr?«

»Die Schlange ist ein sehr altes Zeichen, Maru Nehis.«

Maru runzelte die Stirn. Wich der Maghai der Frage aus? »Was bedeutet das, Herr?«

Jalis lächelte auf eine seltsam traurige Art. »Es ist wohl wenig sinnvoll, das Offensichtliche zu leugnen, Maru Nehis. Deine Mutter oder dein Vater, zumindest einer von beiden, war vom alten Volk der Dhanier. Und die Schlange deutet darauf hin, dass dort vielleicht ein Maghai war.«

Maru hatte das Gefühl, dass sich der Boden unter ihr öffnete.

»Mein Vater war ein Maghai?«

»Das habe ich nicht gesagt! Es war Schmuck, und vielleicht gehörte er deiner Mutter, auch wenn das seltsam wäre. Kein Dhanier würde sich anmaßen, eine Schlange zu tragen. Aber das andere … Nein, es ist undenkbar!«

Maru war kaum in der Lage, das aufzunehmen, was Jalis sagte. Tausend wilde Gedanken tosten in ihr. Bis eben hatte sie keinerlei Erinnerung an ihre Eltern gehabt. Jetzt waren da ein Geruch und eine Stimme. Vertraut und zugleich fremd. Und Bilder, die sie nicht greifen konnte.

»Wir Maghai, Maru Nehis, sind Einzelgänger. Das waren wir stets, schon als wir noch die Herren des Landes waren und uns die Kydhier und Budinier noch nicht besiegt und in die Sümpfe getrieben hatten. Ein Maghai lebt immer ohne Weib, und er zeugt niemals Kinder. Das ist unser Gesetz. Einsamkeit ist der Preis, den wir für unsere Gabe zahlen. Doch ist das angemessen, denn wie könnte ein Maghai der Versuchung widerstehen, das eigene Kind ebenfalls in den geheimen Künsten zu unterweisen – gleich ob es begabt oder ungeeignet, ob es guten oder bösen Geistes ist? Nein, keine Familie. Stattdessen nimmt ein jeder von uns von Zeit zu Zeit einen Knaben unter seine Fittiche, bei dem er die Begabung und gute Anlagen spürt, und bildet ihn aus.«

Maru sah den Maghai an und versuchte zu verstehen, was er sagte. Es fiel ihr schwer, seinen Ausführungen zu folgen. Sie hörte ihn, aber da war auch die Stimme ihres Vaters, die sie nicht verstanden hatte. Und da war der Geruch ihrer Mutter.

Jalis fuhr fort. »Du hast vielleicht die Geschichten über uns gehört – dass wir um die Dörfer schleichen und Kinder stehlen.«

Maru nickte. Damit hatten die Budinier die Kinder erschreckt, die nicht hören wollten: *Wenn du nicht brav bist, kommt der schwarze Maghai und holt dich.*

»Das sind keine Ammenmärchen, Maru Nehis.«

Maru riss die Augen auf. »Ihr raubt Kinder?«

»Unsere Fähigkeiten sind Gaben der Götter, sie sind ein Geschenk und eine Verpflichtung. Wenn ich also in einem Dorf oder einer Stadt ein Kind finde, das eine starke Begabung hat, dann… hole ich es.«

»Aber warum fragst du nicht seine Eltern? Wer würde es denn wagen, einem Maghai einen Wunsch abzuschlagen?«

»Nein, das Band zwischen Eltern und Kind muss vollständig zerschnitten sein. Nur so kann es ein starker Maghai werden. Am besten ist, es weiß nicht einmal, dass es Eltern hat.«

»Und du meinst, ich wurde ebenfalls geraubt?«

Jalis lachte laut auf. »Nein, sicher nicht, Maru Nehis. Kein Maghai mit Verstand würde ein Mädchen holen. In unserer Bruderschaft findest du nur Männer, denn unsere Kunst ist einzig und allein den Männern vorbehalten.«

»Haben Mädchen diese Begabung denn nicht?«

»Oh, es kommt vor, selten und auf eine andere Art. Die Kräuterfrauen sind das, was einem weiblichen Maghai am nächsten kommt. Sie verstehen sich auf die Erde, die Pflanzen und auf das Heilen. Doch sie schrecken vor den schwierigen und manchmal gefährlichen Künsten unserer Bruderschaft zurück.«

Maru war beinahe ein wenig enttäuscht. Kräuterfrauen kannte sie. Es waren meist alte, einsame Frauen, die irgendwo außerhalb der Dörfer und Städte hausten und die man aufsuchte, wenn man krank war. Sie waren oft ein wenig verrückt.

»Dann bin ich… eine Kräuterfrau?«

Der Maghai stand plötzlich auf und griff nach ihrem Handgelenk. Der Griff war hart und schmerzte. Maru schrie erschrocken auf. Jalis zog sie ans Fenster, fasste sie am Kinn und sah ihr tief in die Augen. Seine Pupillen waren von einem hellen Blau, und Maru kam es vor, als würden tief in ihnen kalte Flammen lodern. Er schwieg, hielt sie fest und starrte ihr in die Augen. Seine Miene verdüsterte sich. Er ließ ihr Kinn los und umfasste auch das andere Handgelenk. Beide Handflächen ins Licht haltend, untersuchte er die feinen Linien. Ebenso plötzlich, wie er sie gepackt hatte, ließ er sie wieder los.

Maru wich ängstlich zurück.

Der Maghai betrachtete sie gedankenverloren. Er wirkte auf einmal alt und müde. »Wärest du eine zukünftige Kräuterfrau, gäbe es nichts zu bereden, Maru Nehis.«

»Aber was bin ich dann, Herr?«, fragte Maru. Die Furcht war zurückgekommen, stärker als zuvor.

Jalis sagte eine Weile nichts. Er betrachtete sie, so als sähe er sie zum ersten Mal. »Was weißt du über das Schicksal, Mädchen?«, wollte er schließlich wissen.

Mit einem Mal fror Maru. Seine Stimme hatte sich verändert. Die ganze Zeit war sie warm und freundlich gewesen, doch jetzt klang sie hart und kalt. »Das Schicksal? Die Hüter … erträumen es für die Menschen.«

»Glaubst du daran?«

Das war eine eigenartige Frage. Jeder wusste um die Macht des Schicksals. Wie viele Geschichten gab es, in denen die Helden alles taten, um ihrem Schicksal zu trotzen, und ihm am Ende doch erlagen. »Alle glauben daran, Herr.«

»Ich weiß. Die Hüter weben in ihrem endlosen Schlaf das Schicksal jedes einzelnen Menschen. So heißt es, und alle glauben es. Das war nicht immer so, Maru Nehis.«

Was wollte der Maghai ihr mitteilen? Sie hatte das Gefühl, dass er in seinen Worten sehr weit ausholte, um am Ende eine sehr schlechte Nachricht zu überbringen.

»Es waren die Budinier und Kydhier, die als Erste diesen Glauben in unser Land brachten. Auch die Akkesch aus dem fernen Süden glauben daran, und du magst sagen, dass viel für diesen Glauben spricht, wenn Völker aus dem Norden *und* dem Süden ihn teilen. Die Akkesch glauben auch, dass das Schicksal in den Sternen steht, weil Fahs über die Sterne herrscht. Seine Priester verbringen lange Nächte auf den Dächern ihrer Schirqu, um die Gestirne zu beobachten. Sie glauben, die Zukunft ihres Reiches, ihrer Fürsten, aller Menschen sei im Nachthimmel festgehalten. Sie sagen es voraus, verkünden Gefahren und Veränderungen. Die Akkesch hören auf sie. Es war die Weissagung eines ihrer Sternendeuter, der sie ihr altes Reich im Süden aufgeben ließ. Deshalb haben sie sich auf den Weg nach Norden gemacht. Die Hakul dagegen haben Seher, die bei der Geburt eines Kindes dessen Schicksal aus der Fährte der Wölfe lesen. Die Imricier deuten den Flug der Adler, die Awier lesen die Zukunft aus den Innereien der Seehechte.«

Der Maghai stand mit dem Rücken zu Maru und blickte aus dem Fenster, als hoffe er, etwas aus den Felsen zu lesen. »Sie alle glauben, dass etwas so Mächtiges, so Gewaltiges wie das Schicksal Spuren und Hinweise hinterlässt. Hinterlassen *muss* – in den Sternen, den Adlern, den Fischen, den Fährten der Wölfe. Und sie alle wollen es belauschen, seine Geheimnisse erfahren, die Zukunft wissen, bevor sie eintrifft. Sie wollen sich vorbereiten und gewappnet sein.«

Der Maghai wandte sich ihr zu. Er schien ihr auf einmal verbittert zu sein. »Doch wozu, frage ich dich, Maru Nehis, wenn das allmächtige Schicksal sich nicht überlisten lässt, wenn es unabänderlich festgelegt ist, wenn es als Verhängnis über uns hereinbricht und uns unter sich begräbt?« Draußen schien die Sonne. Es war Mittag, und es musste heiß sein. Doch in der Kammer war es kühl wie in einem Grab. »Glaubst du, dass dein Leben – dein Verhängnis! – in den Sternen festgehalten ist, wie die Akkesch es tun? Kann etwas falsch sein, wenn so viele es glauben?«

»Ich weiß es nicht, Herr.« Maru war schwindlig von dem, was er gesagt hatte. Das Wort »Verhängnis« schwebte wie ein kalter Hauch durch den Raum.

Jalis lachte. »Sei versichert, Maru Nehis, weder dein Schicksal noch das eines anderen Menschen ist in den Sternen festgehalten. Sie wissen nichts über dich. Ebenso wenig wie der Adler über den Bergen und die Wölfe in der Steppe. Und ein unabänderliches Schicksal? Nun … Vielleicht träumen die Hüter für uns, doch glaube ich nicht an ein Verhängnis, keiner aus meiner Bruderschaft glaubt daran.«

Wieder legte der Maghai eine lange Pause ein und starrte stumm aus dem Fenster, bevor er fortfuhr. »Doch es gibt da etwas anderes, Maru Nehis. Die Unwissenden setzen es oft mit dem Schicksal gleich, aber das ist falsch. Wir nennen es Bestimmung. Es ist ein vorgezeichneter Pfad, den wir gehen sollten. Doch steht er sicher nicht in den Sternen, und auch aus den Innereien der Seehechte wirst du nichts über ihn erfahren. Er ist in dir geschrieben, durch das Blut deiner Eltern, durch die Erde, auf der du wandelst, die Luft, die du atmest, und durch das Wasser, das du trinkst. Ist der Lebensweg eines Bauernjungen nicht leicht vorherzusagen? Es ist ihm in die Wiege gelegt, einmal das Feld zu beackern. Seine Vorväter, die Felder, das Land … Sie alle rufen ihn und drängen ihn auf diesen Weg, und die Erdgöttin Hirth wird immer ein offenes Ohr für ihn haben. Doch ist dies sein unabänderliches Schicksal? Nein, er kann sich anders entscheiden. Er kann in die Wälder gehen, um zu jagen, er kann zum Schwert greifen, um ein Krieger zu werden. Die Frage ist nur, ob er das Geschick zum Kämpfer hat. Die Axt des Kriegsgottes hat schon viele Lebensfäden durchschnitten, gerade von jenen, die ihm ohne Not nachlaufen. Sie gehen zugrunde, weil sie gegen die Bestimmung handeln, die das Leben ihnen vorgegeben hat.«

Maru fühlte sich immer unbehaglicher. Es war, als würde sich eine dunkle Wolke über ihr zusammenballen. Sie hatte das Gefühl, dass der Maghai vor etwas auszuweichen versuchte, vor einer Entscheidung, die er treffen musste, als wollte er etwas Unvermeidliches hinauszögern.

»Nun, Strydhs Axt, die Axt des großen Schlachters, trifft auch jene, die fromm ihrer Bestimmung folgen. Es gibt immer große Mächte, die das Leben der Menschen in Richtungen lenken, die sie nie gehen wollten. Die Bauern können ihre Felder nicht bestellen, wenn Krieg das Land verheert, gleich, was die Sterne der Akkesch über ihr Schicksal sagen. Sie sind kaum weniger unglücklich als jene, die aus freien Stücken den leuchtenden Pfad ihrer Bestimmung verlassen.«

Jalis senkte den Kopf, als wolle er beten, und sah Maru noch einmal lange an. »Ich lese die Bestimmung der Menschen aus ihren Gesichtern, ihren Augen und ihren Händen, denn dort ist sie zu finden. Ich kann ihnen nicht sagen, was der morgige Tag für sie bereithält, doch ich kann ihnen verraten, was die Hüter für sie erträumt haben. Sie müssen sich nur entscheiden, ob sie dem vorgezeichneten Pfad folgen wollen. Nimm mich als Beispiel, Maru Nehis: Ich habe viel gelernt, und ich wusste, was mich erwartet, wenn ich den Weg eines Maghai einschlage. Ich hätte davonlaufen können. Ich hätte ein Fischer werden können im Wasserland, hätte nicht dieses einsame Leben führen müssen. Doch wäre ich glücklich geworden, hätte ich meine Bestimmung nicht erfüllt? Kaum. Denn ich habe meine Bestimmung gesehen – und auch deine.«

Jalis sah bedrückt aus. Aber dann veränderten sich seine Gesichtszüge. Eine finstere Entschlossenheit blitzte jetzt in seinen Augen. Marus Herz klopfte bis zum Hals. Sie hörte ein seltsames Geräusch, ein leises Schaben vor dem Fenster.

Der Maghai hatte es nicht gehört, oder er ignorierte es. »Ich habe in viele Augen geblickt, Maru Nehis, ich habe Unglück und Glück gesehen, Erfüllung und Versagen und tief in der Seele immer den Pfad, den Weg, der dem Menschen bestimmt war. Bei dir aber, Maru Nehis, ist das anders.«

Marus Herzschlag setzte für einen kurzen Moment aus. Jalis' Blick lastete schwer auf ihr.

»Ich habe auf den Grund deiner Seele geblickt, Maru Nehis, und doch weiß ich nicht, wer du bist! Ich habe deine ältesten Erinnerungen gesehen, und doch bleiben mir deine Eltern verborgen. Vielleicht war dein Vater doch einer aus unserer Bruderschaft, einer, der seinen heiligen Eid vergessen hat, auch wenn ich das nicht glauben will – nicht glauben kann –, denn dergleichen ist noch nie vorgekommen. Aber je länger ich es bedenke, desto sicherer bin ich, dass in dir das Blut eines Maghai fließt. Ich kann ihn in deiner Erinnerung nicht finden, was bedeuten kann, dass er nicht gefunden werden will. Ist dies so, dann ist er ein Meister meiner Zunft.«

Blut rauschte in Marus Ohren. Ihr Vater, ein Zauberer? Aber er war doch gestorben!

»Er muss auch nicht tot sein, wie du glaubst, Maru Nehis«, fuhr Jalis fort, »aber er musste dich und deine Mutter auf jeden Fall verlassen. Ich habe versucht, dir zu erklären, dass wir keine Familie haben dürfen. Kein Band darf uns halten, wenn wir Großes vollbringen wollen.«

»Dann hat er uns im Stich gelassen?«, fragte Maru. Ihre Gedanken rasten, und hundert Fragen lagen ihr auf der Zunge. Sie wusste selbst nicht, warum sie ausgerechnet diese gestellt hatte.

»Das hat er. Vielleicht hat er dich und deine Mutter sogar in die Sklaverei verkauft. Ich halte das für denkbar, denn es wäre ein gutes Mittel, eine Umkehr für ihn unmöglich zu machen.«

»Verkauft?«, rief Maru entsetzt.

»Ich verstehe, dass dir das verwerflich erscheinen mag, doch wir handeln nicht nach den Maßstäben gewöhnlicher Menschen. Wir sind Maghai.«

»Er hat meine Mutter und mich verkauft«, sagte Maru langsam. Es war ein Gedanke, an dem sie sich seltsamerweise festhalten konnte. Der Boden hatte sich aufgetan, und er würde sie verschlingen, wenn sie nicht etwas fand, was sie hielt, was ihr Kraft gab. In diesem Fall war es der Zorn, der aus demselben Abgrund stieg, in den sie zu stürzen drohte.

Der Maghai schüttelte nachdenklich den Kopf. »Nun, was deine Bestimmung betrifft, Maru Nehis …«

Maru sah ihn befremdet an. Wer war dieser Mann eigentlich? Was wollte er von ihr? Soeben hatte er ihr enthüllt, dass ihr eigener Vater sie und ihre Mutter verkauft hatte. Jetzt sprach er von Bestimmung?

»Falls die Hüter einen Plan für dich haben, Maru Nehis, so halten sie ihn geheim! Ich habe deine Augen gesehen, deine Erinnerungen, deine Hände. Nichts ist dort festgeschrieben. Du bist eine Sklavin, doch wirst du es kaum bleiben. Wirst du eine Maghai? Dies ist kaum vorstellbar, denn du bist eine Frau. Dazwischen liegen mehr Möglichkeiten, als der Dhanis Windungen hat. Falls es einen Pfad für dich gibt, kann ich ihn nicht finden!« Jalis' Tonfall änderte sich plötzlich, wurde schneidend kalt. »Doch sehe ich andere Dinge.«

Marus Nackenhaare stellten sich auf. Sie spürte Gefahr. Da war wieder dieses seltsame leise Rascheln und ein Knistern, das aus den Wänden zu kommen schien. »Was für Dinge sind das, Herr?«

»Ich sehe Kräfte, die an dir zerren, und ich meine nicht den Urather, diesen Stümper mit seinen armseligen Taschenspielerkniffen. Nein, Maru Nehis, da ist eine alte Macht aus dem Süden, ein Daimon oder niederer Gott. Du weißt, wen ich meine. Ich habe ihn in deiner Erinnerung gesehen. Er wittert die Kraft, die in dir heranwächst und die es nicht geben sollte. Sie kann in den falschen Händen eine gefährliche Waffe sein, Maru Nehis. Gefährlicher, als du es dir vorstellen kannst. Dein Vater hätte dich nicht verkaufen, sondern töten sollen.« Er sagte das so ruhig, als spräche er über einen kranken Hund.

»Er hat es aber nicht getan, Herr«, sagte Maru verzweifelt. Ihr war jetzt klar, dass dieses Gespräch ein böses Ende finden würde.

»Er hätte dich schon nicht zeugen dürfen. Er hätte nicht zulassen dürfen, dass du überhaupt geboren wirst! Dich nicht zu töten, war also sein drittes großes Versäumnis. Glaube mir, Maru Nehis, es erfüllt mich mit Kummer, dass es mir bestimmt scheint, seine Fehler wiedergutzumachen.«

Für einen Augenblick schien die Zeit stehen zu bleiben. Maru sah aus dem Fenster. Die nackten Felsen des Glutrückens warfen rotes Licht in den Raum. Er wollte, dass sie starb. War das also schon ihr Ende? Der Maghai schloss die Augen, streckte eine Hand aus und murmelte leise ein paar Worte, die sie nicht verstand. Sie war wie gelähmt. Uo, der Gott des Todes, breitete bereits seine Arme aus, um sie in Empfang zu nehmen?

Das Knistern in den Wänden wurde lauter. Es folgte ein seltsames hartes Knacken, dann ein leises Rascheln. Ein schwarzer Tausendfüßler kroch über die Fensterbank. Er war riesig, länger als eine Hand. Maru trat einen Schritt zurück. Ein weiterer Tausendfüßler wand sich durch das Fenster herein. Ein großer Käfer folgte ihm, dann viele kleine. Es wurden immer mehr und sie kamen durch jedes der vier Fenster.

Maru wich weiter zurück. Es knackte unter ihren Sandalen. Erschrocken fuhr sie herum. Der Raum wimmelte von schwarzem Getier. Sie kamen unter der Tür hindurch, krochen die Wände entlang. Dutzende, hunderte von schwarzen Käfern waren schon in der Kammer, ein dunkles, matt schimmerndes Gewimmel. Etwas fiel auf ihre Schulter. Sie wischte es mit einem Aufschrei weg. Es war eine Spinne. Jetzt ergoss sich eine Flut von schwarzem Ungeziefer durch die Fenster in die Kammer wie eine schwarze Welle, die den Raum überschwemmte. Sie krochen und krabbelten auf Maru zu. Doch nahmen sie nicht den geraden Weg – es war eher wie ein Strudel, der sich um Maru bildete, ein grotesker Tanz von Beinen, Fühlern, schwarzen Leibern, von Käfern, Schaben, Spinnen, Tausendfüßlern und Skorpionen. Das Rascheln ihrer Chitinpanzer erfüllte den Raum. Sie ergossen sich über die Wände, den Boden, die Decke. Sie schlugen einen Bogen um den Maghai und vereinigten sich dann zu einem wirbelnden Kreis, der sich langsam um das Mädchen in seiner Mitte zusammenzog.

Maru wollte schreien, aber es kam nur ein ersticktes Stöhnen aus ihrem Mund. Sie starrte auf die schwarze Woge zu ihren Füßen, die auf sie zuschwappte, zurückwich, sich wieder näherte, aber nicht angriff.

Blendwerk, dachte sie plötzlich. Der Gedanke war ihr so unvermittelt in den Sinn gekommen wie ein Sonnenstrahl, der durch eine Gewitterwolke bricht. *Täuschung und Blendwerk*, wiederholte sie. Sie sagte es sich wieder und wieder.

Die tausendbeinige Masse zu ihren Füßen erzitterte, aber sie wich nicht. Der Kreis war nun so eng, dass die ersten schwarzen Fühler ihre Füße ertasteten. Missgestaltete Käfer regneten von der Decke auf sie herab.

Maru schrie auf. *Blendwerk*, dachte sie mit aller Kraft. Schaben krochen über ihre Füße. Sie fing an zu treten, zu schreien, mit den Händen und Armen zu fuchteln. Sie riss Spinnen aus ihren Haaren, zerstampfte Dutzende der schwarzen Leiber, aber Hunderte rückten nach, krochen die Beine empor. Maru versuchte, sie abzustreifen und fühlte, als sie sich bückte, wie ihr ungezählte Schaben, Spinnen und Käfer auf den Rücken, den Nacken regneten, unter ihren Überwurf krochen, sie bissen, sie umflossen wie schwarzes Erdpech, ihren Hals erreichten, umschlangen, zuschnürten. Maru richtete sich auf. Ihre Hände, mit denen sie eben noch versucht hatte, die Beine von der wimmelnden Masse zu befreien, waren bedeckt mit schwarzen Leibern. Sie fühlte sie in den Haaren, auf der Stirn, auf den Wangen.

Blendwerk, dachte sie verzweifelt.

Die Schlinge um ihren Hals zog sich zu, sie spürte Käfer an den Mundwinkeln, an den Nasenflügeln, den Augenlidern. Sie schloss die Augen, hielt die Luft an und versuchte, sich nicht mehr zu bewegen, so als könnte sie den tausendfachen Feind abschütteln, indem sie sich tot stellte.

Blendwerk!

Doch dieser Feind war nicht zu täuschen. Sie fühlte, wie ihr die Haut in winzigen Stücken vom Fleisch und dann das Fleisch von den Knochen gerissen wurde, wie aus ungezählten Wunden Blut sickerte. Ihre Lungen schienen zu bersten. Maru riss den Mund auf, und sofort strömten sie hinein. Sie spürte Fühler und Beine, Flügel auf den Lippen, der Zunge. Sie konnte nicht mehr, sackte zusammen und riss sterbend die Augen auf. Schwarze Körper fielen von ihren Lidern …

Plötzlich war da etwas Gelbes: ein Paar zerbrechlicher Flügel, das sich von ihrer Wange löste und in das blendend helle Licht der Fenster flog. Ein Schmetterling. Die Zeit hielt an. Jemand stöhnte. Da waren noch mehr Falter. Sie strömten ihr aus dem Mund, von den Haaren, den Beinen flogen sie auf. Aberhunderte, strahlend gelbe Falter, die sich in unendlicher Langsamkeit von ihr erhoben, die sie umflorten und dann dem Licht folgten.

Maru lächelte. War es das, was passierte, wenn man starb? Es war still. Vor ihr stand der Maghai, ein mächtiger Schatten vor den leuchtenden Fenstern. Er teilte sich. Maru blinzelte. Ein Teil des Maghai ging langsam in die Knie und fiel vornüber, der andere blieb stehen, einen Dolch in der Hand. Ein Tropfen löste sich von der Spitze der Klinge. Er blitzte hellrot auf, als er von einem Sonnenstrahl getroffen wurde. Sie bekam wieder Luft! Maru riss den Mund auf und sog begierig die frische Luft ein. Sie verschluckte sich, hustete, würgte – aber sie lebte!

Ein hagerer Schatten stand vor dem Fenster und wischte seinen Dolch ab. »Und? Was wollte er wissen? Und was hast du ihm verraten, dumme Gans?« Es war Tasil.

Maru winkte schwach ab. Sie kauerte auf dem Steinboden und betrachtete ihn misstrauisch. Es war kein einziges Insekt mehr zu sehen, nicht mal eines von denen, die sie zertrampelt hatte.

»Blendwerk«, sagte sie. Und sie sagte es noch einmal laut, weil es so gut tat, die eigene Stimme gebrauchen zu können.

»Also? Was wollte er über mich wissen? Sag schon!«

»Nichts, Onkel, er hat sich nicht für dich interessiert.«

»Gar nichts? Was hat er dann gewollt? Er muss doch irgendwas von dir gewollt haben!«

»Er wollte wissen, wer ich bin«, sagte Maru matt.

Tasil lachte. »Wer *du* bist? Du eingebildete Kröte, du hast dich täuschen lassen! Die Hüter mögen wissen, was du alles über mich verraten hast. Gut, dass ich größeres Unheil verhindern konnte.«

»Du hast mich gerettet.«

»Mag sein, jedenfalls sind wir den Maghai los. Also hat die Sache auch etwas Gutes.«

»Aber wie … wie hast du mich gefunden?« Sie fühlte sich immer noch ganz elend.

»Der alte Biredh hat mich hergeführt«, antwortete Tasil und lachte wieder. »Wer hätte das gedacht, dass ein Blinder einem Sehenden einmal den Weg weist?«

»Aber, wie …?«

»Biredh meinte auch, es sei klüger, durch das Fenster als durch die Tür zu gehen. Und auch damit hatte der alte Narr recht. Du solltest dich bei ihm bedanken!«

»Das werde ich, Onkel, das werde ich.«

Tasil durchsuchte die Taschen des Toten, aber er fand nichts von Wert. Maru sah ihm zu. Der Maghai lag mit dem Gesicht nach unten auf dem Boden. Eine Blutlache hatte sich unter seinem Kopf gebildet. Seine Kehle war durchschnitten.

»Aber Onkel, wie konntest du seinen Zauber überwinden? Die Spinnen, die Käfer?«

»Was für Käfer? Er stand dort, murmelte etwas in seinen Bart und schien dich fest im Griff zu haben. Was hat er denn getan? Hat er einen Trank benutzt?«

Tasil war zur Schlafstatt gegangen und durchsuchte die Krüge und Flaschen des Maghai. Er roch an der einen oder anderen Flasche, stellte sie aber missmutig wieder weg. »Lauter fremdes Gebräu.«

Maru schüttelte den Kopf. »Er brauchte keine Tränke, er war ein Maghai.«

»Offensichtlich ein ausgesprochen armer Maghai. Man sollte meinen, ein Mann von seiner Macht hätte die Taschen voller Silber, aber nichts!« Tasil kehrte zurück zur Leiche und gab ihr einen Fußtritt. »Womit haben sie dich gekauft, Mann?«, rief er verärgert. »Was ist, Kröte? Willst du noch ein bisschen weinen? Oder willst du dich nützlich machen?«

Maru rappelte sich auf. Sie fühlte sich völlig entkräftet. »Was hast du denn vor, Onkel?«

»Wir müssen die Leiche loswerden, das wird schwierig. Aber vorher will ich noch etwas versuchen.«

Tasil packte den Maghai an der Schulter, drehte ihn auf den Rücken und öffnete die Spange, die den Mantel des Zauberers zusammenhielt. Maru sah das Gesicht des Toten. Da war kein Schmerz, nur so etwas wie ein Ausdruck der Verwunderung in seinem Gesicht.

Er befühlte den Brustpanzer des Maghai an beiden Seiten. »Seltsam«, murmelte Tasil, »aber vielleicht sind die Geschichten wahr.«

»Was suchst du, Onkel?«

»Bänder, Riemen, Schnallen, irgendetwas, um diesen Harnisch zu öffnen, aber ich finde keine.«

»Vielleicht auf dem Rücken?«

Tasil drehte den Mann wieder um. Doch auch auf dem Rücken war kein Verschluss, nicht einmal eine Naht in der Schlangenhaut zu sehen. Er zückte seinen Dolch. »Du kannst es natürlich nicht wissen, Maru, aber man erzählt sich, dass den Rüstungen aus der Haut der Seeschlange seltsame Kräfte innewohnen. Es heißt, sie passen sich jeder Veränderung des Körpers an, noch nach Jahrzehnten. Sie sind leicht, und doch wehren sie Pfeile und Klingen besser ab als jede Rüstung aus Eisen oder Bronze. Eine solche Rüstung wäre ihr Gewicht in Eisen oder sogar Gold wert.«

»Aber wenn diese Rüstung keine Verschlüsse hat – wie legt man sie dann an und wieder ab, Onkel?«

»Gar nicht, du dumme Gans. Sieh sie dir an! Er muss sie seit Jahren, wenn nicht gar Jahrzehnten getragen haben.« Tasil setzte seinen Dolch am Nacken des Mannes an und versuchte, einen Schnitt entlang des Rückens vorzunehmen. Es ging erstaunlich leicht. »Wer hätte das gedacht…«

Er hatte den Satz noch nicht beendet, als sich die Rüstung unter seinen Fingern veränderte. Sie wurde rissig, Stücke brachen heraus, und wenige Sekunden später hielt Tasil nur noch graue Schlangenhautfetzen in den Händen.

»Bei den Hütern!«, entfuhr es ihm.

Das war noch nicht alles. Der Körper des Maghai begann sich ebenfalls zu verändern. Binnen Sekunden vertrocknete er, schrumpfte und zerfiel. Maru schrie auf, und selbst Tasil sprang entsetzt zurück. Es dauerte keine Minute, und von dem Körper des Maghai war nur noch Staub übrig.

»Fahs möge uns beschützen!«, rief Tasil. »Ist dies ein letztes Blendwerk dieses Zauberers?«

Er umfasste den Dolch fester und schaute sich misstrauisch um, als erwartete er, dass Jalis jeden Moment vor seinen Augen aus dem Boden wachsen könnte. Doch der Maghai blieb verschwunden. Nur ein wenig grauer Staub und seine Kleidung zeugten davon, dass es ihn einmal gegeben hatte.

Eisen und Salz

Die Serkesch aber beklagten sich bei Raik Suti über die Richter.
»Faul sind sie und bestechlich, für nur wenige Scheffel Gerste bekommt der reiche Mann das Urteil, das ihm behagt, und mit zweierlei Maß messen sie die Taten von Kydhiern und Akkesch.«
Und Raik Suti hörte die Wahrheit in ihren Worten und hielt von da an, an jedem ersten Tag des neuen Monds selbst Gericht über die seinen. Und jeder, der glaubte, ihm sei Unrecht geschehen, konnte vor ihn treten.

Kerva der Schreiber, *Die Raik der Hegasch*

Maru versteckte die Kleidung des Maghai unter den Wolfsfellen seiner Schlafstatt. Sie kratzte sich dabei immer wieder. Das schwarze Gewimmel war zwar spurlos verschwunden, aber sie hatte immer noch das Gefühl, dass überall Käfer und Spinnen über sie krochen. Die Asche scharrte Tasil mit bloßen Händen zusammen und streute sie einfach aus dem Fenster. Maru wandte sich ab. Jalis war ein so mächtiger Zauberer gewesen, und nun wurden seine Überreste vom Wind über das weite Land verteilt. Sie fragte sich, ob er ohne Bestattung nach Ud-Sror gelangen würde. Und wer würde seiner gedenken? Sie versuchte, den Gedanken abzuschütteln. Es konnte ihr doch gleich sein, was mit ihm geschah.

Es gab andere Fragen, die ihr durch den Kopf gingen. Wie konnte sein Körper einfach zu Staub zerfallen? Warum hatte sein Zauber nur sie, aber nicht Tasil geblendet? Wieso hatte jener den Maghai so undenkbar leicht töten können? Und was hatte es mit den Schmetterlingen auf sich? Sie fragte Tasil.

»Über solche Dinge können wir uns Gedanken machen, wenn

wir Zeit haben, Kröte«, beschied er ihr und scheuchte sie aus der Kammer. Es war kurz nach Mittag. Die Sonne brannte in den kleinen Hof. Maru hatte gehofft, Biredh zu treffen. Er hörte ihr wenigstens zu, und er kannte sich aus mit den Rätseln der Welt. Doch der Alte war verschwunden. Der Hof lag leer und verlassen vor ihr.

Tasil schien das nicht zu kümmern. Er hatte es eilig. »Deinetwegen habe ich viel Zeit verloren, Kröte«, sagte er, als sie durch die Gänge zurück zur Hohen Kammer hetzten. »Dieser Immit weiß, was er will, und er handelt schnell. Vielleicht habe ich ihn unterschätzt.«

Wie sehr er Immit Schaduk unterschätzt hatte, erfuhr Tasil, als sie die Thronhalle erreichten. Bleierne Stille hatte sich im Saal ausgebreitet, und die Würdenträger der Stadt sahen betreten drein. Sie standen dicht gedrängt und erinnerten Maru an eine Schafherde während eines Unwetters.

Eine zittrige Stimme quälte sich durch das lastende Schweigen. Inmitten der Halle stand ein schmächtiger Mann zwischen einer großen Anzahl Weidenkörbe und las von einer Tontafel ab. »... und am dritten Tag der zweiten Woche des Dattelmondes des gleichen Jahres brachten die Viramatai sechzig Lasten Eisen in die Stadt, die wir noch im selben Mond an den Kaidhan, unseren Herrn, weiterleiteten. Auch hier behielten wir von jeder zehnten Last einen Barren zurück, wie das Gesetz des Kaidhan, unseres Herrn, es erlaubt.«

Der Mann machte eine Pause und ließ sich von einem zweiten eine weitere Tafel anreichen, die er mit zitternden Fingern hielt. Tasil schob sich durch die Menge nach vorne, und Maru folgte ihm.

Der Mann räusperte sich und fuhr mit Leidensmiene fort. »Am fünften Tag der vierten Woche des Palmenmondes brachten die Viramatai vierzig Lasten Eisen in die Stadt, die wir in der zweiten

Woche des Löwenmondes nach Ulbai sandten. Auch hier behielten wir von jeder zehnten Last einen Barren Eisen zurück, gemäß den Gesetzen des Kaidhan, unseres Herrn.« Er räusperte sich wieder und ließ sich eine weitere Tafel anreichen. Maru kannte den Mann, der sie ihm gab; es war Kerva der Schreiber.

Eine schneidende Stimme unterbrach den unsicheren Vortrag. »Wie kann es dann sein, dass von diesen beiden Lieferungen nicht nur zehn, sondern hundert Barren fehlen? Haben die Viramatai das Maß verändert? Oder sind die Eisenbarren auf der langen Fahrt nach Ulbai über Bord gegangen und davongeschwommen?«

Die Stimme kam vom Thron. Und dort, im gleißenden Licht, das durch eine verborgene Öffnung so kunstvoll auf ihn gelenkt wurde, saß Immit Schaduk und schleuderte diese Fragen in den Raum.

Der Mann in der Mitte des Saals sah noch unglücklicher drein als zuvor. »Es ist mir unerklärlich, Herr«, antwortete er mit zittriger Stimme. »Wie können sie fehlen, wenn sie hier auf unseren Tafeln verzeichnet sind?«

»Das ist die Frage, die ich dir stelle, Mann! Bist du der Verwalter des Raik oder nicht?«

»Was ist geschehen? Was macht der Immit auf dem Thron?«, fragte Tasil flüsternd einen Priester der Hirth, der zufällig neben ihm stand.

Der Mann sah ihn an, als käme er aus einer anderen Welt. »Hast du es nicht gehört? Der Immit hält den Thron, bis der Nachfolger für Utu gefunden ist.«

»Und Numur lässt sich das gefallen?«

»Es ist nur für kurze Zeit. Und er ist der Immit. Sein Wort ist so gut, als käme es aus dem Munde des Kaidhan selbst.«

»Bei den Hütern!«, zischte Tasil. »Den Malk dieser Stadt fehlt es wirklich an Rückgrat.«

Der Priester hatte es gehört. Er warf Tasil einen Blick zu, den

Maru als Einverständnis deutete. Dieser Mann war sicher keiner von Numurs Anhängern.

Immit Schaduk hatte seine Familie und seine wichtigsten Männer um den Thron versammelt. Seine Frau Umati stand bei ihm. Das Licht, das auf Schaduk gelenkt wurde, strahlte auf sie ab. Maru fand sie jetzt noch schöner als zuvor. Auf der Schattenseite des Throns standen Malk Numur und Abeq Mahas. Falls der Abeq besorgt war, verbarg er es hinter einer Maske des Hochmuts. Er sah aus, als ginge ihn das alles nichts an. Auch Malk Numur tat hoheitsvoll und versuchte, gelassen zu wirken, aber gelegentlich flackerte ein unruhiges Zucken über sein Gesicht.

»Man sollte meinen, ein Mann, der mit der Macht groß geworden ist, müsste seine Gefühle besser im Griff haben«, murmelte Tasil missbilligend. Er hatte schlechte Laune, das konnte Maru spüren. Seine Blicke wanderten durch den Raum von einem zum anderen.

Maru kannte diesen Ausdruck in seinem Gesicht. Er schmiedete wahrscheinlich gerade einen neuen undurchsichtigen Plan. Sie hoffte, dass sie darin keine allzu große Rolle spielen musste. Sie spürte ein Jucken am Bein und kratzte sich. Das Entsetzen kehrte zurück, und sie schloss die Augen. Sofort sah sie wieder den schwarzen Strudel aus Käfern, Spinnen, Tausendfüßlern, der sie fast in den Tod gerissen hätte. Sie zitterte plötzlich und konnte das nicht beenden. Der Maghai hatte sie töten wollen! Und es hätte nicht viel gefehlt, und es wäre ihm gelungen. Sie versuchte, den Gedanken aus ihrem Kopf zu verbannen, aber er war zu stark. Wie gerne hätte sie sich jetzt in einer dunklen Ecke verkrochen. Sie schloss die Augen noch einmal und fühlte sofort die tausendfache Berührung von Fühlern und Beinen. Aber noch bevor sie die Augen wieder aufriss, waren da auf einmal keine Käfer mehr, nur noch leuchtend gelbe Falter. Sie spürte eine Träne im Auge und wischte sie weg. Dieses letzte Bild – was mochte das nur bedeuten?

Der Verwalter hatte unterdessen weitere Zahlen verlesen müssen. Schweißperlen glänzten auf seiner Stirn. Seine Stimme wurde bei jeder Nachfrage des Immit unsicherer – und der Immit hatte viele Fragen.

»Du weißt also nicht, wo das Eisen des Kaidhan abgeblieben ist? Und auch den seltsamen Schwund an Kupfer kannst du mir nicht erklären?«

»N… nein, Herr, ich vermag es nicht.«

»Irgendwo in unserem Reich scheint es ein Loch zu geben, das Karawanen verschlingt, ist es vielleicht das?«

»Vielleicht, Herr«, antwortete der Verwalter, und seine Stimme versagte beinahe.

»Oder war es vielleicht Zauberei?«

»Vielleicht, Herr…«

»Vielleicht? Nun, ich schlage vor, du denkst in der Nacht darüber nach, *vielleicht* erscheinen dir die verschwundenen Waren in deinen Träumen. *Vielleicht* findest du sie auch anderswo. Ich wünsche dir Erfolg, denn wenn dein Kopf morgen ebenso leer ist wie heute, werde ich *vielleicht* entscheiden, dass du ihn nicht mehr brauchst…«

»Ja, Herr, ich werde sofort in das Markthaus gehen und Nachforschungen anstellen.« Es war schon beinahe ein Quieken.

»Ich glaube, es ist besser, meine Krieger begleiten dich auf mein Schiff, wo du ungestört nachdenken kannst. Wir wollen doch nicht, dass du ebenso verloren gehst wie das Eisen des Kaidhan.«

Jemand aus seinem Gefolge lachte. Es war Narsesch, sein grobschlächtiger Sohn. Der Immit gab einigen Speerträgern einen Wink. Maru hatte bis jetzt nicht auf diese Männer geachtet, aber jetzt sah sie, dass es keine Krieger aus Serkesch waren. Ihre Schilde waren schwarz, und auch die Spitzen ihrer Speere waren geschwärzt. Also hatte der Immit bereits seine eigenen Krieger auf den Tempelberg gebracht.

»Auch hier im Bet Raik gibt es Kammern, in denen wir den Mann sicher verwahren können«, mischte sich Malk Numur plötzlich ein.

»Ich bin sicher, dass es hier solche Kammern gibt, geehrter Malk, solche und vielleicht auch andere. Ich werde sie mir später ansehen, so wie ich mir überhaupt dieses prachtvolle Haus genauer ansehen werde.«

Malk Numur wurde wieder rot, verbeugte sich stumm und trat einen Schritt zurück.

Der Immit wandte sich jetzt an den Schreiber, der ängstlich zusah, wie der Verwalter von den Kriegern abgeführt wurde. »Wie ist dein Name, Mann?«

»Kerva, Herr. Ich bin nur ein Schreiber, Herr.«

»Gut, Kerva, Schreiber in diesem Bet Raik, lass mich hören, wie es in den letzten Monden mit den Lieferungen aus Albho bestellt war.«

Maru spürte Tasils Hand auf ihrer Schulter. Sie drehte sich um. Er zog sie in den Schatten und sah ihr in die Augen. »Ist dir nicht gut?«

Er fragte, wie es ihr ginge? Maru war so überrascht, dass sie fast vergaß zu antworten. »Nein, Onkel, es ist nichts.«

»Dann reiß dich zusammen. Ich will nicht auffallen, verstanden? Gut. Siehst du den Schab, jenen Mann dort drüben?«

Sie sah den Mann. Er war groß und breitschultrig. »Das ist Muqtaq, der Schab der Maschir, der Leibwache des verstorbenen Raik. Geh zu ihm und gib ihm das.« Mit diesen Worten drückte Tasil ihr einen kleinen Gegenstand in die Hand. Es war ein silberner Ring, der mit zwei weißen Edelsteinen geschmückt war.

»Was ist das?«

Tasil ging wieder einmal nicht auf ihre Frage ein. »Du gibst ihn Muqtaq und sagst ihm folgende zwei Worte: heute Nacht. Das reicht schon. Aber mach es unauffällig und so, dass niemand dich sieht. Kannst du das?«

Maru nickte. »Was soll ich sagen, wenn der Schab mich fragt, woher ich …«

»Gar nichts, dumme Gans! Ich glaube auch nicht, dass er sich mit Fragen aufhalten wird. Aber es wäre gut, wenn er antworten würde. Los jetzt. Und sei vorsichtig, das rate ich dir!«

Tasil hatte leicht reden. Wie sollte sie vorsichtig und unauffällig einen Ring übergeben, und das in einem Saal voller Menschen? Sie war doch nicht unsichtbar. Der Schab stand auf der anderen Seite der Hohen Kammer. Da sie schlecht quer durch den Saal rennen konnte, verließ sie den Thronsaal durch einen der vielen Seiteneingänge, umrundete ihn und betrat ihn auf der anderen Seite wieder. Dort schob sie sich vorsichtig durch die Menge. Niemand achtete auf sie. Schließlich stand sie neben dem Schab, der mit unbewegtem Gesicht den stotternden Ausführungen des Schreibers zuhörte. Wie sollte sie ihn ansprechen? Wie »unauffällig« auf sich aufmerksam machen?

Sie entschloss sich für den direkten Weg. Sie nahm den Ring und drückte ihn dem Mann einfach in die linke Hand, die er in die Hüfte gestützt hatte. Seine Selbstbeherrschung war beachtlich. Nur ein leichtes Zucken verriet, dass der Mann die Übergabe überhaupt bemerkt hatte. Unauffällig befühlte er den Ring. Maru sah sich verstohlen um. Immer noch schien sie niemand zu beachten. Sie war eben nur ein Mädchen, das war hier anscheinend fast ebenso gut wie unsichtbar zu sein. Der Schab beugte sich ein wenig vornüber, wie um eine Fliege oder etwas anderes von seinem Bein zu verscheuchen.

»Wann?«, fragte er leise.

»Heute Nacht.«

Der Mann nickte. Maru zog sich sofort zurück. Als sie sich noch einmal umsah, kreuzte ihr Blick den zweier dunkler Augen. Es war

Umati, die Frau des Immit. Sie stand neben dem Thron in all ihrer Schönheit, beschienen vom Glanz, der so kunstvoll auf ihren Mann gelenkt wurde, eine Hand auf seinem Arm – und beobachtete sie.

Maru erbleichte. Sie war verloren! Dann geschah etwas Unerwartetes: Die Frau zwinkerte ihr zu! Es war nur ein winziges, verstohlenes Zwinkern aus den Augenwinkeln, aber es war unzweifelhaft da. Maru errötete und konnte doch gar nicht sagen, warum.

»Das war gar nicht mal so schlecht, Kröte. Vielleicht wirst du eines Tages doch noch eine halbwegs brauchbare Gehilfin abgeben«, sagte Tasil, als sie wieder bei ihm war.

Sie nickte stumm. Er hatte also nicht bemerkt, dass die Frau des Immit sie beobachtet hatte. Das war beinahe die Hauptsache.

»Und was geschieht jetzt, Onkel?«, fragte sie flüsternd.

»Wir warten auf den richtigen Augenblick.«

Maru hätte gern gefragt, für was es denn der richtige Augenblick sein sollte, aber sie würde vermutlich wieder keine klare Antwort bekommen, also ließ sie es. Sie konnte ihre Augen jetzt nicht mehr von der Frau des Immit lassen. Aber es gelang ihr nicht noch einmal, einen Blick von ihr einzufangen.

Kerva der Schreiber stotterte sich immer noch durch seine Berichte. Der Einzige, der ihm mit ungebrochenem Interesse lauschte, war Immit Schaduk. Maru fragte sich, wie sich jemand so sehr für Zahlen begeistern konnte. Manchmal stellte er eine Zwischenfrage, wollte wissen, wer denn das Salz aus Albho an bestimmten Tagen entgegengenommen und wer es auf die Schiffe verladen hatte. Diese Fragen lösten bei Kerva jedes Mal einen Schweißausbruch aus. Er wurde dann verlegen und suchte in einem der vielen Weidenkörbe nach einer anderen Tafel, die die Antwort auf die Frage des Immit beinhalten musste. Der Schreiber tat Maru leid, und sie fragte sich, warum der Immit all das wissen wollte. Konnte es sein, dass er einfach Vergnügen daran fand, den Schreiber zu quälen?

Die Befragung wurde unterbrochen, als ein Läufer die Hohe Kammer betrat. Er durcheilte sie, lief zum Thron und flüsterte einem der Männer des Immit etwas ins Ohr. Der wiederum näherte sich Immit Schaduk und gab die Nachricht leise weiter.

Schaduk sah überrascht aus. »Aus dem Land der Budinier? Er soll sein Anliegen vortragen.«

Der Läufer nickte und verschwand so eilig, wie er gekommen war.

»Nun, Schreiber, deine Berichte werfen viele Fragen auf«, wandte sich der Immit an Kerva, »doch wir werden uns erst später wieder damit beschäftigen. Halte dich zur Verfügung.«

Unter vielen Verbeugungen entfernte sich Kerva. Er sah erleichtert aus. Offensichtlich war er froh, dass er nicht das Schicksal des Verwalters teilen musste. Eine ganze Schar von Sklaven hob die Weidenkörbe mit den Tontafeln auf und trug sie hinter ihm her. Zwei Krieger mit den schwarzen Schilden des Immit folgten ihnen. Überhaupt war jetzt viel Bewegung in der Halle. Priester, Schabai und andere Würdenträger kamen und gingen. Vorne, in der Nähe des Throns, gab ein Verwalter des Immit Anweisungen, die von Schreibern in Ton gedrückt und dann von Läufern verteilt wurden. Manche dieser Befehle wurden an Männer in der Halle weitergereicht, doch die meisten Boten verließen die Hohe Kammer, um einen Empfänger irgendwo in der Stadt oder auf dem Tempelberg zu erreichen. Maru sah, dass Schab Muqtaq den Raum ebenfalls verließ. Er schob sich ohne Eile durch die Menge nach draußen. Sie fragte sich, ob es wegen des Ringes geschah oder ob der Immit auch für ihn einen Befehl hatte.

Sie wollte Tasil nach seiner Meinung fragen, aber der war mit einem Mal verschwunden. Eben hatte er noch neben Maru gestanden, jetzt war er fort. Im nächsten Augenblick entdeckte sie ihn. Er stand hinter dem Thron und sprach mit Numur und Abeq Mahas. Sie fragte sich, was er jetzt wieder ausgeheckt hatte – und sie wunderte sich. Der Zeitpunkt schien ihr seltsam gewählt. Vor wenigen Augenblicken hatte der Immit nur Augen und Ohren für Kerva gehabt, doch jetzt bekam er fast zwangsläufig mit, dass sich Tasil mit Numur und dem Abeq des Strydh besprach.

Maru schob sich an den Würdenträgern vorbei auf ihn zu. Er hatte sie zwar nicht darum gebeten, aber er hatte es ihr auch nicht verboten, und sie wollte unbedingt wissen, was er vorhatte. Sie fürchtete, dass sie in seinen Plänen wieder eine Rolle spielen musste, ob sie wollte oder nicht. Außerdem war sie schlicht und einfach neugierig.

Der Immit war aufmerksam geworden und winkte Tasil und Numur heran. Sie sprachen miteinander. Maru beeilte sich, aber es standen ihr zu viele Würdenträger im Weg. Sie bekam gerade noch mit, wie der Immit fragte: »Heute Nacht? Ist das sicher?«

»Ich weiß die genaue Stunde nicht, Herr, noch nicht, und ich weiß auch nicht, wie viele an diesem Verrat beteiligt sind, doch sie werden es heute Nacht versuchen.«

»Sie werden hoffen, dass sie uns überraschen, doch wir werden den Spieß umdrehen«, sagte der Immit lächelnd. Er winkte einen seiner Diener heran und flüsterte ihm etwas ins Ohr. Der Mann nickte und verschwand eilig.

Bald darauf betraten zwei Männer die Halle unter dem Geleit einiger Krieger des Immit. Maru war verblüfft, sie hatte mit vielem gerechnet, doch nicht damit, dass sie diese beiden Männer an diesem Ort wiedersehen würde. Es waren Atib und Fakyn – Atib der Händler, der sie in Akyr gekauft hatte, und Fakyn, der Hüne im langen, ledernen Schuppenpanzer, der Befehlshaber seines Begleitschutzes.

»Was will der denn hier?«, knurrte Tasil.

Offensichtlich war er von dieser Begegnung ebenso überrascht wie Maru. Sie konnte sich gut erinnern, wie der Händler gesagt hatte, dass er warten wolle, bis der Streit zwischen den Brüdern entschieden sei. Angst um seine kostbaren Waren hatte er gehabt. Sie mochte ihn nicht, fand ihn glatt und ölig. Er hatte sie und die anderen für ein paar Ballen Leinen gekauft und weiterverschachert für ein Messer. Wie lange war das jetzt her? Sie runzelte die Stirn. Vor einem Tag war sie zu Tasil gekommen, und doch schien es ihr, als seien Jahre seither vergangen. Von allen Dingen ihres alten Lebens hatte sie den Händler sicher am wenigsten vermisst. Was also wollte er hier? Ihr wurde kalt – was, wenn er sie und Tasil verriet? Aber dann wurde Maru klar, dass Atib das sicher nicht tun würde. Er hatte Eigentum des Raik verkauft. Das war ein schweres Verbrechen. Es wäre besser für ihn, darüber zu schweigen. Offensichtlich sah der Händler das ebenso. Sie stand mit Tasil in der Nähe des Throns, aber Atib übersah sie geflissentlich. Den Hakul-Dolch, den er für Maru bekommen hatte, trug er stolz am Gürtel. Fakyn runzelte kurz die Stirn, als er Tasil und das Mädchen entdeckte, aber dann tat er ebenfalls so, als würde er sie nicht kennen.

Als sie die Mitte der Hohen Kammer erreicht hatten, hob der Immit die Hand zum Zeichen, dass sie stehen bleiben sollten. Einer seiner Verwalter flüsterte ihm etwas ins Ohr.

Schaduk nickte knapp. »Willkommen im Bet Raik, Atib, Händler des Utu-Hegasch. Wie ich höre, ist es eine Beschwerde, die dich zu mir führt.«

»Nun, Herr, so ist es leider.« Atib stetzte ein verlegenes Lächeln auf. »Ich wende mich mit meinem Anliegen an dich, wie es der alte Brauch erlaubt, denn ich weiß nicht, wer mir sonst in diesen dunklen Tagen zu meinem Recht verhelfen sollte.«

»Dein Vertrauen ehrt mich, Atib, und ich achte die Bräuche dieser Stadt. Sag mir, welches Unrecht dir geschehen sein soll.«

»Nun, Herr, vielleicht ist es nicht einmal ein Unrecht, nur ein Versehen, eher ein Versäumnis, und es lässt sich sicher schnell beheben, zumal die Männer, denen dieser Irrtum unterlief, jetzt unter deinem Befehl stehen.«

»Sag, Händler, weißt du, wer ich bin?«

Atib stutzte. »Natürlich Herr, du bist Schaduk, Immit des Kaidhan von Ulbai und zurzeit Herr dieser Stadt…«

»So ist es, Atib, ich bin die rechte Hand des Kaidhan, und erst seit wenigen Stunden herrsche ich über diese Stadt«, sagte der Immit gereizt. »Es ist eine Herrschaft, die ich schnell wieder abgeben will, denn, glaube mir, Händler, ich habe viele andere Aufgaben zu bewältigen und wenig Lust, länger in Serkesch zu verweilen, als es unbedingt notwendig ist. Meine Zeit auf diesem Stuhl ist also knapp bemessen. Deshalb rate ich dir, dein Anliegen schnell vorzutragen. Es könnte sonst sein, dass du noch redest, während ich schon wieder in Ulbai bin. Du verstehst mich? Gut. Dann fahr fort, Mann.«

Atib schluckte, räusperte sich und fuhr mit einem öligen Lächeln fort. »Verzeih, Herr, es ist also so, dass ich mit einer Schiffsladung Waren, die ich in Utu-Hegaschs Auftrag in Akyr erstanden habe, heute hier eingetroffen bin. Nun ergeben sich gleich mehrere Schwierigkeiten für mich, Herr. Zum Ersten ist dies ein Tag der Trauer, weshalb keiner der Menschen im Hafen bereit ist, mein Schiff zu entladen. Also befahl ich den Sklaven, die Teil meiner Ladung sind, die Waren in das Markthaus zu bringen. Doch ist es geschlossen, und es wurde mir von den Wachen dort nicht erlaubt, meine Waren dort zu lagern. Also brachte ich alles zurück in den Hafen. Aber der Schiffsführer weigerte sich, die Waren wieder an Bord zu lassen, da ich ihn nicht bezahlen kann, denn dies wollte ich mit dem Silber tun, das ich hoffte, im Markthaus vom Verwalter des Raik zu erhalten.«

»Und auf den Gedanken, den Schiffsführer einstweilen aus deiner eigenen Tasche zu bezahlen, bist du nicht gekommen?«, fragte der Immit spöttisch.

»Nun, Herr, das bin ich. Unglücklicherweise forderten nun aber auch die Männer, die zu meinem Schutz mitgereist sind, ihren Lohn, den sie ohne Zweifel verdient haben. Und ich kann sie nicht bezahlen, Herr, denn der größte Teil meines Silbers wird im Markthaus verwahrt, unter dem Schutz des Raik – und ist für mich derzeit unerreichbar.«

»Vielleicht solltest du deine Leute einfach um zwei Tage Geduld bitten. Dann sind die Tage der Trauer vorbei, und das Markthaus ist wieder geöffnet. Das erscheint mir klüger, als meine Zeit mit so einer Kleinigkeit zu verschwenden.« Der Immit klang eher amüsiert als verärgert.

»Deine Weisheit ist groß, Herr, und mir selbst kam der gleiche Gedanke. Meine Männer sagen aber, es fehle ihnen nicht an Geduld, sondern an Silber, Herr. Sie sind durchaus bereit, noch zwei Tage zu warten, allerdings sehen sie sich nicht imstande, in dieser Zeit auch meine Waren zu bewachen.«

»Ist das so?«, richtete der Immit seine Frage an Fakyn.

»Wir waren viele Wochen unterwegs, Herr. Die Männer wollen heim zu ihren Familien. Ich kann es ihnen nicht verdenken.«

»Für dich gilt das nicht, Krieger?«

»Auf mich wartet niemand, Herr.«

»Ich verstehe deine Schwierigkeiten, Händler«, wandte sich Schaduk wieder an Atib. »Doch sehe ich nicht, wie ich dir helfen kann. Die Tage der Trauer sind heilig, das Haus des Marktes geschlossen. Dies ist ein Gesetz, das in jeder Stadt des Reiches gilt. Ich werde mich nicht darüber hinwegsetzen.«

»Ich würde nie wagen, dieses Gesetz, das die Akkesch in dieses Land brachten, infrage zu stellen, Herr. Ich hoffe nur auf ein wenig Hilfe und bitte dich, als Herrn dieser Stadt, mir Krieger zur Verfügung zu stellen, zuverlässige Krieger, die im Hafen meine Waren bewachen.«

»Du warst in Akyr, habe ich gehört«, sagte der Immit.

Atib zögerte einen Moment mit der Antwort. Möglicherweise war er nur überrascht, dass das Gespräch plötzlich die Richtung wechselte. »Das war ich, Herr.«

»Du machst schon lange Geschäfte mit den Budiniern, nicht wahr?«

»So ist es, Herr.«

»Wie ich höre, hast du in der Hauptsache Kupfer, Häute und Namenlose mitgebracht.«

»Auch das ist richtig, Herr.«

»Hast du eine Liste deiner Waren?«

»Selbstverständlich, Herr«, sagte Atib und zog eine Tontafel aus den Tiefen seines Gewands.

Der Immit gab einem seiner Diener einen Wink. Als er die Liste in den Händen hielt, nahm er sich viel Zeit, sie zu lesen. Mit jeder Sekunde, die dabei verstrich, wurde Atib nervöser.

»Du hast Einbußen hinnehmen müssen?«

»Oh, nur geringe, Herr. Ein Esel ist mit einer Last Häute in eine Schlucht gestürzt und war ebenso verloren wie die Ware, die er trug. Außerdem verloren wir einen, nein, zwei Sklaven.«

»Wie nun, einen oder zwei?«

Maru lauschte gebannt. Es war unglaublich, dass der Immit genau auf diesen Punkt zu sprechen kam.

»Nun, Herr, zwei, einen Sklaven, eine Sklavin«, sagte Atib, und sein unterwürfiges Lächeln wirkte unsicher.

»Sind sie davongelaufen? Geraubt worden? Am Fieber gestorben?«

»Weder noch, Herr, es war ein Berglöwe, bei der Hochebene von Edhawa. Er hat beide getötet.«

»Ein Berglöwe? Das ist seltsam, denn diese Tiere weichen den Menschen doch für gewöhnlich aus, oder irre ich mich da?«

Maru erinnerte sich mit Schaudern an den Löwen. Sie hatte sich beim Holzsammeln zu weit vom Lager entfernt. Dann war der andere Sklave aufgetaucht, der, der sie immer so angestarrt hatte. Die Hüter mochten wissen, was er da wollte. Er sollte sich eigentlich um die Esel kümmern, nicht um Feuerholz. Dann die Bewegung im Dickicht, der Berglöwe, der plötzlich hervorbrach. Sie waren beide um ihr Leben gerannt. Sie war gestürzt. Aber der Löwe hatte nicht sie verfolgt, sondern den anderen. Holte er sie vielleicht jetzt doch noch ein? Würde Atib alles verraten, oder würde er sich herauslügen?

»In der Tat, Herr«, sagte der Händler, »es ist ungewöhnlich, doch nehme ich an, dass der Löwe vielleicht toll war, wie es gelegentlich vorkommt. Warum hätte er sonst zwei Sklaven getötet? Und fressen wollte er sie nicht. Sie waren beinahe unversehrt, als meine Krieger sie fanden.«

»War das so, Krieger?«

Fakyn nickte steif. »So war es, Herr, wir haben ihn verfolgt, doch verloren wir seine Spur.«

»Aber sonst war es eine gute Reise?«, fragte der Immit.

Maru fiel ein Stein vom Herzen. Der Immit ging der Geschichte nicht weiter nach.

»Es war eine der ruhigsten seit langem, Herr. Ich habe gute Geschäfte machen können, im Namen unseres Raik. Und mein Schmerz ist groß, dass ich ihm nicht mehr davon berichten kann.«

»Diese Stadt treibt schon lange Handel mit Akyr, ist es nicht so?«

»Du bist sehr gut unterrichtet, Herr«, sagte Atib schmeichlerisch.

»Obwohl die Budinier unsere Feinde sind?«

Atib öffnete den Mund, schloss ihn wieder und lächelte noch unterwürfiger. »Feinde, Herr?« Er lachte unsicher. »Ich handelte nur unter dem Siegel des Raik, Herr.«

»Obwohl die Budinier unsere Feinde sind?«, wiederholte der Immit seine Frage.

Im Saal wurde es unruhig. Hinter Maru flüsterten die Würdenträger aufgeregt, und sie hörte ein empörtes »Stellt er unsere Handelsrechte infrage?«.

Sie selbst verstand die Frage des Immit nicht. Budinier und Akkesch betrieben doch schon immer Handel. Die Akkesch hatten Dinge, die man in Akyr und Budingar brauchte, und umgekehrt schien es genauso zu sein. Von Zeit zu Zeit war eben Krieg, eigentlich jedes Jahr nach der Ernte. Die jungen Männer zogen aus und kehrten mit mehr Geschichten als Verwundungen zurück. Es gab kaum je richtige Kämpfe, und Blut wurde wenig vergossen. Strydh konnte mit dem mageren Opfer kaum zufrieden sein. Und in den langen Monden des Friedens trieb man eben Handel. Was war daran auszusetzen?

»Nun, Herr.« Atib wand sich. »Ich bin nur ein einfacher Mann und verstehe nichts von solchen Fragen. Ich habe nur versucht, Raik Utu-Hegasch, meinem Herrn, zu dienen. Und Kupfer, wie es die Budinier anbieten, ist anderswo schwer zu bekommen.«

»Ist das so, Händler?«

»So war es schon immer, Herr.«

»Dieser Stadt scheint es damit recht gut zu gehen, nicht wahr?«

»Oh, die Zeiten sind schwer, Herr, doch könnten sie schlechter sein«, sagte Atib vorsichtig.

»Es scheinen auch recht friedliche Zeiten zu sein, ist das möglich?«

»Nun, zum Glück sind sie das, Herr.« Atib präsentierte sein öligstes Lächeln.

»Ja, alles gibt es reichlich, nur an Kämpfern scheint es in dieser Stadt sehr zu mangeln. An den Toren wurden wir von Eschet begrüßt, die kaum fünf Mann zählten. Im Hafen sollten doch wohl mindestens zwei Ansai sein, also hundertzwanzig Krieger, doch habe ich kaum siebzig gezählt, ist das nicht so, Malk Numur? Hat diese Stadt ihre heiligen Pflichten gegenüber dem Reich und dem Gott des Krieges vielleicht vergessen? Und hat sie keine Furcht, dass Strydh ihre Vergesslichkeit bestraft?«

Der Malk war ebenso überrascht wie die meisten im Saal, dass sich der Immit plötzlich an ihn wandte. Er errötete, aber dann huschte ein zufriedenes Lächeln über seine Lippen. »Du hast recht, geehrter Immit, in dieser Stadt mangelt es wahrlich an Kriegern. Oft habe ich mit meinem Vater über diese Angelegenheiten gesprochen, doch genau wie mein Bruder Iddin war er der Meinung, dass wir uns besser mit Handel als mit Waffen verteidigen.«

»Und du warst nicht dieser Meinung?«

»Nein, geehrter Immit, Strydh ist mein Zeuge, dass ich meinen Vater stets bat, die Reihen unserer Krieger zu verstärken.«

»Dies kann ich bestätigen«, warf Abeq Mahas ein.

»Du bist ein Abeq Strydhs, doch hat Numur nicht dich, sondern deinen Gott als Zeugen angerufen«, wies Immit Schaduk den Priester scharf zurecht.

Das Gesicht des Abeq versteinerte, als er sich verbeugte und einen Schritt zurückzog.

Maru fragte sich, was der Immit vorhatte. Wenn sein Plan gewesen war, Malk Numur bloßzustellen, war ihm das misslungen. Selbst sie wusste schon, dass Numur ein treuer Diener Strydhs war, und es war sicher nicht seine Schuld, dass die Stadt so lange Frieden gehalten hatte.

»Nun, es ist nicht nötig, dass der Gott deine Worte bezeugt, geehrter Malk«, sagte Immit Schaduk. »Mir ist aufgefallen, dass die Krieger, die unter deinem Befehl stehen, gut gerüstet und ihre Einheiten stark sind.«

»Ich danke dem edlen Immit für seine Worte.« Numur versuchte gar nicht erst, seine Genugtuung zu verbergen. Offensichtlich sah er hier eine Gelegenheit, seinen Bruder in der Gunst des Immit auszustechen.

»Ich frage mich aber«, fuhr Immit Schaduk fort, »woher du die Mittel für diese gute Ausrüstung nimmst?«

Numur setzte zu einer schnellen Antwort an, aber dann verfärbte er sich und schwieg betroffen. Er war dem Immit in die Falle gegangen. Auch im Saal wurde es ganz still. Niemand achtete mehr auf Atib und Fakyn, die verloren in der Halle standen und immer noch auf eine Entscheidung des Immit warteten. Nur Tasil grinste auf die ihm eigene Art. Ihm schien die Sache zu gefallen.

»Nun, geehrter Malk?«, hakte der Immit nach. »Woher kommt das Eisen für die Waffen deiner Leibwache? Woher die glänzenden Rüstungen?«

Der Malk sah sich Hilfe suchend um, aber niemand wagte, seine Stimme zu erheben. Selbst Abeq Mahas schwieg.

»Alles, was ich tat, tat ich zum Wohle unseres Reiches und unseres Kaidhan«, sagte Numur schließlich gepresst.

»Und du glaubst, es ist dem Wohle des Kaidhan zuträglich, wenn du ihm seine Waren vorenthältst? Wenn seinen Kriegern die Waffen fehlen, weil du deine Speerträger rüstest?«

»Ich sah nur, dass die Nordgrenze beschützt werden muss, hier in der Stadt Serkesch, die dem Reich immer treu ergeben war!«

Ein fernes Hornsignal ertönte.

»War?«, vergewisserte sich Schaduk. »Du sprichst davon, als sei diese Treue ein Ding aus der Vergangenheit. Kann es sein, dass diese Stadt über ihr eigenes Wohlergehen das Wohl des Reiches vergessen hat?«

Das Signal erschallte erneut. Es schien von irgendwo aus der Stadt zu kommen. Weitere Hörner antworteten. Das Signal wurde aufgenommen und weitergegeben und war schließlich so laut, dass es nicht mehr zu überhören war.

»Was hat das zu bedeuten?«, fragte Immit Schaduk ungehalten.

»Es ist ein Warnzeichen, Herr«, sagte jemand. Es war ein Schab aus Serkesch.

»Komm näher, Mann!«, befahl der Immit. »Wie ist dein Name?«

»Ich bin Schab Emadu, Befehlshaber der Zweiten Kischir der Stadt, Herr.«

»Und wovor wollen die Hörner uns warnen, Schab Emadu?«

»Das Signal ist das Zeichen, dass Feinde vor den Mauern stehen. Hakul, Herr.«

Für eine Sekunde war es totenstill. Dann hatten alle in der Halle den Sinn des Gesagten begriffen. Heilloses Durcheinander war die Folge. »Hakul! Hakul!«, riefen die Würdenträger immer wieder in hellster Aufregung. Ein einziges Gefühl schien alle zu beherrschen – Furcht!

Maru stand im Schatten einer Säule und beobachtete das Chaos in der Halle, die kopflos hin und her rennenden Großen der Stadt und des Reiches. Sie konnte sie gut verstehen. Hakul – das war ein Name wie ein Peitschenhieb, ein Wort, das Angst und Schrecken verbreitete. Die Budinier lagen seit ewigen Zeiten mit diesem Volk im Krieg. Das war ein ganz anderer Krieg als jene endlosen Grenzstreitigkeiten mit den Akkesch. In den Schlachten gegen diese verfluchten Reiter aus der Steppe kam Strydh auf seine Kosten. Sie kamen aus dem Nichts, überfielen Dörfer und Städte, mordeten, plünderten und verschwanden wieder. Wenn die Budinier dann zur Vergeltung gegen sie ausrückten, sangen die Krieger nicht, und die Frauen weinten. Die Hakul waren grausam und hinterlistig. Sie umkreisten ihre Feinde zu Pferde und deckten sie mit Pfeilen ein. Dem ehrlichen Kampf Mann gegen Mann wichen sie aus. Ihre Gesichter verbargen sie hinter schrecklichen Masken. Waren ihre Pfeile verschossen, verschwanden sie und kehrten erst zurück, wenn ihre Köcher wieder gefüllt waren. Sie lebten in Zelten und waren nicht zu greifen, wie eine Staubwolke in der Steppe. Man konnte sie vertreiben, man konnte sie zurückschlagen, aber noch nie waren sie entscheidend besiegt worden. In Akyr konnten sie viele bittere Geschichten über diese Kämpfe erzählen. Und soweit Maru es wusste, war es den Akkesch in ihren Kriegen mit den Hakul ganz ähnlich ergangen.

Vor dem Thron des Immit ballte sich eine dichte Traube von Menschen und rief ihn an um Rat und Schutz. Zu ihrer Überraschung erkannte Maru, dass auch Tasil besorgt aussah – wenn auch nicht so kopflos wie die vielen aufgeregten Würdenträger in der Halle. Immit Schaduk dagegen saß in scheinbar unerschütterlicher Gelassenheit im Lichtkranz seines Thrones. Vielleicht lag es daran, dass er aus Ulbai stammte, wo die Grausamkeit der Hakul nur ein fernes Gerücht war, vielleicht hatte er aber auch einfach bessere Nerven. Er stand auf und hob die Hand. Allmählich verebbte der Lärm.

»Bewahrt Ruhe, Männer von Serkesch«, verlangte er. »Wir wissen nicht, ob die Hakul die Stadt angreifen wollen, wir wissen auch nicht, wie viele es sind, aber wir wissen, dass die Mauern dieser Stadt hoch und stark sind. Noch nie haben die Hakul sie überwinden können. Also bewahrt Ruhe!«

Ein Läufer stürmte in die Halle. Er war völlig außer Atem. Er rannte an Atib und Fakyn vorbei, die immer noch, in Vergessenheit geraten, in der Mitte der Halle warteten. Die Großen der Stadt wichen zur Seite und machten ihm Platz. Der Mann lief bis zu den Stufen vor dem Thron, wo er erschöpft auf die Knie sank und um Luft rang.

»Nun, Mann, was hast du zu melden?«, fragte Immit Schaduk.

»Hakul, Herr«, keuchte der Mann.

»Wie viele?«

»Einer, Herr.«

Für einen Augenblick schwankte die Stimmung zwischen ungläubigem Staunen und verblüffter Erleichterung, aber dann rief jemand: »Ein Kundschafter! Es ist ein Kundschafter!«, und die Angst kehrte zurück.

Der Immit schüttelte verärgert den Kopf. »Ist er noch dort? Was tut er?«

»Er wartet vor dem Tor der Hirth, außer Reichweite unserer Bogenschützen.« Der Atem des Läufers ging immer noch stoßweise.

»Und worauf? Hat ihn das jemand gefragt?«

Der Mann schüttelte stumm den Kopf.

»Gibt es berittene Boten in diesem Bet Raik?«

»Ja, Herr, die gibt es«, antwortete ein Verwalter.

»Dann, um der Hüter willen, sendet einen aus. Er soll fragen, was der Hakul hier will! Und den würdigen Männern dieser Stadt sage ich, fürchtet euch nicht, es ist nicht die Art der Hakul, sich zu zeigen, wenn sie einen schnellen Überfall planen. Und es ist nicht ihre Art, große Städte zu belagern. Dennoch werden wir uns für diesen Fall vorbereiten. Ruft die Männer zu den Waffen, besetzt die Mauern und hört auf, wie die Schafe zu blöken!«

Die Worte des Immit zeigten Wirkung. Natürlich blieben Zweifel, denn die Hakul waren unberechenbar, aber langsam nahm die Furcht vor einem Angriff ab. Stattdessen wurde darüber gestritten, was der einsame Reiter wollen könnte, so fern der Heimat, so nah einer Stadt von Todfeinden.

Yaman Aryak

Zerstritten sind die Sippen und Stämme der Hakul, und von allen Feinden sind sie sich selbst die schlimmsten. Doch fürchte den Tag, an dem sie sich einig sind.

Kydhisches Sprichwort

Ein ganzer Schwarm von Dienern, Verwaltern, Schabai, Priestern und Schreibern umschwirrte den Immit, brachte Nachrichten oder nahm Botschaften und Aufträge entgegen. Es war, als hätte Schaduk nie etwas anderes getan und säße schon seit Jahren auf dem Leuchtenden Thron. Seine Frau befand sich jetzt allerdings nicht mehr an seiner Seite, und auch seine Tochter war verschwunden. Niemand achtete darauf.

»Verzeiht, Herr«, versuchte jemand, sich in dem Stimmengewirr bemerkbar zu machen. Es war Atib der Händler.

Der Immit gebot Ruhe. »Nun, Händler, was willst du?«

»Ich verstehe, wenn du deine Entscheidung über die Zukunft meiner Waren verschieben musst, jetzt, wo die Stadt in Gefahr ist. Ich werde mich, mit deiner Erlaubnis, hinunter in den Hafen begeben. Vielleicht finde ich dort ein paar Handlanger, die bereit sind, für einige Kupferstücke meine Waren zu bewachen.«

»Diese Erlaubnis kann ich dir nicht geben, Händler. Wenn Feinde vor der Stadt sind, bleiben die Tore geschlossen. Du kannst also nicht hinunter zum Hafen. Ich werde mich vielleicht später noch einmal mit deinem Fall beschäftigen.«

Atib war über diese Entscheidung offensichtlich nicht sehr glücklich. Er fügte sich aber widerspruchslos und zog sich mit Fakyn in eine entlegene Ecke des Thronsaales zurück.

»Was mag dieser Hakul-Reiter bedeuten, Onkel«, fragte Maru.

Tasil kratzte sich nachdenklich am Kinn. »Der Immit hat recht: Ein einzelner Reiter bedeutet weder Überfall noch Belagerung. Aber es bedeutet auf jeden Fall Ärger. Die Frage ist nur, für wen?«

Der ausgesandte Reiter kehrte bald darauf zurück. Er hatte Erstaunliches zu melden. »Der Hakul ist ein Bote. Er bat mich, dem Herrn der Stadt mitzuteilen, dass sein Fürst, Yaman Aryak, bald hier eintreffen wird. Der Yaman kommt mit kleinem Gefolge und bittet dich, ihn zu empfangen. Er und die seinen wollen, mit deiner Erlaubnis, ihr Lager vor den Toren der Stadt aufschlagen.«

Der Immit starrte den Reiter nachdenklich an. »Hat dieser Hakul auch gesagt, wie viele Reiter wir unter einem kleinen Gefolge zu verstehen haben?«

»Er sagte, sie seien zwanzig, von denen aber nur vier die Absicht haben, die Stadt zu betreten. Und sie rufen die Hüter als Zeugen an, dass sie in Frieden kommen.«

»Das ist wirklich eine seltsame Bitte. Ist dergleichen schon einmal vorgekommen?«, fragte Schaduk in die Runde der Ältesten der Stadt. Aber selbst von ihnen konnte sich keiner erinnern, dass die Hakul jemals um Verhandlungen gebeten hätten.

»Gut«, sagte Immit Schaduk schließlich entschieden. »Im Namen der Hüter sichere ich Yaman Aryak und seinen drei Begleitern meinen Schutz zu. Ihre Männer mögen die Zelte vor der Stadt aufschlagen, jedoch nicht zwischen Stadt und Hafen! Es sei Frieden.«

Maru bemerkte, dass bei weitem nicht alle im Saal mit dieser Entscheidung einverstanden waren. Es wurde geraunt und geflüstert. Sie konnte hören, wie ein junger Priester des Strydh sich aufregte: »Schutz? Verhandlungen? Man sollte sie erschlagen wie Hunde, das ist die einzige Sprache, die die Hakul verstehen.«

Auch Maru spürte ein gewisses Unbehagen, obwohl sie noch

nie einen Hakul gesehen hatte. Eigentlich wollte sie das auch nicht ändern. Die Hakul waren Feinde, sie waren gefährlich, feige und falsch. Es war besser, man ging ihnen aus dem Weg.

»Hör auf zu träumen, Kröte, ich habe einen Auftrag für dich«, riss Tasil sie aus ihren Gedankengängen. Er flüsterte.

Sie spürte ein Kribbeln im Nacken. Ein Zeichen für Gefahr. Oder eine Erinnerung an das schwarze Getier. Sie musste sich unwillkürlich kratzen. »Was soll ich tun, Onkel?«

»Hier, nimm das und schaff es unauffällig aus der Halle. Versteck es irgendwo, aber so, dass du es nachher wiederfindest. Und lass dich nicht erwischen!«

Er gab ihr einen in Stoff gewickelten Gegenstand. Er war flach, schmal und schwer. Als sie ihn befühlte, wusste sie, was es war. Es war sein Dolch, seine Hakul-Klinge. Sie stellte keine Fragen – er hätte sie ohnehin nicht beantwortet –, sondern ließ die Waffe sofort unter ihrem kurzen Kleid verschwinden. Als sie den Saal verließ, war sie wieder einmal froh, dass all die hohen Herren nicht auf ein einfaches Mädchen achteten. Aber was hatte das nun wieder zu bedeuten? Beim Handel mit Atib hatte Tasil gesagt, die Dolche seien ein Geschenk der Hakul gewesen. Sie runzelte die Stirn. Eigentlich hatte er das gar nicht gesagt. Fakyn hatte sich noch darüber gewundert, dass er gleich fünf Dolche hatte, aber niemand hatte genauer nachgefragt, wie er zu diesen Waffen gekommen war. So, wie er sich jetzt verhielt, hatte er sie vermutlich nicht auf ehrliche Weise erworben. Vielleicht war es besser, dass sie die genauen Umstände nicht kannte. Auf jeden Fall musste sie die Klinge bald loswerden. Wenn irgendjemand genauer hinsah, würde er erkennen, dass sie etwas unter ihrem ärmlichen Gewand verbarg. Die Hohe Kammer war nicht allzu weit von der Kammer der Beratung entfernt. Ihr fielen die Krüge wieder ein, hinter denen sie sich versteckt hatte. Dort würde ein gutes Versteck sein. Sie lief mit gesenktem Kopf durch die Gänge, so als sei sie in eiligem Auftrag unterwegs, genau wie sie es schon einmal gemacht hatte. Auch dieses Mal wurde sie von niemandem angehalten. Sie erreichte die Ecke mit den Krügen. Ein kurzer Blick in alle Richtungen – dann kroch sie in die Lücke und legte den Dolch an die Wand, dort, wo die Schatten am tiefsten waren. Zwei Sekunden später stand sie wieder im Gang und war erleichtert, diese gefährliche Last ungesehen losgeworden zu sein.

»Was machst du da?«, erkundigte sich eine weiche Stimme.

Erschrocken fuhr Maru herum.

Umati, die Frau des Immit, war scheinbar aus dem Nichts in Begleitung zweier schwarz gewappneter Krieger im Gang aufgetaucht. Ihr Blick war nicht unfreundlich, auch wenn Maru jetzt, aus der Nähe, sah, dass der üppige Schmuck einen Zug von Härte in ihrem Gesicht überstrahlen sollte. Ein schwerer, süßlicher Duft umgab sie.

»Ich … ich suche … ich suche Biredh, den Erzähler«, stieß Maru hervor.

»Ich glaube nicht, dass du ihn zwischen diesen Wasserkrügen finden wirst.«

»Er ist blind, Herrin.«

»Auch ein Blinder wird sich nur schwerlich in diese finstere Ecke verirren«, gab Umati lächelnd zu bedenken.

Maru hätte sich ohrfeigen können. Alles, was sie gesagt hatte, war so unglaublich dumm gewesen.

»Vielleicht versuchst du es zur Abwechslung mit der Wahrheit.«

Die Wahrheit? Das war natürlich nicht möglich – oder doch? »Ich habe etwas versteckt«, gab Maru zu.

»Ah, ein Geheimnis.« Umati zwinkerte ihr wieder zu. Sie war so wunderschön mit ihren Kleidern, ihrem Schmuck, ihrem langen Haar. Maru fühlte sich umso mehr wie ein Bauerntrampel im Erntesack.

»Ja, ein Geheimnis, Herrin.«

»Nun gut, dann will ich es gar nicht wissen. Dieses Haus birgt so viele Rätsel, dass es auf eines mehr oder weniger nicht ankommen wird.« Umati wurde ernst. »Ich hoffe sehr, Mädchen, dass dein Geheimnis nicht so finster ist wie die anderen, die uns hier umgeben.«

Darauf konnte Maru nun nichts erwidern.

»Und falls du wirklich einen Blinden suchst, ein solcher sitzt im vorderen Hof, am Brunnen. Ich weiß seinen Namen nicht, aber er kann wundervoll erzählen.«

»Das ist Biredh«, rief Maru. »Danke Herrin, ich habe ihn wirklich gesucht.«

»Dann beeil dich, bevor du anderswo vermisst wirst.« Umati wandte sich ab und ging mit den beiden Kriegern davon.

Ihr süßlicher Duft hing noch eine Weile in der Luft. Maru hätte gerne geglaubt, dass sie nach Rosen duftete, doch es war etwas anderes. Sie schaute ihr hinterher. Umati hatte von Rätseln und Geheimnissen gesprochen und war doch auch selbst eines. Maru wurde nicht schlau aus ihr. Warum war Umati der Sache nicht auf den Grund gegangen? Sie stand zur Rechten ihres Mannes, des mächtigen Immit, und schien sehr klug zu sein. Sie wusste natürlich, dass Maru zu Tasil gehörte, sie hatte gesehen, wie sie heimlich mit dem Schab der Palastwache gesprochen hatte, und sie hatte sie zwischen den Krügen erwischt – aber sie ließ es auf sich beruhen. Das war gut, denn sonst hätte es ein böses Ende nehmen können, aber es war eben auch nicht zu erklären. Hatte sie ihre eigenen Pläne?

Maru zuckte mit den Schultern. Kam es darauf eigentlich noch an? Hier schien doch jeder ein dunkles Vorhaben zu verfolgen. Wenn Malk Numur, Abeq Mahas, der Immit, der Maghai und zuallererst natürlich Tasil in irgendwelche Machenschaften verstrickt waren, warum dann nicht auch die Frau des Immit? Aber vielleicht –

war das denkbar? – vielleicht, war sie auch einfach nur von freundlichem Wesen. Irgendetwas gab Maru das Gefühl, dass sie dieser Frau vertrauen konnte. Der Dolch würde sicher sein, wo er war. Sie beschloss, ihn dort liegen zu lassen, und eilte weiter.

Maru wusste, welchen Hof Umati gemeint hatte. Es war jener, den man als Erstes erreichte, wenn man das Bet Raik über die Haupttreppe betrat. Er grenzte an die Hohe Kammer. Das war gut, denn somit lag er auf ihrem Weg, und sie hatte nicht viel Zeit, aber zahlreiche Fragen, die vielleicht nur Biredh beantworten konnte.

Sie fand den blinden Erzähler am Rand eines kleinen Brunnens sitzend. Das war auch wieder so eine Akkesch-Zauberei, denn der Brunnen war nicht einfach ein tiefes Loch im Boden, um dort Wasser zu schöpfen. Vier Steine waren zu einem Block zusammengefügt, aus deren Mitte Wasser quoll und in feinen Schleiern über die Kanten der Steine strömte.

Biredh saß dort und ließ das kühle Wasser über seine linke Hand fließen. Er lächelte versonnen. »Ah, Maru Nehis. Zeit für eine Geschichte?«, begrüßte er sie, als sie näher kam.

Sie hatte gedacht, das Plätschern des Wassers würde ihre Schritte übertönen, aber der Alte hatte sie offenbar trotzdem erkannt. »Ich grüße dich, Biredh. Leider bin ich in Eile.«

»Ja, so ist das wohl mit den jungen Leuten«, erwiderte Biredh mit einem Lächeln.

Jetzt, wo sie den Alten gefunden hatte, war sie sich unsicher, was sie sagen sollte. Sie hatte so viele Fragen, aber sie wusste nicht recht, wo sie beginnen sollte.

»Ich habe Schmetterlinge gesehen«, platzte sie schließlich heraus. Das war genau das, was sie nicht hatte sagen wollen, jedenfalls nicht als Erstes.

Biredh nickte. Seine Hand spielte mit dem zarten Wasserfall des Brunnens. »Ein eigenartiger Mann, dieser Maghai Jalis, nicht wahr?«

»Das ist er«, bestätigte Maru. Nein, dachte sie, das *war* er. Sie war plötzlich unschlüssig, wie viel sie Biredh sagen konnte. Konnte sie ihm erzählen, dass Tasil den Zauberer getötet hatte? *Musste* sie es ihm überhaupt noch erzählen – oder wusste er es schon? »Weißt du, was in der Kammer des Maghai passiert ist?«

»Kennst du die Geschichte von Boga und Arku, Maru Nehis?«, fragte der Erzähler zurück.

»Nein, aber was ...«

»Vielleicht kann sie einige deiner Fragen beantworten.« Biredh hielt kurz inne, als suche er den richtigen Anfang, und dann begann er zu erzählen. »Edhil, der Weltenerschaffer, träumte. Und aus seinen Träumen erhoben sich die hohen und niederen Götter und guten Geister, denen es bestimmt war, den Hütern zu dienen. Wesen von großer Güte und Schönheit wurden so erschaffen. Eines Nachts aber hockte sich Strydh auf die Brust des Schöpfers, um seinen Vater zu belauschen. So erlebte Edhil den ersten Albtraum. Aus der Finsternis dieses Traumes stiegen die schrecklichsten Geschöpfe – Ungeheuer, Alfskrols, finstere Daimonen, Riesen und Nachtmahre. Und sie quälten die Menschen oder töteten sie gar. Es war eine Zeit des Schreckens für die Menschensaat. Als Edhil erwachte, erkannte er, was geschehen war, und er sah, wie seine Schöpfung litt. Dies konnte er nicht hinnehmen. Er erdachte zwei mächtige, unverwundbare Jäger, Boga und Arku, die nun ausziehen sollten, die finsteren Geschöpfe der Nacht zu töten. Aber Edhil weinte dabei, denn wenn es auch Ungeheuer waren, so waren es doch auch seine Kinder. Und er sprach zu den Hütern, seinen Erstgeborenen: ›Diese Jäger waren meine letzte Schöpfung. Ich will fortan nicht mehr in den Lauf dieser Welt eingreifen.‹ Und von jenem Tage an zieht Edhil nur noch im Sonnenwagen seine Bahn, fern vom Schicksal der Menschen, und wenn er noch träumt, so nichts mehr, was diese Welt berührt. So also beginnt das Hohe Lied von Boga und Arku, den göttlichen Jägern.«

»Biredh, ich muss zurück«, drängte Maru.

Der Erzähler seufzte. »Es ist wirklich eine gute Geschichte, voller Größe und Edelmut, aber gut, lass mich also wenigstens das Ende erzählen: Boga und Arku töteten die schrecklichen Wesen aus Edhils finsteren Träumen, bis nur noch wenige übrig waren. Die zwei gefährlichsten aber hatten sie noch nicht besiegt. Das waren die Erdschlange Fran und der Felsriese Mir. Beide waren unsterblich, und die Jäger wussten nicht, wie sie sie töten sollten. Dennoch wagten sie den Kampf in der Hoffnung, eine Schwachstelle des Feindes zu finden. Boga ließ sein goldenes Horn erschallen, und dann stellte er mit seinem Schwert den Felsriesen. Sie kämpften lange, ohne dass einer die Oberhand gewinnen konnte, und die Erde bebte unter ihren Füßen. Schließlich aber schlug Boga dem Riesen das unsterbliche Haupt von den Schultern. Da floh dessen kopfloser Leib – immer nach Süden, bis zum Rand der Welt, und dort stürzte er in den bodenlosen Abgrund, der unsere Welt umgibt. Es heißt, er stürzt noch immer. Sein Kopf aber weinte bittere Tränen, und als sie trockneten, blieb nur das Salz zurück. Du kannst es heute noch sehen, denn dort liegt die Balas, die weiße Salzwüste der Romadh. Das Haupt schlug Wurzeln in der Erde, es starb nicht, doch es lebte auch nicht mehr. Es verwitterte und versteinerte zu einem riesigen Gebirge, dem Himmelsgebirge, von dem du sicher schon gehört hast.«

»Und die Schlange?«, fragte Maru ungeduldig.

»Ah, die Schlange. Während Boga also den Riesen Mir bezwang, stellte Arku mit seinem unfehlbaren Bogen die Erdschlange Fran, ein Ungeheuer mit zwei Köpfen und hundert Klauen. Pfeil auf Pfeil sandte er in ihren unsterblichen Leib. Doch jede Wunde, die seine Geschosse schlugen, schloss sich wieder, und Fran lachte darüber. Und sie griff Arku mit ihren hundert Klauen an, spie Feuer und Rauch – aber auch jener war unverwundbar. Als der Jäger seinen letzten Pfeil verschossen hatte, da stürzte er sich im

Kampfesrausch mit bloßen Händen auf die Schlange. Sie rangen miteinander, Fran umschlang seinen Leib mit ihrem schuppigen Körper – und erdrückte ihn. Denn Arku war zwar unverwundbar, aber nicht unsterblich. Und so starb Arku, der Große Jäger.

Boga hörte den Hilferuf seines Gefährten, doch er hörte ihn zu spät. Als er kam, sah er, wie Fran den Toten verschlang. Sein Zorn war noch größer als sein Schmerz, und beide zusammen verliehen ihm ungeheure Kräfte. Er packte Fran, hob sie hoch und zerschmetterte sie im Staub. So gewaltig war ihr Aufprall, dass die Erde zerbrach und Wasser aus der Tiefe aufstieg. Das Schlangenmeer nennt man diese Stelle heute. Fran war also zerschmettert, aber sie war nicht tot. Aus den vielen hundert Teilen ihres Leibes entstand neues Leben – die großen Seeschlangen. Sie sind weder unsterblich noch unverwundbar wie ihre Mutter, doch leben sie Tausende von Jahren, und es ist schwer, sie zu töten. Es ist gut, dass sie einander bekämpfen, sodass es heute nur noch wenige gibt. Von Zeit zu Zeit sieht man sie an den Ufern von Awi und Aurica, oder Schiffe begegnen ihnen weit draußen auf dem Schlangenmeer. Meist ruhen sie irgendwo am Grunde dieses Meeres und warten. Ein Schrecken allen Menschen.«

»Der Maghai hatte einen Panzer aus der Haut so einer Schlange«, erinnerte sich Maru.

»Es heißt, in der Haut der Seeschlangen wohnen noch Reste der Zauberkraft der Schlangenmutter Fran. Vielleicht kannst du dir denken, welcher Art diese Kräfte sind – wenn es sie wirklich gibt.«

Maru seufzte. Die Haut hatte den Maghai weder unverwundbar gemacht noch geheilt. Ganz im Gegenteil. Biredh hatte also keine Antwort für sie. Aber eigentlich hatte sie es auch nicht erwartet.

»Ich danke dir für diese Geschichte, Biredh. Leider muss ich jetzt wirklich zurück.«

»Das ist schade, denn ich könnte dir noch erzählen, wie Boga, halb wahnsinnig vor Trauer, durch die Welt irrte. Er hat sein Schwert zerbrochen und sein goldenes Horn fortgeworfen, weißt du?«

»Bogas Horn ... Das Horn, das die Hüter aufwecken kann?«

»So sagt man.«

Maru fiel plötzlich ein, dass sie noch so viele andere Fragen hatte, Fragen, die sie über diese alte Geschichte fast vergessen hätte. »Biredh ...«, begann sie vorsichtig.

Der Alte reckte sein Gesicht gen Himmel und ließ die Sonne in seine leeren Augenhöhlen scheinen. »Es ist schon spät.« Er seufzte. »Auch ich sollte mich auf den Weg machen.«

»Aber ...«

»Welche Farbe hatten sie?«

»Wer?«

»Die Schmetterlinge.«

»Sie waren gelb.« Maru war verwirrt. Worauf wollte der Alte denn jetzt wieder hinaus?

»Das ist gut, Maru Nehis.« Biredh nahm seinen langen Stab und stand auf. »Aber jetzt solltest du zurück in die Hohe Kammer gehen, Tasil wartet sicher schon auf dich.« Er streckte sich. »Es werden heute noch wichtige Dinge geschehen, Dinge, die auch dich betreffen werden. Also lauf!«

»Aber ...«

»Ich weiß, dass du viele Fragen hast, Maru Nehis, aber ich weiß nicht, ob ich die Antworten kenne, und von denen, die ich kenne, bin ich nicht sicher, ob ich sie dir sagen soll.«

»Aber ...«

»Nur so viel: Du hast dein Leben bis gestern am sicheren Ufer verbracht, doch jetzt befindest du dich auf dem Fluss, nein, mitten in einem reißenden Strom voller Untiefen und Strudel. Viele davon sind an der Oberfläche unsichtbar. Das sind die gefährlichsten.« Der Alte drehte sich um und wollte gehen.

»Biredh!«, rief Maru.

»Ja?«

»Ich … ich wollte dir danken.«

Der Alte lachte. »Für diese Antwort?«

»Nein, für das, was du getan hast.«

Daraufhin lachte der Alte nur noch lauter, schüttelte den Kopf und ging davon. Maru sah ihm nach. Sie ärgerte sich, dass Biredh sie einfach stehen ließ. Nahm er sie nicht ernst? Sie hatte so viele Fragen, aber statt klarer Antworten gab es nur neue Rätsel und schwammige Hinweise. Warum hatte sie ihn überhaupt gefragt? Sie seufzte. In einem hatte er jedoch recht, sie musste zurück in die Hohe Kammer.

Doch gerade als sie sich auf den Weg machen wollte, drang Lärm an ihr Ohr, der sie zögern ließ. Es war ein auf- und abschwellendes Rufen aus vielen Kehlen. Sie lief vor zu der niedrigen Mauer, die das oberste Stockwerk des Bet Raik umfasste. Unter ihr lag die breite Stufe, von der aus am Vortag der Malk und die Priester zum Volk gesprochen hatten. Aus einem der Tore strömten jetzt Krieger hinaus. Sie eilten die Stufen hinab und über den Platz mit der Edhil-Säule zum Tor der Hegasch. Dort quoll aus einer schmalen Gasse eine dicht gedrängte, wütende Menschenmenge.

Maru reckte sich. Wegen der hohen Mauern des Schirqus konnte sie die Ursache für den Zorn der Serkesch nicht ausmachen. Doch im nächsten Moment kamen sie um die Ecke: vier stolze Reiter. Die Hakul waren eingetroffen, die Helme mit den berüchtigten Kriegsmasken unter den Arm geklemmt.

Jetzt verstand Maru auch, warum die Menge so wütend war. Schmähungen wurden gebrüllt, und sie sah, wie Gegenstände nach den Reitern geworfen wurden. Es schien sich um Steine, aber auch Abfälle und faulige Früchte zu handeln. Die vier ertrugen es mit unbewegter Ruhe, und selbst ihre Pferde waren von dem Lärm der Menge offenbar nicht zu beunruhigen. Die Hakul wurden von etlichen Speerträgern aus Serkesch begleitet, doch die konnten wenig gegen die wütende Menge ausrichten. Einige der Soldaten sahen selbst ziemlich mitgenommen aus. Doch jetzt kam die Verstärkung aus dem Bet Raik dazu. Gemeinsam bildeten die Krieger eine Doppelreihe, die die Serkesch daran hinderte, die Hakul weiter zu verfolgen. Eine Eschet begleitete die Reiter bis zur langen Treppe, die zum obersten Stockwerk führte. Immer noch flogen vereinzelt Steine und faulige Äpfel über den Platz. Maru hatte genug gesehen und lief schnell zur Hohen Kammer.

Als Maru die Halle betrat, sah sie Tasil bei Malk Numur und Abeq Mahas stehen. Die drei hatten sich etwas abgesondert. Während Tasil auf die beiden anderen einredete, verspürte Maru wenig Lust, zu ihnen zu gehen, und wartete. Nach einer Weile kam Tasil zu ihr herüber.

»Wo bleibst du so lange, Kröte?«, herrschte er sie an.

»Verzeih, Onkel, die Sache war schwieriger, als ich dachte«, antwortete sie leise.

»Aber du hast ein sicheres Versteck gefunden?«, vergewisserte er sich ebenso vorsichtig.

Maru nickte stumm.

»Sie ist wertvoll, diese Sache. Ich hoffe, du findest sie wieder.«

»Der Abeq und Malk Numur beobachten uns, Onkel.«

»So?«, fragte Tasil, der mit dem Rücken zu den beiden stand. Er drehte sich nicht um.

»Ja, sie flüstern miteinander.«

»Sie haben auch viel zu besprechen«, entgegnete Tasil mit einem selbstzufriedenen Lächeln.

»Was hast du ihnen denn gesagt, Onkel«, fragte Maru neugierig. Tasil war ungewohnt mitteilsam, das wollte sie ausnutzen.

»Ich habe ihnen nur klargemacht, dass sie mich noch dringend brauchen werden«.

»Brauchen? Wozu?«

»Das weiß ich noch nicht, Maru. Die Hauptsache ist, dass die beiden fest davon überzeugt sind. Es könnte sonst noch sehr gefährlich werden. Für uns beide!«

Maru war beeindruckt. Tasil konnte offenbar auch ohne Zauberei sehr überzeugend sein.

Einer der Wachmänner trat durch das Hauptportal. »Der Fürst der Hakul, Herr«, rief der Krieger und trat zur Seite.

Die vier Männer, die Maru hatte heranreiten sehen, traten ein. Sie marschierten nebeneinander, die Köpfe stolz erhoben, die Kriegshelme unter dem Arm. Sie schritten durch die Halle und blieben wenige Schritte vor dem Thron stehen. Einige Krieger des Immit folgten ihnen in gebührendem Abstand.

Das war er also, der Feind. Maru hatte vor diesem Tag noch nie einen Hakul gesehen, und sie hatte sie sich anders vorgestellt. In allen Erzählungen waren die Hakul verschlagen und bösartig. Sie waren hinterhältig, hässlich, stanken nach Pferd und hatten krumme Beine vom vielen Reiten. So hieß es in allen Geschichten, die man sich in Akyr erzählte. Die vier Männer, die jetzt vor dem Immit standen, entsprachen so gar nicht diesem Bild. Sie waren hoch gewachsen, und in ihren Gesichtern war weder Hinterlist noch Verschlagenheit zu erkennen. Sie waren in kunstvoll gewebte, lange schwarze Umhänge gekleidet. Einer von ihnen, der Älteste, trug einen langen Speer, der unterhalb der Klinge mit einem schwarzen Rossschweif geschmückt war. Die anderen trugen Sichelschwerter und die berühmten Hakul-Dolche in ihren Gürteln.

Immit Schaduk hatte sie auf dem Thron sitzend erwartet. Umati stand an seiner Seite.

»Ich grüße die Reiter der Hakul und heiße sie in dieser Stadt willkommen«, rief er, ohne sich zu erheben.

Der älteste Hakul, ein grauhaariger, hagerer Mann, hob den Speer zum Gruß. »Es ist freundlich von dir, Herr, uns zu empfangen. Doch du bist nicht Utu, der Raik dieser Stadt. Erlaube mir, dich nach deinem Namen und deinem Rang zu fragen.«

»Raik Utu-Hegasch ist zu seinen Ahnen gegangen. Ich bin der Sachwalter dieser Stadt, bis der neue Raik bestimmt ist. Mein Name ist Schaduk, ich bin der Immit des Kaidhan von Ulbai, des Herrn aller Akkesch und Kydhier des weiten Landes.«

»Raik Utu war ein kluger Mann, Herr, wir trauern mit dieser Stadt und hoffen, dass sein Nachfolger ebenso weise sein möge wie er. Gestatte mir nun, Immit, dass ich dir Yaman Aryak, unseren Fürsten, vorstelle. Diese beiden dort sind seine Söhne Ebu und Ech. Ich heiße Curru.«

Alle vier verneigten sich knapp. Es waren Feinde, aber sie waren gar nicht so widerwärtig, wie Maru erwartet hatte. Die beiden Söhne zeigten ein unbefangenes und einnehmendes Lächeln. Ihr Vater strahlte Würde aus.

»Es ist schade«, begann der Yaman, »dass die Bewohner dieser Stadt nicht so gastfreundlich sind wie du, Herr. Wir wurden mit Steinen beworfen – und auch mit anderen Dingen.«

»Ist dies wirklich geschehen?« Immit Schaduk blickte den Anführer der kleinen Begleitschar an.

»Ja, Herr, wir konnten es nicht verhindern.«

»Ich will, dass die Schuldigen gefunden und bestraft werden! Ich habe diesen Männern, im Namen der Hüter, meinen Schutz zugesagt. Wer sie angreift, greift auch mich an. Und wer seine Hand gegen mich erhebt – der soll sie verlieren!« Er gab einem seiner Krieger einen Wink, und ein ganzer Trupp brach sofort auf.

Maru schauderte. Hatte der Immit das mit der Hand wörtlich gemeint?

»Dich aber, Yaman Aryak«, fuhr der Immit fort, »bitte ich um Vergebung für diese Verfehlungen. Du siehst mich zutiefst beschämt.«

»Ich sehe, dass dir unsere Sicherheit am Herzen liegt. Unserer Ehre ist damit Genüge getan.«

»Du bist weit von den Weiden deiner Sippe entfernt, Yaman Aryak. Darf ich dich fragen, was dich in unsere Stadt führt? Männer deines Stammes haben wir noch nicht oft innerhalb dieser Mauern gesehen.«

Maru sah ein paar grinsende Gesichter im Saal. Offenbar war das eine Anspielung auf etwas, das sie wieder einmal nicht verstand.

Der Yaman zögerte einen Moment, bevor er in sehr freundlichem Ton antwortete. »Mir ist bekannt, dass unser Stamm die Wälle von Serkesch noch nicht überwinden konnte. Wenn du Wert darauf legst, werden wir es aber gerne erneut versuchen.«

Schlagartig verschwand das Grinsen aus den Gesichtern. Der Immit lehnte sich zurück und lächelte. »Ich bin mir sicher, wir werden euch auch dann einen würdigen Empfang bereiten. Doch lass uns nicht über das Morgen reden, Yaman, was führt dich und deine Männer heute in unsere Stadt?«

»Es kann nie schaden, wenn Fürsten die kommenden Tage bedenken, Immit. Denn was wir heute tun, hat morgen Folgen.«

War das eine Drohung? Maru sah in die Gesichter der versammelten Ältesten der Stadt. Die meisten unter ihnen sahen besorgt aus.

»So höre denn, was uns in diese Stadt führt, Immit«, fuhr Yaman Aryak fort. »Es ist eine Untat geschehen, eine Schändung, wie sie mein Volk noch nicht erlebt hat. Und wir jagen den Frevler, bis er tot zu unseren Füßen liegt – er und alle, die ihm geholfen haben.«

Es wurde unruhig im Saal. Immit Schaduk hob die Hand, und das Gemurmel verstummte wieder.

»Es ist nun elf Tage her, dass ein Reiter in das Lager meiner Sippe kam, ein Knabe, kaum sieben Winter alt. Er war erschöpft und fast von Sinnen vor Entsetzen. Er, seine vier Brüder und sein Vater, Elwah der Träumer, weideten ihre Ziegen in den Tälern der Schwarzen Berge. Du musst wissen, Immit, dass diese Berge uns heilig sind, denn in ihren Felsen liegen die Gräber unserer größten Fürsten. Elwah weidete seine Herde in einer der Schluchten dort, wo das Gras vor der brennenden Sonne geschützt und immer grün ist. Wir fanden Elwah und seine Söhne dort. Jemand hatte ihnen die Kehle durchgeschnitten, während sie schliefen. Mögen sie für immer über die grünen Weiden der nächsten Welt reiten.«

»Das ist sicher ein Verbrechen«, warf der Immit von seinem Thron herablassend ein. »Doch höre ich, dass solcherlei des Öfteren vorkommt in den Steppen deines Volkes. Ist es nicht so, dass eure jungen Männer sich beweisen, indem sie ihre Nachbarn berauben?«

»Unsere jungen Männer ziehen aus, um ihren Mut zu zeigen. Würden sie Schlafende ermorden, würden wir sie davonjagen wie tolle Hunde«, entgegnete der Fürst der Hakul scharf. »Aber du hast recht, Immit. Das Leben an den Grenzen unserer Weiden ist gefährlich, und Räuber gibt es unter vielen Völkern. Doch lagen die Leichen inmitten der Herde, und ihre Pferde grasten friedlich – es war also kein Viehdieb, der diese Untat beging. Ihre Dolche fehlten, aber hatte man sie deswegen ermordet?«

Maru lief es kalt den Rücken hinunter. Die Dolche! Tasil hatte fünf Dolche der Hakul besessen. Er stand neben ihr und hörte der Erzählung scheinbar ungerührt zu, aber sie *wusste*, wer die fünf ermordet hatte.

Der Yaman hatte einen Moment innegehalten, jetzt sprach er weiter. »Wir suchten eine Lösung für dieses Rätsel und fanden eine Spur, die in die Berge führte, bis zum Grab von Etys dem Großen, der Fürst und Herr vieler Sippen und Stämme war.« Maru erkannte, dass er seinen Zorn nur mit Mühe unterdrücken konnte. »Dieses Grab war geschändet! Die steinerne Pforte war zerstört, sein Sarg umgeworfen, seine Schätze geraubt! Wer hat je gehört, dass einem Fürsten solches widerfahren ist?«

Ein Raunen lief durch den Saal. Die Würdenträger wirkten schockiert. Maru hatte das Gefühl, in einen gähnenden Abgrund zu blicken. Ein geschändetes Grab? War das wirklich Tasils Werk gewesen? Des Mannes, mit dem sie ritt, der sie für einen Hakul-Dolch von Atib gekauft hatte? War er wirklich so verderbt, dass er die heilige Totenruhe störte und die Grabbeigaben der Ahnen raubte? Wusste er nicht, dass er damit ihre Seelen der Verdammnis preisgab, oder – und das wäre noch schlimmer – war es ihm gleich? War er so gierig, dass er selbst die heiligsten Gesetze der Götter mit Füßen trat? Er stand neben ihr und hörte interessiert zu, aber er wirkte so kühl und so völlig unbeteiligt. Tat sie ihm unrecht?

Aryak ließ seine Worte einen Moment wirken. »Es waren zwei Reiter. Wir hatten ihre Spur, und wir folgten ihr. Sie führte hinaus in die Slahan, die Wüste der Erschlagenen, immer Richtung Sonnenuntergang. Sie war leicht zu verfolgen, und die Reiter unternahmen keinen Versuch, uns in die Irre zu führen. Doch dann erhob sich ein Sandsturm, und wir verloren ihre Spur.«

Der Immit unterbrach ihn. »Du sagst, er ritt von euren Schwarzen Bergen genau nach Westen. Ist es dann nicht anzunehmen, dass er zu den Budiniern wollte? Dort wäre er doch sicher vor euch.«

Maru sah einen Hoffnungsschimmer. Natürlich, die Männer waren nach Budingar geflohen. Das war einleuchtend. Also war es doch nicht Tasil gewesen!

»Dieser Gedanke ist naheliegend«, bestätigte Aryak, »und wir sandten natürlich Krieger in diese Richtung. Aber ich konnte nicht glauben, dass die Grabschänder es uns so leicht machen würden. Sie waren grausam, aber nicht dumm. Wenn sie geschickt genug waren, Elwah und die seinen im Schlaf zu überraschen, würden sie da einfach immer geraden Weges durch die Wüste fliehen? Vor uns, den Reitern der Hakul? Also ließ ich Curru, unseren Seher, den Sand und die Bussarde befragen. Sie enthüllten ihm, dass die Räuber sich nach Süden gewandt hatten. Wir folgten ihnen und wirklich, wir fanden ihre Spur wieder. Sie waren sogar so kühn, unsere Weidegründe zu streifen, wo sie von Hirten gesehen wurden. Es waren ein Mann aus dem Süden und ein Junge, der auf einem schwer beladenen Packpferd saß. Doch ihre Spur war nun schon beinahe kalt, und an den Ausläufern des Glutrückens verloren wir sie wieder.«

»Und da haben euch die Bussarde zu uns geschickt?«, spottete der Immit.

Der Yaman ließ sich nicht aus der Ruhe bringen. »Drei Wege stehen dem Reisenden dort offen, wenn er nicht verdursten will. Entweder nach Süden zu den Wasserstellen der Romadh, wieder durch die Slahan zum Dhanis oder hierher – nach Serkesch.«

Maru wusste, welchen Weg der Mann genommen hatte. Sie wusste es ganz genau.

»Ein solcher Mann ist hier nicht angekommen«, verkündete der Immit mit Bestimmtheit.

»Reitet er zu den Romadh«, sagte Yaman Aryak ruhig, »so holen ihn die Männer meines Bruders ein. Kommt er zum Dhanis, so hat er wieder zwei Möglichkeiten. Flussaufwärts kann er den Strom nur bei Scha-Adu, der Stadt vor den Stromschnellen, überqueren. Dort warten bereits Männer meines Stammes auf ihn. Oder er kommt flussabwärts – hierher. Ist er hier, so werde ich ihn finden, ist er noch nicht da, so wird er bald kommen. Er wird eine Stadt suchen, denn er hat reiche Beute, die er verkaufen muss.«

»Vielleicht hat ihn aber auch längst der Sand verschlungen. Am Glutrücken sind schon ganze Heere verschwunden.«

»Es ist wahr, die Slahan ist dort besonders tückisch. Doch Curru hat den Sand und den Wind befragt, und der Wind sagt, dieser Mann wird hierherkommen, auf dem einen oder dem anderen Weg.«

»Und nun willst du hier auf ihn warten. Mit deinen Männern? In meiner Stadt?«

»Wir werden unser Lager vor der Stadt aufschlagen. Ich erbitte von dir nur die Erlaubnis, die Reisenden durchsuchen zu dürfen.«

Der Immit schüttelte den Kopf. »Ich kann keinem Hakul erlauben, Einwohner unseres Reiches anzuhalten oder zu durchsuchen. Und ich will keine Zelte der Hakul vor meinen Mauern sehen.«

Maru hörte die Männer um sich herum flüstern. Der Immit hatte Serkesch *seine* Stadt genannt. Das beschäftigte sie weit mehr als das, was die Hakul verlangten. Sie selbst fühlte sich elend und leer. Tasil hatte Gräber ausgeraubt und Männer im Schlaf getötet. Und er stand so ungerührt neben ihr, als hätte er mit all dem nichts zu tun.

»Ich weiß nicht, warum eine so große Stadt Angst vor unserem kleinen Lager haben sollte«, sagte Aryak, »doch wenn es so ist, muss ich es hinnehmen. Sag mir dann eines, Immit: Wenn dieser Mann durch die Tore *deiner* Stadt tritt, wirst du ihn an uns ausliefern? Wirst du diesen Frevler an uns übergeben, damit wir ihn angemessen bestrafen können? Und bist du bereit, darauf einen Eid im Angesicht der Hüter zu leisten?«

Der Immit zögerte. Der Yaman der Hakul hatte es nicht ausgesprochen, aber diese Frage enthielt ein »Oder«. Jeder im Saal hatte dieses unausgesprochene Wort gehört. Es war leicht, sich auszurechnen, was es bedeutete. Würde der Immit den Hakul helfen, *oder* würde er einen Angriff herausfordern? Maru lauschte gebannt. Sie hatte fast vergessen, dass das alles auch sie betraf! Schaduk wirkte unschlüssig, er fasste mit seiner Linken die Hand seiner Frau, die auf seinem rechten Arm ruhte, so als wollte er sie um Unterstützung bitten. Wenn er wusste, dass Tasil der Gesuchte war, dann war es unwahrscheinlich, dass er seinetwegen einen Krieg mit den Hakul wagte. Aber wusste er es? Maru sah Malk Numur und Abeq Mahas. Beide hielten sich im Schatten hinter dem Thron. Sie flüsterten aufgeregt miteinander. Stritten sie über Tasils Schicksal? Sie ahnte, was er gemeint hatte, als er davon sprach, sich bei dem Malk und dem Priester unentbehrlich zu machen. Sie fragte sich, was er ihnen angeboten hatte. Es musste ungeheuer wertvoll sein, sonst würden die beiden sicher nicht zögern, ihn zu verraten. Hing jetzt sein – und ihr – Leben davon ab, wie diese Männer sich entschieden?

Plötzlich ertönte ein zorniger Schrei. Er wurde von Ebu ausgestoßen, einem der Söhne des Yaman. Mit schnellen Schritten stürmte er durch den Saal, packte einen Mann am Kragen und zog ihn nach vorne. Es war Atib der Händler, der viel zu überrascht war, um Widerstand zu leisten. Ebu griff ihm an den Gürtel, riss etwas heraus und hielt es triumphierend in die Höhe.

Es war eine Hakul-Klinge. In ihrem Griff schimmerten feine Silberfäden. Es war eine sehr kunstvolle und markante Arbeit, die leicht ihre zwei oder drei Sklaven wert war.

Fakyn und andere versuchten, den Händler aus dem Griff des jungen Kriegers zu befreien. Die anderen Hakul sprangen Ebu bei, und so wurde Atib von beiden Seiten gepackt und hin und her gezerrt. Dabei wurde gezetert, geschlagen und gestoßen. Immit Schaduk war von seinem Thron aufgesprungen und befahl Ruhe, doch niemand hörte auf ihn. Er schickte seine Speerträger aus, die Streitenden zu trennen, aber die vergrößerten das Chaos zunächst noch.

Maru hielt sich die Ohren zu. Sie wollte von all dem nichts hören und sehen. Was für eine Dummheit von Atib, diese auffällige Waffe offen zu tragen! Und sein unglaublicher Leichtsinn brachte Tasil und sie in höchste Gefahr. Atib war kein tapferer Mann. Er würde alles tun, um seine Haut zu retten. Sie waren verloren! Tasil stand direkt neben ihr. Jetzt wirkte selbst er beunruhigt.

»Aufhören!«, brüllte Schaduk immer wieder, aber es dauerte, bis sich die Streithähne soweit beruhigten, dass seine Befehle Gehör fanden und die Krieger des Immit die Parteien auseinander bringen konnten. Mit den Schäften ihrer Speere hielten sie beide Seiten auf Abstand. Zwischen den Streitenden kauerte Atib auf dem Boden. Sein Gewand war zerrissen, sein Gürtel verschwunden und sein Haar zerrauft. Über seinen Kopf hinweg wurden Beleidigungen und Flüche gerufen.

»Was hat das alles zu bedeuten, Yaman?«, fragte der Immit mit scharfer Stimme, als sich der Tumult endlich gelegt hatte.

Yaman Aryak hielt den Dolch in die Höhe: »Dies ist die Klinge von Elwah, dem Träumer. Ich war dabei, als sein Vater sie ihm schenkte, und würde sie unter tausend anderen wieder erkennen.«

»Ich kann die Wahrheit dieser Worte bestätigen«, fügte Curru hinzu.

Der Immit setzte sich wieder. Das Sonnenlicht umhüllte ihn. Sein hagerer Schädel wirkte durch die harten Schatten wie ein Totenkopf. Er lehnte sich zurück, schwieg eine Weile, um über das Gehörte nachzudenken, und sagte dann ganz ruhig: »Nun, Atib, Händler des Utu-Hegasch, du hörst, was die Hakul sagen. Wie kommst du an diese Waffe?«

Atib erhob sich ächzend von den Knien, ordnete mit fahrigen Bewegungen seine zerrissenen Kleider und lächelte unsicher. »Herr, was soll ich sagen, es sind Hakul. Geborene Lügner, wenn du mich fragst.«

Ebu und Ech rissen wütend ihre Dolche aus den Scheiden, aber ihr Vater hielt sie zurück.

»Woher hast du diese Waffe, Atib?«, wiederholte der Immit die Frage.

»Ein Reisender… Ein Reisender hat sie mir geschenkt. Am Ufer des Dhanis. Ich habe ihn an unserem Mahl teilhaben lassen, und zum Dank schenkte er mir diesen Dolch.«

»Ah, ein Geschenk…«

Atibs Blicke schossen unruhig hin und her. »Ich weiß, Herr,

das ist kaum zu glauben, denn dieser Dolch ist sehr viel wert.« Er lachte nervös. »Ich glaube, er wollte meine Gunst erkaufen, denn später, da fragte er mich, ob ich ihn nicht über den Fluss bringen könnte, ihn, seinen Begleiter und sein Pferd, seine Pferde. Ich aber lehnte ab, denn das Schiff war voll beladen, und für Reittiere war kein Platz.«

»Und dann?«

»Dann sagte er, er wollte sein Glück stromaufwärts versuchen, bei der Stadt Scha-Adu.«

»Und den Dolch verlangte er nicht zurück?«

»Nein, Herr, wie hätte er ihn auch zurückfordern können, er war ein Geschenk.«

Schaduk legte die Fingerspitzen aneinander. »Du hast recht, Atib, das ist wirklich kaum zu glauben.«

Maru hielt die Geschichte des Händlers für nicht einmal schlecht, dafür, dass er nur wenige Sekunden Zeit gehabt hatte, sich etwas auszudenken. Wäre sie nicht selbst dabei gewesen, sie hätte ihm geglaubt.

Der alte Hakul flüsterte seinem Fürsten etwas ins Ohr, und Yaman Aryak wandte sich an Schaduk. »Wie du weißt, Immit, ist Curru unser Seher. Er sieht, was uns verborgen ist, und er erkennt, ob ein Mensch die Wahrheit spricht. Curru sagt, dass dieser Mann lügt!«

Der Immit lehnte sich zurück. Er schien über etwas nachzudenken.

Atibs Gesicht war bleich, sein Lächeln nur noch eine Grimasse. »Aber Herr, ich bin bekannt als ehrlicher Mann. Seit ungezählten Jahren reise ich im Namen des Raik, und nie gab es Klagen über …«

Der Immit schnitt ihm das Wort ab. »Ich habe gehört, dass in diesem Bet Raik auch ein Maghai wohnt. Ist das so, Malk Numur?«

Numur runzelte die Stirn. Offenbar fragte er sich, welche Falle sich hinter dieser Frage verbergen mochte. »Das ist richtig, edler Immit«, antwortete er zögernd.

»Man soll ihn rufen. Er wird in der Lage sein, aus diesem Frosch von einem Händler die Wahrheit herauszuquetschen.«

Ein Diener machte sich sofort auf den Weg, und Maru bekam weiche Knie. Reichte es nicht, dass ihre Zukunft von der Lüge dieses Händlers abhing? Der Maghai war fort – zu Staub zerfallen. Man würde ihn suchen, aber nicht finden. Irgendwann würde man fragen, wer ihn zuletzt gesehen hatte. Ihr wurde für einen Moment schwarz vor Augen, und aus dieser Finsternis kroch ein Heer riesiger Tausendfüßler auf sie zu.

»Reiß dich zusammen, dumme Gans.« Tasil verpasste ihr einen schmerzhaften Knuff.

Es half, der Moment ging vorüber, und sie fiel nicht in Ohnmacht. Sie schlug die Augen auf. Dort, im Schimmer des Leuchtenden Thrones stand Umati. Sie beobachtete sie. Im Licht wirkte sie schön und gütig wie eine Göttin. Maru musste den Blick geblendet abwenden. Diese Frau war dort oben neben dem Immit von den gewöhnlichen Sterblichen entrückt. Sie würde sich nicht darum kümmern, wie es einem wildfremden Mädchen erging. War sie ihr wirklich wohl gesonnen? Wer konnte schon den Blick einer Göttin deuten?

Die beiden Söhne des Yaman waren immer noch aufgebracht, aber ihr Vater versuchte, sie zu beruhigen. Gleichzeitig redete Curru leise auf seinen Fürsten ein, der mehrfach nickte und sich schließlich an den Immit wandte. »Die Maghai verwenden dunkle Künste. Wir vertrauen ihnen nicht«.

»Niemand kann einem Maghai trauen, Yaman«, bestätigte der Immit lächelnd, »sie sind viel zu gefährlich und zu mächtig. Doch sie sind in der Lage, das Verborgene zu entdecken. Warten wir ab, was er uns enthüllt, dann können wir immer noch entscheiden, ob wir ihm Glauben schenken oder nicht.«

Der ausgesandte Diener kehrte zurück. Er flüsterte einem der Verwalter etwas zu, der es wiederum an den Immit weitergab.

»Wenn er nicht in seiner Kammer ist, dann sucht ihn!«, befahl der Immit.

Maru kauerte sich an eine Säule und hielt ihre Knie umschlungen. Sie war müde, hungrig und hatte Angst. Tasil hatte sich zu Malk Numur und Abeq Mahas gesellt. Sie unterhielten sich leise. Es sollte vermutlich harmlos wirken, doch mehrfach lief ein Zucken über das Gesicht des Malk, das verriet, dass er unter großer Anspannung stand. Der Abeq und Tasil hatten ihre Gefühle dagegen vollkommen im Griff. Sollte Tasil sich Sorgen machen, so war ihm das nicht anzumerken. Vermutlich hatte er einen neuen Plan. Er hatte immer einen Plan. Maru hatte genug davon. Am liebsten hätte sie sich in irgendeinen Winkel verkrochen, um von all dem nichts mehr zu hören und zu sehen. Sie schloss die Augen, aber sofort kamen die Bilder wieder, die finsteren Erinnerungen aus der Kammer des Maghai.

Nach und nach kehrten die ausgesandten Diener und Sklaven zurück. Der Maghai war nicht zu finden, aber es hatte auch niemand gesehen, dass er das Bet Raik verlassen hatte.

»Ich sagte doch, Immit, einem Maghai ist nicht zu trauen. Vielleicht hat er sich in einen Vogel verwandelt und ist davongeflogen«, sagte Yaman Aryak – und lächelte dabei.

»Zumindest versteht es dieser Zauberer, sich unsichtbar zu machen.« Immit Schaduk wirkte verärgert. »Ich wundere mich, dass du ihm überhaupt erlaubt hast, im Bet Raik zu wohnen, verehrter Malk.«

»Er war sehr nützlich«, antwortete Numur verstimmt auf diesen erneuten Angriff des Immit.

Der drehte sich um und setzte ein nachsichtiges Lächeln auf. »Nun, vielleicht brauchen wir ihn gar nicht. Ich bin sicher, Atib brennt darauf, uns endlich die Wahrheit sagen zu dürfen.«

Atib stand immer noch allein, von den Kriegern des Immit gleichzeitig beschützt und bewacht. Er hatte erleichtert gewirkt, als es hieß, der Maghai könne nicht gefunden werden, doch jetzt war die Angst zurückgekehrt. »Aber ich sage die Wahrheit, Herr. Warum glaubst du diesen Wüstenräubern mehr als mir, einem treuen Diener dieser Stadt?«

»Ich werde dich prüfen, Händler, dich und deine Liebe zur Wahrheit«, sagte Schaduk lächelnd. Dann wandte er sich an einen der Verwalter. »Gibt es in diesem Haus Erdpech?«

»Das gibt es Herr, wir verwenden es für die Fugen unserer Mauern.«

»Bringt einen Kessel voll und macht es heiß.«

Atib wurde kalkweiß. »Heißes Erdpech? Herr, was hast du vor?«

»Im Alten Akkesch war es üblich, dieses Pech zur Bestrafung zu verwenden, wusstest du das nicht?«

»Ich bin nur ein armer kydhischer Händler, Herr. Ich weiß nichts von den alten Geschichten.«

»Bei einem Meineid, zum Beispiel, wurde der Mund des Schuldigen mit heißem Pech ausgegossen.«

»Herr, das ist entsetzlich!«

»Dieben hat man die Hand damit verbrannt, Betrügern das Gesicht.«

»Aber Herr, ich bin weder das eine noch das andere!«, beharrte Atib.

»Nun, Atib, du sagst, ein Reisender habe dir diesen wertvollen Dolch geschenkt. Wer kann das glauben? Also wärst du ein Lügner. Vielleicht hast du dem Fremden etwas verkauft, und er gab dir den Dolch dafür. Dann hättest du den Raik, deinen Herrn, bestohlen, denn die Ware gehört ihm, nicht dir. Also wärst du ein Dieb. Doch was könntest du ihm verkauft haben? Kupfer? Häute? Wohl kaum. Ich habe deine Liste gesehen. Es sind zwei Sklaven verloren gegangen, sagtest du. Ein Berglöwe, der zwei Menschen reißt? Wieder eine Lüge. Vielleicht hat der Fremde sie dir abgekauft? Ist das möglich, Atib, Händler des Raik? Hast du die Liste gefälscht? Dann wärst du auch noch ein Betrüger. Ja, wenn ich recht darüber nachdenke, dann bist du sicher sowohl ein Lügner als auch ein Dieb und ein Betrüger. Ist es nicht so? Und bei deinen vielen Lügen und Verfehlungen, wie soll ich dir da glauben, dass der Mann stromaufwärts geritten ist?«

Maru schauderte. Es war offensichtlich, dass es dem Immit Vergnügen bereitete, den Händler zu quälen. Er schien sich an Atibs Angst geradezu zu laben.

»Das ist alles nicht wahr, Herr«, rief Atib verzweifelt. Tränen standen ihm in den Augen.

»Ich weiß, ich weiß. Nichts von dem, was du gesagt hast, war die Wahrheit«, erwiderte Schaduk mit eisigem Lächeln.

»Wo sollen wir das Pech bereiten, Herr?«, fragte einer der Verwalter.

»Bringt den Kessel herein und schafft Platz. Unsere Gäste sollen sehen, dass wir es ernst meinen.«

Zwei Speerträger trugen einen Bronzekessel in den Saal. Diener entfernten Teppiche. Andere brachten ein Kohlenbecken und einen Dreifuß, auf dem der Kessel erhitzt werden sollte. Ein Abeq aus dem Gefolge des Immit, an seinem dunkelroten Gürtel als Priester des Brond zu erkennen, übernahm die Aufgabe, die Flamme zu entfachen. Er war ein pausbäckiger junger Mann, der eine schiere Ewigkeit in den Falten seines Gewandes nach dem Feuerstein suchte. Maru konnte nicht hinsehen.

Auch für Atib war das zu viel. Er brach zusammen, sank auf die Knie. »Ja, ja, Herr! Ich habe gelogen. Gnade! Gnade!«

»Ist das so?«, fragte Immit Schaduk wenig überrascht.

Der Priester hatte seinen Feuerstein gefunden. Er sah zum Immit, aber der gab kein Zeichen aufzuhören. Der Abeq schlug Funken und entzündete etwas trockenes Schilf.

»Aufhören! Aufhören! Ich gestehe doch alles!«

Das Schilf flammte auf und der Priester warf es auf die Kohlen. Dann kniete er gemächlich nieder und blies in die Flamme.

»Er hat mir den Dolch nicht geschenkt, ich habe ihm etwas verkauft. Und er ritt den Dhanis auch nicht hinauf, sondern hinab. Hierher! Ich flehe dich an! Gnade, Herr!«

Immit Schaduk lehnte sich zurück. Er sah sehr zufrieden aus. Aber er gab dem Priester immer noch kein Zeichen aufzuhören. Die ersten Kohlen fingen an zu glühen. »Und wo ist dieser Mann jetzt, Atib?«

Das war nun die alles entscheidende Frage. Maru hielt den Atem an. Sie erkannte, dass Atib ein gebrochener Mann war, und wagte nicht, auf noch eine Lüge zu hoffen.

Der Händler schluchzte und zeigte mit zitternder Hand auf Tasil. »Er steht dort oben, Herr.«

Aus!

Es wurde ganz still im Saal. Nur das Knistern der Kohlen war zu hören. Die Hakul folgten der Richtung des ausgestreckten Arms, so wie der ganze Saal. Tasil stand unweit des Thrones. Maru hatte erwartet, dass sich die Hakul auf ihn stürzen würden, wie sie es bei Atib getan hatten, aber nichts dergleichen geschah. Tasil war überrascht. Wirklich, hätte Maru es nicht besser gewusst, hätte sie geglaubt, dass er bei dieser Anschuldigung aus allen Wolken fiel. Seine Verblüffung wirkte vollkommen echt, vielleicht war es das, was die Hakul zögern ließ.

Tasil löste sich von der Säule, an die er sich gelehnt hatte, trat einen Schritt nach vorne, als wollte er, dass Atib ihn besser sehen könnte. »Sieh noch einmal genau hin, Mann, du musst mich verwechseln«, sagte er – und sein Tonfall war sehr freundlich. Nicht der Hauch einer Drohung war in seinen Worten zu hören.

»Ein Mann aus dem Süden, hieß es – und dieser dort ist aus

dem Süden«, stellte Curru der Seher fest. Aber es klang nicht überzeugt.

»Ich bin aus Urath, weit südlich des Schlangenmeeres, das ist wahr. Vielleicht verwechselt mich jener Unglückliche deshalb mit dem Mann, den ihr sucht.«

Würde er damit durchkommen? Der Immit sah ihn zweifelnd an, die Hakul waren unsicher. Dann fiel Marus Blick auf einen Mann, der die Menge um Haupteslänge überragte: Fakyn. Der Hüne hatte geschwiegen, als Atib seine Lügengeschichten auftischte; aber würde das so bleiben, jetzt, da der Händler die Wahrheit sagte?

»Ich bin ein reisender Händler«, erklärte Tasil ganz ruhig, mit einem gewissen Maß an Sorge in der Stimme, so als fürchte er um seinen guten Ruf. »Ich war noch nie in eurem Land, Fremder. Sag mir, was wisst ihr über den Mann noch? Er wurde gesehen, sagtest du. Habt ihr eine Beschreibung?«

Der Yaman betrachtete ihn finster. »Nein, nur dass sie zu zweit waren, ein Mann und ein Junge, der Mann hager, der Junge kräftig.«

»Ah, da kann ich es aufklären!«, rief Tasil mit gut gespielter Erleichterung. »Ich reise mit meiner Nichte. Sie hat früh ihre Eltern verloren, und so nehme ich sie notgedrungen mit auf meine weiten Reisen. Es ist das junge Mädchen dort drüben.«

Alle Blicke wandten sich Maru zu, die an der Säule gekauert hatte. Verlegen stand sie auf. Sie konnte nicht verhindern, dass sie errötete.

»Du musst keine Angst haben, mein Kind«, sagte Tasil freundlich. »Du siehst, es klärt sich alles auf.«

»Ich wittere eine Lüge«, meldete sich Curru der Seher zu Wort.

Auch der Immit wirkte nicht überzeugt. Hatte es eben noch so ausgesehen, als könne Tasil die Menge überzeugen, stand die Stimmung in der Halle plötzlich wieder auf des Messers Schneide.

»Nun, es ist doch einfach – dieser Händler reiste doch nicht alleine!«, rief der Immit. »Wo ist der Krieger, der ihn hierherbegleitete?«

Es gab Bewegung in der Menge, als sich Fakyn nach vorne drängten. »Hier bin ich, Herr.«

»Wie ist dein Name, Krieger?«

»Das ist Fakyn, ein Schab Eschet meines Vaters. Ein guter Mann.« Das kam von Malk Numur, der plötzlich neben Tasil stand. »Fakyn ist ein ehrenhafter und glaubwürdiger Mann, edler Immit. Ich weiß, dass mein Vater vorhatte, ihn nach dieser Reise zum Schab Ansai oder gar zum Schab Kischir zu befördern.«

Der Immit war sichtlich überrascht über dieses plötzliche Eingreifen des Malk. Er wirkte ungehalten. »So? Er wollte einen Kydhier zum Befehlshaber einer Kischir machen?«

»Wie ich es sagte: Fakyn ist ein guter Mann, und ich habe seine Beförderung befürwortet. Er wird uns die Wahrheit sagen und diesen Mann hier entlasten.« Bei diesen Worten legte der Malk seine Hand auf Tasils Arm. Maru dachte für einen Augenblick, er würde ihn umarmen. »Denn ich kann mir nicht vorstellen, dass Tasil etwas mit dieser Geschichte zu tun hat. Ich, Numur, Malk dieser Stadt, lege meine Hand für ihn ins Feuer! Dies kann ich leicht tun, denn ich weiß, dass er schon seit fast einer Woche in Serkesch ist.«

Maru konnte es nicht fassen. Da stand ein Fürst, Erbe eines Raik, und log für Tasil! Was hatte ihr »Onkel« ihm nur angeboten?

Die Menge zweifelte, die Menge raunte, die Menge wartete ab, was Fakyn sagen würde.

»Nun, Krieger«, fragte Schaduk, »wie ist es? Kennst du diesen Mann?«

Fakyn stand dort, nur drei Schritt von Atib entfernt, aber er würdigte den Händler keines Blickes. »Ich kenne diesen Mann nicht, Herr.«

»Du lügst!«, schrie Atib und sprang auf. Er wollte sich auf den Krieger stürzen, doch die Wachen hielten ihn fest. Plötzlich gelang es ihm, einer der Wachen einen Speer zu entwinden. Er begann, wild um sich zu stechen, ohne jedoch jemanden zu treffen. Die Menge wich zurück. »Ihr alle lügt, ihr alle wollt meinen Tod! Ihr Aasgeier wollt euch mein Silber unter den Nagel reißen!«

Die Wachen näherten sich ihm vorsichtig, aber er hielt sie mit den schlecht gezielten Stößen seiner Waffe auf Abstand. Alle Augen waren auf den verzweifelten und wutschäumenden Atib gerichtet.

Da verließ Umati den Platz an der Seite ihres Mannes und schritt, ja, tänzelte durch die Hohe Kammer, direkt auf Atib und seinen Speer zu. Maru war vielleicht die Erste, die es bemerkte. Die Frau des Immit lächelte – und die Menge teilte sich vor diesem Lächeln und ihrer Schönheit. Maru konnte den Blick nicht von ihr wenden. Atib sah sie kommen, in ihrer prachtvollen Kleidung, ihrem üppigen Schmuck, ihrer Anmut. Er erwiderte ihr Lächeln. Sie schob seinen Speer zur Seite und legte ihm sanft die Hand über dem Herzen auf die Brust. Es gab ein metallisches Geräusch, ein leises Schaben. Dem Händler stockte plötzlich der Atem. Umati nahm ihre Hand wieder weg. Ein hellroter Fleck erblühte auf Atibs Gewand. Als die Frau ihr Handgelenk ein wenig drehte, konnte Maru sehen, wie eine dünne Klinge zurück in ihren breiten bronzenen Armreif glitt. Atib sackte auf die Knie. Auf seinem Gesicht lag der Ausdruck reinsten Erstaunens. Doch er lächelte, als er starb.

Die Säulen des Hauses

Du kannst keine starke Mauer errichten, wenn dein Fundament nichts taugt.

Sprichwort der Akkesch

Sklaven wickelten Atibs toten Körper in einen Teppich und schafften ihn nach draußen.

»Es war voreilig, ihn zu töten«, sagte Yaman Arayak nachdenklich.

»Nun, er log, wenn er den Mund öffnete, scheint mir. Aber wir können Fakyn fragen, was er über den Fremden weiß«, erwiderte Immit Schaduk. Umati stand wieder an seiner Seite. Ihr Schmuck glänzte. Maru konnte den Blick nicht von ihren breiten Armreifen wenden.

Fakyn sah dem Leichnam hinterher und wartete, bis die Sklaven ihn aus der Halle getragen hatten. Erst dann wandte er sich dem Immit zu. »Atib war kein ehrlicher Mann, doch bedaure ich seinen Tod.«

»Sicher, sicher, es ist ärgerlich, Krieger. Atib war ein erfolgreicher Händler, scheint mir. Doch sag uns, was du über den Fremden weißt«, drängte der Immit.

»Es ist nicht viel. Er kam in der Nacht, und er kam alleine. Er berichtete, sein Begleiter sei mit seinem Packpferd in der Slahan vom Sand verschlungen worden. Ich vermag nicht zu sagen, ob das die Wahrheit war, doch er wollte von Atib einen Sklaven als Ersatz kaufen. Er bot ihm jenen Dolch als Bezahlung an. Und er führte noch vier andere mit sich.«

»Dann war er der Mörder unserer Brüder«, rief Aryak mit schmerzerfüllter Stimme.

»Und Atib gab ihm, was er verlangte?«, fragte der Immit nüchtern.

»Ja, so ist es. Am nächsten Morgen war der Fremde verschwunden. Ich weiß nicht, wohin er wollte. Ich nahm an, er würde hierherkommen, doch ist es auch möglich, dass er in die andere Richtung ritt. Er wirkte verschlagen, Herr, und es ist gut möglich, dass er uns in die Irre führte. Ich habe ihm misstraut.«

»Es wäre für Atib besser gewesen, er hätte dein Misstrauen geteilt, Krieger.«

»Das ist wahr, Herr.«

Maru hatte sich wieder an ihre Säule zurückgezogen und hingekauert. Sie hatte den Händler nicht gemocht. Er hatte sie gekauft wie ein Stück Vieh und auch so behandelt. Dennoch erschütterte sie sein Tod mehr als der des Maghai. Vielleicht weil sie ihn länger kannte. Fakyn kannte sie auch. Er war tapfer, stur – und ehrlich. Doch warum sagte er diesmal nicht die Wahrheit?

»Es ist immer noch möglich, dass der Mann hier ist«, gab Aryak zu bedenken.

»Nun, Yaman, du sagtest, er müsse in die Stadt, um seine Beute zu verkaufen. Wenn sein Packpferd wirklich von der Wüste verschlungen wurde, meidet er Städte vielleicht. Ich an seiner Stelle würde nach Akyr oder Budingar reiten. Er wäre dort sicher vor euch.«

»Es heißt«, sagte Curru der Seher nachdenklich, »am Glutrücken habe einst eine Stadt gelegen, eine der goldenen Städte der alten Zeit. Der Sand soll sie verschlungen haben. Unsere Alten erzählen, dass jetzt böse Geister dort hausen. Sie lauern den Reisenden auf und ziehen sie in die Tiefe. Wir meiden diese Gegend.«

Der Yaman warf dem Seher einen scharfen Blick zu. Offenbar passte ihm nicht, was dieser gesagt hatte. Er wandte sich wieder an Schaduk. »Das alles mag sein. Dennoch erwarte ich von dir, Immit, dass du den Frevler suchst und fängst, wenn er sich im Reich der Akkesch aufhält.«

»Du erwartest es? Du erwartest es?«, rief der Immit plötzlich zornig. Er war aufgestanden. »Ich bin Schaduk, der Immit des Kaidhan von Ulbai, des Herrn dieses Reiches! Ich weiß nichts davon, dass wir den Hakul untertan sind oder dass wir ihnen auch nur Tribut schulden. Ihr seid Gäste in unserem Reich, mehr nicht. Du kannst weder etwas von mir erwarten noch verlangen, Yaman Aryak von den Hakul!«

Aryak ertrug diesen unerwarteten Ausbruch mit unerschütterlicher Gelassenheit. »Ich glaube, Immit, dass es in unser beider Interesse liegt, diesen Mann zu finden. Ich verstehe deinen Groll. Doch glaube mir, er ist nichts gegen den Zorn, der über unsere Steppen reiten wird, wenn die Stämme erst einmal von diesem Frevel erfahren haben. Es ist möglich, dass noch mehr meines Volkes hierherkommen, um diesen Mann zu suchen – viel mehr. Ich ersuche dich um deine Hilfe, und ich erbitte sie im Namen der Hüter. Die, die nach mir kommen, werden vielleicht unter dem Banner Strydhs reiten.«

Diese unverhohlene Drohung sorgte für Bestürzung in der Hohen Kammer. Maru verstand das nur zu gut. Die Hakul waren die Feinde all ihrer Nachbarn, aber auch untereinander waren sie zerstritten. Es wäre nicht auszudenken, was geschehen würde, wenn sich ihre Stämme vereinigten.

Der Immit hatte sich wieder gefasst. Er setzte sich und lächelte, als sei nichts geschehen. »Es besteht kein Anlass für derlei Drohungen, Yaman. Wenn wir den Mann finden, werden wir ihn euch ausliefern. Dies tun wir aber, weil auch uns die Ruhe der Ahnen heilig ist, und nicht, weil irgendjemand es verlangt. Nun, da ein Händler dieser Stadt in dieses Verbrechen verwickelt war, biete ich dir eine Sühne an. Seine Waren liegen im Hafen. Ihr mögt davon nehmen, was und wie viel euch beliebt. Aber bedenke: Dies ist

Ausdruck unseres Wohlmeinens, nicht unserer Schwäche. Unsere Krieger sind zahlreich und die Mauern unserer Städte unüberwindlich, das sollten die Hakul niemals vergessen.«

Der Yaman zögerte einen Augenblick. »Ich nehme dies als Zeichen guten Willens und werde den Stämmen davon berichten«, antwortete er schließlich.

»Du bist ein weiser Mann, Yaman Aryak«, lobte der Immit.

Vielleicht erwartete er, dass der Hakul dieses Kompliment erwidern würde, doch dann enttäuschte dieser ihn. »Was aber jenen Urather angeht, so bleiben uns Zweifel. Er sollte unseren Weiden fernbleiben.«

»Er ist Urather, kein Akkesch. Es kümmert mich nicht, was ihr mit ihm tut, wenn er unser Reich verlassen hat«, antwortete Schaduk gelassen. »Fakyn wird euch unten am Hafen erwarten, in einer Stunde. Ich nehme an, ihr werdet Zeit brauchen, die Waren zum Lager zu schaffen. Es sind einige Sklaven darunter, die können euch helfen. Heute Nacht könnt ihr beruhigt im Schatten unserer Mauer schlafen. Die Hüter und meine Männer werden über euch wachen.«

»Ich gedenke, die Waren des Händlers morgen in deiner Stadt gegen Silber einzutauschen. Ich nehme an, dies ist möglich?«

»Ich bedaure, doch dies ist nicht möglich, Yaman. Es sind Tage der Trauer, und unser Markthaus ist geschlossen. Außerdem werde ich es als Zeichen *deines* guten Willens werten, wenn du und die deinen eure Zelte bei Sonnenaufgang abgebaut habt.«

»Ist das die Gastfreundschaft der Akkesch?«, fragte der Hakul erstaunt.

»Glaube mir, Yaman, sie ist groß – und sie ist umso größer, je kürzer sie in Anspruch genommen wird.«

»Auch davon werde ich unseren Stämmen berichten.«

»Ich bin sicher, es wird die Freundschaft unserer Völker vertiefen«, erwiderte Schaduk spöttisch.

Als die Hakul und ihr Begleitschutz die Halle verlassen hatten, beendete der Immit die Versammlung. Er bat Abeq Mahas und Malk Numur zu bleiben, ebenso seinen Sohn Narsesch sowie seinen obersten Verwalter, einen buckligen Mann namens Eqlu. Zu Marus Überraschung wurde auch Tasil aufgefordert, dem Treffen beizuwohnen, und da niemand sie fortschickte, blieb sie ebenfalls. Sklaven kamen und begannen aufzuräumen. Sie wuschen Atibs Blut vom Pflaster, legten neue Teppiche an dieser Stelle aus und schafften das Kohlebecken und den Kessel hinaus. Der Immit sah ihnen scheinbar interessiert zu und hielt dabei die ganze Zeit die Hand seiner Frau. Als nichts mehr darauf hindeutete, dass hier eben ein Mann gestorben war, zogen sich die Sklaven zurück.

Noch immer sagte der Immit nichts. Dann gab er seinem Verwalter ein Zeichen, das Maru zunächst nicht deuten konnte. Der Verwalter wiederum winkte einem Diener, der an einem der Eingänge stand. Der verbeugte sich und verschwand. Befehle wurden gerufen. Dann wurde offenbar über der Halle etwas verschoben – ein schwerer Stein, der über andere Steine schabte. Gleichzeitig wurde der Lichtkegel, der die ganze Zeit so unverrückbar auf dem Thron geruht hatte, immer schmaler. Maru begriff, dass das Oberlicht geschlossen wurde. Einige letzte Strahlen streiften noch die Schulter des Immit, dann war auch das vorbei. Plötzlich saß da nur noch ein vogelgesichtiger, kleiner Mann auf einem steinernen Stuhl. Nichts war geblieben von dem überirdischen Glanz, der alle in der Hohen Kammer geblendet hatte. Der Immit seufzte und lehnte sich zurück.

»Ich habe diese Einrichtung immer schon bewundert«, gestand er mit einem nachdenklichen Blick zur Decke. »Deine Ahnen waren große Baumeister, Numur.«

Numur lief rot an. »Das waren sie, *Schaduk*«, sagte er scharf. Seine Verärgerung war unüberhörbar. Der Immit hatte ihn ohne seinen Titel angesprochen.

Immit Schaduk ließ sich davon nicht beeindrucken. »Weißt du, was die wichtigsten Säulen eines großen Hauses sind, Numur? Nein? Familiensinn und Wahrhaftigkeit.« Er schien auf eine Antwort des Malk zu warten, doch der biss sich auf die Unterlippe und schwieg.

»Das Haus unseres Kaidhan ist ein solches Haus, natürlich. Das Haus Nin in Igaru ist ein ebensolches, und das Haus Hegasch zähle ich *noch* auch dazu. Ich kann mir vorstellen, dass du nicht verstehst, was ich meine, Numur. Wahrhaftigkeit – damit meine ich Treue sich selbst und seinem Rang gegenüber. Ein Raik darf sich niemals selbst verleugnen, es sei denn, es dient seiner Familie. Familiensinn, Numur! Der Raik mag andere betrügen und belügen, doch sich selbst und die seinen niemals! Sein Haus wird sonst untergehen – auch wenn er selbst noch ein paar jämmerliche Jahre haben mag.«

Numur wirkte gelangweilt. »Ich verstehe«, sagte er.

»So? Wirklich? Familiensinn bedeutet auch, dass man nicht versucht, seinen Bruder umzubringen! Ich könnte es verstehen, wenn du mit Söhnen reich gesegnet wärst, dann wäre es durchaus im Sinne der Familie, einen Thronanwärter aus einer Seitenlinie zu beseitigen – aber ihr seid beide unverheiratet und kinderlos. Was, wenn ihr beide Erfolg mit euren Mordplänen gehabt hättet? Dann wäre das Haus Hegasch nun ausgelöscht!«

»Ich hatte nie vor, Iddin zu töten«, behauptete Numur aufgebracht.

»Ah! Schweig, verehrter Malk, schweig, oder willst du dich vor uns lächerlich machen?«, rief der Immit. Jetzt wurde sein Tonfall noch schärfer. »Wie kann ein Malk aus einer so edlen und angesehen Familie sich selbst so vergessen, dass er in aller Öffentlichkeit seine Hand ins Feuer legt? Für den da?« Er zeigte auf Tasil.

»Es war die reine Wahrheit«, zischte Numur wütend.

»Ach was, wenn dieser Fakyn nicht so geistesgegenwärtig gewesen wäre, hätte er dich verraten. Du solltest ihn wirklich befördern. Die Hakul haben ihm geglaubt.«

»Vielleicht, weil er die Wahrheit sagte«, warf Abeq Mahas ein.

»Ah, der ehrwürdige Abeq des Strydh! Hast du mit deinem Auge auch deinen Scharfsinn geopfert? Es geht nicht um die Frage, ob dieser Urather ein Mörder ist oder nicht. Hier geht es darum, dass ein Malk seinen unantastbaren Ruf aufs Spiel gesetzt hat. Nehmen wir an, dieser Hakul-Seher hätte die Lüge durchschaut! Es ist ein Unterschied, ob ein Händler oder der von den Göttern gesegnete Spross eines Raik lügt! Was glaubst du, was diese Steppenreiter tun, wenn sie erfahren, dass du den Frevler in deiner Stadt versteckst, Numur?«

Numur verlor die Beherrschung. »Wäre es meine Stadt, hätten diese Räuber sie nicht lebend verlassen!«

Maru lauschte mit offenem Mund. Hier waren die mächtigsten Männer des Landes versammelt, und sie stritten wie die Ochsenhändler. Ihr hoher Rang zeigte sich eigentlich nur in der Verachtung, mit der sie auf Tasil hinabblickten. Sie redeten über ihn, als sei er nicht da. Und er stand da und hörte interessiert zu, als ginge es gar nicht um ihn.

Der Immit lehnte sich zurück und lachte plötzlich. »Weißt du, warum ich dir in diesem Fall geholfen habe, Numur?«

Der Malk beruhigte sich wieder. Er schüttelte missmutig den Kopf.

»Familiensinn.«

Der Malk sah ihn irritiert an.

»Meine Tochter Hassadi ist im heiratsfähigen Alter, und der zukünftige Raik der Stadt braucht eine Akkesch aus alter Familie zur Frau.«

Numur runzelte die Stirn. »Deine Tochter? Heißt das, du hast dich entschieden? Bin ich … der neue Raik dieser Stadt?« In seinem Gesicht spiegelten sich Freude und Zweifel.

»Nein, das heißt es nicht«, erklärte der Immit kühl. »Es heißt nur, dass meine Tochter die Frau des zukünftigen Raik sein wird – aber das kann auch dein Bruder Iddin sein. Ich habe es noch nicht entschieden, sondern wollte dir nur klarmachen, dass ich meine Familie schütze, mehr nicht. Du wirst vielleicht – vielleicht! – mein Schwiegersohn. Ich kann dich vor den Hakul also nicht als Lügner bloßstellen. Sollte ich allerdings entscheiden, dass du nicht würdig bist, deinem Vater auf den Thron zu folgen und meine Tochter zu heiraten, so stehst du nicht mehr unter dem Schutz meines ausgeprägten Familiensinns. Ich hoffe, du verstehst das.«

Der Malk erbleichte und lief dann wieder rot an. Maru fragte sich, wie so jemand eine Stadt beherrschen wollte. Er beherrschte ja nicht einmal sich selbst.

»Du kannst aber viel dazu beitragen, in meiner Achtung zu steigen, geehrter Malk«, fuhr Schaduk fort. »Es wäre gut, wenn der – vielleicht – zukünftige Herr dieser Stadt sich seinen Kriegern zeigen würde. Außerdem können die meisten der Männer zurück in ihre Häuser. Von den Hakul geht in dieser Nacht keine Gefahr aus. Du solltest das Nötige veranlassen.«

Numur setzte zu einer wütenden Erwiderung an, aber Abeq Mahas legte ihm seine Hand auf die Schulter.

Der Malk entspannte sich plötzlich. »Du wirst nicht annehmen, dass ich deine Befehle befolge, edler Immit, doch hatte ich ganz ähnliche Gedanken. Ich werde mich darum kümmern.« Dann machte er auf dem Absatz kehrt und verließ die Halle, ohne sich noch einmal umzudrehen. Abeq Mahas folgte ihm.

Immit Schaduk sah ihnen nach. Als sie die Halle verlassen hatten, erlaubte er sich ein leichtes Lächeln, von dem Maru nicht sicher war, ob es nachsichtig oder überheblich war. Vielleicht war es auch beides. Der Immit genoss seine Macht sehr offensichtlich.

Jetzt wandte er sich Tasil zu. »Und nun zu dir, Urather …«

»Ich habe mit dieser unseligen Geschichte wirklich nichts zu tun, Herr«, beteuerte Tasil, ohne Aufregung zu zeigen.

»Ach, nein?« Der Spott in der Stimme Schaduks war unüberhörbar.

»Sprachen die Hakul nicht von einem Mann und einem Jungen? Ich reise mit meiner Nichte.«

»Ach, ja, die Nichte. Wenn ich mich recht erinnere, hat der Händler zwei Sklaven verloren, einen Mann und ein Mädchen. Was, wenn er dir nun dieses Mädchen verkauft hat, Urather?«

»Herr, warum, um der Hüter willen, sollte ein Mann, der doch angeblich in gefährlichen Ländern auf Raubzug geht, ausgerechnet ein Mädchen kaufen? Sie wäre doch nur ein Klotz am Bein.«

Maru schluckte. Natürlich, er sagte das, um sich zu schützen. Aber er klang so überzeugt. War es das, was er von ihr dachte? Dass sie nur eine Last für ihn war? Nach allem, was sie schon für ihn getan hatte?

»Außerdem«, fuhr Tasil fort, »hat sie die Augen der Göttin Hirth, Herr. Ich würde sie sicher nicht mitnehmen, wenn wir nicht verwandt wären.«

»Ist das so? Komm her, Kind.«

Maru näherte sich vorsichtig dem Thron. Der Immit fasste sie am Kinn und blickte ihr in die Augen. Er roch … alt. Und über seinem Geruch lag der süßliche Duft seiner Frau, die neben ihm stand. Ihr Blick war freundlicher als der Schaduks, doch Maru hatte jetzt Angst vor ihr. Plötzlich wusste sie, wonach Umati roch – sie roch nach Tod.

»Grüne Augen, in der Tat«, murmelte der Immit. »Aber sie sieht nicht aus, als sei sie aus deiner Familie.«

»Sie gerät leider mehr nach ihrem Vater, einem Farwier, Herr.«

»Ein halbe Farwierin also …« Schaduk schien plötzlich unschlüssig, was er von der Geschichte halten sollte. Er ließ Marus Kinn los. Sie war sehr froh, dass sie sich zurückziehen durfte.

»Nun, Urather, vieles an dir und diesem Mädchen ist seltsam, und – ich glaube dir kein Wort! Wenn der Malk nicht seine Ehre an deinen Ruf geknüpft hätte, so wärst du längst tot. Aber ich nehme an, das weißt du.«

»Ich weiß, dass ein Herrscher zum Wohle einer Stadt auch einen Unschuldigen opfern darf, Herr.«

»Unschuldig? Nun, was mich beschäftigt, Urather, ist die Frage, warum er das getan hat. Ich weiß, du hast ihn vor der Schlange gewarnt, aber Numur ist nicht der Mann, der ein langes Gedächtnis für erwiesene Wohltaten hat.«

»Das vermag ich nicht zu beurteilen, Herr. Ich denke, er weiß, dass ich ihm noch weitere wertvolle Dienste leisten kann.«

»Ah, die geheimnisvolle Verschwörung!« Der Immit lächelte.

»Es ist mir inzwischen gelungen, noch das eine oder andere zu erfahren, Herr.«

»Bemerkenswert, denn du warst nur einmal für kurze Zeit nicht in dieser Halle, wenn ich es richtig gesehen habe. Wo warst du da eigentlich, Urather?«

»Ich habe Erkundigungen eingezogen, Herr.«

»Und welche schrecklichen Geheimnisse hast du dabei ergründen können?«

»Es ist, wie ich vermutete, Herr: Muqtaq, der Schab der Maschir, der Leibwache des Raik, plant Numur zu töten. Iddin hat ihm einen Boten geschickt. Es soll noch heute, in den Stunden nach Mitternacht geschehen.«

Maru starrte Tasil entsetzt an. *Sie* selbst hatte Muqtaq den Ring gegeben. *Sie* hatte ihm also diesen Auftrag übermittelt. Nein, Tasil hatte sie *benutzt*, und, noch schlimmer, Tasil verriet Muqtaq gerade an den Immit.

»Also heute Nacht«, antwortete der Immit nachdenklich. »Das war fast zu erwarten. Weißt du, wie viele Männer er hat?«

»Eine genaue Zahl kann ich dir nicht nennen, Herr, doch hier auf dem Tempelberg hat er viele Getreue. Und auch die, die ihm nicht folgen, werden sich ihm nicht unbedingt in den Weg stellen. Iddin scheint in dieser Stadt mehr Anhänger zu haben als Numur.«

»Namen?«, forderte Schaduk kalt.

»Es wurden keine Namen genannt, Herr, doch meinte ich, heraushören zu können, dass zumindest der Abeq Abeqai des Brond zu den Verschwörern gehört.«

Maru erinnerte sich an den Hohepriester. Er hatte auf den Stufen des Palastes zur Menge gesprochen. Er war es auch, der den Blickkontakt zu dem Maghai gesucht hatte, dem sie in die Stadt gefolgt war. Sie dachte ungern daran zurück. Es führte sie an den Rand eines schwarzen Loches, das dort in ihrer Erinnerung klaffte. Sie schüttelte den Gedanken ab. Dieser Priester war sicher ein Gefolgsmann Iddins. Aber warum lieferte Tasil ihn aus?

»Soll ich den Abeq verhaften lassen, Vater?« Dies war der erste Satz, den Narsesch bisher gesprochen hatte.

»Nein, mein Sohn, das wäre voreilig. Aber du kannst hinunter in den Hafen gehen und zwei Ansai unserer Krieger heraufschicken. Der Urather hat recht. Auf die Wachen dieses Bet Raik ist kein Verlass.«

»Ich nehme an, du hast Numur auch schon gewarnt?«, fragte der Immit, als sein Sohn gegangen war.

»Ja, Herr.«

»Weißt du, was er vorhat?«

»Vermutlich wird er die Krieger sammeln, denen er vertraut, und sich verteidigen.«

»Er will nicht zuerst zuschlagen?«

»Nein, Herr, ich habe ihm davon abgeraten. Es ist besser, die … Verräter zuerst handeln zu lassen. Dann wird offenbar werden, wer treu zu Numur und wer zu Iddin steht.«

»Für einen reisenden Händler zeigst zu erstaunliche Weitsicht in solchen Dingen, Urather.«

»Danke Herr.«

»Weißt du auch, was ich vorhabe?«, fragte der Immit lauernd.

Tasil zögerte mit seiner Antwort. »Nein, Herr, wie sollte ich?«

Immit Schaduk lachte. »Du bist zu bescheiden, Mann, aber gut, du wirst bald mehr erfahren, denn ich gedenke, dich in meine Pläne einzubeziehen.«

»Ich fühle mich geehrt, Herr. Und ich bin stolz, wenn meine Dienste deine Beachtung finden. Ich hoffe, ich kann mir weitere … Anerkennung verdienen.«

»Mir ist klar, Urather, dass ein Mann deines Wesens nur gute Dienste leistet, wenn er entsprechend belohnt wird. Ich werde großzügig sein: Wenn ich mit dir zufrieden bin, werde ich dich *nicht* töten. Wenn ich mit dir *sehr* zufrieden bin, wird sich vielleicht noch der eine oder andere Beutel Silber für dich auftreiben lassen. Was hältst du davon?«

»Das ist in der Tat ein gutes Angebot, Herr«, entgegnete Tasil mit versteinerter Miene.

»Gut. Ich erwarte, dass du für mich herausfindest, was Numur vorhat. Und ich möchte, dass du seinen Bruder Iddin findest. Sichere ihm freies Geleit zu. Er soll der Beisetzung seines Vaters beiwohnen dürfen. Ich will ihn zumindest kennen lernen, bevor … Nun, du hast deine Anweisungen, geh!«

Maru kannte Tasil inzwischen gut genug, um ihm anzusehen, dass er innerlich kochte, als sie schweigend durch die endlosen Gänge des Bet Raik hasteten. Er stürmte vorneweg, und sie musste fast rennen, um Schritt zu halten. Schließlich erreichten sie einen Flügel des Palastes, den sie noch nicht kannte. Es gab hier viele helle Säulengänge und Innenhöfe, die fast alle einen kleinen plätschernden Brunnen hatten. Palmen spendeten Schatten, und es gab in Stein gefasste Beete mit üppigem Grün und Blumen. Irgendwo hinter den Säulen erklang das Lachen von Frauen.

»Wo sind wir hier, Onkel?«, erkundigte sich Maru.

Tasil antwortete nicht. Hinter der nächsten Ecke saßen zwei Speerträger im Gang. Sie erhoben sich gemächlich.

»Halt, Fremder«, befahl der größere der beiden. »Dies sind die Gemächer der Familie des Raik. Du darfst sie nicht betreten.«

»Malk Numur erwartet mich.«

»So? Das ist seltsam, denn er ist nicht hier«, erwiderte der Krieger mit einem Gähnen.

»Und wo kann ich ihn finden, edler Krieger?«, hakte Tasil nach, während er dem Mann das Siegel des Malk unter die Nase hielt.

Der Speerträger nahm Haltung an. »Er ist in den unteren Stockwerken des Bet Raik. Ich nehme an, bei den Küchen oder in den Werkstätten, Herr.«

»Und wie finde ich die?«

»Ich werde einen Sklaven rufen, der dich hinführt, Herr.«

Kurz darauf hetzte Maru wieder Tasil durch weitere Flure hinterher. Vorneweg eilte ein Sklave, der sich an jeder Wegkreuzung umdrehte, verbeugte und mit unterwürfiger Geste die Richtung wies. Sie erreichten eine breite Treppe, die in das erste der unteren Stockwerke führte.

Nur wenige Öllampen spendeten etwas Licht. Marus Augen brauchten Zeit, um sich an die dort herrschende Dunkelheit zu gewöhnen. Es roch nach Brot und gekochtem Gemüse. Der Sklave führte sie in eine Halle, die kaum kleiner war als der Thronsaal, allerdings viel niedriger. Sie hatte schmale Fensteröffnungen an zwei Seiten, durch die etwas Tageslicht hineinsickerte. Dampf und Rauch erfüllten den Raum. Dutzende von Menschen waren damit beschäftigt, Mahlzeiten zuzubereiten. Es gab Öfen, in denen Brot gebacken wurde, große Kessel und riesige Pfannen. Über einem offenen Feuer briet ein Lamm. Es war heiß und stickig. Maru sah eine stämmige Frau an einem der Kessel stehen und rühren.

Das wäre mein Platz gewesen, dachte sie plötzlich. Die Erkenntnis traf sie wie ein Blitz. Atib hatte über seine Sklaven gesagt, sie seien für die Tempel oder für die Küche des Bet Raik bestimmt. Als Mädchen hätte sie wenig Aussicht auf den Dienst in den Tempeln gehabt. Natürlich, auch Priester mussten essen, aber wahrscheinlich wäre sie hier gelandet, im Bauch des Palastes. Sie hätte Holz gesammelt, Braten gewendet, Brot gebacken und vielleicht irgendwann einmal im Schweiße ihres Angesichts an diesem Kessel dort gestanden. Sie hätte dort gestanden, bis sie alt geworden wäre. Und beim Tod des Raik wäre sie im Opferfeuer des Letzten Hauses verbrannt worden.

Der Aufseher der Küche riss sie aus ihren Gedanken. Bei ihm handelte es sich um ein hageres Männchen, das nicht so aussah, als wüsste es gutes Essen zu schätzen. Er wollte sie zunächst aus der Küche jagen, wurde aber viel umgänglicher, als Tasil ihm das Siegel des Malk unter die Nase hielt. Leider hatte er Numur nicht gesehen. Der Malk halte sich aber gern in den Werkstätten auf, vielleicht wolle der edle Fremde dort sein Glück versuchen? Aber auch in den Werkstätten war Numur nicht zu finden, ebenso wenig in der Brauerei oder bei den Mühlen. Im Palast gab es einfach alles. Es war wie in einer eigenständigen Stadt. Maru wurde allmählich müde. Ihre Füße schmerzten. Der Sklave führte sie kreuz und quer, treppauf und treppab. Dieser Palast schien innen noch viel größer zu sein als außen.

Sie drangen immer tiefer in die Eingeweide des Bet Raik vor. Das oberste Stockwerk mit den Höfen, der Hohen Kammer und dem Wohnbereich des Raik war großzügig, prachtvoll und hell. Doch hier unten war alles anders. Die Stockwerke waren bedrückend niedrig, die Gänge eng und schlecht beleuchtet, die Decken rußgeschwärzt von den offenen Öllampen. Die wenigen Fensteröffnungen waren schmal und ohnehin fast nutzlos, da die Ringmauer, die den Tempelberg umgab, kaum jemals zuließ, dass die Sonne hereinschien. Beeindruckend waren allein die mächtigen Säulen, die sich zwischen den langen Ziegelmauern zeigten. Je weiter sie nach unten kamen, desto stärker wurden sie. Im Getreidelager, es lag drei Stockwerke unter dem obersten, sah Maru eine Säule, die sechs Männer nicht hätten umfassen können.

Der Verwalter dieses Lagers schickte sie schließlich zu den »neuen Schmieden« im untersten Stockwerk des Palastes. Als der Sklave das hörte, wurde er nervös, ohne jedoch einen Grund dafür zu nennen. Schweigend führte er sie erneut durch endlose Flure. Maru hatte längst die Orientierung verloren. Der Sklave führte sie an eine schmale Treppe, die schlecht beleuchtet war und sich nach einigen Stufen in der Dunkelheit verlor.

»Die neuen Schmieden liegen dort unten, Herr, doch mir ist es verboten, sie zu betreten. Ich werde hier auf dich und deine Nichte warten.«

»Soll ich mir den Hals brechen? Dort unten ist es stockfinster! Gibt es keine Fackeln?«

»Sie liegen dort, Herr.« Der Sklave wies auf eine Nische in der Wand.

Tasil brummte missmutig, vielleicht ärgerte er sich, dass er sie übersehen hatte. Er nahm zwei Fackeln, entzündete beide an einer Öllampe und drückte Maru eine in die Hand. Dann stiegen sie hinab. Die Treppe war schmal und lang. Überrascht bemerkte Maru, dass die Wände hier nicht mehr gemauert waren. Es war Fels, sie befanden sich also bereits unter der Erde. Nach etwa zwei Dutzend Stufen erreichten sie eine kleine Kammer. Niemand war dort, und außer einer Pforte war nichts zu sehen. Sie gingen hindurch und betraten eine niedrige, sehr breite und lang gestreckte Halle, die von sengender Hitze erfüllt und von einem rötlichen Schimmer erleuchtet war. Viele roh behauene Säulen stützten die Decke, und dazwischen huschten Schatten durch das schwache Licht, das aus der Erde zu kommen schien! Kam es vielleicht aus der Unterwelt? Waren das die Feuer der Totenstadt Ud-Sror?

»Was ist das, Onkel?«, flüsterte Maru beunruhigt.

Tasil antwortete wieder nicht, sondern näherte sich der nächstgelegenen Lichtquelle. Es war eine Grube. Auf ihrem Grund glommen Kohlen.

»Es ist eine Schmiedegrube, dumme Gans. Kennen die Budinier so etwas nicht?«

Maru schüttelte stumm den Kopf. Es gab natürlich einen Schmied in Akyr. Ein immer rußverschmierter Mann mit seinen ebenso schwarzen Gesellen, die zu dritt den ganzen Tag die Hämmer schwangen.

»Dort sind die Blasebalge«, erklärte Tasil und zeigte auf einige Ledersäcke, die mit Hölzern bedeckt und in die Erde eingelassen waren. »Ah, sie werden mit den Füßen betätigt«, fuhr Tasil fort, »und hier ist der Platz des Schmiedes. Es sind zwanzig Blasebalge für eine Esse. Beeindruckend … Hier kann man vielleicht sogar Eisen schmelzen! Und sieh nur, sie haben Belüftungsschächte in den Fels geschlagen. Dort wird der Rauch nach draußen geleitet.«

»Hier gibt es aber viele dieser Schmieden, Onkel«, sagte Maru bewundernd.

Das war wirklich bemerkenswert. Ebenso wie die Tatsache, dass Tasil offenbar etwas vom Schmiedehandwerk verstand.

Einer der Schemen, die sie bemerkt hatte, näherte sich. Es war ein kleiner, aber sehr stämmiger Mann, dessen Gesicht vom Ruß ganz schwarz war.

»Diese Kammern sind Fremden verboten«, knurrte er grußlos.

Tasil zeigte ihm Numurs Siegel, und sofort verneigte sich der Mann ehrerbietig.

»Warum arbeiten die Schmieden nicht, Mann?«, wollte Tasil wissen.

»Es sind die Tage der Trauer, Herr. Wir lassen unsere Hämmer ruhen und halten nur die Feuer in Gang, denn es braucht viel Zeit, sie wieder anzuheizen, wenn sie einmal verloschen sind.«

Tasil nickte geistesabwesend. Er ließ seinen Blick durch die schwarze Halle schweifen. Maru kannte den Ausdruck in seinem Gesicht. Tasil hatte etwas entdeckt, woraus sich Gewinn schlagen ließ.

»Ist der Malk hier?«

»In einer der Kammern, Herr. Geh durch jene Tür dort und wende dich nach links und gleich noch einmal links. Am Ende des Ganges wirst du ihn finden.«

Hinter besagter Pforte marschierte Tasil nach rechts.

»Onkel, der Mann sagte, wir sollen nach links gehen.«

»So, sagte er das?«

Tasil öffnete eine Tür. Im Licht seiner Fackel zeigte sich ein Stapel lederner Schilde mit bronzenen Buckeln. Er öffnete eine weitere Tür. Dort lagerten viele Bündel von Speeren. Einige davon mit eisernen Spitzen. Sieben weitere Kammern untersuchte er, ohne ein Wort zu verlieren. Sie fanden Lederrüstungen, Helme aus Bronze und Eisen, bronzene Schuppenpanzer, Arm- und Beinschienen, Bögen und Äxte. Im letzten Raum, den sie untersuchten, lagerten bronzene Sichelschwerter in Holzgestellen. Tasil nahm eines zur Hand und schwang es einmal durch den Raum, dann betrachtete er Klinge und Heft genauer.

»Vernietet«, stieß er mit dem Ausdruck größtmöglicher Geringschätzung hervor. »Minderwertige Ware.« Er nahm ein anderes in die Hand, aber das gefiel ihm auch nicht besser. »Das taugt für einfaches Fußvolk, ich würde mit so einer Waffe nicht in den Krieg ziehen.« Mit einem Kopfschütteln legte er sie zurück an ihren Platz. »Aber eines steht fest«, sagte er dann mit einem Wolfslächeln, »hier schmiedet jemand große Pläne.«

Erst danach suchten sie die Kammer auf, die der Schmied ihnen genannt hatte. Sie war nicht zu verfehlen, zwei schwer bewaffnete Speerträger wachten davor. Maru kam es vor, als ob es in diesem Gebäude mehr Krieger als Diener und Sklaven gäbe.

Dieses Mal hielt Tasil der Wache gleich das Siegel des Malk entgegen. Der Mann nahm es und betrachtete es von allen Seiten.

»Das ist Numurs Siegel«, stellte er schließlich fest.

»So ist es«, bestätigte Tasil.

»Und du willst zu ihm, nehme ich an.«

Maru erkannte den Krieger wieder. Es war jener von der Treppe zum Bet Raik, derjenige, der sie nicht hineinlassen wollte.

»Dein Scharfsinn ist bewundernswert«, sagte Tasil kühl.

»Ich bezweifle, dass du willkommen bist.«

»Es ist wichtig, dass ich ihn spreche.«

»Es ist immer wichtig«, sagte der Krieger bedächtig und wiederholte damit einen Satz, den Maru gerade einen Tag zuvor von ihm gehört hatte.

»Es ist wichtig für den Malk – und auch für dich, Mann«, sagte Tasil ungeduldig.

»Für mich?« Er drehte das Siegel weiter misstrauisch in der Hand, so als suche er irgendetwas, was ihm erlauben würde, Tasil den Zugang zu verwehren.

»Ja, für dich, wenn du den nächsten Sonnenaufgang erleben willst.«

»Ich werde fragen«, versprach der Mann schließlich. Er gab Tasil das Siegel zurück, öffnete die Tür einen Spalt, schlüpfte hindurch und schloss sie gleich wieder.

Von der anderen Seite der Pforte waren undeutliche Stimmen zu hören. Offenbar wurde gestritten. Es dauerte eine Weile, bis der Krieger zurückkehrte.

»Du kannst hinein«, sagte er, »aber es ist genau, wie ich sagte: Besonders willkommen bist du nicht.«

Tasil würdigte ihn keiner Antwort und ging an ihm vorbei. Maru folgte.

Die Kammer, die sie betraten, war größer als die anderen Waffenkammern. Sie war vollgestopft mit Gerätschaften. Es lagen eisenbeschlagene Räder da, Pferdegeschirre, Deichseln, Achsen und leichte lederbespannte Holzrahmen, deren Sinn Maru nicht gleich verstand. Auf der gegenüberliegenden Seite der Kammer führte eine breite Rampe nach oben. Dort gelangte man wohl in das nächste Stockwerk. Jetzt war der Weg mit einer schweren hölzernen Falltür verschlossen.

Malk Numur erwartete sie mit verschränkten Armen hinter einem Tisch. Natürlich war Abeq Mahas bei ihm und funkelte sie aus seinem einen Auge feindselig an. Zwei weitere Männer waren anwesend. Einen kannte Maru aus dem Thronsaal, es war Emadu, der Schab Kischir, der dem Immit die Bedeutung der Hornsignale erklärt hatte. Der andere schien ein Verwalter oder Schreiber zu sein. Hinter ihnen stand etwas, was Maru noch nie gesehen hatte, aber trotzdem gleich erkannte: Es war einer der gefürchteten Streitwagen der Akkesch. Jetzt begriff sie auch, was es mit den Rädern, dem Geschirr und den Deichseln auf sich hatte. Das waren alles Teile für Streitwagen – für viele Streitwagen!

Tasil hatte recht, Numur musste wirklich Großes vorhaben.

»Ich kann mich nicht erinnern, dich zu dieser Unterredung eingeladen zu haben, Urather«, sagte Numur schroff.

»Verzeih mein Eindringen, Herr, aber ich dachte, du solltest wissen, was ich über die Pläne deines Bruders in Erfahrung gebracht habe«, erwiderte Tasil gelassen.

Numur zögerte, für einen Augenblick suchte er Blickkontakt zu Abeq Mahas.

Der Hohepriester ergriff das Wort. »Gut, Urather, dann berichte. Aber mach es kurz.«

»Es ist, wie ich sagte, Iddin hat Muqtaq beauftragt, dich und deine Anhänger zu töten, Herr«, sagte Tasil weiterhin an Numur gewandt. »Er wird heute, in der späten Nacht, mit allen Männern, die bereit sind, ihm zu folgen, in deine Gemächer eindringen und niedermachen, wen er findet.«

»Wie viele werden das sein?«, blaffte der Abeq.

Tasil beantwortete die Frage, aber er wandte sich dabei noch immer direkt an den Malk. »Er hat fast die ganze Leibwache deines Vaters auf seiner Seite, Herr. Und diejenigen, die ihm nicht folgen, scheinen wenig Lust zu haben, gegen ihn zu kämpfen.«

»Wir haben genug Männer, um mit ihm fertigzuwerden«, versicherte der Hohepriester und trat einen Schritt nach vorne, sodass er jetzt halb zwischen Numur und Tasil stand. Er wirkte verärgert darüber, dass Tasil ihn nicht beachtete. »Zorn macht blind«, hatte Tasil in der Hohen Kammer gesagt. Daran musste Maru jetzt denken. Offenbar wollte er den Priester und den Malk zu Fehlern reizen.

»Ich bin mir sicher, dass du über tapfere Männer verfügst, Herr«, sprach Tasil scheinbar durch den Abeq hindurch, »doch bin ich mir nicht so sicher, dass sie auch bereit sind, für dich zu kämpfen und zu sterben.«

»Meine Männer sind mir treu ergeben!«, fuhr Numur auf und schob den Abeq dabei zur Seite.

»Davon bin ich überzeugt, doch weiß ich nicht, ob ihre Zahl ausreichend ist. Muqtaq hat beinahe sechzig der besten Krieger.«

Jetzt lächelte Numur auf eine verschlagene Art. »Ich habe die Hälfte der Leibwache in das Gräbertal geschickt. Sie bringen gerade in diesem Augenblick die Gaben für das Grab meines Vaters dorthin. Sie werden dort bleiben und ihm morgen früh das letzte Geleit geben.«

Für einen Augenblick wirkte Tasil unangenehm überrascht. »Und du bist überzeugt, dass sie dort auch bleiben werden?«

»Eine Ansai meiner Leute begleitet sie – außerdem sind die Stadttore von meinen Getreuen besetzt. Sie können also nicht zurück.« Numur grinste selbstzufrieden.

»Eine weise Entscheidung, Herr«, sagte Tasil mit gut gespielter Demut. »Wenn ich dich also recht verstehe, dann hast du etwa dreißig von Muqtaqs Leuten in das Gräbertal geschickt?«

Numur nickte. Der Abeq wandte sich ihm zu. Irgendwas am Gesichtsausdruck des Priesters brachte die Selbstsicherheit des Malk ins Wanken.

»Und du hast eine Ansai, also sechzig deiner Leute, mit dorthin geschickt?«, vergewisserte sich Tasil.

Numur begriff und wurde blass.

»Und du hast weitere zuverlässige Männer an die Tore befohlen – sagen wir, an jedem der Tore eine Eschet? Also hast du etwa hundert deiner Krieger abgestellt, um …«

»Ich habe immer noch mehr als genug Männer!«, schrie Numur aufgebracht.

»Auf jeden Fall wird es reichen, um mit den paar Männern Muqtaqs fertigzuwerden, Herr«, mischte sich Schab Emadu ein. Numur starrte ihn feindselig an. Der Schab schien sich in seiner Haut nicht recht wohl zu fühlen. Vielleicht stammte die Idee von ihm.

»Es war eine gute Entscheidung, die Verräter in kleine Gruppen aufzuspalten, Herr«, sagte der Hohepriester und legte dem Malk in einer Geste der Beruhigung die Hand auf den Arm. Numur schüttelte sie unwillig ab.

»Ich bin ebenfalls zuversichtlich, dass es reichen wird«, pflichtete Tasil dem Abeq bei, »schließlich hat auch der Immit zwei seiner Ansai auf den Tempelberg befohlen.«

»Der Immit?«, fragten Numur und Mahas gleichzeitig.

»Er scheint sich mit seinen eigenen Kriegern im Bet Raik sicherer zu fühlen«, erklärte Tasil. »Er ist ein sehr vorsichtiger Mann.«

»Er beleidigt mich, wenn er der Kampfkraft meiner Männer nicht vertraut!«, zischte Numur wütend.

»Ich glaube, er bezweifelt weniger ihre Kampfkraft, sondern mehr ihre Fähigkeit, Freund und Feind zu unterscheiden.«

Numur begriff offensichtlich nicht, was Tasil meinte, der Abeq durchaus. »Du meinst, er befürchtet, unsere Männer würden ihn angreifen?« Es lag Unglauben in seiner Stimme.

Auch Maru fragte sich, wie Tasil auf diese Idee gekommen war, der Immit hatte nichts dergleichen angedeutet. Oder hatte sie nur einfach nicht richtig aufgepasst?

»Wie schnell kann das im Kampfgetümmel geschehen? Noch dazu in der Nacht, im unsicheren Licht der Fackeln? Ein paar Krieger verfolgen einen Feind in einen Raum und erschlagen einen unschuldigen alten Mann … So etwas kann doch geschehen.«

»Du hast gefährliche Gedanken, Urather«, warnte Abeq Mahas.

Er prüft, ob das durchführbar ist, dachte Maru. Sie war sich jetzt sicher, dass Tasil sich das ausgedacht hatte.

»Es wäre Wahnsinn, Hand an den Immit des Reichs zu legen«, sagte Mahas gedehnt. »Der Kaidhan würde uns seinen Zorn spüren lassen.«

»Euch? Oder Malk Iddin, dessen Männer ja die Schuld an Schaduks Tod trügen?«

Numur und Mahas tauschten einen vielsagenden Blick aus. Hatten sie selbst schon daran gedacht, den Immit zu töten? Und hatte Tasil ihnen jetzt einen Plan dazu in die Hand gegeben?

Mahas schüttelte den kahlen Kopf. »Wenn er zwei Ansai seiner Leute im Bet Raik hat, ist er sicher, das steht fest.«

Numur nickte zustimmend. Er schien ein wenig enttäuscht darüber zu sein.

Tasil lächelte auf die ihm eigene Art. »Immit Schaduk ist nicht die einzige hochgestellte Persönlichkeit, die heute Nacht versehentlich unter die Schwerter geraten könnte.«

Bleierne Stille folgte diesen Worten. Numur und Mahas wirkten betroffen, selbst der Schab, der sonst nicht allzu viel begriffen zu haben schien, sah betreten drein.

»Das wagt er nicht!«, sagte Numur schließlich.

»Warum sollte er zögern?«, erwiderte Tasil. »Er wird sich ohnehin für einen Erben entscheiden müssen, Herr. Ich glaube nicht, dass der andere Malk diese Entscheidung allzu lange überleben wird.«

»Er wird sich nicht entscheiden, solange er Iddin nicht gesehen hat. Er *kann* sich nicht entscheiden, wenn er meinen Bruder gar nicht kennt!«

»Weißt du, Herr, dass er deinem Bruder freies Geleit zugesichert hat? Er hat ihn aufgefordert, an der Beerdigung eures Vaters teilzunehmen.«

»Das bedeutet gar nichts!« Numur lief rot an.

»Er weiß, wo Iddin steckt?«, fragte Mahas überrascht.

»Das vermag ich nicht zu sagen, ehrwürdiger Abeq. Vielleicht stehen sie über Boten in Verbindung. Der Immit ist ein kluger Mann, und er steckt voller Überraschungen und Pläne.«

»Da ist er nicht der Einzige.«

»Aber der Anschlag!«, rief der Malk aufgebracht. »Wie kann er sich mit meinem Bruder verbünden, wenn dieser vorhat, mich heute Nacht umbringen zu lassen?«

»Ich glaube nicht, Herr, dass Immit Schaduk sich schon mit Iddin verbündet hat. Es scheint mir nicht seine Art zu sein, sich vor der Zeit festzulegen.«

»Deshalb glaube ich auch nicht, dass der Immit seinen Männern befehlen wird, Numur zu töten«, sagte der Abeq nachdenklich, so als sei der Malk gar nicht im Raum. »Er würde sich einer von zwei Möglichkeiten berauben.«

»Einer von dreien«, verbesserte Tasil – und sein Lächeln glich wieder einmal dem eines Wolfs.

»Drei?«, fragte Numur nach einer Pause. Jetzt wirkte er wirklich beunruhigt.

»Was soll das bedeuten, Urather?«, wollte auch Mahas wissen.

»Ich glaube zu verstehen, dass der Immit einen weiteren Plan hat, ehrwürdiger Abeq.«

»Und wie soll der aussehen?«

»Weißt du, dass der Immit mir Silber geboten hat, damit ich herausfinde, was ihr vorhabt, Ehrwürdiger?«

Maru konnte kaum glauben, was sie da hörte. Silber geboten? Der Immit hatte gesagt, dass er *vielleicht* Tasils Leben verschonen würde und vielleicht – vielleicht! – würde er noch etwas Silber dazugeben. Aber Tasil war ein ausgezeichneter Lügner, weder der Malk noch der Abeq kam auf die Idee, an dieser Aussage zu zweifeln.

»Du hast dich von ihm kaufen lassen?«, zischte Numur.

»Nein, sonst würde ich es dir kaum erzählen, Herr. Allerdings ...«

»Allerdings was, Urather?«, hakte Mahas nach und gab dem Schab einen Wink. Der zog sein Sichelschwert aus dem Gürtel.

»Der Immit vertraut mir bis zu einem gewissen Grad. Es würde mir leichter fallen, sein Vertrauen zu enttäuschen, wenn ich einen entsprechenden Anreiz hätte, Herr.«

»Soll ich ihn töten, Herr?«, stieß der Schab hervor.

»Warte noch, Emadu«, sagte der Abeq gelassen.

Er tauschte einen kurzen Blick mit dem Malk, dann wandte er sich wieder Tasil zu. »Ich glaube, es ist im Augenblick leichter für uns, einen Beutel Silber aufzutreiben, als eine Leiche verschwinden zu lassen.«

Zwei Leichen, berichtigte Maru ihn in Gedanken. Heiß und kalt war ihr geworden. Tasil spielte wieder einmal mit ihrer beider Leben. Aber es sah aus, als würde er auch dieses Mal gewinnen.

Der Schab steckte das Schwert wieder weg. Numur gab dem Verwalter, der sich bislang im Hintergrund gehalten hatte, ein Zeichen. Der Mann griff in die Tiefe seiner Robe und zauberte einen kleinen, ledernen Beutel hervor, den er dem Malk überreichte.

Numur warf ihn Tasil verächtlich vor die Füße. »Dein Silber, Urather. Ich hoffe für dich, dass das, was du weißt, genug wert ist.«

»Heb das auf, Maru«, wies Tasil sie an.

Sie beeilte sich, dem Befehl zu gehorchen. Es war erstaunlich, dass ein so kleiner Beutel so schwer sein konnte. Tasil nahm ihr den Beutel ab, wog ihn kurz in der Hand und steckte ihn dann ein, ohne ihn zu öffnen.

»Also: die Pläne des Immit?«, drängte Mahas.

Tasil setzte sich auf einen Stapel Deichseln. »Der Immit ist ein kluger Mann. Er hat ein Ziel, und daraus macht er kein Geheimnis. Er will, dass seine Familie an Macht gewinnt.«

»Das ist offensichtlich«, warf Mahas ein. »Ich hoffe, du hast mehr als das zu bieten.«

»Immit Schaduk ist auch ein geduldiger Mann. Er muss sein Ziel nicht heute erreichen. Es ist ihm genug, wenn sein Enkel eines Tages auf dem Leuchtenden Thron von Serkesch sitzt. Deshalb hat er dem zukünftigen Raik seine Tochter zur Frau angeboten.«

»Sie ist hässlich genug«, brummte Numur verdrossen.

Tasil fuhr ungerührt fort. »Es ist klar, dass derjenige, der auf die Unterstützung des Immit zählen will, dieses Angebot nicht ausschlagen kann. Nur so wird der Titel zu erben sein. Allerdings bringt das Schaduk auch in eine gefährliche Lage. Er kann es nicht wagen, den enterbten Bruder leben zu lassen.«

»Auch das ist nichts Neues!«, warf der Abeq ungehalten ein.

Tasil ließ sich nicht beirren. »Einen Malk zu töten, ist unangenehm. Der Kaidhan in Ulbai würde viele Fragen stellen. Deshalb wird der Immit abwarten, ob sich diese Schwierigkeit nicht von selbst löst. Ein Malk, der seinen Bruder tötet und trotzdem gesalbter Raik werden will, wird einiges tun müssen, um die Gunst der

Götter – und des Immit – wieder zu erringen. Die Hochzeit mit seiner Tochter wäre noch das Geringste davon.«

»In der Tat, es wäre gut für uns, jemand anders hätte Iddins Blut an seinen Händen kleben«, sagte Abeq Mahas nachdenklich.

»Der Immit denkt ebenso, deshalb werden sich seine Leute heute Nacht vielleicht zurückhalten, wenn Muqtaq zuschlägt.«

»Sie werden nicht kämpfen?«, fragte Numur verunsichert.

»Sollen sie kämpfen oder nicht, Herr«, warf Schab Emadu großspurig ein. »Meine Krieger werden für dich streiten wie die Löwen!«

»Da ich die Männer von Muqtaq gesehen habe, fürchte ich, ein paar Löwen werden sie nicht aufhalten, Herr«, erwiderte Tasil lächelnd.

»Ich kann weitere Männer herbefehlen, Herr«, setzte der Schab dagegen.

»Nein, das würde Muqtaq misstrauisch machen«, riet Tasil ab. »Es ist viel besser, den Immit in den Kampf hineinzuzwingen.«

»Zwingen? Den Immit? Wie soll das gehen?«, schnaubte Numur aufgebracht. Er war schon wieder rot angelaufen vor Wut. Maru war inzwischen klar, dass nicht er, sondern Abeq Mahas der Kopf hinter all seinen Vorhaben war.

»Ich schlage vor, dass du ihn heute Abend aufsuchst und dich mit ihm berätst. Am besten, du bleibst die ganze Nacht dort. Wenn seine Krieger dich schon nicht verteidigen wollen, so werden sie doch sicher den Immit schützen. Doch achte darauf, eigene Männer mitzunehmen.«

»Wir werden über deinen Rat nachdenken, Urather. Aber ich sehe in all dem, was du hier sagst, immer noch nur zwei, aber keine drei Möglichkeiten. Du solltest unsere Geduld nicht über die Maßen beanspruchen«, sagte Abeq Mahas kalt.

»Verzeih die ausschweifende Erklärung, Ehrwürdiger. Du hast recht, bislang sprach ich davon, dass Immit Schaduk seine Familie über einen Enkel auf den Thron bringen will. Er hat also die Möglichkeit, entweder Numur oder Iddin zum Schwiegersohn zu nehmen. Allerdings kann es auch sein, dass keiner der beiden Malk die nächsten Tage überlebt. Dann gibt es vielleicht noch einen anderen Anwärter auf den Thron.«

Der Hohepriester des Strydh runzelte die Stirn. »Du glaubst, der Immit will darauf sitzen bleiben?«

»Nein, Ehrwürdiger.« Tasil schüttelte den Kopf. »Immit Schaduk ist die Rechte Hand des Kaidhan. Damit ist er beinahe der Herrscher des ganzen Reiches der Akkesch. Warum sollte er sich mit einem steinernen Stuhl in einer Grenzstadt begnügen? Allerdings hat Schaduk noch einen Sohn in seiner Begleitung …«

Abeq Mahas starrte Tasil verblüfft an. »Narsesch? Dieser Klotz von einem Jungen? Der Immit sollte in Erwägung ziehen, ihn …«

Numur verfärbte sich zu dunklem Rot. »Ich werde ihn töten! Ihn und seinen Bastard!«

»Du wirst heute Nacht vielleicht Gelegenheit dazu haben, Herr«, erwiderte Tasil.

»Schaduk wird diese Nacht nicht überleben!«, zischte Numur. »Er muss sterben!«

»Nein, Herr, noch nicht«, redete Abeq Mahas beschwichtigend auf ihn ein.

Maru spitzte die Ohren. Hatte der Priester wirklich »*noch* nicht« gesagt?

Numur lief wütend auf und ab. »Der Immit kommt in *meine* Stadt und setzt sich auf *meinen* Thron! Er wagt es, *mir* Befehle zu erteilen! Dann will er mich mit seiner Tochter verkuppeln, und jetzt will er auch noch seinen missratenen Sohn auf *meinen* Thron heben? Niemals!«

Der Abeq wandte sich von Numur ab. Für einen Augenblick konnte niemand sein Gesicht sehen – niemand außer Maru. Und für diesen Wimpernschlag zeigte es den Ausdruck grenzenloser Verachtung.

Dann hatte sich Mahas wieder in der Gewalt. Er drehte sich wieder um, trat an den Malk heran und legte ihm die Hand auf den Arm. »Wenn wir klug sind, wird Schaduk mit all seinen Plänen scheitern, Herr. Wir müssen nur weiter besonnen handeln.«

Numur funkelte ihn böse an. »Alter Narr! Besonnen? Schnell müssen wir sein. Du mit deinen kunstvollen Ränken. Was haben sie uns bislang gebracht? Gar nichts! Die Zeit für versteckte Winkelzüge ist vorbei. Wir müssen die Sache entscheiden, bevor es der Immit für uns tut. Mit brutaler Gewalt, wenn es anders nicht geht.« Er wirkte gar nicht mehr wütend, sondern kalt entschlossen. So viel Entschiedenheit hätte Maru dem Malk gar nicht zugetraut.

»Und wie soll das gehen, Herr?«, fragte der Priester nachsichtig, als spräche er mit einem unartigen Kind.

»Wenn Jalis wieder auftaucht, werden wir einen Weg finden.«

»Und wenn nicht? Der Maghai ist verschwunden. Was, wenn er entschieden hat, wieder seine eigenen Wege zu gehen? Was, wenn er nicht wiederkommt, Herr?«

Darauf wusste Numur keine Antwort.

Tasil räusperte sich. »Vielleicht kann ich da behilflich sein, Herr.«

Numur musterte ihn mit einer Mischung aus Verachtung und Misstrauen. »Du, Urather?«

»Mit meinen bescheidenen Kräften, Herr.«

»Deine Kräfte sind sicher bescheidener als deine Forderungen«, giftete Numur – aber er hörte zu.

»Der ehrwürdige Abeq hat nicht ganz unrecht, wenn er zur Vorsicht mahnt, Herr. Ein offener Angriff auf den Immit wäre sehr gefährlich. Er hat seine Wachen, und er hat dieses verfluchte Weib, das ihm nicht von der Seite weicht. Aber die Hauptschwierigkeit bestünde noch nicht einmal darin, ihn zu töten, sondern darin, ihn zu überleben.«

Numur schwieg. Er schien über das nachzudenken, was Tasil gesagt hatte. »Was schlägst du also vor?«, fragte er schließlich.

»Ich würde es einfach nicht tun«, sagte Tasil gelassen, und Numur lief wieder rot an, »wenn ich mein Ziel auch anders erreichen könnte.«

»Weiter.«

»Wenn dein Bruder stirbt, Herr, sagen wir, durch die Hand eines Fremden, wird es Schaduk schwerfallen, dir dein Erbe zu verweigern.«

»Bietest du mir an, Iddin zu töten, Urather?«

»Das würde ich nicht wagen, Herr. Aber ich glaube, ich kann dafür sorgen, dass er einer Hakul-Klinge zum Opfer fällt.«

»Einer Hakul …?« Numur war verblüfft.

Abeq Mahas hatte sich seit dem letzten Wutausbruch des Malk mit verschränkten Armen und beleidigter Miene zurückgehalten. Jetzt platzte es aus ihm heraus. »Und wie soll das gehen, Mann? Willst du zu den Zelten dieser Räuber reiten und sie höflich bitten?«

Tasil lächelte. »Es ist vielleicht besser, wenn ihr nicht zu viel über diese Angelegenheit wisst.«

»Vielleicht …«, sagte Numur und starrte Tasil nachdenklich an.

»Ich sage auch nicht, dass ich irgendetwas mit den Dingen, die geschehen müssen, zu tun haben werde. Ich kann nur sagen, dass derjenige, der diese … Erbstreitigkeit … für euch endgültig klärt, sicher etwas Silber brauchen wird, um Erfolg zu haben.«

»Wenn er Erfolg hat, wird er in Silber baden können«, versetzte Numur kalt.

»Dann wäre es gut, wenn er schon einige Tropfen dieses kostbaren Nasses im Voraus erhielte, Herr. Sonst verdurstet er womöglich vor Erfüllung seines Auftrages.«

Abeq Mahas schnaubte verächtlich. Aber der Verwalter rückte auf einen Wink des Malk einen weiteren Lederbeutel heraus. Wieder warf ihn Numur Tasil vor die Füße. Als Maru sich danach bückte, hielt Tasil sie zurück.

»Es ist heiß, und der, der diese schwierige Arbeit auf sich nehmen wird – wer immer das sein mag –, hat sehr großen Durst.«

»Weißt du, was man im alten Akkesch mit Männern gemacht hat, die den Hals nicht voll bekamen?«, fragte Numur.

»Nein, Herr.«

»Man hat ihnen die Kehle mit kochendem Blei ausgegossen.«

»Eine gerechte Strafe, Herr«, antwortete Tasil ungerührt.

»Wir Akkesch lieben die Strenge des Gesetzes. Denke daran, Urather«, mahnte Numur und warf ihm einen weiteren Beutel vor die Füße. Jetzt durfte Maru beide aufheben.

Tasil ließ sie in den Falten seines Gewandes verschwinden. »Ich werde es nicht vergessen, Herr«, beteuerte Tasil.

»Und nun geh! Ich bin sicher, du hast noch viel zu tun.«

»Das habe ich, Herr, und ich danke dir für deine Großzügigkeit.«

Als sie die Kammer verließen, blickte Maru kurz über ihre Schulter zurück. Der Malk und der Abeq tauschten Blicke aus, die ihr nicht gefielen.

Roter Mond

Edhil hatte Strydh, wie seinen Geschwistern, einen Wandelstern als Wohnstatt geschenkt, sodass er die Menschen in der Nacht von dort beobachten konnte. Doch Strydh fand diesen Stern zu klein. So tötete er die Göttin Maenona und nahm ihre Heimat, den Mond, in Besitz.

Kydhische Sage

»Hast du ihre Blicke gesehen, Onkel?«, fragte Maru, als sie die Schmiede hinter sich gelassen und den kleinen Raum am Fuß der Treppe erreicht hatten.

Tasil blieb stehen. »Ihre Blicke?«

»Als wir diese Kammer verließen.«

»Nein, aber ich weiß auch so, was sie denken.«

»Es macht mir Angst, Onkel.«

Tasil legte ihr seine Hand auf die Schulter. »Dazu besteht kein Anlass, Maru. Es läuft alles, wie ich es erwartet habe.«

»Also … also wirst du Iddin töten, um … um im Silber zu baden?«

Tasil lachte. »Du magst ihn wohl lieber als Numur, wie?« Dann wurde er wieder ernst. »Du scheinst wirklich gar nicht so dumm zu sein, Mädchen. Also frage ich dich etwas: Was wird Numur wohl mit jenem tun, der seinen Bruder tötet? Wird er ihn reich belohnen? Oder wird er ihn als gefährlichen Mitwisser beseitigen?«

Maru schwieg betroffen. Die Antwort lag auf der Hand.

»Ich sehe, du hast es verstanden. Er kann es sich nicht leisten, mich leben zu lassen. Ich sage dir noch etwas: Er hätte mich schon getötet, wenn ich ihm diesen kleinen Dienst nicht angeboten hätte. Zumindest hätte er es versucht.« Tasil grinste. »Dich übrigens auch, Kröte.«

Sie schluckte. »Und was machen wir jetzt?«

»Es ist besser, du weißt nicht zu viel. Dann kannst du dich auch nicht verplappern, wenn dich jemand fragt. Aber, um dich zu beruhigen, wir werden dieses gastliche Haus heute Nacht verlassen. Und zwar bevor Iddins Leute zuschlagen. Und wenn Muqtaq tut, was er soll, werden alle viel zu beschäftigt sein, um uns zu vermissen.«

Der Sklave, der sie hergeführt hatte, hatte auf sie gewartet. Er führte sie auf Tasils Geheiß auf die Terrassen des obersten Stockwerks und wurde dort fortgeschickt. Maru sog die frische Luft ein. In den unteren Ebenen dieses Palastes war die Luft stickig, kein Vergleich zu der angenehmen Abendbrise, die über den Tempelberg strich. Sie war froh, diesen finsteren Gängen entronnen zu sein. Tausende Sterne prangten am Himmel, und am Horizont zeigte sich die zarte Sichel des aufgehenden Mondes. Sie schimmerte rötlich.

»Strydhs Sichel«, murmelte Tasil düster. »Ein sicheres Zeichen, dass heute Nacht Blut fließen wird.«

»Sieh nur, Onkel«, rief Maru und zeigte auf den Schirqu. Die lange Treppe zu den oberen Stockwerken des Tempels war mit einigen Öllampen beleuchtet. Ganz oben, auf dem Dach der obersten Stufe, war es jedoch dunkel. Dort zeichneten sich einige Gestalten gegen den Nachthimmel ab.

»Priester des Fahs, nehme ich an. Sie beobachten die Sterne«, erklärte Tasil. Er schüttelte den Kopf. »Als ob es mehr bräuchte als diese rote Sichel, um zu wissen, was uns bevorsteht.«

Sie schlugen den Weg zur Hohen Kammer ein, wo Tasil den Immit vermutete. »Er sah so aus, als habe er sich in diesen Stein, den sie Thron nennen, verliebt«, erklärte er Maru grinsend.

Seine Vermutung erwies sich als richtig. Einige Speerträger, die die Türen des Thronsaals bewachten, belegten, dass sich Schaduk dort drinnen aufhielt.

Tasil blieb, noch außer Hörweite der Wachen, stehen. »Hör zu, Kröte, ich gehe da hinein und erzähle dem Immit, was Numur vorhat, du gehst und holst das, was du für mich versteckt hast.«

»Du verrätst Numur an den Immit?«

»Natürlich, ich hänge an meinem Leben. Außerdem ist es von Vorteil, wenn Schaduk um sein Leben fürchtet. Er wird sich dann weniger darum kümmern, was ich vorhabe.«

»Um sein Leben? Aber Numur hat doch gar nicht gesagt, dass …«

»Na und?«, raunte Tasil grinsend. »Schaduk hat ja auch nicht gesagt, dass er seinen Sohn auf den Thron setzen will.«

Maru blieb vor Staunen der Mund offen stehen. Zum einen weil Tasil so ungewohnt mitteilsam war, zum anderen weil er offenbar beide Parteien nach Kräften belog.

»Mach deinen Mund zu und tu, was ich dir aufgetragen habe, Kröte. Erwarte mich dort drüben an dem Wasserspiel. Jetzt lauf – und lass dich nicht erwischen!«

Und Maru lief. Sie eilte mit gesenktem Haupt durch die Gänge, weil das die sicherste Art schien, nicht angesprochen zu werden. Es war früher Abend, aber es gab noch viel Leben auf den Gängen. Verwalter, Schreiber, Diener und Sklaven schritten oder hasteten über die Flure. Niemand hielt Maru auf, niemand sprach sie an.

Ob der Dolch noch dort war? Der Gedanke traf sie so plötzlich, dass sie fast stehen geblieben wäre. Umati hatte sie gesehen. Und die Frau des Immit war nun wirklich nicht so harmlos und freundlich, wie sie einmal gehofft hatte. Sie musste an Atib denken, an den verklärten Ausdruck auf seinem Gesicht, als er starb. Maru schauderte. Was hatte Biredh über die Untiefen und Strudel im Strom gesagt? Am gefährlichsten sind die, die man nicht sehen kann. Ob Biredh an Umati gedacht hatte, als er das sagte? Er war ihr begegnet oder sie ihm, je nachdem. Und der Alte war zwar blind, aber er bemerkte Dinge, die anderen verborgen blieben. Leider war es so schwer, etwas aus ihm herauszubringen. Er sprach immer nur in Rätseln oder Geschichten oder seltsamen Bildern. Wie jenem vom reißenden Strom und seinen Tücken. Umati. Sie hatte gesehen, wo sie den Dolch versteckt hatte. Wenn sie nun neugierig geworden war?

Maru lief schneller. Sie hatte die ganze Zeit nicht mehr an den Dolch gedacht, weil einfach so viel geschehen war. Jetzt hatte sie wieder vor Augen, wie sie ihn zwischen die Wasserkrüge schob – und erwischt wurde. Er war so wertvoll, viel wertvoller als sie. Es war der Dolch mit der eisernen Klinge. Atibs Waffe war schon zwei oder drei Sklaven wert gewesen, und die war lediglich aus Bronze.

Was Tasil wohl sagen wird, wenn ich ohne … Maru wagte nicht, den Gedanken zu Ende zu denken, und lief noch etwas schneller.

Endlich erreichte sie das Versteck. Die Gänge in diesem Teil des Palastes waren weit weniger belebt als die in der Nähe des Thronsaals. Das kam ihr jetzt sehr entgegen. Sie erwischte sofort einen günstigen Augenblick, in dem sie unbeobachtet zwischen die Krüge schlüpfen konnte. Ihre Hände tasteten durch die Schatten. Der Dolch war noch da! Er war in Stoff verpackt und genau dort, wo sie ihn hingelegt hatte. Umati hatte also nicht nachgesehen.

Niemand bemerkte Maru, als sie wieder zwischen den Krügen hervorkroch. Alles war gut. Sie versteckte den Dolch unter ihrem Kleid und beeilte sich, wieder zum vereinbarten Treffpunkt zu gelangen. Obwohl sie das Gefühl hatte, der Dolch würde sich riesenhaft unter ihrem Gürtel abzeichnen, wurde sie auch auf dem Rückweg nicht aufgehalten. Es wurde ihr leichter ums Herz. Tasil würde seine Waffe wiederbekommen, und schon in wenigen Stunden würden sie aus diesem Bet Raik verschwinden. Sie konnte es kaum erwarten.

Maru erreichte den vereinbarten Treffpunkt vor Tasil. Es war einer der kleinen Höfe, von denen es in diesem Palast so viele gab. Zierliche Säulen säumten ihn, und in der Mitte plätscherte ein Wasserspiel. Das Licht der Öllampen tanzte darin. Maru setzte sich auf eine der Steinbänke, die den Brunnen umgaben. Sie musste zugeben, dass die Akkesch es verstanden, angenehme Orte anzulegen. Es war schade, dass Biredh nicht da war. Es wäre eine wunderbare Gelegenheit für eine Geschichte gewesen.

Plötzlich stellten sich ihr die Nackenhaare auf. Für einen winzigen Augenblick dachte sie, das sei der Nachtwind.

»Ich grüße dich, Maru Nehis«, wisperte da eine silbrige Stimme.

Utukku saß auf dem Rand des Brunnens. Das Wasser floss um ihn herum, nein es durchströmte ihn. Vor einer Sekunde, da war Maru sicher, war er noch nicht da gewesen. In seinen kupferfarbenen Augen spiegelten sich die Flammen der Lampen. Maru fühlte sich, als hätte sie einen Schlag in die Magengrube bekommen. Sie hatte schon beinahe vergessen, dass es ihn gab. Sie fühlte sich schwach und elend.

»Er hat die Farbe des Blutes«, sagte der Daimon.

Maru folgte seinem Blick. Er meinte offensichtlich den Mond. Sie fand, er hatte die gleiche Farbe wie Utukkus Augen. Sie wusste nicht, was sie sagen sollte, noch nicht einmal, ob sie überhaupt mit diesem Wesen reden sollte.

»Bei diesem Mond sind sie wie Wölfe.«

»Wer?«, fragte Maru.

Utukku schien zu überlegen. »Das Wasser wird sich verfärben. Du musst mir etwas geben.«

Sie ermahnte sich, ihm zuzuhören. Was er sagte, war rätselhaft, aber es hatte immer einen Sinn. Er hat mir im Gräbertal geholfen, rief sie sich in Erinnerung. Sie musste nur Geduld haben, dann würde sie schon verstehen, was er meinte. »Was muss ich dir geben, Utukku?«

Der Daimon legte den Kopf schief wie eine Katze und sah sie an. Maru glaubte, sie würde sein Genick knacken hören. Aber konnte das sein? Hatte er überhaupt Knochen? Das Licht flackerte rot in seinen Augen.

»Später. Es ist noch nicht vorbei«, sagte die silbrige Stimme. Utukku sprach leiser, und sie konnte durch das Plätschern des Brunnens seine Worte kaum verstehen. Und was sie hörte, verstand sie nicht. Es war wie verhext!

»Was ist noch nicht vorbei?«

Er schloss die Augen. Offenbar dachte er nach – und er ließ sich Zeit. »Thymanbadh«, sagte er schließlich.

»Wer ist das? Oder was?«

»Und der Verrat«, entgegnete Utukku.

Dann tauchte er in das Wasser des Brunnens ein und war weg. Maru sah ihn verschwinden, und das war schlechterdings unmöglich. Das Wasserspiel bestand aus einer flachen Schale, kaum eine Handbreit tief. Aber der Daimon war fort.

In diesem Moment hörte sie, wie sich Schritte näherten.

Es war Tasil,und er sah zufrieden aus. Am Brunnen tauchte er die Hände ins Wasser und wusch sich den Staub vom Gesicht. »Solltest du auch tun, Kröte. Wir sind nämlich zu einem Festmahl eingeladen.«

»Ein Essen?«

»Der Immit hat die bedeutendsten Würdenträger der Stadt eingeladen. Riechst du es nicht?«

Maru schnupperte in die Abendluft. Es roch nach gebratenem Lamm. Jetzt merkte sie wieder, wie hungrig sie war. Appetit hatte sie allerdings keinen. Die Begegnung mit Utukku lag ihr im Magen. Was wollte er nur von ihr? Und wer oder was war Thymanbadh? Sie hatte das Wort schon einmal gehört. Aber wo? Sie seufzte.

»Sind wir denn bedeutend?«, fragte sie.

Tasil grinste. »Ich bin lebenswichtig für den Immit. Zumindest glaubt er das. Hast du das, was du holen solltest?«

Maru übergab ihm das Stoffbündel, welches er sogleich in den tiefen Falten seines Gewandes verschwinden ließ.

»Nun komm, ich habe Hunger wie ein Wolf.«

Maru trottete hinter ihm her. Ein Essen mit Würdenträgern. Ihr fiel wieder auf, wie ärmlich ihr Gewand war, für ein festliches Essen sicher nicht angemessen. Aber das war nicht das Schlimmste. Sie blieb stehen.

»Was ist, Kröte?«

»Ich weiß nicht, wie man sich bei so einem Essen benimmt, Onkel.«

Er starrte sie an. Dass er belustigt grinste, machte es nicht besser. »Dumme Gans. Es sind Menschen wie du und ich. Und sie essen mit den Fingern wie du und ich. Halte dich an mich und tu, was ich tue. Und jetzt komm. Es ist nicht klug, einen Immit warten zu lassen.«

Ein Diener führte sie in den südlichen Teil des Palastes, in die Nähe der Wohngemächer. Maru fand diesen Teil des Bet Raik am schönsten. Hier waren die Höfe mit Beeten und Palmen geschmückt, die Säulen zierlich und die Gänge hell erleuchtet. Bunte Stoffe schmückten die Wände. In der Nähe der Hohen Kammer war alles erhaben, kalt, beeindruckend. Jeder Stein schien den Besucher daran erinnern zu wollen, dass er das Herz der Macht betrat. Dort wurde regiert und verwaltet. Hier, in den Wohngemächern, wurde gelebt.

Der heitere Eindruck verflüchtigte sich, als sie den Festsaal erreichten. Eine große Gruppe von Kriegern bewachte die Eingänge. Sie trugen die geschwärzten Waffen und Rüstungen des Immit. Es waren mindestens zwei Dutzend, was bedeutete, dass der Immit Tasils Warnungen offenbar sehr ernst nahm. Maru sah es mit gemischten Gefühlen. Die Männer wachten dort, um das Festmahl zu schützen und damit auch sie. Aber sie waren eben auch da, um Muqtaq und seine Krieger aufzuhalten. Muqtaq, der Anführer der Leibwache des Raik, der Mann, dem sie selbst Malk Iddins Auftrag überbracht hatte. Er würde auf der Schwelle dieses Saales sterben, das war sicher. Und sie hatte ihn in die Falle gelockt. Maru fühlte sich plötzlich sehr elend.

Der Saal, den sie nun durch eine Flügeltür auf dessen Stirnseite betraten, war nicht viel kleiner als die Hohe Kammer. Er wirkte sogar etwas zu groß für das anstehende Bankett. Der Immit hatte in der Mitte des Raumes ein an einer Seite offenes Rechteck aus niedrigen Tischen und Bänken aufbauen lassen. Die Tafel bot Platz für etwa dreißig Menschen. Noch saß niemand dort. Die Bedeutendsten aus Serkesch und aus Ulbai warteten. Es waren Verwalter, Richter, Priester und Schabai. Maru erkannte die meisten aus der Hohen Kammer wieder. Es hatten sich Grüppchen gebildet. In der einen Ecke standen die Würdenträger aus Ulbai. Um die Hohepriester der Hüter hatte sich eine weitere Gruppe in der Mitte der Halle versammelt. Maru war sich nicht sicher, ob sie alle auf Iddins Seite standen. Vielleicht ergriffen sie auch nur nicht für Numur Partei. Dessen Anhänger warteten nahe des Eingangs. Viele waren es nicht: eine Handvoll Verwalter und Schabai, außerdem ein Priester des Strydh. Er war es auch, der sie annehmen ließ, dass dies Numurs Gefolgsleute waren. Der Saal war festlich beleuchtet, aber die Stimmung war gedrückt. Es lag eine Spannung in der Luft, die man fast mit Händen greifen konnte.

Genau genommen, dachte Maru, gibt es noch eine vierte Gruppe. Die bestand nämlich aus Tasil und ihr. Tasil versuchte nicht, sich einer der Parteien anzuschließen. Es gab auch niemanden, der ihn begrüßte. Maru konnte die missbilligenden Blicke und die hochgezogenen Augenbrauen sehen, als sie eintraten. Offenbar waren der Urather und seine »Nichte« nicht sehr willkommen. Tasil schien das nichts auszumachen, aber Maru fühlte sich noch unbehaglicher als zuvor.

Jetzt betrat Immit Schaduk den Saal, und an seinem Arm schritt Umati herein. Der Immit hatte sein Gewand gewechselt. Das neue war von tiefblauer Farbe und mit silbernen Sternen besetzt. Auch Umati trug jetzt Kleider in dieser Farbe. Maru musste zugeben, dass das ihren üppigen Schmuck noch besser zur Geltung brachte. Allerdings fragte sie sich gleichzeitig, was von dem schimmernden Metall, das Umati trug, Schmuck und was Waffe war. Die beiden schritten langsam durch die Reihen der Würdenträger. Schaduk wechselte leutselig das eine oder andere Wort mit diesem oder jenem und schien keinen Unterschied zu machen zwischen seinen Leuten und den Serkesch. Bis zu Tasil und Maru kam er jedoch nicht.

Kurz nach dem Eintreffen des Immit rauschte auch Malk Numur mit Gefolge in den Saal. Abeq Mahas war an seiner Seite, aber auch der Schab Emadu, den sie unten in den Waffenkammern gesehen hatten. Außerdem wurde der Malk von einem halben Dutzend Kriegern begleitet. Fakyn, der Hüne, war unter ihnen. Sein abgetragener Lederpanzer wirkte seltsam fehl am Platz unter all den polierten Rüstungen der anderen Krieger.

»Ah, verehrter Malk Numur, welch stattliches Gefolge«, begrüßte ihn der Immit. »Allerdings sind wir hier, um zu essen, nicht um in den Krieg zu ziehen.«

»Als Malk habe ich ein Recht auf eine Ehrenwache, edler Immit, wie du wohl weißt. Es erschien mir ein Gebot der Höflichkeit unseren Gästen gegenüber.«

»Das ist sehr aufmerksam von dir. Sie mögen sich vor der Tür zu meinen Kriegern gesellen.«

Numur zögerte, aber dann gab er Emadu einen Wink, und dieser und seine Bewaffneten zogen ab.

Schaduk nahm den Arm seiner Frau und steuerte das Kopfende der Tafel an. Diener tauchten auf und führten die Gäste an ihre Plätze. Es überraschte Maru nicht, dass sie mit Tasil am untersten Ende der Tafel sitzen musste. Als sie sich setzen wollte, hielt Tasil sie zurück.

Der Immit erhob die Hände zum Himmel. »Mögen die Hüter dieses Mahl segnen, und wir danken ihnen für das, was wir Edhils Schöpfung entnehmen durften. Wir danken Hirth für Gerste und Fleisch, Alwa für Quellwasser und Fisch, Fahs für den Regen, der all dies gedeihen ließ, und Brond für das Feuer, das unsere Speisen wärmt.

Er senkte die Hände, und die Gesellschaft nahm geräuschvoll Platz.

»Und«, bellte plötzlich eine Stimme, »wir danken Strydh, dessen Nachsicht es uns erlaubt, dieses Mahl in Frieden miteinander zu teilen.« Es war Abeq Mahas. Sein Auge funkelte böse über die Würdenträger hinweg. Einige wirkten verlegen.

»Ah, ehrwürdiger Abeq, ich danke dir für deine Ergänzung, und ich muss mich entschuldigen. In Ulbai wird diese alte Form des Segens nur noch selten benutzt.«

»Gibt es keine Priester meines Gottes mehr in Ulbai?«, fragte Abeq Mahas, als er sich gesetzt hatte.

»Oh, es gibt derer noch einige, Ehrwürdiger, und das ist auch gut, denn ihre Zahl mindert den Eindruck von Leere, den man sonst beim Besuch von Strydhs Tempel gewinnen könnte.«

Der Abeq starrte den Immit feindselig an. »Haben die Akkesch von Ulbai etwa ihre Götter vergessen?«

»Das sicher nicht, ehrwürdiger Abeq. Sie beten zu den Hütern, einige der Kydhier sogar zum alten Gott Dhanis, nur Strydh scheint seltsam unbeliebt zu sein.«

»Strydh will nicht geliebt, sondern gefürchtet werden, Herr«, entgegnete Abeq Mahas finster.

»Vielleicht ist es das – sie haben so viel Furcht vor Strydh, dass sie sich nicht einmal mehr in seinen Tempel wagen. Weißt du, wie sie seinen Tempel nennen?«

Mahas schüttelte missmutig den Kopf.

»Nein? Bet Tabihu, das Haus des Schlachters. Wirklich, die Achtung vor deinem Gott hat nachgelassen.«

Der Abeq spannte die Kinnmuskeln. Er sah aus, als würde er gleich platzen. »Es geschieht immer wieder, dass die Menschen nicht mehr Strydhs gedenken – es ist aber noch nie geschehen, dass Strydh die Menschen vergessen hat. Ich bin überzeugt, er wird sich auch der Menschen von Ulbai erinnern.«

»Du hast finstere Gedanken, ehrwürdiger Abeq.« Immit Schaduk lachte. »Das klingt ja beinahe wie eine Drohung. Wir hatten schon lange keine Feinde mehr vor unseren Toren. Und ich hoffe doch sehr, dass das so bleibt. Du nicht auch?«

»Ein Krieg ist eine Prüfung. Wie kann der Kaidhan wissen, ob sein Volk etwas taugt, wenn es so lange nicht geprüft wurde?«

Der Immit lächelte ein wenig höhnisch. »Wirklich, du solltest nach Ulbai kommen, ehrwürdiger Abeq. Du würdest staunen, was dieses – wie sagtest du – lange nicht geprüfte Volk zustande bringt. Aber genug davon, lasst uns speisen!«

Er klatschte in die Hände, und durch die Eingänge strömte eine ganze Schar von Sklaven in die Halle, ein jeder beladen mit Platten voller Köstlichkeiten.

Maru war eine gute Esserin. Sie war es gewohnt, den ganzen Tag auf dem Feld zu arbeiten, und danach konnte sie einen gewaltigen Appetit entwickeln. In Akyr gab es Hirse- oder Gerstenbrei, Gemüse, Brot, Käse oder auch mal Fisch aus dem Dhanis, bei seltenen Gelegenheiten Hammelfleisch. Als Nachtisch mochte sie die Süßspeisen, die die Frauen der Budinier aus Äpfeln, Pinienhonig und Datteln zaubern konnten. Jetzt standen vor ihr dampfende Schüsseln mit fein gewürzten Hirsegerichten, Lamm, Rind, Muscheln, Fisch und Dinge, deren Namen sie noch nicht einmal kannte. Sie spürte großen Hunger, aber sie konnte nichts essen. Obwohl sie es versuchte, blieb ihr jeder Bissen im Hals stecken.

»Was ist los, Maru? Keinen Hunger?«, fragte Tasil, der große Mengen roter Hirse und Lammfleisch in sich hineinschaufelte.

Sie schüttelte den Kopf. Der Gedanke an das, was bald geschehen würde, ließ sie einfach nicht los. Sie sagte sich hundertmal, dass es nicht ihre Schuld war. Schließlich hatte sie nicht wissen können, was Tasil vorhatte. Aber stimmte das? Hätte sie Muqtaq nicht warnen müssen, als sie es erfuhr? Irgendwie? Es war die Nachricht, die sie ihm überbracht hatte, die zu seinem Tod führen würde. Sie musste etwas unternehmen. Nur was?

Das Mahl nahm seinen Fortgang. Es wurde viel gegessen und wenig gesprochen. Die Stimmung war angespannt, was dem Immit offensichtlich nicht entgangen war.

»Ich bitte die Herren um Entschuldigung, dass es diesem Festmahl an Musik und Tanz fehlt«, sagte er, »doch erschien es mir nicht angemessen, schließlich sind dies immer noch Tage der Trauer.«

»So ist es«, warf Abeq Mahas düster ein, der sich beim Essen zurückhielt.

»Ich habe Raik Utu-Hegasch viel zu sehr geschätzt, um seinen Abschied mit dem Lärm der Musiker zu stören«, fuhr Schaduk fort. »Und natürlich achte ich die Gebräuche unseres Reiches.« Er lächelte freundlich in die Runde. Einige der Würdenträger nickten, während sich Schaduk, immer noch lächelnd, Numur zuwandte. »Sag, verehrter Malk, war heute nicht der Tag deiner Totenwache?«

Es wurde still im Saal. Die Großen hoben ihre Köpfe und blickten vom Immit zum Malk und vom Malk zum Immit.

Numur lief rot an. »So ist es«, presste er hervor, »doch deine

Ankunft und die … Ereignisse dieses Tages haben es mir unmöglich gemacht, diese teure Pflicht wahrzunehmen.«

»Das verstehe ich gut, verehrter Malk. Und ich muss sagen, ich fühle mich geschmeichelt, dass du meine Einladung zu diesem Essen der Erfüllung deiner heiligen Sohnespflichten vorziehst.«

Maru dachte, Numur würde dem Immit gleich an die Kehle springen, doch der Malk wurde plötzlich ganz ruhig. Er schob seinen Teller zur Seite. »Es erschien mir angebracht, bei einem Festmahl, das im Bet Raik *meiner* Familie gegeben wird, anwesend zu sein. Ich kenne meine Aufgaben und verstecke mich nicht hinter Toten wie mein Bruder Iddin.«

»Ah, du weißt, wo er ist? Ich habe Boten ausgesandt, doch haben sie ihn nicht gefunden. Sieh, ich habe einen Platz zu meiner Rechten für ihn frei gehalten.«

»Offenbar fehlt es meinem Bruder an der Höflichkeit, deine Einladung anzunehmen, edler Immit«

Der Immit lachte. »Wenn er aber doch nichts von ihr weiß?«

»Ich bin sicher, er weiß es, edler Immit. Er hat Anhänger in dieser Stadt.«

»Und nicht zu wenige, wie ich feststelle«, rief der Immit fröhlich und hob seinen Krug in Richtung der Abeqai der Hüter.

Maru lauschte staunend. Der Immit legte es offenbar darauf an, alle vor den Kopf zu stoßen, vor allem Numur.

»Onkel«, flüsterte sie, »warum tut er das?«

Tasil grinste. »Er will sie zwingen, Partei zu ergreifen. Dann weiß er sicher, wer wo steht. Außerdem macht es ihm wohl einfach Spaß, andere seine Macht spüren zu lassen.«

Zumindest gelang es dem Immit offensichtlich, die Hohepriester in Verlegenheit zu stürzen. Sie wussten nicht recht, wie sie seine Geste erwidern sollten. Halbherzig hoben sie die Gläser. Nur der Abeq des Brond hob den Krug mit Entschlossenheit und starrte dabei Numur feindselig an.

»Aber reden wir nicht über den Tod, ihr Herren«, bat der Immit. »Wenn wir uns auch nicht an den viel gerühmten Tänzerinnen dieser Stadt erfreuen können, so soll uns doch hohe Kunst das Mahl versüßen. Ich habe einen Erzähler gebeten, sich zu uns zu gesellen und uns mit seinen Geschichten zu unterhalten. Tritt vor, Mann.«

Es war Biredh. Ein Diener führte ihn in die Mitte der Tafel. Eine Geschichte wird mich ablenken, dachte Maru. Aber sie wusste, dass das nicht stimmte. Muqtaq. Der Name brannte in ihrem Kopf. Er würde sterben – und es war ihre Schuld.

»Nun, Alter, willkommen in unserer Mitte«, hieß der Immit Biredh heiter willkommen. »Was hast du uns mitgebracht? Was willst du erzählen? Wir sind begierig auf eine gute Geschichte.«

»Ich danke dir für die Einladung, Herr«, erwiderte Biredh. »Ich hatte nach dem Tod meines Herrn Utu-Hegasch schon die Hoffnung aufgegeben, noch einmal vor so edler Runde sprechen zu dürfen. Dies war ein gastliches Haus, als Raik Utu noch lebte.«

»Und ich bin mir sicher, es wird wieder eines werden, wenn der neue Raik ernannt ist.« Der Immit lächelte, wenn auch ohne Humor, wie Maru fand. »Wer immer das sein mag.«

»In dieser Hoffnung sind wir vereint, Herr«, sagte Biredh. »Wenn ihr erlaubt, ihr Herren, werde ich meine bescheidenen Gaben bemühen und euch vom Helden Tiuf erzählen und wie sich die göttliche Skalwala in ihn verliebte. Es ist eine Geschichte, die in dieser Gegend gern gehört wird, denn Skalwala war die Alfholde des Baches, der einst durch das Gräbertal floss und heute ausgetrocknet ist. Höret denn, wie es dazu kam.«

Das war eine Geschichte, die Maru nicht kannte, und sie hätte sie unter anderen Umständen sicher sehr genossen. Der Alte war ein guter Erzähler. Seine Stimme hatte die Fähigkeit, den Zuhörer tief im Inneren zu berühren. Man konnte dabei alles vergessen. Und das war genau das, was sie jetzt brauchte.

Biredh erzählte aus der Jugend des Helden, der aus seiner Heimat auszog, um mit Ungeheuern zu kämpfen und dabei mehr der List als seinem Speer vertraute. Maru versuchte, sich Tiuf vorzustellen, doch sie vermochte es nicht. Sie hörte Biredhs Stimme, aber sie hatte Mühe, ihm zu folgen. Der Name Muqtaq quälte sie. So konnte es nicht weitergehen.

»Verzeih, Onkel«, flüsterte sie, »aber ich muss an die frische Luft.«

»Ist dir übel? Überfressen hast du dich aber nicht«, sagte Tasil leise mit einem Blick auf die kaum angerührten Speisen auf ihrem Teller. »Aber verschwinde nur, bevor du mich hier blamierst.«

Maru stand leise auf und huschte zu einem Seitenausgang. Für einen winzigen Augenblick schien es ihr, als würde die Erzählung des Alten stocken. Sie blickte zurück.

Er stand dort im Schein der Fackeln und lächelte versonnen. »Und so kam er in dieses Land und an diesen Bach, in dem die Alfholde Skalwala wohnte und die Fischer des nahen Dorfes schützte. Denn die Stadt Serkesch gab es seinerzeit nicht, und noch viele Menschenalter würde es dauern, bis die Akkesch dieses Land betraten.«

Maru verließ den Saal. Als sie die Sterne am Nachthimmel sah, holte sie erst einmal tief Luft. Hier war es viel leichter zu atmen als in dieser Halle voller Feindseligkeit – mochte Biredh erzählen oder nicht.

Eine der Wachen bemerkte sie und starrte sie stirnrunzelnd an. Vielleicht wusste er nicht recht, was er von dem ärmlich gekleideten Mädchen, das aber offenbar keine Sklavin oder Dienerin war, zu halten hatte. Aber dann tat er diese Frage mit einem Schulterzucken ab und wandte sich wieder seinen Kameraden zu. Maru überlegte kurz, einen der Krieger nach Muqtaqs Kammer zu fragen. Doch ihr war klar, dass das wirklich keine gute Idee wäre.

Sie lief ein Stück den Gang hinab. Rechts und links gab es weitere Kammern. Sie hörte Gemurmel durch eine der Türen, die eine Winzigkeit offen stand, warf einen schnellen Blick durch den Spalt und erschrak. Dort waren noch mehr Krieger versammelt. Alle trugen sie die geschwärzten Waffen des Immit. Sie eilte weiter. Viel Zeit würde sie nicht haben. Als sie um die nächste Ecke bog, wäre sie um ein Haar mit einem Sklaven zusammengestoßen. Es war ein älterer, kleiner Mann, der unter einer riesigen Platte mit Süßspeisen ächzte.

»Verzeih, Herrin!«, rief er, als er ihr im letzten Augenblick auswich.

Maru konnte sich ein Grinsen nicht verkneifen. Er hatte sie »Herrin« genannt. Bevor er verschwinden konnte, packte sie ihn am Ärmel. »He, du!«, sagte sie. Das Wort »Sklave« kam ihr allerdings nicht über die Lippen.

»Ja, junge Herrin?«, keuchte der Mann. Die Platte sah wirklich schwer aus.

»Wo finde ich Schab Muqtaq?«

»In seiner Kammer oder in der Wachstube nehme ich an, junge Herrin.«

»Und wo finde ich die?«

»Oh, das ist einfach. Am Ende des Ganges führt eine Treppe nach unten. Die Wachstube ist dahinter, Muqtaqs Kammer in der Ebene darunter, junge Herrin.«

»Danke«, sagte sie schlicht.

Der Sklave sah sie irritiert an.

Maru seufzte. Es war wohl in diesem Bet Raik nicht üblich, einem Sklaven für irgendetwas zu danken. Hoffentlich hatte sie sich nicht verdächtig gemacht. »Los, lauf, sie warten sicher schon auf dich!«

Der Mann versuchte eine Verbeugung, was ihm wegen der schweren Platte nicht gelang, dann drehte er sich um und wankte ächzend davon. Maru eilte weiter. Sie musste zurück sein, bevor

Tasil auf den Einfall kam, nach ihr zu suchen – oder suchen zu lassen. Die Wachstube war nicht zu verfehlen. Ein Krieger saß auf einem Schemel vor der offenen Tür. Er schärfte mit verbissener Hingabe seine Axt. Durch die weit offen stehende Tür sah sie weitere Kämpfer. Sie waren ernst und schweigsam. Offenbar war ihnen bewusst, was ihnen in dieser Nacht bevorstand. Doch auf welcher Seite standen sie? Maru konnte Muqtaq nicht entdecken.

Hoffentlich ist er in seiner Kammer, dachte sie und nahm die Treppe hinab. Auf der nächsten Ebene blieb sie stehen. Es gab eine ganze Flucht von Türen. Zeichen nach Art der Akkesch waren über den Türsturz gemalt. Wenn sie nur lesen könnte … Aber dann fiel ihr ein, dass der Sklave gesagt hatte, Muqtaqs Kammer läge genau unter der Wachstube. Was hatte sie schon zu verlieren? Sie klopfte vorsichtig an die hölzerne Pforte.

Schwere Schritte erklangen auf der anderen Seite. Dann schwang die Tür auf. Es war Muqtaq, und er war offenbar damit beschäftigt, seine Rüstung anzulegen. Gerade war er dabei, die Lederriemen einer eisernen Armschiene zu verschnüren.

»Was willst du?«, fragte er barsch.

»Ich … ich muss dich warnen, Herr«, stieß Maru hervor.

Der Schab zog den Riemen fester und sah sie misstrauisch an. »Warnen?«

»Kann ich kurz hinein, Herr?«

Sie fühlte sich nackt und schutzlos auf dem Gang. Wenn sie jemand mit Muqtaq sah, konnte das böse Folgen für sie haben. Der Schab zögerte, dann trat er einen Schritt zur Seite, und sie schlüpfte in die Kammer. Es war ein sehr bescheidener Raum. Eine zerfetzte Fahne, vielleicht ein Ehrenzeichen aus einer früheren Schlacht, hing an der Wand. Das war der einzige Schmuck. Es gab einen Tisch, Stühle, ein Bett, auf dem jetzt eine stattliche Anzahl von Waffen, ein Helm und ein Brustpanzer lagen.

»Ich höre«, sagte er.

Maru wusste nicht, wie sie beginnen sollte. Sie hatte keine Gelegenheit gehabt, darüber nachzudenken. »Vielleicht erinnerst du dich. Ich bin das Mädchen, das dir in der Hohen Kammer den Ring Iddins übergab«, platzte sie endlich hinaus.

»Ich weiß. Du bist die Nichte des Urathers, sagt man.«

»Das stimmt, Herr.«

»Und wovor willst du mich warnen?«, fragte er und wirkte sehr ernst.

Kein Wunder, bei dem was er vorhat, dachte Maru. »Sie … sie wissen es.«

Der Schab sah sie nachdenklich an. Dann nickte er, so als habe er das fast erwartet. »Was genau wissen sie?«

»Dass du heute nach Mitternacht versuchen wirst, Numur zu töten, Herr. Du und deine Männer.«

Der Schab griff zu seiner zweiten Armschiene und begann, auch diese anzulegen. »Und woher wissen sie das?«, fragte er.

Maru schluckte. Mit dieser Frage hatte sie nicht gerechnet. Reichte es nicht, dass sie ihn gewarnt hatte? Sie konnte doch Tasil nicht verraten! »Sie wissen es eben … Vielleicht ein Verräter.«

»Meine Männer würden mich nie verraten, nicht an Numur, nicht nach dem Gemetzel im Gräbertal«, erklärte Muqtaq ruhig.

Maru schielte zur Tür. Vielleicht musste sie rennen. »Ist das nicht unwichtig? Sie wissen es jedenfalls, und sie erwarten dich und deine Leute.«

Der Schab fädelte in aller Ruhe die ledernen Bänder in die Ösen. »Wenn sie es wissen, sind sie schlecht vorbereitet. Sie haben nur zwei oder drei Eschet vor der Kammer der Feste aufgestellt. Damit können sie uns kaum aufhalten.«

»Aber in den anderen Kammern, rundherum, da sind noch viel mehr Krieger des Immit.«

Der Schab hielt inne. Nachdenklich betrachtete er das Lederband in seinen Fingern.

»Wie viele?«, fragte er ruhig.

»Sehr viele! Viel, viel mehr als vor der Kammer«, sagte Maru. »Ihr dürft nicht angreifen. Ihr würdet alle sterben.«

Der Schab schaute ihr in die Augen. Sie hielt dem durchdringenden Blick nicht lange stand und senkte verlegen den Blick. »Für ein Mädchen bist du erstaunlich gut unterrichtet.«

»Ihr dürft nicht angreifen!«, flehte Maru noch einmal. »Es wäre euer Untergang.«

»Wer hat dich geschickt? Dein Onkel? Der Immit? Numur?«

»Niemand, Herr, ich … ich …« Sie verlor den Faden. Ihr Herz pochte wild. Sie hatte es doch nur gut gemeint. Warum glaubte er ihr nicht? Dann hob sie den Blick und sah Muqtaq offen in die Augen. »Niemand hat mich geschickt, Herr. Ich bin hier, weil ich dir den Ring gebracht habe.«

Muqtaq hob überrascht eine Augenbraue. Er schwieg nachdenklich, dann nickte er. »Du hast die grünen Augen der Hirth, Mädchen, und deshalb ist es leicht zu glauben, dass du Unglück verheißt. Die Frage ist nur, wen diese böse Verheißung treffen wird.« Er schwieg einen Moment. »Ich weiß nicht, wer dich geschickt hat, Mädchen, aber ich werde deine Nachricht überdenken. Und ich werde einen Mann schicken, der deine Angaben prüfen wird. Und dann, erst dann werde ich entscheiden, ob wir heute Nacht unsere Pflicht erfüllen oder nicht.«

»Ich … ich danke dir, dass du mich angehört hast, Herr.«

»Falls du es ehrlich meinst, ist es an mir, dir zu danken. Dann werde ich dir diese Warnung nie vergessen. Wenn du es *nicht* ehrlich meinst, werde ich auch das nicht vergessen. Jetzt geh. Ich muss Vorbereitungen treffen.«

Maru schluckte bei der Drohung. Sie war froh, als sie der Kammer des Schab entronnen war. Das Herz schlug ihr immer noch bis zum Hals. Sie atmete einmal tief durch und hastete zurück. Hoffentlich wurde sie noch nicht vermisst.

Als Maru wieder auf der obersten Etage war, blieb sie beeindruckt stehen. Der Mond war etwas höher gestiegen und stand jetzt groß vor den Sternen. Er war immer noch kupferrot. Der Maghai hatte gesagt, dass die Sterne nichts vom Schicksal der Menschen wussten. Galt das auch für den Mond? Sie hoffte es, denn ansonsten würde das noch eine sehr schlimme Nacht werden. Man musste wirklich kein Priester des Fahs sein, um das zu erkennen. Es war inzwischen schon tiefe Nacht, aber es waren noch wenigstens zwei Stunden bis Mitternacht.

Lautes Gelächter empfing Maru, als sie in die Kammer der Feste schlüpfte. Offenbar lachte man über das, was Biredh erzählte. Er war mit seiner Geschichte von Tiuf und der Alfholde Skalwala noch nicht fertig. Entweder war es eine sehr lange Geschichte, oder Maru war schneller gewesen, als sie gedacht hatte. Sie nahm ihren Platz an Tasils Seite wieder ein. Er warf ihr einen kritischen Blick zu, sagte aber nichts. Maru versuchte, sich zu beruhigen. Ein eigenartiges Hochgefühl durchströmte sie. Sie hatte es geschafft! Muqtaq würde herausfinden, dass es wirklich eine Falle war, und heute Nacht nicht angreifen. Sie hatte das Schlimmste verhindern können. Jetzt endlich konnte sie auch der Erzählung des blinden Alten lauschen und wollte auch etwas essen. Der Tisch war immer noch reichlich gedeckt, und ihr Magen war leer – doch sie konnte immer noch nichts hinunterbringen.

Eigentlich sollte sie doch erleichtert sein, aber ein ungutes Gefühl war geblieben, und eine innere Stimme warnte sie. Sie versuchte, sie zu überhören, und lauschte lieber dem alten Erzähler.

Biredh erzählte gerade davon, wie der Gott Dhanis erwachte und sich in Zauberfesseln wieder fand, die Skalwala nach ihrer gemeinsamen Liebesnacht gewoben hatte. Ein Umstand, der die Würdenträger an der Tafel erneut schallend lachen ließ.

»Und Dhanis sah in großem, aber völlig vergeblichem Zorn,

wie sich der Held Tiuf mit all seinem Gold davonstahl«, erzählte Biredh. Seine Stimme schwebte leicht wie ein Vogel durch die Halle.

Selbst der Immit erlaubte sich ein Lächeln, während rund um ihn herum die Großen der Stadt sich vor Lachen auf ihren Sitzen krümmten.

»Als er aber die Fesseln endlich gesprengt hatte, da war der Held Tiuf schon längst hinter den Hügeln verschwunden, und keiner der hundert Arme des Flussgottes konnte ihn noch erreichen. Doch die treulose Skalwala musste ihre Liebe zu dem Helden bitter büßen, denn Dhanis sperrte sie in einen lichtlosen Felsen, wo sie noch heute sitzt und dem Helden nachweint.«

Offenbar fanden die Männer im Saal auch das lustig, denn sie schlugen sich auf die Schenkel. Biredh hatte es wirklich geschafft, sie aus ihrer trüben Stimmung zu reißen. Zumindest die meisten. Nur Abeq Mahas und Malk Numur saßen mit versteinerter Miene am Tisch und hörten der Geschichte völlig unbewegt zu.

»Und deshalb, ihr Herren, findet ihr heute im Dhanis kein Gold mehr, und deshalb ist der Bach, der einst unter dem Namen Skalwala zu Füßen unseres Tempelberges floss, ausgetrocknet.«

»Eine großartige Geschichte, alter Mann«, sagte Immit Schaduk, als das Gelächter allmählich verebbte, »diese Alfholde war offenbar genauso dumm wie schön.« Er klatschte in die Hände. »Einen Platz für diesen Mann. Er soll an meiner Tafel speisen. Man bringe ihm, was er verlangt.«

»Ich danke dir für die Einladung, Herr«, sagte Biredh mit einer Verbeugung.

»Oh, sie gilt nicht nur für heute. Solange ich in dieser Stadt bin, wirst du an meinem Tisch immer willkommen sein.«

»Und wie lange wird das sein, edler Immit?«, platzte Numur heraus.

Schaduk lächelte. »Das hängt ganz von dir und deinem Bruder

ab, verehrter Malk. Im Augenblick genieße ich die Gastfreundschaft dieser Stadt, die so einen erstaunlichen Erzähler hervorgebracht hat.«

»Es ist, wie du es den Hakul sagtest: Unsere Gastfreundschaft ist groß, edler Immit«, erwiderte Numur.

Die gute Stimmung im Saal verflog. Alle wussten, was der Immit zu den Hakul *noch* gesagt hatte.

Selbst Schaduk hörte auf zu lächeln. »Wir wollen heute nicht mehr von solchen Dingen reden, sondern lieber noch eine Geschichte hören.«

»Ja, Biredh soll noch eine Geschichte erzählen«, rief einer der Richter begeistert.

»O nein, dieser Mann soll in Ruhe sein Mahl genießen. Er hat es mehr als verdient. Aber vielleicht weiß ja einer von euch noch etwas zu erzählen? Wer hat den Mut und misst sich mit der Erzählkunst dieses Blinden?«

Maru fand, dass dies eine sehr seltsame Idee war. Wer würde so verrückt sein, sich darauf einzulassen? Meinte der Immit das ernst? Oder verbarg sich hinter dieser freundlichen Einladung wieder nur eine weitere Falle?

»Urather, du bist weit gereist. Du hast doch sicher viel zu erzählen.«

Das war es also, der Immit hatte sich Tasil als nächstes Opfer für seine quälenden Spiele ausgesucht.

Alle Blicke richteten sich auf Tasil. Der wischte sich ganz ruhig den Mund mit einem Ärmel ab und schob seinen Teller zur Seite. »Es ist wahr, Herr, ich bin weit von meiner Heimat entfernt. Doch leider fehlt mir die Begabung, dich und die Herren angemessen zu unterhalten.«

»So bescheiden? Die Stadt Urath ist doch berühmt, wenn auch nicht für ihre großen Erzähler, sondern mehr für Verrätereien auf dem Schlachtfeld«, sagte der Immit mit honigsüßem Lächeln. »Vielleicht möchtest du etwas tun, um den Ruf deiner Stadt bei uns Akkesch zu verbessern? Erzähl uns doch etwas von deinen Erlebnissen. Vielleicht etwas von deinen Abenteuern bei den Hakul?«

Totenstille senkte sich auf den Saal, gestört nur von Biredh, der geräuschvoll seine Mahlzeit zu sich nahm.

»Mein einziges Abenteuer mit diesem wilden Volk, Herr«, sagte Tasil ruhig, »habe ich heute, hier in diesem Bet Raik erlebt. Davon muss ich nicht berichten, denn ihr wart alle zugegen. Allerdings habe ich vielleicht etwas für euch. Es ist ein Rätsel von der Art, wie sie in meiner Heimat gestellt werden.«

»Ah, ein Rätsel. Erzähl, Urather!«, rief der Immit.

»Dann hört: Ein Mann mit drei Pferden reitet durch die Wüste. Er ist in Eile, doch die Tiere lassen sich nicht leicht führen. Sie zerren am Zügel und verlangsamen seinen Ritt so sehr, dass er nach einer Weile das langsamste der drei Pferde tötet. Er hastet weiter, doch nach einiger Zeit ist ihm das zweite Pferd ebenfalls zu langsam, und er tötet auch das. Nun hat er nur noch das Tier, auf dem er reitet, und er kommt schnell voran. Doch schließlich ist dieses, sein liebstes und schnellstes Tier, so erschöpft, dass es unter ihm tot zusammenbricht. Er eilt zu Fuß weiter, doch die Wüste ist sehr groß. Der Mann verdurstet.«

Biredhs Finger kratzten über seinen Teller, ansonsten lauschten alle Tasils Rätsel. Doch der war offenbar fertig.

»Das soll ein Rätsel sein?«, fragte der Hohepriester Hirths verblüfft.

»So ist es, Herr«, sagte Tasil gelassen.

Die Würdenträger sahen einander verblüfft an.

»Hat deine Heimat nichts Besseres zu bieten, Urather?«, murrte ein Verwalter.

»Nicht, dass ich es verstehe, doch ich finde es befremdlich, dass der Mann die beiden Pferde tötete«, warf Malk Numur ein. »Er hätte sie gebrauchen können.«

»Vielleicht war keines der Pferde tauglich für die Wüste. Er hätte ein Trampeltier satteln sollen«, sagte Immit Schaduk leichthin.

»Ich frage mich eher, warum er nicht blieb, wo er war, und was er so fern seiner Heimat wollte.« Abeq Mahas blickte bei diesen Worten Tasil an.

Plötzlich redeten alle durcheinander, nein, sie stritten. Und die Würdenträger stritten am lautesten mit denen, die einer anderen Partei angehörten. Es schien schon bald nicht mehr um das Rätsel, sondern um den Streit um seiner selbst willen zu gehen.

»Ihr Herren, ihr Herren«, rief Immit Schaduk nach einer Weile, »beruhigt euch. Allmählich verstehe ich den Reiz dieses Rätsels. Man kann trefflich darüber streiten. Nun, Urather, für jemanden, der nichts zu erzählen weiß, hast du uns gut unterhalten.«

»Ich danke dir, Herr, du bist zu gütig«, sagte Tasil.

»Verrätst du uns nun die Lösung?«

»Es ist ein urathisches Rätsel, Herr. Dafür gibt es keine Lösung.«

Jemand lachte. Es war Biredh. Die anderen Anwesenden starrten Tasil mit einer Mischung aus Verblüffung und Feindseligkeit an.

»Ihr seid wahrhaft seltsame Menschen, Urather«, sagte Immit Schaduk verstimmt. »Eure Rätsel sind trügerisch. Das verrät viel über euch.«

»Es sind nur Rätsel, Herr. Spielereien für Narren, Kinder und Weise«, erwiderte Tasil mit einem Lächeln.

Ein markerschütternder Schrei erklang. Er kam von draußen. Dann noch einer. Die Mächtigen der Stadt erstarrten auf ihren Plätzen. In Maru breitete sich eine Eiseskälte aus. Die Tür flog auf, und einer der schwarz gewappneten Krieger des Immit taumelte hinein. Zwei gefiederte Pfeile steckten in seinem Leib. Er sank zu Boden.

»Gefahr!«, brüllte jemand auf dem Flur. »Gefahr! Zu den Waffen!«

Im nächsten Augenblick brach vor der Tür das Chaos los. Männer brüllten, Pfeile sirrten, Krieger prallte auf Krieger.

In der Halle herrschte lähmendes Entsetzen. Maru starrte entsetzt den Toten auf der Türschwelle an. Muqtaq griff an! Er hatte ihre Warnung in den Wind geschlagen. Er hatte nicht auf sie gehört!

Nein, es war schlimmer: Er *hatte* auf sie gehört! Muqtaq hatte seinen Plan nicht aufgegeben, er hatte ihn geändert. Er griff einfach viel früher an. Durch die Tür sah sie ein Gewirr von Leibern, Waffen, Rüstungen. Es war kaum zu unterscheiden, wer da gegen wen kämpfte. Sie sah Funken, wo Schwerter aufeinander prallten, hörte das Klirren der Klingen und sah klaffende Wunden, aus denen Blut über die Rüstungen floss.

Eine Hand packte sie an der Schulter und riss Maru aus ihrer Erstarrung.

»Los, komm!«, zischte Tasil.

Er war der Erste im Saal, der sich wieder gefasst hatte. Er sprang auf, zog Maru von ihrem Platz und zerrte sie am Arm zum hinteren Ausgang. Sie stolperte hinter ihm her. Durch die Nebeneingänge stürmten Krieger in den Saal. Es waren Kämpfer von Immit Schaduk und Malk Numur, die sich schützend vor ihre Herren stellten. Andere bezogen auf der Schwelle Stellung, um die Eingänge zu verteidigen. Im Saal hatten sich wieder drei Gruppen gebildet. Der Immit hatte sich mit seinen Leuten auf die linke Seite der Halle zurückgezogen, rechts versammelten sich Numurs Anhänger. Außerdem war da noch der große Rest derer, die zu keiner der beiden Gruppen gehörten. Sie irrten wie Schafe zwischen den Tischen umher, warfen sie um, stolperten über Schemel, rappelten sich auf und drängten in Panik zu den Ausgängen, wo sie von Iddins und Numurs Kriegern über den Haufen gerannt wurden. Maru sah Biredh. Er war der Einzige, der sitzen geblieben war. Er schien ohne Angst dem Lärm des Kampfes zu lauschen. Doch er sah traurig aus.

Maru dagegen wurde von nacktem Grauen beherrscht. Sie hatte Unheil verhindern wollen, und dabei hatte sie alles noch viel schlimmer gemacht. Auf der Rückseite hatte die Halle nur eine einzige Pforte. Tasil zerrte sie am Arm hindurch. Maru stolperte über etwas Großes, das vor der Schwelle lag. Es war der Körper eines Mannes.

»Duck dich«, rief Tasil und sprang zur Seite.

Er ließ Maru los, was sie endgültig aus dem Gleichgewicht brachte. Sie stürzte und spürte noch im Fallen einen Luftzug im Nacken, hörte ein leichtes Sirren. Etwas bohrte sich federnd hinter ihr in das Holz der Tür. Sie blickte auf. Ein weiterer Pfeil tauchte aus der Dunkelheit auf, verfehlte sie knapp und prallte gegen die Mauer.

Hinter der Halle lag ein offener Hof, der in einer niedrigen Mauer endete. Halb rechts bewegten sich zwei dunkle Umrisse. Und eben kletterten weitere Schatten über die Mauer.

»Lauf!«, rief Tasil.

Maru hörte ihr Herz schlagen, und sie sah einen weiteren, weiß gefiederten Pfeil, der aus der Schwärze der Nacht auf sie zuflog. Ohne nachzudenken, rollte sie sich zur Seite, kam taumelnd auf die Beine und rannte hinter Tasil her. Sie hetzten nach links, bogen um die Ecke – und damit mitten hinein in den Kampf. Hatte Numur nicht behauptet, Muqtaq hätte nicht mehr als dreißig Männer? Das konnte nicht sein, denn sie waren überall. Verwundete und Tote lagen vor dem Seitenausgang der Halle. Auf der Schwelle wurde gekämpft. Schwarz gewappnete Speerträger wehrten sich gegen zwei Axtkämpfer, die ihnen die Speere und Schilde zerhackten. Im Gang vor ihnen waren Krieger ineinander verkeilt. Maru sah Fakyn, einen Turm in der Schlacht, der einem Gegner mit bloßen Händen an die Gurgel ging. Eine der Öllampen war aus ihrer Halterung geschlagen worden. Brennendes Öl floss über den Boden und tauchte Kämpfende und Sterbende in flackerndes Licht. Als Maru zurückblickte, sah sie weitere Krieger aus der Dunkelheit auftauchen. Sie trugen weiße Armbinden.

Tasil warf sich gegen die Tür einer Kammer zu ihrer Rechten. Die Pforte sprang auf, der Raum dahinter war menschenleer. Der Einrichtung nach mochte es ein weiterer Speisesaal sein, und er hatte einen zweiten Eingang auf der gegenüberliegenden Seite. Tasil sprang über Schemel, stieß Tische zur Seite und stürmte weiter, Maru folgte ihm. Noch bevor sie die Pforte erreichten, flog sie auf, und ein mächtiger schwarzer Umriss füllte den Türrahmen. Er hielt in jeder Hand eine zweischneidige Kriegsaxt.

Muqtaq!

Das brennende Öl kroch hinter ihnen über die Schwelle. Jetzt sah Maru, dass auch Muqtaq ein weißes Stück Stoff um den Oberarm gewickelt hatte. Sein einfacher, lederner Brustpanzer war an mehreren Stellen zerfetzt, und er blutete aus zwei Schnittwunden.

»Sieh an, Tasil, der Verräter.« Hass schwang in der Stimme des Kriegers mit.

Tasil zog seinen Dolch und zeigte sein Wolfslächeln. »Mach uns Platz, Maru.«

Sie drückte sich an die Wand. Das Öl hatte einen Schemel erreicht, und Flammen leckten das Holz empor. Muqtaq hob die beiden Äxte. Langsam umkreisten er und Tasil einander. Plötzlich sauste eine der Äxte nieder, verfehlte Tasil knapp und zertrümmerte einen Tisch. Tasil war zur Seite gesprungen, machte dann einen Ausfallschritt und stach zu. Muqtaq war nicht mehr dort.

Jetzt griff der Krieger mit der linken Axt an. Tasil duckte sich unter dem Blatt durch und riss den Dolch nach oben. Muqtaq stöhnte. An seinem linken Oberarm blutete eine neue Wunde. Er griff erneut an, ließ seine Äxte kreisen und trieb Tasil zwischen den Stuhlreihen vor sich her. Tasil suchte offenbar nach einer Lücke in dem Angriffswirbel, aber er konnte nicht viel mehr tun als ausweichen.

»Achtung, der Hocker!«, schrie Maru.

Aber es war zu spät. Tasil stolperte über einen Schemel, Muqtaq schlug mit der rechten Axt zu. Die Doppelschneide schnitt durch die Luft. Tasil riss taumelnd im letzten Augenblick seine Klinge hoch. Es war ein Dolch der Hakul, eine meisterhafte Arbeit aus bestem Eisen, aber der nackten Gewalt der Kriegsaxt war er nicht gewachsen. Er zerbrach – aber er lenkte den Schlag ab.

Die Axt streifte Tasils Wange und zerschmetterte den Schemel, über den der Urather gestolpert war. Muqtaq fluchte. Tasil rollte sich ab und kam wieder auf die Füße. Wieder schoss eine Axt auf ihn zu. Er wich aus. Wieder. Er duckte sich. Wieder. Er sprang zurück. Wieder. Er warf sich zur Seite, rollte über einen Tisch und kam auf der anderen Seite stolpernd auf die Beine. Muqtaq zerteilte den Tisch mit einem einzigen Hieb. Tasil griff sich einen Schemel und nutzte ihn als Schild. Sekunden später hatte er nur noch Splitter in der Hand.

Muqtaq grinste. Langsam trieb er Tasil in die Ecke. Dass vor der Schwelle seine Leute kämpften und starben, dass er gekommen war, Malk Numur zu töten, das alles schien keine Rolle mehr für ihn zu spielen. Er hatte seinen Feind gestellt und war entschlossen, ihn zu töten. Die Äxte sausten kreisend durch die Luft. Tasil versuchte, nach links und nach rechts auszuweichen, aber immer war schon eine der tödlichen Klingen dort, wo er hinwollte. Er wich aus, er wich zurück, er saß in der Falle.

»Ist das tapfer, einen unbewaffneten Mann zu töten?«, fragte eine samtweiche Stimme.

Es war Umati. Sie stand mitten im Raum. Maru hatte nicht einmal mitbekommen, wie sie eingetreten war.

Muqtaq drehte sich um. Er war nicht in der Hohen Kammer gewesen, als Umati Atib getötet hatte, aber ohne Zweifel hatte man ihm davon berichtet.

»Halte dich da raus, Weib. Dieser Mann würde dich ebenso verraten wie mich.«

»Das hat er sicher auch schon getan«, stimmte Umati lächelnd zu. »Trotzdem erlaube ich nicht, dass du ihn tötest.«

Muqtaqs Blicke wanderten von Tasil, der keuchend an der Wand lehnte, zu Umati, die ihm verbieten wollte, seinen Feind zu erschlagen. Maru sah die schimmernde Armschiene der Frau, die ein so tödliches Geheimnis barg. Muqtaq musste wissen, dass Umati nicht so unbewaffnet war, wie es den Anschein hatte. Er zögerte.

»Es war ein guter Plan, Krieger«, lobte Umati. »Ihr habt uns überrascht. Aber jetzt sind die meisten deiner Leute tot, und der Rest wird es bald sein, wenn du nicht aufgibst.«

»Und Numur?«

»Lebt.«

Ohne weitere Vorwarnung sprang Muqtaq auf die Frau los. Seine Rechte schnellte vor. Die Klinge der Axt zerteilte blitzend die Luft. Umati wich nicht zur Seite, sie sprang auch nicht zurück. Sie duckte sich, tauchte unter der Doppelaxt hinweg und tänzelte einen halben Schritt nach vorne. Ihre Hand lag plötzlich auf Muqtaqs Brust. Maru hörte das leise metallische Knirschen, als die verborgene Klinge heraussprang, die lederne Rüstung durchdrang und sich dem Krieger ins Herz bohrte. Der Schab ächzte. Es war ein kurzes, ersticktes Stöhnen, ein Stocken des Atems, mehr nicht. Er wankte. Die linke Axt rutschte ihm aus der Hand, dann die rechte. Muqtaq, Schab der Leibwache des Raik, fiel zur Seite und starb.

»Bin ich dir jetzt Dank schuldig?« Tasil sah völlig erschöpft aus.

»Ich habe es nicht für dich getan, Urather«, sagte Umati kühl.

»Dann richte dem Immit meinen Dank aus.«

»Ich habe es sicher auch nicht für Schaduk getan«, erwiderte Umati. Dann drehte sie sich um und eilte aus der Kammer.

»Ein gefährliches Weib«, brummte Tasil. Er stieß mit dem Fuß die zerbrochene Klinge seines Dolches an. »Was für ein Jammer. Es war eine gute Waffe.«

Maru stand immer noch an der Wand. Sie war wie gelähmt. Die Leiche des Kriegers flößte ihr Angst und Schrecken ein. Er war ihretwegen gestorben. Sie hatte es nicht verhindern können.

»Alles in Ordnung, Kröte? Beruhige dich, ich lebe noch.«

Ja, Tasil lebte noch, aber das war nicht ihr Verdienst. Sie hätte um ein Haar seinen Tod verschuldet. Wenn Umati nicht gekommen wäre …

»Jetzt komm, es wird Zeit zu verschwinden!«, riss Tasil sie aus der Finsternis ihrer Gedanken.

Er griff sich eine der Äxte des toten Muqtaq. Das Öl war inzwischen von den Flammen verzehrt worden. Der angebrannte Schemel qualmte noch, aber das Feuer war verloschen, und die Dunkelheit kehrte in die Kammer zurück. Tasil öffnete vorsichtig die Tür, durch die Muqtaq gekommen war, und spähte hinaus. Dann lief er los, und Maru folgte ihm. Es schien wirklich vorbei zu sein, wie Umati gesagt hatte. Tote und Verwundete lagen auf dem Gang. Der Kampf schien sich auf den ganzen Flügel des Bet Raik ausgedehnt zu haben. Sie bogen ab, folgten dem nächsten Gang, bogen wieder ab – und immer wieder stießen sie auf Leichen. Die meisten waren Krieger. Viele von ihnen trugen das weiße Abzeichen, das auch Muqtaq getragen hatte. Aber es lagen auch Diener und Sklaven dort, die wohl zwischen die Fronten geraten waren. Maru sah einen toten Kämpfer in einem der Brunnen liegen. Das Wasser sprudelte rot. Sie stöhnte. War es nicht das, was Utukku gesagt hatte? Das Wasser wird sich verfärben? Sie biss die Zähne zusammen und lief weiter.

Längst nicht alle Männer waren tot. Maru blieb stehen, weil ihr einer, vielleicht ein Verwalter, Hilfe suchend die Hand entgegenstreckte. Er war voller Blut und hielt die andere Hand auf eine klaffende Wunde in seiner Seite.

»Komm weiter!«, herrschte Tasil sie an. »Mögen andere sich um ihn kümmern.« Er verlangsamte nicht einmal seine Schritte.

Doch auf den Gängen waren keine »anderen«. Der Bet Raik war wie ausgestorben.

Sie passierten die Hohe Kammer, dann den vorderen Hof, wo sie mit Biredh gesprochen hatte. Die Treppe, die zum großen Edhil-Platz hinunterführte, war unbewacht. Kein Krieger war zu sehen. Sie sprangen die Stufen hinab – und blieben wie angewurzelt stehen.

Der Platz war nicht verlassen. Ein Dutzend Menschen war an die Wand des Bet Raik gekettet worden. Gequältes Stöhnen kam aus ihren Reihen. Vor jedem der Männer, es waren einfache Bewohner der Stadt, lag etwas Kleines. Im Licht der Fackeln erkannte die entsetzte Maru, dass es Hände waren. Man hatte jedem der Unglücklichen eine Hand abgehackt, wie es der Immit befohlen hatte.

Tasil gab ihr einen Stoß. »Weiter jetzt!«

Maru riss sich von dem grauenhaften Anblick los und lief weiter – nur weg von diesem schrecklichen Berg. Sie hetzten zum Bukru-Tor. Als sie fast am Tor waren, kam ihnen eine ganze Ansai Krieger entgegen. Sie trugen die schwarzen Schilde des Immit, und sie rannten.

»Wird noch gekämpft?«, fragte der Schab in vollem Lauf.

»Ja, ihr müsst euch beeilen!«, rief Tasil als Antwort.

Das Bukru-Tor war ebenso unbewacht wie das Tor des Fahs. Offenbar hatten alle Krieger ihre Posten verlassen, um im Bet Raik zu kämpfen. Erst als Tasil und Maru hindurch waren, hielt er an. Sie rangen beide nach Luft.

»Du hast sie angelogen«, keuchte Maru.

»Natürlich, oder wäre es dir lieber gewesen, sie hätten sich die Zeit genommen, uns festzuhalten und zu befragen, dumme Gans?«

Maru schüttelte stumm den Kopf. Sie war froh, endlich von diesem verfluchten Tempelberg herunter zu sein. Tasil wäre beinahe getötet worden – durch ihre Schuld. Mit eisiger Klarheit wurde ihr plötzlich bewusst, dass Muqtaq möglicherweise auch sie selbst getötet hätte.

»Los, weiter!«, kommandierte Tasil.

Sie nahmen die Hauptstraße hinunter zum Markthaus. Die Stadt lag wie ausgestorben. Kein Mensch war auf der Straße zu sehen. Tasil trieb sie zwar zur Eile, aber Maru musste wenigstens nicht mehr rennen. Hinter dem Markthaus bogen sie ab in das Gewirr der Gassen, bis sie vor Kwems Herberge standen. Sie war geschlossen. Tasil pochte mit dem Stil der Axt gegen das Tor.

Es dauerte eine kleine Ewigkeit, bis der Wirt herangeschlurft war. »Ah, Tasil, du bist es! So hat dein Nachtlager endlich Gelegenheit, dich kennen zu lernen.«

»Das wohl nicht, Kwem, denn wir müssen leider sofort aufbrechen.«

»Aufbrechen? Jetzt? Aber wohin? Die Tore sind geschlossen, seit diese verfluchten Hakul hier aufgetaucht sind.«

»Das lass meine Sorge sein.«

Sie eilten die Treppe hinauf zu ihrem Schlafraum, wobei Kwem ihnen mit einer kleinen Laterne leuchtete. Sie waren immer noch die einzigen Gäste.

»›Meine Sorge‹«, wiederholte der Wirt. »Du hast leicht reden, Tasil aus Urath. Wenn die Wächter mitbekommen, dass ich dir zu dieser Stunde noch geöffnet habe, werden sie unangenehme Fragen stellen.«

»Zu dieser Zeit? Warum das? Es ist doch sicher noch fast eine Stunde bis Mitternacht!«

»Weißt du denn gar nichts? Der Immit hat eine Ausgangssperre verhängt.«

»Verzeih, ich bin mit den Ereignissen und Vorgängen dieser Stadt nicht so vertraut wie du, Kwem«, sagte Tasil mit einem hintergründigen Lächeln.

Er packte seine Habseligkeiten zusammen, Maru tat es ihm gleich. Das ging schnell, denn sie besaß fast nichts, mal abgesehen von dem weißen Gewand einer Tempeldienerin.

»Wie solltest du auch?«, setzte Kwem die Unterhaltung fort. »Du bist fremd hier, und da hast du Glück. Daimonen und Zauberer haben die Herrschaft über diese Stadt übernommen!«

»Wie das?« Tasil hob die Strohmatte seines Lagers an. Darunter lag ein flaches Bündel. Er öffnete es und legte zwei Hakul-Dolche offen.

»Stell dir vor: Die Frau des Immit ist keine Frau, sie ist eine Alfskrolde und kann durch bloße Berührung töten. Das habe ich von vielen gehört. Und dann gibt es da noch diesen Maghai. Er hat eine Schlange beschworen, die in der alten Stadt drei Häuser samt ihren Bewohnern gefressen hat. Und als man ihn zur Rede stellen wollte, da hat er sich in einen Adler verwandelt und ist davongeflogen!«

»Unglaublich«, kommentierte Tasil. Er wog die beiden Dolche in der Hand. Sie waren beide aus Bronze, nicht aus Eisen, und sie waren auch nicht so aufwändig verziert wie jener, der Atib gehört hatte. Aber es waren Hakul-Dolche. Wunderbare Arbeiten der Schmiedekunst, wie alle sagten. Maru verstand davon eigentlich nichts. Aber wenn alle es sagten?

»Aber es ist wahr!«, rief Kwem. »Viele haben es bezeugt. Und ich selbst habe ihn hoch oben über der Stadt kreisen sehen. Ein böses Zeichen, ein sehr böses Zeichen. Seitdem herrscht Ausgangssperre, und überall sind Krieger des Immit und stecken ihre Nase in Angelegenheiten, die sie nichts angehen. Schlimme Zeiten sind das.«

»Und deshalb werden meine Nichte und ich diese ungastliche Stadt auch sofort verlassen.«

»Ich bin gespannt, wie du das anstellen willst. Ach, nein, sag es mir nicht! Ich werde auch so schon genug Ärger bekommen.«

Tasils Hand verschwand in seinem Umhang und tauchte mit einigen silbernen Münzen wieder auf.

»Hier, für deine großen Mühen. Deine Herberge ist ein wahrer Hort der Gastlichkeit. Es ist schade, dass ich hier nicht mehr Zeit verbringen konnte.«

»Ich danke dir, Tasil. Gäste wie du werden mir stets willkommen sein.« Die Sorgenfalten, die eben noch Kwems Stirn prägten, waren auf wunderbare Weise geglättet.

»Dann sei so gut und mach uns Licht im Stall. Wir werden gleich dort sein.«

»Und ihr wollt nicht noch etwas essen?«

»Nein, ich danke dir für dein Angebot, aber wir sind wirklich in Eile.«

Kwem ließ die Lampe stehen und verschwand. Sekunden später hörten sie einen Fluch, weil er im Dunkeln wohl gegen irgendetwas gestoßen war.

Tasil grinste und packte die letzten Beutel in seine Satteltasche. Maru hatte ihr Bündel längst geschnürt. Sie saß auf ihrem Bett und hatte dem Gespräch zugehört. Ihr wäre lieber gewesen, der Wirt hätte nichts von Essen gesagt. Sie hatte während des Festmahls ja fast nichts zu sich genommen, und ihr Magen meldete sich jetzt mit Macht.

»Ich habe Hunger, Onkel«, sagte sie.

»Dann hättest du vorhin etwas essen sollen.«

Maru antwortete nicht. Sie war hungrig, erschöpft, und dann kamen die Bilder zurück, stürmten auf sie ein. Der Maghai mit durchschnittener Kehle, der sterbende Muqtaq, die toten Krieger auf den Gängen. Am liebsten hätte sie einfach losgeheult. Ohne dass sie es merkte, standen ihr Tränen in den Augen.

»Ich kann Kwem fragen, ob er einen Apfel oder etwas in der Art für dich hat«, brummte Tasil.

Es klang beinahe fürsorglich.

Ein Nächtlicher Ritt

Das Glück und den Tod, bei meiner Wanderung unter den Sternen sah ich beide.

Etellu-Kaidhan

Als sie den Stall betraten, war Kwem gerade dabei, einen Apfel an Tasils Pferd zu verfüttern. Maru fühlte sich plötzlich unendlich müde. Sie hatte viel zu wenig geschlafen, und jetzt, da die Gefahr erst einmal vorüber schien, legte sich die Müdigkeit wie Blei auf sie. Sie hätte sich am liebsten einfach ins Stroh fallen lassen und eine Woche geschlafen. Tasil prüfte die Hufe des Tieres, bevor er begann, es aufzuzäumen.

»Ein gutes Tier«, lobte Kwem.

»Danke, es wurde in den letzten Tagen auch gut versorgt«, sagte Tasil höflich.

»Wie heißt es eigentlich, Onkel?«, fragte Maru und unterdrückte ein Gähnen.

»Wer?«

»Dein Pferd. Hat es denn keinen Namen?«

»Es heißt Pferd. Das sollte reichen, damit ich euch beide auseinander halten kann, Kröte«, antwortete Tasil grinsend und erntete Gelächter des Wirts.

»Ach, Kwem, ich frage mich, ob du über ein paar große Satteltaschen verfügst, die ich dir abkaufen könnte«, bemerkte Tasil, während er das Pferd sattelte.

Kwem nickte. »Solche habe ich sicher. Meine Gäste lassen von Zeit zu Zeit etwas zurück. Dinge, die sie nicht mehr brauchen, Dinge, die zerbrochen oder zerrissen sind. Ich meine, es wären auch Satteltaschen darunter. Neu sind sie allerdings nicht.«

»Müssen sie auch nicht sein, solange sie ihren Zweck erfüllen.«

»Dann werde ich gleich danach suchen.«

Maru zupfte Tasil am Umhang.

»Ach, ja, und wenn du ins Haus gehst, Kwem, dann sieh bitte nach, ob du nicht doch etwas Essbares für zwei Reisende findest«, bat Tasil.

»Ich halte zwar nichts davon, auf dem Rücken eines Pferdes zu essen, wenn man das Gleiche doch in gemütlicher Stube tun könnte, aber ich will sehen, was sich machen lässt«, versprach Kwem und schlurfte davon.

Er kam nach kurzer Zeit mit einem Paar leinener Satteltaschen und zwei in Schilf verpackten Essenspaketen zurück. Es roch nach Bohnen, Hirse und Lamm.

»Es ist bereits kalt und somit gerade einmal besser als nichts. Ich kann dir nur nochmals anbieten, euch etwas Warmes zuzubereiten«, wiederholte der Wirt sein Angebot.

Tasil lehnte dankend ab und prüfte die Taschen. Sie waren mehrfach geflickt, und das Muster, mit dem sie einst bedruckt waren, war längst verblasst, aber sie genügten ihm. Kwem sträubte sich, als ihm Tasil ein weiteres Segel Silber in die Hand drücken wollte – aber sein Widerstand war letztendlich nicht allzu groß.

»Haltet euch von den Hauptstraßen fern«, riet er Tasil, als er sie zum Tor der Herberge begleitete. »Es sind viele Krieger unterwegs, aber die des Immit trauen sich nicht in die Seitengassen. Sie haben wohl Angst, sich zu verirren.«

Er grinste breit, öffnete das Tor, spähte nach rechts und nach links, und als er die Straßen leer fand, winkte er sie hinaus.

»Mögest du und auch die Stadt bessere Zeiten erleben, Kwem«, sagte Tasil zum Abschied.

»Ich danke dir und wünsche euch eine gute Reise. Ich hoffe, du beehrst mein bescheidenes Haus bald wieder. Selten hat ein Gast für so wenig Schlaf so fürstlich gezahlt.«

Maru hätte auch gerne etwas Kluges gesagt, aber ihr fiel nichts ein. »Auf Wiedersehen, Kwem.«

»Auf Wiedersehen, Mädchen, pass auf dich auf.« Damit verschwand Kwem im Hof und schloss das Tor. Sie hörten, wie er die schweren Riegel vorschob und davonschlurfte. Dann war es still.

Tasil beherzigte den Rat des Wirtes und schlug den Weg durch die engen Seitenstraßen ein. Er führte das Pferd am Zügel, und Maru trottete hinter ihm her. Sie folgten einem Abwasserrinnsal Richtung Süden zum Tor der Alwa. Der Weg war gepflastert, doch eine dicke Schicht von Lehm, Staub und Dingen, über die Maru nicht nachdenken wollte, hatte sich über die Steine gelegt und dämpfte das Stampfen der Hufe. In den Gassen brannten weder Fackeln noch Laternen. Nur die schmale Sichel des roten Mondes und die Sterne spendeten etwas Licht. Es wäre nicht klug gewesen, hier aufzusitzen, denn zwischen den Häusern waren Leinen zum Trocknen der Wäsche gespannt. Manchmal waren auch dicke Balken über die Straßenschluchten gelegt. Vielleicht dienten sie als Weg über die Dächer, oder auch um zu gewagt gebaute Stockwerke abzustützen, auf jeden Fall hatten die Eigentümer dieser Bohlen beim Bau nicht an nächtliche Reiter gedacht. Sie gingen schweigend, nur der Hufschlag des Pferdes hallte dumpf von den Wänden wider.

Es war etwa Mitternacht, als sie das Tor der Alwa erreichten. Ein einsamer Posten stand dort, auf seinen Speer gestützt, am Wachfeuer und stierte stumpf in die Nacht.

»Ich grüße dich, Krieger«, sagte Tasil, als sie sich genähert hatten.

Der Mann zuckte zusammen und riss erschrocken den Speer hoch. »Wer da?« stammelte er.

»Ein Reisender und seine Nichte. Wir müssen hinaus.«

Der Krieger schüttelte sich, wohl um richtig wach zu werden.

»Das ist nicht möglich. Die Tore sind verschlossen, solange die Hakul vor der Stadt lagern.«

Tasil seufzte und hielt dem Mann das Siegel Numurs vor die Nase. »Ich reise im dringenden Auftrag des Malk, Krieger.«

Der Speerträger starrte das Siegel lange an. »Ich erkenne es, Herr.«

»Gut, dann öffne das Tor.«

»Es ist nur so, dass ich hier stehe, weil der Immit es befohlen hat. Und der Befehl lautet, nach Einbruch der Dunkelheit niemanden hinein- oder hinauszulassen, außer er ist mit Befehl und Siegel des Immit unterwegs. Es tut mir leid, Herr.«

»Und das Siegel des Malk gilt in dieser Stadt nichts mehr?«, fragte Tasil mit gespielter Verwunderung.

»Doch Herr, natürlich, es gilt viel.« Der Wachposten kratzte sich verlegen am Kopf. »Es wird das Klügste sein, den Schab zu wecken. Mag er das entscheiden.«

»Es ist sicher nicht nötig, dass du deinen Schab seines wertvollen Schlummers beraubst, Mann«, sagte Tasil sanft und legte ihm die Hand auf die Schulter.

Da war sie wieder. Tasils zweite Stimme. Maru fühlte ein wohliges Prickeln auf der Haut. Sanft wie ein Nachtvogel schwebte die Stimme durch die Nacht und schlug den armen Krieger in ihren Bann.

»Nein, es ist nicht nötig, Herr«, stimmte der Speerträger langsam zu.

»Dann öffnest du uns jetzt am besten einfach diese Pforte dort und lässt uns hinaus.«

»Ja, Herr.« Der Wächter schritt zu einer der Nebenpforten, entriegelte und öffnete sie.

»Ich danke dir, Krieger, und wünsche dir eine gute Nacht.«

»Danke, Herr.« Die Worte des Speerträgers waren seltsam tonlos. Hinter ihnen schloss er die Pforte wieder.

»Steig auf, Maru, jetzt müssen wir uns beeilen.«

Tasil sprang auf das Pferd, zog Maru hinter sich in den Sattel und gab dem Tier die Fersen.

»Halt! Wer reitet da?«, rief eine Stimme von der Mauer.

Tasil antwortete nicht, sondern spornte das Pferd zum Galopp an. Die Stimme rief sie noch einmal an. Eine zweite antwortete, eine dritte fiel ein. Maru drehte sich um. Auf den Mauern flammten Wachfeuer auf. Männer rannten hin und her. Aber es war zu spät. Tasil trieb sein Tier noch mehr zur Eile. Maru blickte zurück, aber kein Verfolger kam aus dem Tor. Auf halbem Weg zum Hafen schwenkte Tasil nach links ab, und sie ritten über die Felder hinaus ins offene Land. Sie hatten die Stadt Serkesch hinter sich gelassen.

»Sie verfolgen uns nicht, Onkel«, sagte Maru nach einer Weile.

Tasil zügelte das Pferd und ließ es in Schritt fallen.

»Das war auch nicht zu erwarten, Kröte. Bei den Akkesch muss immer erst jemand einen Befehl geben. Und bis sie denjenigen gefunden haben, der die Verantwortung dafür übernimmt, sind wir schon lange außer Reichweite.«

Er lachte. Maru fand, es klang erleichtert. Sie ritten weiter.

In einiger Entfernung vor der Stadt, etwa auf Höhe des Tors der Hirth, entdeckte Maru mehrere kleine Lichtpunkte.

»Dort links brennen auch Feuer, Onkel.«

Tasil spähte in die angegebene Richtung. »Das ist das Lager der Hakul, Kröte. Wir werden ihnen besser aus dem Weg gehen und noch eine Weile dem Fluss folgen.«

Die Hakul … Maru dachte an Yaman Aryak und seine Söhne und den Mann, den sie als ihren Seher bezeichnet hatten. Die Hakul waren Feinde, Todfeinde aller Völker, ohne Zweifel. Dennoch kam jetzt eine Frage wieder hoch, die sie lange Stunden verdrängt hatte.

»Onkel?«, begann sie.

»Ja?«

»Diese fünf Männer, von denen der Yaman sprach. Hast du sie wirklich … getötet.« Maru hatte eigentlich »ermordet« sagen wollen, doch das traute sie sich nicht.

Tasil hielt das Pferd an. »Das geht dich nichts an«, antwortete er ruhig.

Sie schluckte. Aber sie wollte es jetzt wissen. »Die Hakul glauben es, Onkel.«

»Und du? Was glaubst du?«

Maru zögerte. »Ich … glaube es auch.«

Tasil schnalzte mit der Zunge, und das Pferd setzte sich wieder in Bewegung. »Natürlich habe ich sie getötet«, sagte er gelassen. »Woher sollte ich sonst ihre Dolche haben? Es wundert mich, dass du überhaupt fragst.«

Maru schauderte. Es schien ihm nichts auszumachen! Sie dachte daran, dass der Yaman erzählt hatte, dass die Männer im Schlaf ermordet worden waren. Danach wollte sie Tasil aber lieber nicht fragen.

»Warum hast du sie getötet?«, fragte sie schließlich.

»Sie waren im Weg, so einfach ist das«, sagte er und fuhr mit viel Schärfe in der Stimme fort. »Damit wir uns richtig verstehen, *Sklavin*: Ich bin dir keine Rechenschaft schuldig. Ich tue, was ich tue – und du tust, was ich sage! Und jetzt genug davon.«

Maru schwieg betroffen. Die Kälte in Tasils Stimme hatte sie erschreckt, und sie wagte nicht, weiter nachzufragen.

Nicht weit von der Stadt Serkesch schwenkte der Dhanis nach Süden, und Tasil folgte dem Flusslauf eine Weile. Als sie die Lichter der Stadt nicht mehr sehen konnten, verließ Tasil das Ufer und ritt über die Felder in Richtung des offenen Landes.

Maru hätte gerne den Grund dafür erfahren, doch sie traute sich zunächst nicht, Tasil noch einmal anzusprechen. Es gab hier schmale Wege zwischen den Feldern, aber Tasil folgte ihnen nur, wenn sie genau nach Osten liefen. Eine ganze Weile ritten sie schweigend unter der roten Sichel des Mondes. Die Bewässerungsgräben endeten irgendwann im Sand. Und mit ihnen endete auch der breite Streifen fruchtbarer Felder, der den Fluss säumte. Sie waren jetzt am Rande des offenen Landes.

Schließlich wurde Marus Neugier zu groß. »Onkel, wohin reiten wir?«

»Richtung Sonnenaufgang.«

»Und was ist da?«

Tasil seufzte. »Die Romadh leben dort, am Rande der Salzwüste Balas.«

»Warst du schon einmal dort? Wie ist es da?«

»Du wirst es bald selbst sehen.«

Er schnalzte mit der Zunge und lenkte das Pferd nach Norden. Maru dachte zunächst, Tasil würde vielleicht einem Hindernis ausweichen, das sie nicht gesehen hatte, einem letzten Graben oder einem Gehöft, aber nein, er ritt weiter geradeaus. Unruhig spähte sie ihm über die Schulter. Sie sah das Licht, das in der Ferne von Serkesch aus in den Himmel streute. Sie näherten sich wieder der Stadt. Es konnte nicht mehr lange dauern, und sie würden die Feuer auf den Türmen erkennen.

»Onkel?«

»Ja?«

»Das ist nicht der Weg Richtung Sonnenaufgang.«

»Habe ich es nicht erwähnt? Ich habe noch etwas zu erledigen, bevor wir dieser gastlichen Stadt für immer den Rücken kehren.«

Maru sank das Herz. Tasil wollte zurück. Tasil hatte noch etwas vor. Tasil würde sie beide in Gefahr bringen. Hörte es denn nie auf? Sie hatte so gehofft, dass es vorüber sein würde. Plötzlich hatte sie das Gesicht des Daimons wieder vor Augen, seinen in die

Ferne gerichteten Blick aus den kupferfarbenen Augen. *»Es ist noch nicht vorbei«*, hatte Utukku gesagt. Er hatte also recht behalten. Er hatte noch mehr gesagt, auch dass sie sich wiedersehen würden. Sie wollte ihn nicht mehr sehen. Ihn nicht, und die ganze Stadt Serkesch nicht!

»Willst du wieder in die Stadt, Onkel?«

Sie hatte offenbar sehr verzagt geklungen, denn Tasil lachte halblaut, als sie diese Frage stellte.

»Nein, Kröte, ich will genauso wenig in dieses Vipernnest zurück wie du. Wir wären wohl auch nicht sehr willkommen dort. Siehst du dort vor uns den Höhenzug?«

Im Dunkel zeichneten sich halblinks die schwarzen Ausläufer des Glutrückens vor ihnen ab. Maru nickte stumm.

»Wir halten uns nördlich davon. Du kannst also beruhigt sein. Es liegt ein halbes Gebirge zwischen uns und der Stadt.«

Maru hätte diese lang gezogene Hügelkette nicht unbedingt als Gebirge bezeichnet, trotzdem war sie froh, die Felsen zwischen sich und der Stadt zu wissen.

Tasil ließ das Pferd in Trab fallen. Es ging jetzt gerade nach Westen, genau auf den tief stehenden Mond zu. Maru schloss die Augen und klammerte sich an Tasils Rücken fest. Es war schön, den warmen Wind auf der Haut zu spüren, dem gleichmäßigen Klang der Hufe zu lauschen und sich durch die Nacht tragen zu lassen.

Plötzlich war ihr, als würde etwas nicht stimmen. Sie biss sich auf die Lippen und horchte genauer. Da war der Klang der Hufe auf der weichen Erde, der Schlag ihres eigenen Herzens – und dann war da noch etwas. Sie blickte sich um. Sie hatten inzwischen die Ausläufer der Felsen umrundet. Kein Feuer leuchtete am Horizont. Die Ebene hinter ihnen lag im ungewissen Sternenlicht. Und doch war ihr, als würde sich dort etwas bewegen. Sie starrte in die Finsternis. Dann war sie sich sicher.

Sie zupfte Tasil am Umhang. »Onkel, wir werden verfolgt.«

Tasil drehte sich überrascht um. Er ließ das Pferd kurz in Schritt fallen, dann hielt er sogar an. Das Tier tänzelte und schnaubte nervös. Er suchte die Dunkelheit ab. »Ich sehe nichts.«

»Dort! Zwei Reiter!«

Jetzt sah Tasil sie auch. Er stieß dem Pferd die Fersen in die Flanke.

»Lauf! Los, lauf!«

Das Tier tänzelte einen winzigen Augenblick auf der Stelle, und dann sprang es vorwärts. Sie schossen im Galopp durch die Nacht.

Maru wäre beinahe hintenübergefallen. »Wer kann das sein?«, rief sie und klammerte sich ängstlich an Tasil fest.

»Hakul.« Es klang wie ein Fluch.

Tasil legte sich weit vornüber in den Sattel und ließ dem Pferd die Zügel locker. Unruhig blickte er zurück. Auch Maru drehte sich immer wieder um. Die Punkte waren kleiner geworden. Fast sah es so aus, als könnten sie sie abschütteln. Aber dann tauchten sie wieder auf, zwei schwarze Flecken am Rande der Nacht.

»Sie holen auf!«, rief Maru.

Sie hatte Angst. In Akyr waren viele Geschichten über die Hakul erzählt worden. Es waren böse Geschichten über einen heimtückischen Feind. Und immer schwang eine gewisse Achtung, ja beinahe Bewunderung mit. Die Hakul waren grausam, aber sie waren auch unvergleichliche Reiter. Sie waren hinterlistig, aber niemand konnte besser mit dem Bogen umgehen. Ihre Hornbögen waren fast so berühmt wie ihre Dolche, und ihre Pfeile flogen weiter als jeder Pfeil, den je ein Budinier von der Sehne geschnellt hatte. Maru sah immer wieder zurück. Sie ritten dicht unter den Hügeln, die hier steil aufstiegen, und gelegentlich verschwanden die Verfolger in den nächtlichen Schatten. Aber immer wieder tauchten sie auf, stets eine Winzigkeit näher als zuvor.

Plötzlich riss Tasil heftig am Zügel des Pferdes, es bremste aus vollem Lauf, schnaubte widerwillig, dann rammte Tasil ihm die Fersen in die Flanken und trieb es nach links in eine dunkle Einkerbung in den Felsen. Es war der Eingang zu einer Schlucht. Maru blickte zurück. Sie konnte die Verfolger gut erkennen. Sie waren so nah, dass sie schon Pferd und Reiter unterscheiden konnte. Es war unmöglich, dass sie ungesehen in diese Schlucht entkamen.

»Sie haben uns gesehen«, flüsterte sie. Die Angst hatte sich auf ihre Stimme gelegt.

»Spring ab, schnell!«, befahl Tasil und hielt das Pferd an.

Maru sprang, und Tasil folgte ihr.

»Los!« Er gab dem Pferd einen leichten Schlag auf die Hinterhand. Es lief in die dunkle Schlucht, aber schon nach wenigen Schritten wurde es langsamer und blieb stehen. Maru sah den Grund: Das, was sie für eine Schlucht gehalten hatte, war in Wirklichkeit nur eine kleine Einbuchtung in den Felsen. Sie saßen in der Falle.

»Lauf dort hinüber und versteck dich hinter dem Felsbrocken dort!«, zischte Tasil.

Maru wollte loslaufen, doch er hielt sie noch einmal fest.

»Wenn ich deinen Namen rufe, zeigst du dich und schreist einmal laut. Aber nur einmal, hörst du? Und dann gehst du sofort wieder in Deckung. Los jetzt!«

Maru rannte. Sie hörte schnellen Hufschlag und das Schnauben von Rössern. Es war, wie sie es gedacht hatte, die Verfolger hatten ihren Haken bemerkt. Maru warf sich hinter den Stein. Sie konnte Tasil nirgends entdecken. Er war irgendwo in den Schatten verschwunden. Die Verfolger jagten in den kleinen Talkessel. Sie waren zu zweit, und es waren Hakul. Maru konnte ihre Kriegsmasken im Mondlicht schimmern sehen. Erst jetzt bemerkte sie mit Schrecken, dass Tasil sie auf die hellere Seite der Felsenbucht geschickt hatte. Der Stein würde sie nicht allzu lange vor der Entdeckung schützen. Die beiden Reiter zügelten ihre Pferde. Sie hatten bemerkt, dass der Weg kurz vor ihnen endete.

Plötzlich löste sich ein Schatten aus der Dunkelheit. Mit einem wilden Schrei sprang Tasil auf die Reiter los. Maru konnte in der Dunkelheit nicht viel erkennen, doch etwas blitzte im Mondlicht auf. Muqtaqs Axt! Tasil holte weit aus und schlug zu. Es gelang ihm, die Hakul zu überrumpeln – fast. Der Angegriffene riss sein Tier hoch, aber es war zu spät. Die Axt verfehlte den Reiter, aber sie traf sein Pferd. Ein gequältes Stöhnen entrang sich der Brust des Pferdes. Es stürzte und begrub den Reiter unter sich.

Tasil sprang zurück. Etwas zuckte durch die Luft. Es mochte die Lanze des zweiten Reiters gewesen sein. Der riss am Zügel, wendete sein Tier auf der Hinterhand und sprengte davon. Floh er etwa? Tasil stand über dem verwundeten Tier und dem gestürzten Reiter. Was tat er da? Dann erkannte Maru, dass er versuchte, seine Axt aus der Flanke des Pferdes zu ziehen. Sie war dort stecken geblieben! Das Pferd schnaubte und schlug mit den Hufen. Es kam tatsächlich noch einmal auf die Beine und taumelte stöhnend davon.

Der Krieger blieb auf dem Boden zurück, doch er bewegte sich. Etwas Helles schimmerte in seiner Hand, was das genau war, konnte Maru nicht erkennen. Es mochte ein Dolch sein. Da kehrte der zweite Reiter zurück. Er war keineswegs geflohen, sondern stürmte jetzt heran, fest mit dem Leib seines Pferdes verschmolzen. Er hatte seine Lanze zum Stoß eingelegt. Tasil stand schutzlos dort unten, während der Gestürzte aufzustehen versuchte. Vergeblich. Ihm knickte das rechte Bein weg, und er taumelte.

Das war Tasils Rettung, denn der zweite Hakul musste im letzten Moment sein Pferd zur Seite reißen, um seinen Stammesbruder nicht über den Haufen zu reiten. Der Lanzenstoß ging ins Leere. Tasil sprang zur Seite und suchte Schutz in den Schatten. Der Hakul riss sein Pferd wieder hart herum. Er ritt erneut auf

Tasil los, der sich mit einem weiten Satz rettete. Der Reiter fluchte, wendete und griff erneut an. Das verwundete Pferd irrte schnaubend durch das Tal. Es wankte und kam dem Angreifer in die Quere. Tasil warf sich zu Boden und rollte sich zwischen den Beinen des verwundeten Tieres hindurch. Der Reiter verfehlte ihn um Haaresbreite. Seine Lanze bohrte sich in die Erde und zerbrach.

Der zweite Hakul war wieder zu Boden gesackt. Er stöhnte leise und kroch langsam davon. Vielleicht wollte er seinem Stammesbruder Platz für den Kampf machen. Er kam genau auf den Felsen zu, hinter dem Maru Deckung gesucht hatte. Der Reiter im Tal stieß einen erneuten Fluch aus. Die Maske ließ seine Stimme dumpf und unirdisch klingen. Er warf den nutzlos gewordenen Schaft seiner Lanze nach Tasil.

Tasil war wieder auf die Füße gekommen. Das verwundete Pferd bäumte sich mit einem schmerzvollen Wiehern auf. Tasil sprang zurück und stolperte. Er bückte sich und hob etwas auf. Maru konnte nicht erkennen, was es war. Der Reiter nahm die Zügel auf, wendete sein Tier und sprengte davon. Er ritt aus dem Tal hinaus, aber Maru konnte hören, dass er sein Pferd erneut wendete und zurückkehrte. Der andere hatte den Felsen fast erreicht. Er keuchte, und griff immer wieder nach seinem Bein. In der anderen Hand hielt er einen Dolch. Er kam Maru immer näher. Tasil war unten bei dem verwundeten Pferd. Er hielt es an den Zügeln, versuchte, es zu beruhigen, und suchte dahinter Deckung.

Jetzt trieb der Reiter sein Pferd in vollem Lauf in das Tal. Ein Sirren schnitt durch die Luft. Ein unmenschlicher Schrei antwortete aus dem Talgrund. Maru sah die weißen Federn eines Pfeils, der sich dem Pferd, hinter dem Tasil Deckung gesucht hatte, in den Hals gebohrt hatte. Es war das Tier, das so markerschütternd geschrien hatte. Seine Vorderbeine knickten ein, und es brach zusammen.

»Nein!« rief der Verwundete entsetzt.

Der andere kam in vollem Galopp in das Tal hineingeritten. Maru sah, wie er den Bogen mit hoch erhobenem Ellbogen spannte und den Pfeil anlegte. Er lenkte das Pferd nur mit den Schenkeln.

»Maru! Jetzt, jetzt!«, rief Tasil, der hinter dem gestürzten Tier kauerte.

Maru sprang auf und schrie gellend! Sie schrie so laut wie noch nie in ihrem Leben. Der Reiter sah ihre Bewegung im Mondlicht. Gedankenschnell wechselte er sein Ziel. Der Pfeil flog von der Sehne – und verfehlte Maru, die sich wieder hinter den Stein geworfen hatte. Während des Angriffes war das Tier des Reiters weiter in die Felsenbucht gelaufen – zu weit!

Tasils Schatten tauchte vor ihm auf und schleuderte dem Pferd etwas zwischen die Beine. Es war der Schaft der zerbrochenen Lanze. Das Pferd stolperte, stürzte, und der Reiter flog in weitem Bogen durch die Nacht. Ein dumpfer Schrei war alles, was von dem Stürzenden zu hören war, dann war Tasil über ihm und hob seinen Dolch. Maru hörte ein hässliches Geräusch, doch sie achtete nicht darauf. Über dem Felsen, hinter dem sie sich verbarg, war jetzt die schreckliche Maske des zweiten Hakul aufgetaucht. Er stöhnte vor Schmerzen, aber er griff sie an. Sie sprang zurück und versuchte, den Hang weiter hinaufzuklettern. Der Hakul verfolgte sie. Er vermochte nur zu kriechen, aber er war hinter ihr her.

Geröll und Sand lösten sich unter Maru, und sie geriet ins Rutschen. Es war wie ein Albtraum. Sie kletterte, aber sie kam kaum von der Stelle. Der Hakul war langsam, aber er näherte sich, seine Klinge leuchtete im Mondlicht. Plötzlich war Tasil über ihm, warf sich auf den Krieger und rammte ihm die Klinge in den Rücken. Ein leiser Seufzer entrang sich der Brust des Sterbenden, dann war es vorbei.

»Das war knapp«, sagte Tasil, als er sich keuchend neben Maru fallen ließ.

Maru nickte stumm. Sie zitterte am ganzen Leib. Die Waffe des Toten steckte nur wenige Handbreit von ihrem Fuß entfernt im Hang.

»Ich glaube, wir können es wagen, ein wenig Licht zu machen«, sagte Tasil, als er wieder zu Atem gekommen war, »ich will doch sehen, was wir hier haben.«

Er zog etwas aus seiner Tasche, schlug Funken, und Zunder leuchtete in seiner Hand auf. Er beugte sich über den Toten, öffnete einen Verschluss, der die Maske vor dem Gesicht des Kriegers hielt, und klappte sie zur Seite. Es war Ebu, einer der Söhne von Yaman Aryak.

Maru sah in die blicklosen Augen. Sie erinnerte sich an sein gewinnendes Lächeln, als sie ihn das erste Mal in der Halle gesehen hatte, seine Leidenschaft im Streit um Atib. Jetzt war er tot.

»Das ist schlecht«, brummte Tasil. Die zitternde Flamme in seiner Hand verlosch. Er lief hinunter zum zweiten Krieger. Dessen Pferd hatte sich von seinem Sturz erholt und trabte unruhig durch die kleine Felsenbucht. Tasil entzündete eine neue Flamme, öffnete die Maske des Gefallenen. Maru war sitzen geblieben. Ihre Beine zitterten so stark, dass sie gar nicht wusste, ob sie überhaupt laufen konnte.

»Das ist der andere Sohn«, rief Tasil von unten herauf. »Bei den Hütern, hat sich denn alles gegen mich verschworen?« Er stand auf und gab dem Toten einen Tritt. »Hättet ihr nicht ein paar einfache Krieger losschicken können?«

Fluchend ging Tasil hinüber zu Ebus sterbendem Pferd. Es lag auf der Seite und röchelte schwach. »Schade um das schöne Tier«, sagte Tasil. Er zog seinen Dolch und versetzte ihm den Gnadenstoß.

Dann begann er, den Grund des Tals abzusuchen. »Maru, du faule Kröte, komm her und hilf mir suchen!«

Maru löste sich aus ihrer Erstarrung. Sie kletterte vorsichtig den Berghang hinunter, ängstlich darauf bedacht, den Toten nicht zu berühren. »Was suchen wir denn, Onkel?«

»Meine Axt. Wir werden sie noch brauchen.«

Tasil zündete ein Büschel trockenes Gras an. Das Licht flammte auf, tanzte für einen Augenblick über die Felsen und verlosch nach wenigen Sekunden wieder. Doch es genügte für Maru, das Gesuchte zu entdecken. Muqtaqs Streitaxt lag im Staub. Eine ihrer Klingen war mit Blut bedeckt. Tasil reinigte sie mit Sand.

Mit Verwunderung beobachtete Maru, wie Tasil die Asche des verbrannten Grases nicht fallen ließ, sondern sorgsam zerrieb und in weitem Kreis über den Boden verstreute. »Warum tust du das, Onkel?«

»Ich will nicht mehr Spuren hinterlassen als unbedingt nötig. Und jetzt komm! Wir müssen weiter.«

Tasil hatte sein Pferd am Zügel genommen und sprang jetzt auf. Maru war verwirrt. Der Schreck saß ihr noch in den Gliedern, aber sie verstand nicht, was Tasil mit den Spuren meinte. Da lagen zwei tote Fürstensöhne im Sand. Deutlichere Spuren konnte man wohl kaum hinterlassen. Wieso kam es da auf ein wenig Asche an? Sie ließ sich von Tasil aufs Pferd ziehen. Er schnalzte mit der Zunge, und sie verließen die Felsbucht. Echs Pferd sah ihnen mit hängendem Kopf hinterher.

Als sie wieder auf offenem Gelände waren, lenkte Tasil das Tier nach Westen. Schweigend ritten sie durch die Nacht. Maru betrachtete den roten Mond. Vielleicht gab es dort oben im Himmel doch Vorzeichen, auch wenn Jalis, der Maghai, es nicht geglaubt hatte. Strydhs Sichel, wie Tasil den Mond genannt hatte, war ihrem Namen auf jeden Fall gerecht geworden. Der Kriegsgott konnte mit den Ereignissen dieser Nacht zufrieden sein. Maru schloss die Augen. Sie wollte von all dem nichts mehr sehen und hören. Tasil ließ das Pferd Schritt gehen. Auch er wirkte erschöpft. Die Stille um sie herum wirkte bedrückend. Da war nur der eintönige Hufschlag ihres Tieres, der von den dunklen Felsen widerhallte. Rechts lag endlose Wüste.

Doch irgendwann ertrug Maru das Schweigen nicht mehr. »Onkel, warum … warum hast du die Hakul nicht … Ich meine: Warum hast du ihre Dolche nicht genommen?«

Tasil ließ sich mit seiner Antwort Zeit. »Es wäre nicht klug gewesen«, sagte er schließlich.

»Warum?«

»Vielleicht kommst du selbst noch darauf, Kröte. Diese Nacht ist noch nicht zu Ende.«

Maru seufzte und klammerte sich fester an Tasil. Natürlich hatte er noch etwas vor. Als sie die Stadt hinter sich gelassen hatten, hatte sie gehofft, es sei vorbei, sie sei der andauernden Gefahr entronnen. Diese Hoffnung war zerstoben. Plötzlich beschlich sie ein seltsames, ungutes Gefühl. Irgendetwas in ihr warnte sie. Es war etwas, das tief in ihrem Inneren saß. Angst. Sie hatte in den vergangenen Stunden und Tagen oft Angst verspürt, doch dieses Gefühl war anders, und es war stark. Es schnürte ihr den Hals zu. Irgendetwas Schlimmes stand ihnen bevor.

Tasil hielt das Pferd an und musterte die Felsen. Er schien etwas Bestimmtes zu suchen. Maru blickte sich daraufhin ebenfalls um. Da war nichts außer den Hügeln und der weiten, wüsten Ebene. Tasil wurde unruhig, er trieb das Pferd wieder voran, zögerte, ritt ein Stück zurück.

»Wir sind da«, sagte er plötzlich.

Maru fragte sich, was das Besondere an dieser Stelle war. Sie sah nichts, was diese Felsen von den anderen unterschieden hätte. Dann entdeckte sie einige Sträucher, die zwischen den Steinen wuchsen. Sträucher dieser Art hatte sie auf dem ganzen Ritt noch keine gesehen.

Tasil lenkte das Pferd dicht an die kargen Pflanzen heran. »Steig ab, Maru.«

Sie sprang ab, und er tat es ihr gleich.

»Malk Iddin«, rief er leise, »Malk Iddin.«

Nichts rührte sich.

»Malk Iddin, ich bin es, Tasil aus Urath.«

Einige Steinchen sprangen den Hang hinab. Da oben bewegte sich jemand. Jetzt konnte Maru ihn sehen. Es war ein Mann, der zwischen einigen Felsvorsprüngen vorsichtig nach unten kletterte.

»Hast du Wasser?«, rief er noch auf halbem Weg.

»Ja, Herr, ich habe Wasser.«

»Den Hütern sei Dank!«

Iddin rutschte jetzt eilig den Hang hinab und landete unbeholfen vor ihren Füßen. Er klopfte sich den Staub aus dem Gewand, und Tasil reichte ihm den Wasserbeutel.

»Ah, danke!«, sagte der Malk und trank mit langen, gierigen Zügen.

Eine ganze Weile war nichts anderes zu hören als Iddins Trinkgeräusche. Schließlich setzte er den Beutel ab. »Wer hätte gedacht, dass man so durstig werden kann?«

»Es tut mir leid, Herr, dass ich daran nicht gedacht habe, ich hätte sonst versucht, früher zurückzukehren.«

Iddin winkte ab. »Lassen wir das. Was gibt es Neues in meiner Stadt?«

»Ich muss dir sagen, Herr, dass sie noch nicht die deine ist«, begann Tasil.

Iddin seufzte. »Du hast dem Immit mein Angebot überbracht?«

»Natürlich, Herr, doch er hat es abgelehnt.«

Maru blickte überrascht auf. Von welchem Angebot sprach Iddin? Tasil hatte bislang kein Wort darüber verloren.

»Er hat es abgelehnt? Aber ich war bereit, mich auf Gedeih und Verderb seinem Urteil zu unterwerfen!«

»Ich habe deine Botschaft Wort für Wort wiederholt, Herr, in der Hohen Kammer, vor den Großen der Stadt, doch er hat verlangt, dass du gefangen und in Ketten vor ihn gebracht wirst.«

Maru konnte ihren Ohren nicht trauen. Nichts von dem, was Tasil sagte, war wahr!

»In *Ketten*?«, rief Iddin empört.

»Schaduk scheint deinem Bruder sehr zugetan zu sein, Herr. Denk dir, er hat ihm seine Tochter zur Frau versprochen!«

»Weiß er denn nicht, was Numur vorhat?«

»Herr?«

»Weiß er nichts von den Schmieden tief unter dem Tempelberg, von den Waffenkammern, den Vorbereitungen zum Krieg?«

»Ich glaube nicht, dass er davon weiß, Herr, und ich gestehe, auch ich wusste bislang nichts davon«, sagte Tasil scheinbar überrascht. »Doch andererseits, warum sollte es den Immit beunruhigen? Es ist doch gut, wenn der zukünftige Raik der Stadt Serkesch für einen Krieg gegen die Feinde des Reiches rüstet.«

Iddin lachte bitter auf. »Gegen die Feinde des Reiches? Ich kenne den Ehrgeiz meines Bruders, oder sollte ich sagen, ich kenne den Ehrgeiz von Abeq Mahas? Nicht gegen die Budinier oder die Hakul zielt diese Rüstung. Numur will den Kaidhan in Ulbai herausfordern!«

»Er will Krieg gegen den Kaidhan?«, vergewisserte sich Tasil ungläubig.

Maru konnte das ebenfalls kaum glauben. Akkesch wollten gegen Akkesch in den Krieg ziehen?

»Ja, das will er. Und wenn der Immit dies erst erfährt, wird er wohl kaum noch Numur zum Erben des Throns erklären, oder? Er muss es erfahren!«

»Es würde vieles ändern«, sagte Tasil nachdenklich, »und es wäre gut gewesen, wenn ich früher davon gewusst hätte. Ich weiß nicht, ob der Immit jetzt noch bereit ist, dir zuzuhören, Herr.«

»Er muss!«

»Er würde vielleicht auch, wenn diese Sache mit Muqtaq nicht gewesen wäre.«

»Ah, Muqtaq«, sagte der Malk. »Das hatte ich vergessen. Also hat er angegriffen?«

»Er hat, Herr, wie du befohlen hast. Doch er ist gescheitert und tot, Herr. Leider. Er und die seinen haben tapfer gekämpft, das kann ich bezeugen. Doch am Ende war alle Tapferkeit vergeblich, denn dein Bruder Numur lebt noch.«

»Du kannst es bezeugen und bist doch schon hier?« Das plötzlich erwachte Misstrauen des Malk war unüberhörbar. »Ich bin erstaunt, denn ich hatte ihm doch einen Angriff nach Mitternacht angeraten.«

»So ist es, Herr. Ich habe ihm deinen Befehl wortgetreu überbracht, aber er hat früher zugeschlagen.«

»Seltsam, er war ein erfahrener Krieger. Ein Angriff am frühen Abend? Wenn der Bet Raik voller Wachen ist? Das war doch Selbstmord.«

»Es war aussichtslos, Herr, und ich habe mit Schmerz gesehen, wie Muqtaq fiel.«

»Dann bin ich verloren …«

»Es ist wahr, Herr, es steht nicht gut um deine Sache. Immit Schaduk hat ein Kopfgeld auf dich ausgesetzt«, behauptete Tasil.

Malk Iddin lachte bitter auf.

»Allerdings«, fuhr Tasil nachdenklich fort, »sehe ich da noch eine letzte, verzweifelte Möglichkeit.«

Der Malk blickte ihn fragend an.

»In wenigen Stunden beginnt die Beisetzung deines Vaters, Herr. Schaduk wird dort sein. Du solltest diese Gelegenheit nutzen: Tritt vor ihn und bitte ihn um Gnade und Gerechtigkeit.«

»Wie hoch ist das Kopfgeld?«

»Einhundert Segel Silber, Herr«, antwortete Tasil, ohne zu zögern.

»Und du glaubst, ich erreiche den Immit trotz des Silbers, das auf meinen Kopf steht, lebend?«

»Wenn du überraschend bei den Tempeln auftauchst? Aus dem geheimen Gang deiner Familie? Dieser Weg ist sicher. Numur hat dich suchen lassen, aber diesen Gang mit keinem Wort erwähnt. Er scheint die Geheimnisse deiner Familie also zu achten, Herr. Ich kann dir natürlich nichts versprechen, aber es ist die einzige Möglichkeit, die ich für dich noch sehe.«

»Durch den Gang, also …«, murmelte Iddin nachdenklich.

»Ich halte es sogar für das Beste, wenn wir uns sofort dort verstecken. Denn ich weiß nicht, ob wir nicht verfolgt werden. Immit Schaduk ist ein schlauer Fuchs.«

»Verstecken …« Iddin schien unsicher, was er tun sollte.

Tasil legte ihm freundlich die Hand auf den Arm. »Wirklich, Herr, dort wären wir sicher. Öffne den geheimen Gang, und wir können den Morgen in Ruhe erwarten. Und wenn der Immit von der Verschwörung deines Bruders erfährt, wird sich das Schicksal wenden.«

Und schon wieder schwebte Tasils geheimnisvolle zweite Stimme durch die Lüfte, und sie versprach, dass sich alles zum Besseren wenden würde, wenn der Malk nur die geheime Pforte öffnete. Maru fand klug und einleuchtend, was diese Stimme sagte.

Malk Iddin starrte Tasil nachdenklich an. Schließlich nickte er. »Du hast wohl recht, Urather. Dort wären wir sicher«, sagte er langsam. Er klang immer noch unentschlossen.

»Du musst nur die Pforte öffnen, Herr«, drängte Tasil freundlich lächelnd.

Maru runzelte die Stirn. Die Zauberstimme klang jetzt viel schwächer, angestrengt. Malk Iddin drehte sich um und schritt zur Felswand. Er machte sich an einer Gruppe Felsen zu schaffen. Doch plötzlich hielt er inne, schüttelte den Kopf, so als müsse er lästiges Ungeziefer abschütteln. Dann drehte er sich um, hob den Arm und zeigte mit dem Finger auf Tasil. »Was versuchst du, Urather? Versuchst du, einen Malk von Serkesch mit billigen Zaubereien zu täuschen?«

Er griff an den Gürtel und zog seinen Dolch. Tasil seufzte und löste mit einer Hand den Knoten, mit dem er die Axt am Sattel befestigt hatte. Der Malk sprang mit einem Schrei auf ihn los. Aber er war viel zu langsam und kein Gegner für einen geübten Kämpfer. Tasil wich leicht aus, hob seine Axt und stürzte sich auf den Malk.

Iddin wich zurück, stolperte über den Saum seines langen Gewandes und stürzte. Eine Sekunde später war er tot, erschlagen mit der Axt, die einst seinem Gefolgsmann Muqtaq gehörte.

»Dieser Narr«, sagte Tasil kopfschüttelnd.

Maru starrte ihn an. Er hatte Iddin ermordet! Er hatte ihn erschlagen wie einen Hund!

»Hätte er nicht wenigstens die Pforte noch öffnen können?«

»Du hast den Malk getötet«, platzte Maru entsetzt heraus.

Tasil zuckte mit den Schultern. »Er hat es so gewollt.«

»Aber Iddin war doch ein Fürst, von den Göttern gesalbt!«

»Ach was«, sagte Tasil unwirsch, »nur ein Raik wird gesalbt. Der da ist nur ein Mensch. Oder vielmehr: Er war es.«

Er setzte einen Fuß auf die Brust des Malk und zog die Axt mit einem Ruck heraus. Dann ging er zu der Stelle, an der sich der Malk zu schaffen gemacht hatte.

»Maru, du Kröte, komm her, ich brauche Licht!«

Mit zitternden Knien gehorchte sie. Da lag Iddin. Sie hatte ihn gemocht. Er war freundlich zu ihr gewesen, und er war doch ein Fürst, ein Günstling der Götter – wie konnte er so einfach tot sein?

Tasil entzündete einen Holzspan und untersuchte die Steine. Es war nichts Auffälliges zu entdecken. Er bewegte einen, dann einen anderen.

»Ah!«, machte er, als sich einige nicht aufheben ließen. Es waren drei faustgroße Steine. Er drehte sie. Nichts geschah. Er drehte sie in die andere Richtung, wieder nichts. Er fluchte.

Maru musste immer wieder zu Iddins Leiche hinüberschauen. Ein schwarzer, lebloser Körper im Sand, nicht mehr.

»Du sollst mir leuchten, sag ich!«, herrschte Tasil sie an.

Sie zuckte zusammen und hielt den Span höher. Er würde bald verbrannt sein. Tasil versuchte es weiter, ohne Glück.

»Vielleicht kommt es auf die richtige Reihenfolge an«, schlug Maru aufs Geratewohl vor.

Tasil warf ihr einen finsteren Blick zu, aber er folgte ihrem Vorschlag. Er brauchte einige Versuche, dann ertönte auf einmal ein hässliches, schabendes Geräusch, und im Fels zeigte sich eine Tür.

»Gut gemacht, Kröte.« Tasil drehte die Steine erneut. Die Pforte schloss sich wieder.

»Aber …«, setzte Maru erstaunt an.

»Alles zu seiner Zeit, alles zu seiner Zeit«, sagte Tasil. »Erst müssen wir ein bisschen aufräumen.«

Er nahm seine Axt und hackte zwei der kargen Büsche ab. »Hör zu, Kröte. Ich werde mögliche Verfolger ein wenig in die Irre führen, du sorgst hier für Ordnung. Nimm diesen Zweig und beseitige die Spuren.«

»Aber es ist viel zu dunkel, ich kann gar nicht sehen, wo Spuren sind und wo nicht«, wandte Maru ein.

»Dann arbeite eben mit Köpfchen. Und sei gründlich, das rate ich dir. Ich bin bald zurück.«

»Du lässt mich hier alleine, Onkel?«

»Stell dich nicht so an. Soweit ich gehört habe, gibt es hier keine Berglöwen mehr. Und Wölfe habe ich auch keine gesehen.«

Er hob den toten Malk auf, wuchtete ihn auf sein Pferd und

stieg selbst auf. Den zweiten Busch nahm er mit. »Sei fleißig, dann vergisst du deine Angst.« Er schwieg kurz. »Und sei gründlich, sonst hast du Grund, Angst zu haben.«

Mit diesen Worten galoppierte er davon.

Maru starrte ihm hinterher, bis ihn die Dunkelheit verschluckte und der Hufschlag verklang. Sie hatte keine Ahnung, wie sie alle Spuren beseitigen sollte. Es war finstere Nacht, und das wenige Mondlicht reichte nicht, um einzelne Fußtritte im Sand zu erkennen. Aber es half nicht zu jammern. Sie steckte in Gedanken ein Geviert von dreißig Schritt Länge ab. Das war ungefähr der Raum, in dem sie sich bewegt hatten. Dann begann sie, mit den Zweigen über den Sand zu wischen. Glaubte Tasil wirklich, dass das irgendjemanden täuschen würde? Sie hatte ihre Zweifel. Wollte er sie nur beschäftigen? Sie hätte Besseres gewusst. Hunger und Müdigkeit kehrten zurück. Natürlich waren Kwems Essenspakete in der Satteltasche. Sie kehrte schneller. Wenn sie sich beeilte, würde sie fertig sein, bevor er zurückkehrte. Dann konnte sie sich wenigstens noch ein wenig ausruhen. Nicht einmal schlafen – nur ein bisschen ruhen.

Sie kehrte den Bereich, den sie abgeschätzt hatte, zweimal, obwohl sie immer noch am Sinn zweifelte. Sie konnte nicht anders. Wenn sie etwas tat, musste es gründlich erledigt werden. Anschließend zog sie sich zur Pforte zurück und setzte sich. Nur ruhen, nicht einschlafen, ermahnte sie sich. Es war still. Die Sterne blinkten von einem makellosen Nachthimmel. Es war etwas kühler geworden, was hieß, dass der Morgen näher rückte. Alles wirkte so friedlich. Es schien ihr auf einmal unvorstellbar, dass vor nicht einmal einer Stunde ein Mann an dieser Stelle gestorben war. Nicht irgendein Mann, ein Malk! Nun, vielleicht war es nicht unvorstellbar, nur seltsam unwirklich und sehr, sehr weit weg. Es war wie ein böser Traum. Der Mond stand tief. Bald würde er im Westen versinken. Er hatte seine rote Farbe verloren und sah jetzt viel freundlicher aus. Sie schlief ein.

Die Käfer waren zurück. Sie stürmten aus der Dunkelheit auf sie ein. Eine ganze Welle schwarzes Ungeziefer brauste heran, schlug über ihr zusammen und drückte sie in die Tiefe. Dann veränderte sich alles, die Käfer wechselten die Farbe, verloren ihre Form, zerflossen. Die Woge verebbte, und Maru trieb schwerelos auf einem blutroten Fluss. Am Ufer waren Körper angespült worden. Sie sah Atib, Muqtaq, Malk Iddin, die Söhne des Yaman, die Krieger aus dem Gräbertal. Sie lagen ausgestreckt und tot am Ufer, und dahinter ragte der Tempel des Strydh in den fahlen Himmel. Erst jetzt bemerkte sie, dass sie stromaufwärts trieb. Das rote Wasser sprang aus einem Brunnen, der dort in den Felsen gehauen war. Da stand der blinde Biredh und wusch sich die leeren Augenhöhlen aus. Ein gelber Schmetterling saß auf seiner Schulter. Dann fiel ein langer Schatten auf sie. Mit einem unirdischen, schleifenden Geräusch erhob sich eine Gestalt mit kupferfarbenen Augen aus der Schale des Brunnens, sah sie an und sagte: »Maru, du faule Kröte, wach auf!«

Sie schreckte hoch. Ein schwarzer Schatten stand vor ihr, ein finsterer Umriss vor dem dunklen Nachthimmel. Es war Tasil, kein Daimon. Sie kam mühsam auf die Beine. Er sah sie prüfend an, schüttelte den Kopf, dann drückte er ihr eines der Essenspakete in die Hand. »Hier, geh in den Gang und iss, du wirst noch Kraft brauchen. Ich kümmere mich um den Sand.«

Verwirrt nahm Maru das Schilfpäckchen entgegen. Sie spürte einen Luftzug und drehte sich um. Hinter ihr stand der Geheimgang offen. Das schleifende Geräusch, das sie in ihrem wilden Traum gehört hatte, stammte also vom Öffnen der Pforte. Tasil verwischte mit einem dürren Zweig hastig die frischen Hufspuren seines Pferdes. Warum machte er das selbst? Das Paket in ihren Händen roch nach Lamm. Ihr wurde auf einmal bewusst, wie hungrig sie war. Sie stolperte müde in den Gang, wie Tasil befohlen hatte, lehnte sich an die kühle, steinerne Wand und verschlang ihre Mahlzeit.

Tasil folgte ihr bald und brachte das Pferd mit.

»Du willst mit dem Pferd durch den Berg, Onkel?«, fragte Maru verwundert mit vollem Mund. Sie kaute noch am letzten Stück Lamm.

»Nein, ich will mit dem Pferd *in* den Berg. Es ist zu gefährlich, es hier draußen stehen zu lassen.«

»Aber der Gang ist so niedrig.«

»Er wird weiter hinten höher. Warte, ich mache uns Licht.« Tasil entzündete einen Zweig des Busches. Das Pferd wurde unruhig und scheute vor der Flamme zurück. »Sieh dort an der Wand nach, dort müssten Lampen stehen.«

Dann sprach er beruhigend auf das Tier ein.

Maru fand tatsächlich zwei bronzene Lampen auf einem Felsabsatz. Sie sahen alt aus. Maru schüttelte eine und stellte erstaunt fest, dass tatsächlich reichlich Öl darin war. Bald leuchtete eine kleine Flamme vom Docht der Flamme. Sie gab nicht viel Licht, doch es genügte. Maru und Tasil folgten dem schmalen Gang einige Schritte – und blieb überrascht stehen. Sie hatten eine große Höhle erreicht. »Was ist das für ein Ort?«

Tasil zog das widerstrebende Pferd in die Höhle. »Ich nehme an, dass Wasser das hier geformt hat. Vielleicht hatte hier einst der ausgetrocknete Bach seinen Ursprung.«

»Du meinst, die Alfholde Skalwala hat hier gelebt?«

Tasil lachte laut. »Sicher nicht, Kröte. Das war doch nur eine Geschichte, die sich der alte Märchenerzähler ausgedacht hat.«

»Ich glaube nicht, dass das nur Märchen sind«, sagte Maru verstimmt.

Tasil band das Pferd an einen Felsvorsprung. Er redete weiter beruhigend auf das Tier ein.

Maru schoss plötzlich eine Frage in den Sinn. »Onkel?«

»Ja?«

»Was hast du mit der Leiche von Malk Iddin gemacht?«

Sie wusste nicht genau, warum sie ausgerechnet diese Frage stellte. Es war so viel geschehen. In ihr tobte ein regelrechter Sturm von Fragen, die alle gestellt werden wollten. Maru rechnete eigentlich gar nicht mit einer Antwort. Vermutlich würde er nur sagen, dass sie das nichts anginge.

Tasil streichelte fast zärtlich den Hals des Pferdes. »Das geht dich eigentlich nichts an …«

Aha!, dachte Maru.

»Aber«, fuhr Tasil zu ihrer Überraschung fort, »da du dich heute gar nicht mal so dumm angestellt hast – für ein Mädchen, versteht sich –, will ich es dir sagen.«

Lobte er sie gerade? Maru traute ihren Ohren kaum.

»Ich habe Iddin zu den beiden Hakul gelegt. Es soll so aussehen, als hätten sie sich gegenseitig umgebracht. Und deshalb habe ich ihnen auch die Dolche und Ringe und was sie sonst an Wertvollem trugen, nicht abgenommen.«

Maru dachte einen Augenblick nach. »Wird das jemand glauben? Da sind doch all die Huftritte im Sand, und Iddin hatte gar kein Pferd. Außerdem hast du ihn mit einer Axt getötet, und Ebu und Ech hatten …«

Tasil unterbrach sie. »Jetzt steckt die Spitze einer Hakul-Lanze in dieser Wunde. Aber es ist tatsächlich so, wie du sagtest, Maru: Kein vernünftiger Mensch wird darauf hereinfallen. Schließlich muss irgendjemand diesen Kampf doch überlebt haben. Aber, was glaubst du, werden die Hakul noch nach Vernunft fragen, wenn sie ihre beiden toten Fürstensöhne sehen? Und die Serkesch? Werden die nicht ebenfalls nach Rache schreien?«

Maru biss sich auf die Lippen. Sie musste sich eingestehen, dass er recht hatte. Hakul und Akkesch hassten einander so sehr, dass sie nicht lange nach Beweisen fragen würden.

»Sollten sie dennoch nach weiteren Spuren suchen«, erklärte Tasil mit einem Grinsen, »so habe ich vorsorglich eine falsche Fährte gelegt. Leicht verwischt, aber gerade noch zu finden.«

Maru wurde plötzlich klar, was das alles bedeutete. »Aber das heißt, dass sie einen Krieg anfangen werden!«

Tasil nahm die Satteltaschen vom Rücken des Pferdes. Er zuckte mit den Achseln. »Möglich. Was kümmert es mich? Früher oder später wäre es ohnehin dazu gekommen. Denk nur daran, was Malk Iddin gesagt hat. Numur bereitet seinen Krieg doch schon lange vor.«

»Aber das ist furchtbar!«

»Ach, es wird schon nicht so schlimm werden. Die Hakul werden hier einfallen, ein paar Bauernhöfe und Dörfer niederbrennen und dann wie immer an den Mauern der Stadt scheitern. Schließlich werden sie abziehen und Heldenlieder singen. Die Akkesch werden zum Gegenschlag ausholen, ein paar Wochen durch das Staubland marschieren und sich Scharmützel mit den Hakul liefern. Und dann werden auch sie wieder abziehen und Heldenlieder singen.« Er überprüfte noch einmal, ob das Pferd gut angebunden war.

»Aber es werden viele sterben.«

»Sterben müssen wir alle. Das kann ich nicht ändern – und du auch nicht. Und jetzt gib mir die Lampe. Wir müssen weiter.«

Er warf sich die Satteltaschen über die Schulter, nahm ihr die Öllampe aus der Hand und ging voran in den finsteren Tunnel. Maru folgte ihm bedrückt. Es schien ihm wirklich nichts auszumachen.

Es zeigte sich, dass der geheime Gang der Akkesch in Wirklichkeit eine lang gestreckte natürliche Höhle war. Hier und da waren enge Stellen und niedrige Durchlässe vergrößert, und der Boden war teilweise geglättet worden, aber eigentlich war der Gang natürlich gewachsen. Vielleicht hatte Tasil recht, und es war wirklich einst ein Bachlauf gewesen. In dem Fall stimmte vielleicht auch das, was Biredh erzählt hatte: Dass der Bach einst unter dem Schutz der Alfholde Skalwala gestanden hatte.

Vielleicht sitzt sie hier irgendwo im Fels gefangen, dachte Maru. Tasil scheint so etwas nicht zu interessieren. Wäre der Dieb Tiuf mit dem geraubten Gold hier irgendwo eingesperrt, dann würde er sicher den ganzen Berg umgraben.

Sie musste plötzlich grinsen. Dann wischte ein neuer Gedanke das Grinsen aus ihrem Gesicht. Sie wusste immer noch nicht, was Tasil jetzt vorhatte.

Es war so viel geschehen, und die Ereignisse hatten sich überschlagen. Vor wenigen Stunden hatten sie die Stadt verlassen, und dieser Gang war ihr Ziel. Und Maru wusste nicht, warum. Tasil hatte nur gesagt, dass er etwas zu erledigen habe. Er hatte seither drei Menschen getötet, doch das war sicher nicht sein Plan gewesen. Und sie war einfach nicht dazu gekommen, ihn nach seinem Vorhaben zu fragen.

Maru lief hinter ihm her durch die lange Höhle. Diese wand sich in vielen Schlingen durch den Fels, und Maru fragte sich inzwischen, ob sie jemals das andere Ende erreichen würden. Sie verlor das Gefühl für Entfernungen. Sie wusste auch nicht, wie spät es war, doch die Sonne würde sicher bald aufgehen. Irgendwann würden sie schon ankommen. Maru war sich aber nicht sicher, ob sie das überhaupt wollte.

»Onkel?«, begann sie.

»Ja?«

»Was wollen wir hier?«

»Ich habe mich schon gewundert, dass du gar nicht fragst, Kröte. Warte noch einen Augenblick. Wir müssten gleich da sein.«

Tatsächlich blieb er wenig später stehen. Die Höhle war hier breiter und niedriger als zuvor. Tasil musste sogar ein wenig den Kopf einziehen.

»Hier ist es«, sagte er.

»Was?«

»Ich will es dir erklären. Wie du weißt, pflegen die Serkesch den Brauch, ihre toten Raik in diesen Felsen zu beerdigen. Sie begraben hier aber nicht nur deren Fürsten, sondern auch deren Frauen.«

Maru hörte zu. Tasil erklärte etwas, das war selten genug. Gleichzeitig verspürte sie wieder das warnende Gefühl im Hinterkopf.

»Utu-Hegasch war mit der Akkesch Inanna verheiratet, die ihm seine beiden Söhne Numur und Iddin schenkte. Sie verstarb bei der Geburt, und die Serkesch legten in diesen Bergen eine Grabkammer für sie an. Utu nahm danach eine Kydhierin zur Frau, was, wie ich mir sagen ließ, für ziemlich viel Aufsehen sorgte. Der Kaidhan hat ihm verboten, mit dieser Frau, sie hieß Frywa, weitere Kinder zu zeugen.«

»Er hat es verboten?«

»Natürlich, die Akkesch achten auf die Reinheit ihrer Blutlinien, zumindest bei den Fürsten. Es geht das Gerücht, dass Frywa dennoch schwanger wurde. Angeblich hat Utu sie deshalb töten lassen.«

»Er hat seine eigene Frau ermordet?«

»Du erinnerst dich vielleicht, was Immit Schaduk über Familiensinn gesagt hat. Ein anderes Gerücht besagt übrigens, dass nicht Utu, sondern seine beiden Söhne Frywa ermordet haben.«

»Numur und *Iddin*?« Eine solche Tat traute Maru Malk Numur sofort zu. Doch Iddin?

»Wundern würde es mich nicht«, sagte Tasil. »Es ist für uns aber nicht von Bedeutung. Die Serkesch legten für Frywa ebenfalls eine Grabkammer an. Und gleich noch eine weitere für den Raik selbst. Und als sie nun Stollen durch diesen Berg trieben, durchbrachen sie plötzlich eine Wand und fanden sich in dieser Höhle wieder.«

»So haben sie den Geheimgang entdeckt?«

»Nein, den kannten sie bereits vorher. Sie hatten sich einfach nur verrechnet. Der Durchbruch geschah versehentlich, aber er ist da.«

»Woher weißt du das alles?«

»Ich hatte Gelegenheit, mich mit Kwem zu unterhalten, der wusste das eine oder andere Gerücht, und Iddin war mir gewogen, als wir durch diesen Gang liefen. Es war mir wohl gelungen, sein Vertrauen zu gewinnen.«

»Du hast ihn mit deinem Zauber getäuscht«, widersprach Maru. Sie hatte wieder das Bild vor Augen, wie Tasil dem Malk den Fuß auf die Brust setzte und die Axt herausriss. Iddin hatte Tasil vertraut und war nun tot. Gleichzeitig fragte sie sich, wann sich denn Tasil mit Kwem unterhalten haben wollte.

»Ich habe ihn keineswegs getäuscht oder betrogen, Maru«, sagte Tasil. »Ich bin kein Maghai, ich kann anderen nicht meinen Willen aufzwingen. Ich kann ihnen nur helfen, eine Entscheidung zu treffen, die sie schon längst in ihrem Inneren tragen. Wäre Iddin entschlossen gewesen, im Gräbertal zu sterben – ich hätte es ihm nicht ausreden können. Aber er wollte leben, ich habe ihm nur geholfen, das zu erkennen. Schon das überstieg beinahe meine Kräfte.«

»Und die Wachen am Tor? Du hast sie zweimal dazu gebracht, uns zu öffnen.«

Tasil grinste. »Das war viel leichter. Der erste wollte doch nur bestochen werden, er hätte uns für ein paar Kupferstücke hineingelassen. Hätte ich welche gehabt, hätte ich mir die Zauberei ersparen können. Und der von heute Nacht war doch froh, uns los zu werden. Ich hatte das Siegel des Malk und er Angst, seinen Schab zu wecken. Hätte dort ein getreuer Krieger des Immit gestanden, hätten wir uns ein anderes Tor suchen müssen.«

Jetzt begriff Maru endlich, warum Tasil diese Kraft manchmal einsetzte und manchmal nicht. Sie verstand aber nicht, warum er so ungewöhnlich mitteilsam war. Er war überhaupt auffallend freundlich zu ihr. War das wirklich ein gutes Zeichen? Die warnende Stimme im Hinterkopf meldete sich wieder.

»Iddin hat mir also von dem Missgeschick erzählt, das geschah, als sie die Grabkammern in den Fels bohrten. Und nun, Maru, stehen wir an der Stelle, an dem der geheime Gang das Grab des Utu-Hegasch berührt.«

Tasil zeigte auf eine Stelle an der Höhlenwand. Dort, fast am Grund des Ganges, war eine schmale Mauer aus Ziegeln in den Fels gesetzt worden. Maru entdeckte diese Stelle erst jetzt. Sie fragte sich, warum Tasil ihr das alles erzählte. Dann begriff sie.

»Du willst in das heilige Grab eines Raik einbrechen?«, rief sie fassungslos.

Tasil zeigte sein Wolfslächeln. »Nein, Maru, *du* wirst aus Utus Grabkammer *aus*brechen.«

Dritter Tag

Das Grab des Utu-Hegasch

Der Strom des Lebens trägt dich hierhin und dorthin, doch mündet er am Ende immer ins Meer.

Totenbuch der Akkesch

Maru war wie gelähmt. Das war es also. Tasil hatte vor, das Grab des Raik auszuplündern! Warum hatte sie das nicht früher erkannt? Und er verlangte von ihr, ihm bei diesem ungeheuren Frevel auch noch zu helfen! Utu-Hegasch war ein Ahngott dieser Stadt. Er saß an der Tafel des mächtigen Totengottes Uo. Und Uo war bei all seiner Macht doch nur ein Diener Strydhs. Die Götter würden das nicht hinnehmen. Zorn und Rache würden den Frevler verfolgen bis an sein Lebensende. Und das würde nicht lange auf sich warten lassen. Und was meinte Tasil überhaupt mit »ausbrechen«?

Tasil ließ ihr einen Augenblick Zeit, die Nachricht zu verdauen. Offenbar missverstand er den Grund für ihr Entsetzen. »Ich verstehe deine Bedenken, Maru, denn ich weiß, was die Priester sagen, aber glaube mir: Die Toten brauchen kein Silber, kein Eisen und keinen Schmuck mehr. Und sie haben nichts dagegen, dass wir es nehmen.«

Maru antwortete nicht. Sie starrte ihn nur entgeistert an.

»Jetzt pass auf, Maru. Als nur die Frauen dort lagen, war der Eingang lediglich zugemauert worden, denn die Akkesch mussten das Grab ja noch einmal für den Raik öffnen können. Nach der Beisetzung von Utu wird es mit einer Steinplatte verschlossen. Du hast sie gesehen. Sie ist so dick und schwer, dass man ein ganzes Heer bräuchte, um sie zu bewegen, wenn sie erst einmal an ihrem Platz ist. Doch jetzt ist die Grabkammer offen. Deshalb wirst du dich dort verstecken. In einer der Nebenkammern oder einer Nische, wir werden schon etwas Geeignetes finden.«

Maru hörte ihm ungläubig zu. Sie? Bei den Toten?

»Sobald das Grab verschlossen ist, suchst du Utus Kammer auf und sammelst, was du an wertvollen Gegenständen findest. Achte auf Edelsteine, Eisen und Silber. Vielleicht geben sie ihm sogar Gold mit auf seine Reise. Halte einfach die Augen auf.«

»Aber ich kann mich doch nicht dort verstecken!«

Tasil ging auf den Einwand gar nicht ein. »Dann trägst du alles, was du findest, auf die andere Seite dieser Wand«, erklärte er weiter. »Ich werde inzwischen anfangen, diese Mauer abzutragen. Sobald ich durch bin, werde ich alles, was du findest, in Empfang nehmen. Zum Schluss ziehe ich dich hindurch, und wir verschwinden für immer aus dieser ungastlichen Gegend.«

Maru rauschte das Blut in den Ohren. Das konnte er doch nicht ernst meinen!

»Keine Angst, ich bin sicher, du schaffst das, Maru.«

Sie sah ihn an. Er war eben so freundlich zu ihr gewesen, und jetzt wusste sie auch weshalb. Fieberhaft überlegte sie, wie sie dieser Falle entkommen konnte.

»Wäre es nicht viel einfacher zu warten, bis die Beisetzung vorüber ist und dann gleich von hier aus einzudringen, Onkel?«

»Das ist ein guter Gedanke, Maru, und ich selbst habe das zuerst genau so geplant, wie du es vorschlägst. Leider wird das aus verschiedenen Gründen nicht gehen.«

»Was für Gründe?«, fragte Maru schnell.

»Zum einen ist da die Zeit. Wie du dich erinnerst, liegen auf der anderen Seite des Berges drei Leichen, die man bald finden wird.

Irgendwann wird man meine kleinen Täuschungen durchschauen und anfangen, uns zu suchen.«

»Aber du hast doch eine falsche Fährte gelegt!«

Tasil lächelte nachsichtig. »Wenn sie ernsthaft suchen, werden sie die richtige Spur irgendwann finden. Sie werden sie natürlich vor der geheimen Pforte verlieren, aber was, wenn sie dort warten? Dann kommen wir nie wieder hier heraus. Also müssen wir uns beeilen, damit wir fort sind, bevor man uns sucht.«

»Wir könnten doch jetzt schon anfangen, die Mauer einzureißen«, schlug Maru verzweifelt vor. »Dann sind wir nachher schneller.«

»Auch das ist ein guter Gedanke, Maru«, lobte Tasil. »Doch wenn wir nur einen Stein zu viel entfernen, wird man das Loch auf der anderen Seite entdecken. Oder man würde uns gar jetzt schon hören! Es könnte dann sein, dass Numur beschließt, das Geheimnis um diesen Gang preiszugeben. Also müssen wir uns in Geduld üben und dann schnell handeln.«

»Wenn sie uns jetzt hören, dann hören sie uns doch auch später, das heißt, wir wären doch auch dann verloren. Ist es nicht so? Ist das alles nicht viel zu gefährlich, Onkel?« Es war ein letzter, verzweifelter Versuch, die Gefahr abzuwenden.

Tasil schüttelte den Kopf. »Du bist wirklich ein kluges Mädchen, Maru. Doch später ist einiges anders. Das Grab wird geschlossen, und Numur und der Immit kehren zurück in die Stadt. Dann beginne ich, hier zu arbeiten. Man wird es vielleicht hören, das kann ich nicht verhindern. Die Priester und Wachen, die dann noch hier sind, werden sich fragen, was das sein mag. Sie werden Zeit brauchen, bis sie den Verdacht haben, dass etwas nicht stimmt. Sie wissen ja nichts von dem geheimen Gang.«

»Abeq Asidi weiß von ihm«, warf Maru ein.

»Wer?«

»Der Abeq des Ahntempels.«

»Ah, ich erinnere mich«, sagte Tasil. »Bist du dir sicher?«

»Er weiß, dass es ihn gibt, mehr nicht.«

»Richtig, er fragte gar nicht, wie ich mit Iddin entkommen wollte … Das ist nicht gut. Wir haben noch weniger Zeit, als von mir erwartet.« Er schloss die Augen und bewegte stumm die Lippen. Maru kannte diesen Gesichtsausdruck. Er überdachte und änderte gerade einmal wieder einen Plan.

»Also dieser Abeq ahnt, was vorgeht«, setzte Tasil seinen Gedankengang schließlich fort, »und sendet einen Boten in die Stadt. Der wird einige Zeit brauchen, denn normalerweise haben sie keine Pferde hier. Er muss nach Serkesch auf den Tempelberg, um Malk Numur zu benachrichtigen. Ich kann mir nicht vorstellen, dass Numur den Bet Raik verlassen kann – oder will. Er wird morgen viel zu tun haben, mit Schaduk, den Hakul und anderen Dingen. Also wird er Berittene aussenden. Vermutlich werden sie versuchen, uns an den Pforten dieses Geheimgangs abzufangen. Sobald ich also beginne, hier Ziegelsteine zu zertrümmern, haben wir im ungünstigsten Fall nur etwa zwei Stunden Zeit zu entkommen. Und deshalb muss auf der anderen Seite dieser Wand schon alles bereitliegen, wenn ich durchbreche. Verstehst du das jetzt?«

Maru verstand. Sie verstand, dass sie sich in der Gruft verstecken musste, dass es keine andere Möglichkeit gab, Tasils Vorhaben in die Tat umzusetzen. Aber sie wollte nicht! Die warnende Stimme schrie jetzt in ihrem Hinterkopf. Da war ein gewaltiges Loch in diesem Plan. Es gab einen Haken, das konnte sie spüren, beinahe greifen. Aber eben nur beinahe.

»Aber muss es denn sein, Onkel? Hast du nicht genug Silber in Serkesch verdient?«, fragte sie matt.

Tasil lachte. »Was heißt schon genug? Die hohen Herren waren recht großzügig mit dem Silber, aber das ist alles nichts gegen das, was in diesem Grab auf uns wartet. Wenn wir entschlossen und schnell sind, werden wir heute reich werden, Maru.«

»Wir?«, fragte Maru missmutig.

Tasil sah sie für einen Augenblick prüfend an. Dann langte er kurz entschlossen in seinen Umhang und zog etwas hervor. Es war lang, schmal und in Stoff gewickelt. Er drückte es Maru in die Hand. Es war schwer. Sie ahnte, was es war, und packte es ungläubig aus.

»Das ist ein Dolch der Hakul!«, rief sie erstaunt.

»Er gehört dir, Maru.«

»Aber …«

Er winkte ab. »Ich weiß, du als Sklavin darfst eigentlich kein Eigentum haben, aber ich denke, in deinem Fall mache ich eine Ausnahme.«

»Aber …«

»Und wenn wir erst einmal in Sicherheit sind, werden sich bei den Romadh sicher noch ein paar schönere Kleidungsstücke für dich auftreiben lassen. Wenn es mir gut geht, soll es auch dir gut gehen.«

»Aber …«

»Du kannst mir später danken. Jetzt müssen wir dich erst mal unauffällig in dieses Grab schaffen.«

Maru öffnete den Mund noch einmal, dann schloss sie ihn. Dank? Sie wollte den Dolch nicht, nicht einmal das neue Kleid. Sie wollte nur lebend hier weg. Aber er hatte das entscheidende Wort gesagt: *Sklavin*. Sie war sein Eigentum. Was konnte sie also schon tun, außer zu gehorchen? Sie nahm den Dolch und steckte ihn in den Gürtel. Immerhin zeigte er, dass Tasil ihre Dienste anerkannte.

Die Pforte zum Gräbertal war nicht weit. Tasil suchte im Schein der Öllampe nach ihrem Verschlussmechanismus. Er fand ihn nach längerer Suche in einer Vertiefung an der Seite des Gangs. Die Tür schob sich mit einem schleifenden Geräusch zur Seite, und kühle Nachtluft strömte in den Gang. Von irgendwoher klang das Zwitschern eines Singvogels über das Tal. Tasil löschte die Lampe und schlich ein Stück weit hinaus zwischen die Steine. Maru folgte ihm. Man konnte erahnen, dass die Dämmerung nahte, aber noch war es finstere Nacht. Die Umrisse der großen Tempel und die Säulen des offenen Platzes schimmerten matt in der Dunkelheit. Das kleine Tal lag scheinbar friedlich und verlassen vor ihnen. Nur vorne, unter dem Eingang, flackerte Licht. Bei diesem Portal waren Iddins Männer so tapfer – und so sinnlos – gestorben. Vermutlich hielten auch jetzt dort einige Krieger Wache.

Da entdeckte Maru noch einen Posten. Er lehnte unweit der offenen Grabkammer an der Wand und schien im Stehen zu schlafen. Vor ihm glühten die Reste eines kleinen Feuers. Sie konnte auch den breiten Holzsteg sehen, der über die Grube in das Grab führte. Ihr fiel etwas ein. Sie zupfte Tasil am Gewand. »Was ist mit den Sklaven?«, flüsterte sie.

»Was?«

»Die Sklaven in der Grube, vor dem Eingang. Werden sie nicht Alarm schlagen, wenn sie uns sehen?«

Tasil schüttelte den Kopf. »Um die musst du dir keine Sorgen machen. Aber ruhig jetzt. Warte hier.«

Und mit diesen Worten zog er vorsichtig seinen Dolch und schlich aus der Deckung der großen Felsen. Er hielt sich nah der Wand, war nicht mehr als ein Schatten in der Dunkelheit, und näherte sich dem schlummernden Posten ohne jede Eile.

Er wird ihn töten, dachte Maru. Der Gedanke war kalt und klar. Er ließ keinen Zweifel zu. Tasil würde den Krieger dort weder mit seiner Stimme verzaubern noch niederschlagen. Er schlich dorthin, um den Mann umzubringen. Sollte sie schreien? Sollte sie den Mann warnen, alle warnen? Es konnte doch ihre Rettung sein. Sie würde den Frevel verhindern und so die Dankbarkeit des Malk und aller Serkesch erwerben.

Die Dankbarkeit des Malk …

Sie erinnerte sich an das, was Tasil gesagt hatte. Dass Numur alle Mitwisser beseitigen würde. Und sie wusste vieles. Also schwieg sie.

Tasil war jetzt bei dem Speerträger angelangt. Maru konnte den Blick nicht abwenden. Es ging blitzschnell. Er legte dem Mann die Hand auf den Mund und rammte ihm seine Klinge in den Leib. Der Krieger sackte zusammen, und Tasil fing ihn auf. Was hatte er vor? Wollte er ihn im Geheimgang verstecken? Offenbar nicht, denn er schleppte ihn einige Schritte auf die Grabkammer zu. Maru verstand es nicht.

Da ließ Tasil den Mann einfach zu Boden gleiten. Die Grube! Er warf ihn in die Grube! Aber … die Grube war nicht mehr dort! Maru erinnerte sich daran, dass man die Lehmgrube mit den Sklaven von ihrem Platz aus hatte sehen können. Sie musste dort sein, um die hölzerne Rampe herum. Ein dunkles Loch im Boden. Aber davon war nichts zu erkennen. Der tote Speerträger glitt zu Boden, schlug sanft im Sand auf – und versank langsam, ganz langsam in der Erde!

Maru war von diesem unheimlichen Anblick so verblüfft, dass sie die stummen Zeichen Tasils übersah, der sie heranwinken wollte. Schließlich bemerkte sie es doch und lief zu ihm. Tasil hob den Speer des Toten auf und lehnte ihn an die Wand.

»Bleib stehen«, zischte er, als sich Maru näherte.

Sie erstarrte.

»Siehst du es nicht? Treibsand«, flüsterte Tasil.

Es war immer noch tiefe Nacht, und Maru sah am Boden überhaupt nichts. Doch im nächsten Moment entdeckte sie ein Seil, das dort zwischen niedrigen Pfosten gespannt war, wo gestern noch der Rand der Grube gewesen war.

»Was ist hier geschehen?«, fragte sie bestürzt.

»Sei leise. Komm, aber achte darauf, wo du hintrittst!«

Tasils Warnung hätte sie nicht gebraucht. Sie sah den toten Krieger, der auf der Seite lag. Zähflüssiger Sand floss in seinen halb offenen Mund. Tasil schlich über die Rampe, dann verschwand er in dem schwarzen Loch, das im Felsen klaffte. Es blieb still. Ein nackter Arm tauchte aus der Finsternis auf und winkte ihr. Es war Tasils Arm, natürlich, aber Maru hatte dennoch große Angst. Ihr Herz schlug bis zum Hals. Vorsichtig und geduckt, wie Tasil es vorgemacht hatte, schlich sie den Holzsteg hoch. Sie hörte ihren Herzschlag, ihren Atem, das leise Tappen ihrer Füße, das knarrende Holz und ein kaum hörbares, widerliches, schmatzendes Geräusch. Es kam aus der Grube unter ihr. Der Sand verschlang den Toten, und er ließ sich dabei Zeit.

Als sie vor dem düsteren Eingang stand, zögerte sie noch einmal. Tasils Hand kam aus der Dunkelheit, packte sie am Kragen und zog sie hinein. Es war stockfinster, und Maru konnte nicht einmal die Hand vor Augen sehen. Tasil zerrte sie einige Schritte durch die Finsternis, um eine Ecke, noch eine. Dann ließ er sie los, und kurz darauf flackerte ein schwaches Licht auf. Er hatte etwas Zunder entflammt.

Aus der Tiefe seines Umhangs zog er eine Kerze hervor, biss ein Stück vom Docht ab, um die Flamme klein zu halten, und zündete sie an.

Das Licht enthüllte einen breiten Gang. Vier Männer hätten hier bequem nebeneinander stehen können, und er war so hoch, dass Tasil selbst mit ausgestreckter Fackel die Decke nicht hätte erreichen können. Die Wände waren glatt behauen und bemalt. Es waren die schlichten Muster, die die Akkesch bevorzugten: Grade Linien, Zickzackmuster in verschiedenen Farben. Maru hatte im Augenblick keinen Sinn für die schlichte Schönheit der Wandbemalung. Sie musste an den toten Krieger denken und an die Grube mit Treibsand.

»Diese Grube«, begann sie, und ihre Stimme versagte ihr fast den Dienst. »Was … was ist mit den Sklaven?«

»Wie?« Tasil starrte sie verwundert an. »Was soll mit ihnen sein? Ihr Herr ist tot, und sie haben ihre letzte Pflicht erfüllt. Hattest du angenommen, sie würden noch leben?« Er leuchtete den Gang hinauf und hinab. Wenige Schritte entfernt befand sich eine Abzweigung.

»Aber diese Grube. Was ist dort geschehen?«

Tasil untersuchte den Seitengang. Maru folgte ihm notgedrungen. Nach zwei Schritten mündete der Gang, der nur ein breiter Durchlass war, in eine offene Kammer.

»Kwem wusste einiges darüber«, sagte Tasil nebenher. »Der Baumeister dieser Anlage war nämlich ein ständiger Gast bei ihm und dem Brotbier mehr zugetan, als gut für ihn war. Die Akkesch hatten vor, diese Grube zur Hälfte mit Wasser, zur anderen Hälfte mit Sand zu füllen. Treibsand eben. Offenbar haben sie das inzwischen getan. Eine sehr hinterhältige Falle, wenn du mich fragst.«

»Und die Sklaven?«, fragte Maru tonlos.

»Die haben sie gleich dort gelassen. Du weißt, die Akkesch denken da praktisch.«

In der Kammer waren die Farben kräftiger und die Muster dichter. Die verschiedenen Linien trafen sich auf halber Höhe der Wand und formten ein strenges und kühles Blumenmuster. Maru versuchte, nicht an die Sklaven zu denken.

»Das muss die Kammer einer der Frauen sein«, murmelte Tasil.

Kammer? Was für ein unpassendes Wort. In Akyr hatte Maru in einer Hütte gewohnt, die kleiner war als dieser Raum. Und sie hatte sich die Behausung noch mit der Familie des Bauern und vier anderen Sklaven geteilt.

Große Krüge und Tongefäße waren vor den Wänden aufgestapelt. Sie waren mit Schimmel überzogen, und es roch modrig. In der Mitte des Raumes zog ein steinerner Block ihre Blicke auf sich, auf dem etwas lag. Es war nicht sehr groß, in kostbare Stoffe geschlagen und mit einem dichten Netz von Seilen verschnürt. Es mochte einst der Körper einer Frau gewesen sein. Als Maru näher trat, stellte sie fest, dass auch der Stoff von Schimmel befallen war. Die Tote trug etwas um den Hals, eine vielteilige Kette, deren Metallplättchen von Grünspan bedeckt waren.

»Inanna oder Frywa?«, fragte sich Tasil halblaut. »Nun, es ist gleich. Es mag hier das eine oder andere Wertvolle geben, doch dafür haben wir keine Zeit. Komm weiter!«

Tasil trieb sie zur Eile. Sie verließen die Kammer und drangen weiter in den Berg vor. Es war überraschend feucht, wie Maru fand. Der Gang wurde plötzlich niedriger, und Tasil zog den Kopf ein. Sie stießen auf eine Kammer, die nur halb fertiggestellt war. Es war leicht zu sehen, warum. Rötlich schimmernde Pfützen standen auf dem Boden, und die Decke war mit einer dichten Kalkablagerung bedeckt. Einzelne Wassertropfen fielen herab. Sie kehrten um und folgten einer Abzweigung. Dort stießen sie auf eine zweite Kammer. Auch hier war eine Frauenleiche inmitten einer großen Zahl von Krügen, Bündeln und Tonflaschen aufgebahrt.

»Frywa«, stellte Tasil nüchtern fest.

Es war leicht zu sehen, dass diese Kammer viel jünger war als die erste. Die Farben waren frischer, und es gab keinen Schimmel auf den Tonkrügen. Die roten und braungoldenen Stoffe, in die die Leiche eingeschlagen war, sahen neuer aus. Sie waren so prächtig, wie Maru sie an noch keiner lebenden Frau gesehen hatte. Mit Ausnahme von Umati vielleicht.

»Lassen die Akkesch ihre Toten denn einfach … verrotten?«, fragte Maru. In Akyr wurden die Mächtigen in steinernen Särgen beigesetzt. Für die Dhane gab es sogar eine eigene Totenstadt, Gyrn, die in der Hochebene von Edhawa lag. Die Bauern hingegen wickelte man in einfache Leintücher und begrub sie tief in der Erde.

»Nein, sie balsamieren sie ein«, erwiderte Tasil. »So ist es bei uns im Süden Brauch. Glaubst du denn, wir würden hier mehr finden als Knochen und verfaultes Fleisch, wenn die Körper nicht kunstvoll behandelt wären? Aber komm weiter, das ist nicht das, was wir suchen.«

Sie verließen die Kammer, bogen erneut in einen Seitengang, um noch eine Ecke und dann in einen langen Gang. Maru bemerkte, dass er sich senkte. Das war ihr schon zwischen den Kammern der Frauen aufgefallen. Offenbar hatten die Akkesch die ganze Anlage nicht nur in den Fels hinein, sondern auch noch nach unten treiben wollen. Der neue Gang war fast vier Dutzend Schritte lang. Fast an seinem Ende öffnete sich rechts ein neuer, sehr breiter Durchlass. Er führte in einen kleinen Raum. Der war vergleichsweise nüchtern gehalten. Eine einzige, schlichte, dunkelgrüne Linie lief über die Wand. Die Kammer beherbergte nichts außer einer massigen Statue, die einen sitzenden Krieger darstellte.

»Was ist das?«, fragt Maru.

Tasil starrte die Figur an. Sie war aus Ton, überlebensgroß und grob gearbeitet, ein wahrer Koloss. Sie hatte kein Gesicht, nur einen tief eingeschnittenen, lippenlosen Mund. Mehr Sorgfalt hatte der Künstler auf die Nachbildung von Helm, Rüstung, Arm- und Beinschienen gelegt, und das lange Sichelschwert in der großen Faust war aus fein gearbeiteter Bronze.

»Wenn es ein Gott ist, ist er mir unbekannt«, sagte Tasil schließlich. »Er soll wohl über den Schlaf des Raik wachen.«

Sie gingen weiter und betraten die letzte Kammer. Eine Reihe riesiger Krüge säumte die Wand.

Maru deutete darauf. »Was ist dort drin?«

»Hirse, Gerste, Wasser, Bier, Brot…« Tasil zuckte mit den Schultern. »Opfergaben für die Tafel Uos. Der Raik soll an dieser Tafel schließlich nicht verhungern.«

»Sie geben ihm Essen mit?«

»Ziemliche Verschwendung, oder? Vor allem in diesen Massen.

Ich hoffe, sie sind bei Silber und Eisen ähnlich großzügig.« Tasil untersuchte die Wand auf der linken Seite der Kammer. »Hier ist es nicht.«

Er eilte weiter. Sie verließen die Kammern. Im Gang wandte sich Tasil nach rechts. Hier hatten die Akkesch noch ein Gelass begonnen, aber bald wieder abgebrochen.

Tasil leuchtete die Ecken aus. »Ah, da, siehst du?« Er zeigte auf die Wand. Knapp unter der Decke zeichnete sich im Fels ein Muster ab. Dort waren Ziegelsteine vermauert.

»Das ist sehr hoch«, sagte Maru unglücklich.

»Wir brauchen also das Seil.«

»Es sieht auch sehr schmal aus.«

»Für mich wahrscheinlich zu eng, wie ich es mir dachte, aber du passt da zweimal durch, Kröte. Es ist doch gut, dass du nur aus Haut und Knochen bestehst.«

Maru überhörte den leichten Spott. Sie hatte einfach zu viel Angst. Die Lücke im Fels sah sehr schmal aus. Sie fand die Kammern jetzt schon unheimlich, und jetzt war Tasil noch da. Wie sollte das erst werden, wenn sie alleine hier saß, nur beim Licht einer Kerze? Und was hieß schon alleine? Was war mit den Toten?

»Gut«, sagte Tasil, »zum Ausgang.«

Er lief jetzt noch schneller, und Maru musste rennen, um Schritt zu halten. Unterwegs schärfte er ihr ein, was sie zu tun hatte. »Noch einmal, sobald die Grabkammer verschlossen ist, kommst du hierher. Schmuck, Dolche, Silber- und Eisenbarren, seine Rüstung. Eben alles, was wertvoll ist. Am besten fängst du mit den kleinen Dingen an. Wir können vielleicht nicht alles mitnehmen.«

»Und wo soll ich mich verstecken?«

»Inannas Grabkammer wird der beste Ort sein. Der Sockel dort ist groß genug, dich zu verbergen. Aber du musst stillhalten, bis das Grab verschlossen ist, verstanden? Wenn sie dich finden, wäre dein Schicksal furchtbar! Die Akkesch verstehen keinen Spaß. Und du weißt, wie ihre Gesetze sind.«

Maru schluckte. Sie wusste es, sie hatte es selbst gesehen.

Sie erreichten Inannas Kammer. Tasil begleitete Maru bis zu dem Steinblock, auf dem die Leiche aufgebahrt war.

»Ich lasse dir die Kerze, Zunder und Feuerstein. Aber du darfst erst wieder Licht machen, wenn die Kammer zu ist, hast du verstanden?«

»Ja, Onkel«, sagte Maru matt.

Es roch seltsam süßlich. Maru hoffte, dass das nur der Schimmel war. Sie sah sich noch einmal um. Direkt vor ihr lag dieses kleine Stoffbündel, das einmal die Frau des Raik gewesen war. Sie war seit vielen Jahren tot. Sie saß jetzt in Ud-Sror und wartete auf ihren Gatten, der in wenigen Stunden seine letzte Reise antreten würde. Ihre Ruhestätte war reicher geschmückt als jeder Raum, den Maru bislang gesehen hatte, die Kammern im Bet Raik von Serkesch eingeschlossen. Hatte sie etwas davon in der Totenstadt? Ihr Mann schien ihr sehr zugetan gewesen zu sein, sie war mit Opfergaben geradezu überhäuft worden. Es sollte ihr im nächsten Leben wohl an nichts fehlen. Aber wenn sie es mitgenommen hatte, warum war es dann noch da?

»Sieht doch gemütlich aus«, sagte Tasil mit einem Wolfsgrinsen, aber dann wurde er ernst und schaute Maru tief in die Augen. »Du schaffst das, ich weiß es. Du musst einfach nur die Ruhe bewahren. Dann wird alles gut.«

Er drückte Maru Feuerstein und Zunder in die Rechte. Dann feuchtete er Daumen und Zeigefinger an und löschte die Kerze in ihrer linken Hand. Von einem Augenblick auf den anderen wurde es stockfinster.

»Nicht vergessen, erst wieder entzünden, wenn das Grab verschlossen ist«, erklang Tasils Stimme in der Dunkelheit. Maru hörte ihn davongehen. Er erreichte den Gang, seine Schritte wurden leiser. Dann war es still. Sie war mit den Toten allein.

Maru seufzte, dann setzte sie sich, wo sie stand, auf den Boden. Es musste wohl sein. Die Dunkelheit umhüllte sie. Sie zog die Beine an, umschlang die Knie mit den Armen und wartete. Tasil hatte gesagt, die Akkesch würden bald nach Sonnenaufgang mit der Beisetzung beginnen. Wie lange mochte es bis dahin noch sein? Sie war müde. Der kurze Schlaf an der Pforte hatte nicht viel geholfen. Sie legte den Kopf auf die Knie. Es wäre angenehm, sich einfach hinzulegen und – erschrocken riss sie die Augen auf. Sie durfte auf keinen Fall einschlafen!

Sie streckte die Beine aus. Kurz dachte sie daran, auf und ab zu gehen, aber sie fürchtete, in dieser Finsternis über irgendetwas zu stolpern. Sie setzte sich in den Schneidersitz – das war unbequem und würde sie wach halten – und lauschte. Es war nicht so völlig ruhig, wie sie zuerst gedacht hatte. Wind drang in die Grabkammer ein, nur ein Hauch, der sich hinter den ersten Biegungen des Ganges völlig verlor. Er war fast nicht zu bemerken. Irgendwo tropfte Wasser. In dieser düsteren Stille wirkte der Klang der auftreffenden Tropfen ohrenbetäubend. Sie war nicht allzu weit von der unfertigen Kammer mit den Pfützen entfernt. Das Geräusch kam von dort. Maru konnte nach einer Weile hören, dass es dort an zwei Stellen in regelmäßigen Abständen tropfte. Es tropfte einmal hell und einmal ein wenig dunkler. Die Abstände bei den dunklen Tropfen waren etwas größer. Maru zählte mit. Wenn der dritte dunkle Tropfen fiel, fiel fast gleichzeitig der vierte helle.

Maru zählte immer wieder von neuem, das lenkte sie ab. Denn jetzt, in der Dunkelheit, stiegen die Erinnerungen der vergangenen zwei Tage wieder empor. Der Maghai, Atib, die Sklaven in der Grube. Sie verzählte sich. Waren sie wirklich bei lebendigem Leibe ertränkt worden – oder erstickt? Wie hieß es, wenn man im Treibsand versank? Sie zählte von neuem. Hell, dunkel, hell, dunkel, hell, dunkel-hell. Es war kein Wunder, dass sie so traurig und verloren ausgesehen hatten. Maru lief ein Schauer über den Rücken: Sie war doch am Morgen noch selbst in dieser Grube gewesen. Sie schüttelte den Gedanken ab und achtete auf den Rhythmus der Tropfen. Hell, dunkel, hell, dunkel … Muqtaq. Er war zu ihren Füßen gestorben, und es war ihre Schuld.

Nein, war es nicht!, dachte sie trotzig. Sie hatte versucht, ihn davon abzuhalten. Aber er war zu allem entschlossen gewesen. Hell, dunkel, hell, dunkel, hell, dunkel-hell. Tasil war schuld oder eigentlich Iddin, der hatte Tasil schließlich den Auftrag gegeben. Und jetzt war Malk Iddin tot. So wie Ebu und Ech, die stolzen Söhne des Yamans. Hell, dunkel, hell … hell, dunkel-hell. Marus Gedanken stockten. Sie lauschte. Hell, dunkel, hell, dunkel, hell, dunkel-hell. Aber hatte da eben nicht ein Tropfen gefehlt? Ihr wurde kalt, die Angst kehrte zurück. Sie starrte in die Dunkelheit. War sie wirklich allein? Sie griff nach Zunder und Feuerstein.

Es war nur ein Tropfen, sagte sie sich, das hat nichts zu bedeuten.

Sollte sie es noch einmal wagen, Licht zu machen? Tasil hatte es verboten. Sie kämpfte mit sich. Es konnte zumindest nicht schaden, es griffbereit zu haben. Hell, dunkel, hell, dunkel, hell, dunkel-hell. Alles war so wie vorher. Aber dennoch, da war etwas, sie konnte es fühlen.

Das bilde ich mir nur ein!, versuchte sie sich zu beruhigen. Sie konnte ihren eigenen Atem hören. Er ging schnell und schneller. Wenn sie nur etwas sehen könnte! Aber hier war es stockfinster, sie konnte die Hand vor den Augen nicht sehen. Unruhig fühlte sie nach dem Feuerstein. Er war an seinem Platz. Hell, dunkel, hell, dunkel, hell, dunkel-hell.

Und dann waren sie da: zwei rote Punkte in der Dunkelheit. Sie waren so schwach, dass sie fast mit der Dunkelheit verschmolzen, ja, es sah aus, als würde sich um diese beiden kleinen Punkte die Dunkelheit noch stärker zusammenballen. Sie näherten sich durch den Eingang der Kammer, langsam, lautlos. Maru hielt den Atem an. Die Angst lähmte sie. Zwei Punkte, Augen, umgeben von Finsternis. Sie konnte den Feuerstein kaum festhalten, verzweifelt versuchte sie, einen Funken zu schlagen. Die beiden mattroten Punkte verharrten. Endlich sprang der Funke in den Zunder. Eine kleine Flamme leuchtete auf und schlug die Dunkelheit in die Flucht.

»Ich grüße dich, Maru Nehis«, sagte eine silbrige Stimme.

Maru verbrannte sich die Finger. Der Zunder fiel ihr aus der Hand und verlosch. Sie war erschrocken, wütend, erleichtert und verblüfft zugleich. »Utukku!« Maru kämpfte gegen die Versuchung an, noch einmal Licht zu machen.

»Sonnenaufgang«, flüsterte der Daimon. Seine Stimme schien von überall aus der Dunkelheit zu kommen.

»Was willst du hier?«, fuhr sie ihn an.

»Dann beginnt es.«

Maru seufzte. Es hatte sich nichts geändert. Der Daimon sprach immer noch in Rätseln. Sie schwieg. Vielleicht war es besser, ihn einfach reden zu lassen. Irgendwann würde er schon sagen, was er wollte.

Aber der Daimon sagte nichts mehr. War er überhaupt noch da? Immer noch war es stockfinster in der Kammer, und Maru konnte die Hand vor Augen nicht sehen. »Utukku?«

»Blut.«

»Was?«, rief sie entsetzt.

Die silberne Stimme erklang erst nach einer gefühlten Ewigkeit wieder. »Nicht genug Steine.«

Maru stöhnte. War es nicht schon schlimm genug, dass sie in dieser Grabkammer saß? Musste sich jetzt auch noch dieser unergründliche Daimon dazugesellen?

»Du musst mir etwas geben«, sagte Utukku. Seine Stimme war leiser geworden, fast nur noch ein kalter Hauch.

Marus Geduld war am Ende. Sie hatte sich wirklich bemüht, aber sie ertrug es einfach nicht länger: »Was? Was soll ich dir geben? Was willst du von mir? Warum kannst du nicht einfach verschwinden und mich in Ruhe lassen?«

Der Daimon antwortete nicht. Tropfen fielen in die Stille. Sie lauschte. War er noch da? Oder hatte er sie allein zurückgelassen?

»Utukku?«, fragte sie zaghaft in die Dunkelheit. Aber die Dunkelheit antwortete nicht. Da war nur das Fallen der Tropfen in einiger Ferne. Hell, dunkel, hell, dunkel, hell, dunkel-hell …

Eine Viertelstunde später ertönte draußen ein Posaunenstoß. Es war nicht das Durcheinander der vielen Hörner, das sie bei ihrem Einzug in die Stadt empfangen hatte, es war ein langer, klagender Ton, der anschwoll und langsam wieder verebbte. Hatte Utukku das mit *»es beginnt«* gemeint? Fing jetzt – endlich – die Beisetzung des Raik an? Eine Art Sprechgesang ertönte. Es klang überraschend nah. Sie waren entweder schon in der Grabanlage oder dicht vor dem Eingang.

»Edhil hat sich erhoben!«, riefen viele Stimmen.

Rotes Licht fiel in den Gang. Maru war auf seltsame Art erleichtert. Natürlich wurde es jetzt richtig gefährlich, aber alles war besser als dieses endlose Warten in der Finsternis. Sie duckte sich hinter den Steinsockel und spähte vorsichtig um die Ecke. Nach der langen Dunkelheit erschien ihr das Licht der Fackeln hell wie der Tag.

»Edhil hat sich erhoben!«, sang eine einzelne, unangenehm hohe Stimme. »Er öffnet die Pforten des Erdkreises, er zeigt Utu die Herrlichkeiten der anderen Welt. Uo hat sich erhoben! Er geleitet Utu in seine Stadt Ud-Sror.«

Maru konnte jetzt Schritte hören. Sie zog den Kopf ein und kauerte sich hinter dem Sockel zusammen.

Die Stimme fuhr mit dem Sprechgesang fort. »Verneigt euch, ihr Toten, denn Fürst Utu-Hegasch kommt in euer Land. Er wird Platz nehmen an der Seite Uos und herrschen – wie in diesem Leben, so auch im nächsten.« Die Stimme war jetzt ganz nah. »Freue dich, Inanna, denn dein Gemahl wird heute zu dir kommen!«

Er musste im Eingang der Kammer stehen. Kamen sie etwa hier herein? Maru hielt den Atem an.

»Sei ihm eine gute Dienerin, denn er ist dein Mann, ein Abkömmling von Göttern, ein Fürst unter den Toten.«

Kein Zweifel, der Sänger stand an der Schwelle zur Kammer, seine Worte hallten von den Wänden wieder. Maru versuchte, sich noch kleiner zu machen. Da entfernte sich die Stimme wieder, und Maru atmete auf.

»Verneigt euch, ihr Toten, denn Fürst Utu-Hegasch wird eure Stadt heute betreten«, schallte es draußen aus dem Gang. »Begrüßt ihn, ihr Ahngötter der Hegasch, denn er ist einer von euch.«

Maru atmete erleichtert auf. Der Sänger war nur der Erste einer ganzen Horde, die sich in die Grabanlage schob. Maru kämpfte mit der Versuchung, noch einmal einen Blick zu wagen, aber sie widerstand. Sie sah das Licht einer langen Reihe von Fackeln auf der Rückwand der Kammer tanzen und lauschte. Kurz hinter dem Sänger schritt eine Gruppe von Männern, die offenbar etwas Schweres trugen, denn sie stöhnten wie unter einer großen Last. Es folgten viele Krieger. Maru hörte das metallische Rasseln ihrer Rüstungen. Und wieder kamen unter schwerer Last keuchende Männer. Waren es jene, die die Opfergaben brachten?

Maru wartete in ihrem Versteck, und die Zeit verrann nur langsam. Weit entfernt klang die hohe Stimme des Vorsängers durch die Gänge. Soweit sie ihn verstehen konnte, pries er die Heldentaten des Raik. Dann sprachen andere. Maru versuchte, die Stimmen zu unterscheiden. Der Immit sprach, sein stets verletzender Unterton war gut herauszuhören. Es folgte die schneidende Stimme von Abeq Mahas. Sie wartete auf Numur, der immer etwas zu schnell zu reden pflegte, aber der schien nichts sagen zu wollen. Dafür ergriffen andere das Wort und schienen kein Ende zu finden. Plötzlich erklangen ganz in der Nähe Schritte. Zwei Männer kamen den Gang herunter. Es waren Krieger, wie Maru am leisen Klirren der Rüstungen hören konnte.

»Das ist weit genug«, sagte einer.

Die Männer schienen direkt vor der Kammer zu stehen. Maru kannte diese Stimme. Aber woher?

»Er hat sich also entschieden?«, fragte der andere Mann.

»Ja, es ist beschlossen: Schaduk soll nicht lebend durch das Tor des Brond gelangen.« Jetzt wusste Maru es wieder: Das war Schab Emadu, Numurs Vertrauter, den sie in der Waffenkammer gesehen hatte.

»Es wurde aber auch Zeit. Ich ertrage es nicht eine Stunde länger, diesen verfluchten Immit auf dem Thron sitzen zu sehen.«

»Es liegt jetzt in deiner Macht, das zu verhindern«, sagte Emadu.

»Ich werde dich nicht enttäuschen!«

»Gut, dann beeil dich.«

Die Schritte entfernten sich in zwei verschiedene Richtungen. Einer schien zurück zur Beisetzung zu wollen, der andere lief aus der Grabanlage hinaus.

Also geht es weiter, dachte Maru in ihrem Versteck, sie brauchen Tasil gar nicht, um sich gegenseitig den Hals umzudrehen.

Numur hatte sich endgültig entschlossen, Schaduk zu töten. Wusste er noch nicht, dass sein Bruder tot war? Oder hatte er Angst, dass der Immit seinen Sohn Narsesch auf jeden Fall auf den Thron setzen würde? Wenn das so war, dann hatten Tasils Lügen Früchte getragen, vergiftete Früchte. So wie Maru Immit Schaduk kannte, war er wahrscheinlich auf Numurs Pläne vorbereitet. Vielleicht hatte er sogar ebenfalls vor, Numur umzubringen. Dann war es nur noch die Frage, wer wem zuvorkam. Maru schüttelte den Kopf. Es war ihr gleich.

Aus der Ferne klangen immer noch Stimmen. Die Feierlichkeiten nahmen ihren Fortgang. Irgendwann, es schienen Stunden vergangen zu sein, war es endlich vorbei, und der Zug der Trauernden verließ schweigend die Grabkammer. Maru fiel plötzlich auf, dass niemand weinte. Bei Beerdigungen in Akyr weinten und schrien die Frauen laut ihren Kummer heraus, und sie zerrissen ihre Kleider. Aber hier schienen gar keine Frauen anwesend zu sein. Ein seltsames Volk, diese Akkesch. Ob Umati dabei war? Maru fühlte einen Stich. Wenn Numur vorhatte, Schaduk zu töten, dann war auch Umati in Gefahr – und das war ihr nicht egal.

Die Menge verließ die Grabanlage. Das Echo der Schritte verebbte, und das Licht, das aus dem Gang in Inannas Kammer fiel, wurde schwächer. Nach einiger Zeit hörte Maru schwere Schläge vom Eingang durch die Gänge hallen. Sie konnte sich denken, was das war. Sie schlugen die Stützpfosten unter der Steinplatte weg. Noch zwei laute Schläge, dann ein misstönendes Geräusch – es war ein schweres Schleifen, so durchdringend, dass der ganze Berg zu beben schien – und die steinerne Platte rutschte auf ihren Platz. Maru schluckte. Wie hatte Tasil gesagt? Man würde ein ganzes Heer brauchen, um die Steinplatte noch einmal zu bewegen. Sie hatte kein Heer, sie hatte nur Tasil, der im Geheimgang saß und hoffentlich darauf vorbereitet war, sie herauszuholen. Eine heftige Woge der Angst packte sie. Was, wenn nicht? Was, wenn er die Mauer nicht durchbrechen konnte? Was, wenn der Spalt im Fels doch zu schmal war?

Die Steinplatte erreichte donnernd ihren vorbestimmten Platz. Eine Erschütterung durchlief die Kammer. Das Grab war geschlossen, Maru gefangen.

Mit zitternden Fingern schlug Maru den Feuerstein gegen ihren Dolch. Der Funken fraß sich in den Zunder, und ein kleines Licht leuchtete auf. Sie entzündete die Kerze und atmete auf. Das war besser, viel besser. Jetzt musste sie sich beeilen. Tasil erwartete, dass alles bereitlag, wenn die Mauer geöffnet war. Je schneller, desto besser. Umso eher würde sie hier wieder herauskommen. Als Maru Inannas Grabkammer verließ, sah sie, dass in der Nähe des Eingangs noch Licht war. Offenbar brannten hinter der Biegung noch Fackeln. Sie lief hin und fand deren zwei. Sie blies die Kerze aus, nahm beide Fackeln aus der Halterung, löschte eine, indem sie sie auf dem Boden ausdrückte, steckte sie in ihren Gürtel und lief mit der anderen den Gang hinauf. An der Abzweigung zur Kammer mit den Pfützen blieb sie stehen.

»Utukku?«, rief sie leise.

Es kam keine Antwort. Sie zuckte mit den Schultern. Umso besser, dachte sie und lief weiter. Sie war jetzt selbst gespannt, welche Schätze die Serkesch ihrem Raik mitgegeben haben mochten. Sie erreichte die beiden Hauptkammern der Grabanlage, lief an dem fremdartigen Tonkoloss vorbei und blieb stehen. Das Licht ihrer Fackel wurde von einem vielfachen Blinken aus Utus Kammer erwidert.

Maru trat ehrfürchtig näher. Da lag der Raik, aufgebahrt auf einem großen steinernen Sockel. Er war in edle Stoffe gehüllt wie seine Frauen, und eine silberne Maske bedeckte sein Gesicht. Darüber erstrahlte ein fein gearbeiteter Stirnreif. An seiner Seite war eine Rüstung aufgestellt. Armschienen und Beinschienen, ein Brustpanzer, alles aus kostbarem Eisen und Silber, mit bronzenen Linien verziert. Außerdem ein silberner Helm mit einem Rosshaarschweif und ein großer silberbeschlagener Schild. Die Arme des Toten kreuzten sich über der Brust, und in den Händen hielt Utu einen kurzen silbernen Stab und ein eisernes Schwert. Hinter seinem Sockel standen kunstvoll verzierte Speere in einem Holzgestell, daneben lag eine ganze Reihe von Schmuckdolchen. Jedes einzelne Stück musste unermesslich wertvoll sein.

Als Maru noch einen Schritt näher trat, spürte sie etwas, eine Art unsichtbaren Widerstand. War da wirklich ein warmer Windhauch? Ihre Nackenhaare stellten sich auf, kein gutes Zeichen. Ein leises, leidendes Stöhnen erklang hinter ihr.

Mit weit aufgerissenen Augen drehte sich Maru langsam um.

Die Tonstatue! Aus ihrem lippenlosen Mund kam dieser Seufzer. Im nächsten Augenblick stand sie auf. Maru packte das Grauen. Diese Figur ohne Gesicht, dieser leblose Klumpen Ton bewegte sich! Und er hatte ein Schwert. Langsam setzte die Statue einen Fuß auf den Boden. Maru blieb stocksteif stehen, während der Koloss sich ihr zuwandte. Obwohl er keine Augen hatte, schien er sie anzusehen. Da holte er mit dem Schwert aus.

Maru sprang zurück. Funken stoben, die Klinge prallte gegen die Wand. Das war knapp gewesen. Der Koloss sah schwerfällig aus, aber der Schlag war schnell – und der nächste war noch schneller!

Maru floh in die Kammer des Raik. Sie hatte die aberwitzige Hoffnung, dass der tönerne Krieger sie nicht dorthinein verfolgen würde. Doch der Koloss stöhnte und folgte ihr. Sein Schwert schnitt durch die Luft. Es war so nah, dass Maru den Luftzug spüren konnte. Sie hetzte hinter den steinernen Sockel, auf dem der Raik ruhte. Irgendetwas gab ihr das Gefühl, dass dieses Ding in der Kammer des Raik vorsichtig sein würde.

Der Koloss schwang das Sichelschwert und verfehlte Maru erneut nur knapp. Er seufzte. Jetzt klang es eher wütend als leidend. Maru wich weiter zurück, und er folgte ihr. Achtlos trampelte er über Barren aus Eisen und Silber. Der Tonkrieger musste um den Sockel herumgehen, um sie zu erreichen. Als er den Sockel am Fußende umging, rannte Maru los. Sie lief schnell, so schnell wie noch nie in ihrem Leben.

Da streifte sie die Schwertspitze am Ohr. Sie hatte die Reichweite ihres Häschers unterschätzt. Und wieder seufzte der Krieger leise. Maru rannte weiter, er verfolgte sie mit schweren Schritten. Sie schoss durch den Vorraum hinaus in den Gang, bog um die Ecke, lief noch zehn Schritte und blieb stehen. Wenn sie Glück hatte – wenn sie *viel* Glück hatte –, würde der Koloss in seiner Kammer bleiben. Was immer er war, er würde vielleicht beim Raik verharren, um ihn zu beschützen. Er *musste* einfach beim Raik bleiben. Dann konnte Tasil selbst zusehen, wie er an Utus Schätze gelangte.

Der Tonkrieger musste jetzt im vorderen Raum sein, sie hörte seine langsamen Schritte. Er durchquerte den Raum. Gleich würde er auf der Schwelle erscheinen und stehen bleiben. Maru schickte ein Stoßgebet an Hirth, dass es so sein möge. Der Koloss erschien auf der Schwelle – und ihre Gebete wurden nicht erhört. Ohne zu zögern, folgte er ihr in den Gang hinaus.

Maru wirbelte herum und rannte davon. Wohin jetzt? Sie bog um die eine Ecke, noch eine. Dort war Frywas Kammer. Plötzlich hatte Maru eine Eingebung. Sie ließ die brennende Fackel an der Wegbiegung fallen und floh in die Dunkelheit der Kammer. Der Koloss verfolgte sie, das war nicht zu überhören, aber sie war viel schneller. Sie duckte sich hinter den Sockel und spähte vorsichtig über die aufgebahrte Frywa hinweg. Draußen im Gang flackerte das unruhige Licht der Fackel. Direkt vor ihr schimmerte es rotgolden. Erst jetzt sah Maru, dass die tote Frywa mit einer atemberaubend schönen Bernsteinkette geschmückt war. Sie schüttelte den Kopf. Für solche Nebensächlichkeiten hatte sie nun wirklich keine Zeit. Der Koloss erschien im Gang. Er beachtete die Fackel gar nicht, er sah auch nicht nach links oder rechts, er folgte Maru in die Kammer.

Sie unterdrückte einen Fluch über ihre eigene Dummheit. Wieso versuchte sie, sich im Dunkeln vor einem Feind zu verstecken, der gar keine Augen hatte? Die Kammer war kleiner als die des Raik. Hier war das Ausweichen schwieriger. Der Tonkrieger stampfte geradewegs auf sie zu, und Maru wich zurück. Er warf einige Tonkrüge um und holte seufzend mit dem Schwert aus.

Maru sprang zur Seite, stolperte über einige kleine Gefäße, fiel hin, rollte sich zur Seite und entkam der Klinge noch einmal um Haaresbreite. Hastig sprang sie auf und rannte. Sie hob die Fackel im Laufen auf. Im Dunkeln war ihr Feind eindeutig im Vorteil. Sie rannte weiter in Inannas Kammer.

Im Grunde genommen war Maru jetzt klar, was sie tun musste. Der tönerne Koloss achtete die aufgebahrten Körper. Solange sie schnell genug war, konnte sie ihn in den Grabkammern immer wieder überlisten. Aber wie lange würde das gut gehen? Wie lange würde Tasil brauchen, um durch die Mauer zu brechen? Und wenn er das geschafft hatte – konnte er ihr dann überhaupt helfen? Das Stampfen näherte sich wieder. Maru biss die Zähne zusammen. Ihr Verfolger schien etwas schneller geworden zu sein. Das Spiel wiederholte sich. Sie lockte ihn in die Kammer, wartete, bis er sich am Sockel für eine Seite entscheiden musste, dann wählte sie die andere und flüchtete.

Sie rannte hinaus, bog um die Ecke – und wäre beinahe mit dem Daimon zusammengeprallt. »Utukku!«

Er starrte sie stumm an.

»Kannst du mir helfen?«

Der Daimon gab jenen seltsamen schnarrenden Laut von sich, den Maru bisher für Lachen gehalten hatte. Der Koloss tauchte hinter ihr auf. Maru hatte keine Zeit, auf Utukkus Antwort zu warten, und lief weiter. Bevor sie jedoch wieder abbog, blickte sie noch einmal zurück. Utukku stand im Gang und ließ den Tonkrieger herankommen. Der Koloss lief, ohne anzuhalten oder auch nur langsamer zu werden, einfach durch ihn hindurch.

Maru rannte schneller, ihr Ziel war die Kammer des Raik. Dort gab es ein Schwert, das wusste sie. Sie hatte zwar noch nie im Leben ein Schwert in der Hand gehalten, aber sie fand, es war ein guter Zeitpunkt für ein erstes Mal. Der Dolch! Sie hatte noch ihren Hakul-Dolch. Aber sie hatte auch die Gestalt ihres Verfolgers vor Augen. Was sollte sie gegen ihn mit einem Messer ausrichten? Eine Axt, das benötigte sie jetzt. Und am besten noch jemand, der gut damit umgehen konnte.

Maru erreichte die Kammer des Raik. Dort lag das Sichelschwert auf Utus Brust. Sie riss es ihm aus der bandagierten Hand. Es handelte sich um eine Eisenklinge und war schwerer, als Maru gedacht hatte. Aber was blieb ihr sonst übrig? Sie schwang sie ein paarmal versuchsweise hin und her. Konnte sie ihn damit abwehren?

Schon stapfte der Koloss durch den Eingang. Er stöhnte leise, holte aus und schlug zu. Maru sah die Wucht seiner Bewegung und entschloss sich im letzten Moment, ihr Vorhaben aufzugeben. Sie hielt das Schwert zwar fest in beiden Händen, wich aber gleichzeitig zurück. Das rettete ihr das Leben. Der Schlag war so hart, dass er ihr die Klinge aus den Fingern schmetterte. Nie im Leben wäre sie imstande gewesen, einem Schlag von ihm standzuhalten.

Wieder rannte sie, der tönerne Krieger trampelte hinterher. Utukku! Der war jetzt ihre einzige Hoffnung – und das war schlimm.

Keuchend erreichte sie die Stelle, an der sie den Daimon getroffen hatte.

Er stand immer noch dort. »Ich habe dich gewarnt, Maru Nehis.«

»Gewarnt? Vor diesem … *Ding*? Wann denn?«, keuchte sie. Das Stampfen war schon wieder bedenklich nah.

»Thymanbadh.«

Für mehr blieb keine Zeit, denn der Koloss hatte sie fast eingeholt. Maru floh wieder in Inannas Kammer. Zweimal entging sie den Angriffen des tönernen Kämpfers. Sie hatte das beunruhigende Gefühl, dass er ihr allmählich näher kam.

Gewarnt? Es stimmte, Utukku hatte den Namen Thymanbadh erwähnt. Das war am vorigen Abend gewesen. Aber als Warnung konnte das doch kaum gelten. Maru lief weiter. Sie wusste jetzt wieder, wo sie das Wort schon einmal gehört hatte. Das war in der Sklavengrube gewesen, als Numurs Krieger das Tal nach Malk Iddin durchsucht hatten. Sie hatten sich vor der Grabkammer gefürchtet, wegen des Thymanbadh, der dort angeblich schlief. Und Maru hatte ihn geweckt! Sie musste Zeit gewinnen. Das ging am besten, wenn sie wieder zur Kammer des Raik rannte.

»Komm mit«, rief sie Utukku im Vorbeilaufen zu.

Er reagierte nicht, und sie lief, ohne sich umzudrehen, weiter bis zu Utus Kammer. Sie wollte es noch einmal mit dem Schwert versuchen. Wenn es nicht zur Verteidigung taugte, dann vielleicht zum Angriff?

Utukku erwartete sie bereits. Sie hatte vergessen, dass er sich nicht so bewegte, wie Menschen das taten.

»Was ist ein Thymanbadh? Wie kann ich gegen ihn kämpfen?«

»Zauberei.«

Das Stampfen war bereits im langen Gang.

»Soll ich zaubern? Ich kann nicht zaubern!«, rief Maru verzweifelt.

»Das Wort.«

»Was?«, rief Maru und fragte sich, ob der Daimon jetzt nur noch völlig wirres Zeug reden würde. Sie entdeckte das Schwert des Raik und hob es auf. Es war besser als nichts, auch wenn durch den Treffer des Kolosses eine tiefe Scharte die Klinge verunstaltete. Der Daimon schloss die Augen und schien nachzudenken. Das Stampfen bog um die Ecke. Sie hörte den Thymanbadh seufzen.

»Er hat einen Mund«, sagte Utukku schließlich.

Maru stöhnte. Der Thymanbadh stampfte über die Schwelle und griff sofort an. Sie sprang hinter die Leiche des Raik. Das Schwert des Tonkriegers schnitt durch die Luft – und durch Utukku, allerdings ohne ihn zu verletzen. Aber es ritzte Maru am Oberarm. Sie schrie auf. Ihr Gegner seufzte und holte erneut aus. Das war eine wunderbare Gelegenheit für einen Angriff. Der Thymanbadh schien keinen Wert auf Deckung zu legen. Allerdings hätte es jemanden gebraucht, der mit Schwertern gut umgehen konnte. So jemand war Maru nicht. Sie rannte. Im langen Gang bekam sie plötzlich Seitenstechen. Das hatte ihr gerade noch gefehlt. Wie lange konnte sie das noch durchhalten?

Von Tasil war weder etwas zu sehen noch zu hören. Wenn er dabei war, die Mauer einzureißen, tat er es sehr leise. Aber hatte er nicht auch gesagt, er würde damit warten, bis Schaduk, Numur und all die anderen wieder in der Stadt waren? Maru keuchte. Weit hinter ihr stampfte der Thymanbadh durch den Gang. Weit weg – aber nicht weit genug. Sie musste sich etwas einfallen lassen. Ewig würde sie ihm nicht mehr entkommen.

Was hatte Utukku nur wieder gemeint? Er wollte ihr helfen, auf seine Weise. An diesen Gedanken klammerte sie sich. Aber was hatte er sagen wollen? *»Er hat einen Mund.«* Das hatte sie selbst schon gemerkt, also, was sollte das? Sie lief langsamer. Genau: *Was sollte das?* Warum hatte eine Lehmfigur weder Ohren noch Augen, aber einen Mund? War das seine verwundbare Stelle? Sie lief in Inannas Kammer und wartete. Der Thymanbadh trampelte durch die Türöffnung Er war nicht schnell, aber er schien auch nicht müde zu werden – im Gegensatz zu ihr. Er seufzte, als er zum nächsten Schlag ausholte. Maru entkam knapp, wich noch einmal aus und hetzte wieder den Gang entlang.

Der Mund des Thymanbadh war also der Schlüssel. Wenn das seine Schwachstelle war, war sie gut gewählt. Dieser Koloss war viel größer als sie. Maru lief weiter und dachte nach. Vielleicht konnte sie dafür sorgen, dass er kleiner wurde.

Ein wölfisches Grinsen, auf das Tasil stolz gewesen wäre, breitete sich in ihrem Gesicht aus. Sie hatte einen Plan …

Als sie keuchend die Kammer des Raik erreichte, war ihr klar, dass ihr Plan Lücken hatte. Sie konnte immer noch nicht mit einem Schwert umgehen. Ein Sichelschwert war eine hervorragende Waffe für die Schlacht, die gebogene Klinge verlieh ihr Festigkeit, und sie war bestens geeignet, Hiebe auszuteilen. Um den Mund des Thymanbadh zu treffen, musste sie aber zustechen. Dafür waren Sichelschwerter nicht gemacht. Sollte sie es mit dem Dolch versuchen?

Der Koloss stampfte in die Kammer. Er seufzte, schlug zu. Sie wich aus, stolperte, stürzte. Er holte aus, aber sie war schneller. Das war nicht ihr Plan, aber es war eine Gelegenheit. Tasil hätte sie sicher genutzt. Maru rollte zur Seite und hieb mit dem Sichelschwert tief in sein rechtes Bein. Sollte er nur versuchen, sie auf einem Bein zu verfolgen!

Die Klinge blieb stecken, der Thymanbadh seufzte – und Maru entkam dem nächsten Schlag nur knapp. Es war unfassbar! Da steckte dem Koloss ein eisernes Schwert im Bein, und er beachtete es nicht mal. Maru stolperte aus der Kammer. Die Beine wurden ihr schwer, und das Seitenstechen war schlimmer geworden.

Sie dachte plötzlich an die Heldengeschichten, die an den Herdfeuern von Akyr erzählt worden waren. Da war oft von stundenlangen Kämpfen und tagelangen Jagden die Rede. Aber Seitenstechen war nie erwähnt worden. Sie biss die Zähne zusammen. Es würde schon gut gehen – irgendwie. Der Koloss folgte ihr. Sie hatte ihm das Schwert ins Bein geschlagen, aber er war keinen Deut langsamer geworden. Maru lief an Frywas Kammer vorbei und bog an der nächsten Abzweigung links ab. Der Gang war hier etwas niedriger. Die Wände waren schmucklos. Sie erreichte die unfertige Kammer, in der das Wasser in Pfützen den Boden bedeckte. Der Boden war glatt. Würde ihr das vielleicht auch zugute kommen? Die Hauptsache aber war, dass die Kammer niedrig war. Sie entzündete die zweite Fackel. Der Thymanbadh sollte nur kommen ...

Und er kam, seufzend und mit schweren Schritten. Als er die Schwelle erreichte, zögerte er zum ersten Mal. Doch nur kurz, dann bückte er sich und trat in die Kammer. Maru sprang vor. Mit einem Schrei stieß sie dem tönernen Koloss die Fackel in sein augenloses Gesicht. Er schwankte leicht, seufzte – mehr nicht.

Die Fackel fiel in eine Pfütze und verlosch. Der Koloss holte aus und schlug nach Maru. Sie sprang zurück. Der Schlag war schlecht gezielt. Hatte die Fackel doch etwas ausgerichtet? Langsam ging sie rückwärts.

Zu langsam! Der nächste Schlag des Thymanbadh schlitzte ihr Kleid über den Rippen auf. Maru wich zurück, aber dann fühlte sie hinter sich die Wand. Es ging nicht weiter. Ihre Flucht war zu Ende. Der Thymanbadh hatte sie in die Enge getrieben.

Ohne nachzudenken, riss Maru den Dolch hervor und griff an. Sie duckte sich, unterlief den Schlag des Gegners, wie sie es bei Tasil gesehen hatte, sprang hoch und stieß ihm mit aller Kraft den Dolch in den lippenlosen Mund. Etwas zerbrach. Der Thymanbadh seufzte und blieb stehen. Maru sprang zur Seite, rutschte auf dem glatten Untergrund aus, fiel auf die Schulter, kam wieder hoch und machte sich bereit zu fliehen. Aber es war nicht nötig. Der tönerne Koloss rührte sich nicht mehr.

»Das Wort, Maru Nehis.«

Maru zuckte zusammen. Aber es war nur Utukku, der aus dem

Nichts aufgetaucht war. Als sie sah, dass er es war, lachte sie erleichtert auf. Erschöpft sank sie auf die Knie. Es war ihr gleich, dass es in einer Wasserlache war.

»Was für ein Wort, Utukku?«, keuchte sie.

»Der Maghai hat es geschrieben.«

»Der Maghai? Er hat das Ding da gemacht?«

Utukku schüttelte den Kopf. »Nur das Wort. Deine Klinge hat es zerstört.«

Maru stemmte sich auf die Beine. Ihr Blick fiel auf das Eisenschwert. Es musste viel wert sein, aber es steckte immer noch im Bein des leblosen Kolosses und war völlig verbogen.

»Das wird Tasil nicht gefallen«, sagte Maru immer noch außer Atem.

Sie ging um den Thymanbadh herum. Dann griff sie nach ihrem Dolch und zog ihn aus dem Spalt, der ein Mund sein sollte. Eine Staubwolke rieselte heraus, mehr nicht. Maru zuckte mit den Schultern. Ein Lächeln stahl sich auf ihr Gesicht. Sie hatte ihn besiegt. Ganz alleine. Nun gut, fast ganz alleine.

»Ich danke dir, Utukku«, sagte sie.

Er antwortete mit jenem schnarrenden Geräusch, das Maru für ein Lachen hielt. Plötzlich stand er auf der Schwelle der Kammer. »Du hast viel zu tun, Maru Nehis.«

Dann war er fort. Sie seufzte und machte sich auf den Weg. Immerhin, das Schlimmste war wohl überstanden.

Sie ging in Frywas Kammer. Die Bernsteinkette schimmerte rötlich. Sie war wundervoll. Tasil hatte nichts davon gesagt, dass sie auch die Frauen des Raik berauben sollte. Vielleicht später, wenn Zeit blieb – und vielleicht würde ihr Tasil diese Kette sogar schenken, wenn sie darum bat. Sie hatte einiges durchgemacht. Das musste er anerkennen. Diese Kette wäre eine wundervolle Anerkennung. Nun, vielleicht nachher.

In der Kammer des Raik waren einige Gefäße zerbrochen. Aus einem geborstenen Tonkrug hatte sich Weizen in die Kammer ergossen. Tasil hatte befohlen, zuerst die handlicheren Dinge in die Kammer zu schaffen, wo er durchbrechen wollte. Also nahm Maru dem toten Raik den silbernen Stab aus der Hand. Einige Ringe lagen neben ihm, die hob sie ebenfalls auf. Als Nächstes entdeckte sie eine kleine hölzerne Schatulle, die mit Silbermünzen gefüllt war. Der silberne Helm, Arm- und Beinschienen – sie schaffte alles nach und nach in das unfertige Gelass. Hoch oben an der Decke wartete das zugemauerte Loch. Sie lauschte, aber noch war von Tasil nichts zu hören.

Maru stellte die Kerze hier ab und steckte die Fackel in der Kammer des Raik in eine Halterung. Das erleichterte ihr die Arbeit ungemein. Bei ihrem dritten Gang hörte sie von oben ein leises Klopfen. War das der Lärm, den Tasil so gefürchtet hatte? Der angeblich die Wachen im Tal herbeirufen würde? Maru hätte gelacht, wenn sie nicht auf dieser Seite der Mauer gewesen wäre. Sie arbeitete weiter, trug nach und nach die Schmuckdolche, dann die schweren Barren aus Eisen und Silber in die andere Kammer. Das Klopfen war jetzt schon lauter. Sie schuftete weiter. Plötzlich saß der Daimon auf der Brust des toten Raik.

»Utukku!«, entfuhr es Maru erschrocken.

»Ich konnte Träume hören.«

»Geh da runter und hilf mir lieber, diese Barren hier wegzuschaffen.«

Der Daimon schnarrte. Es war ein Lachen, da war Maru sich jetzt sicher. Ihre Aufforderung war auch nicht ernst gemeint gewesen. Sie wusste nicht einmal genau, ob der Daimon überhaupt etwas anfassen oder wegtragen konnte.

»Du musst mir etwas geben, Maru Nehis«, sagte er mit seiner silbern plätschernden Stimme, als sie von ihrem nächsten Gang zurückkehrte.

Sie hielt ihm einen Barren Eisen hin und grinste. Utukku sah sie mit seinen kupfernen Augen durchdringend an.

»Das war ein Scherz«, sagte sie lahm.

Der Daimon antwortete nicht. Sie seufzte, nahm noch einige Barren mehr und schleppte sie in das Gelass. Der Daimon war schon vor ihr da.

»Kannst du dir das nicht abgewöhnen?«, schimpfte Maru erschrocken.

»Blut.« Das Licht der Kerze tanzte in seinen kupferfarbenen Augen.

»Was?«, fragte Maru.

»Gib mir Blut«.

Sie starrte ihn an. Meinte er das ernst? »Was für Blut?«

Der Daimon legte den Kopf schräg und starrte zurück. »Deines, Maru Nehis.«

Ein lautes Krachen riss Maru aus ihrer geschockten Starre. Zwei Ziegelsteine stürzten von der Decke. Von oben fiel rötliches Licht hinein. Endlich!

»Maru, bist du da, du faule Kröte?«

»Ich bin hier, Onkel«, rief sie erleichtert, während Utukku aus dem Raum glitt. Er meidet Tasil, erkannte Maru. Jedes Mal, wenn er auftauchte, verschwand der Daimon. Könnte Tasil ihn etwa ebenfalls sehen?

»Hab noch ein wenig Geduld, ich muss das Loch vergrößern. Aber du kannst schon anfangen, die Taschen zu füllen.«

Etwas verdunkelte das Loch, dann fielen die Satteltaschen hindurch, die Tasil von Kwem gekauft hatte. Sie waren an ein Seil gebunden. Von oben rieselten Staub und kleine Steinbrocken herab.

»Du hast es gut, Kröte. Du hast keine Ahnung, was für eine Quälerei das hier oben ist«, rief Tasil.

Maru setzte zu einer empörten Antwort an, aber dann ließ sie es. Sie würde ihm später vom Thymanbadh erzählen, jetzt hatte sie andere Sorgen. Sie blickte sich um, doch der Daimon blieb verschwunden.

»Mach die Taschen nicht zu voll, sie müssen durch das Loch passen!«

Sie zog die Taschen zur Seite, um nicht von Schutt getroffen zu werden, und begann mit den Ringen, der Schatulle, dem Stab und den verzierten Dolchen.

Tasil hämmerte oben weiter. Beständig rieselten Staub und kleine Steinchen von der Decke.

»Versuch es, Onkel«, rief Maru, als sie glaubte, die Satteltaschen seien voll genug.

Tasil zog sie am Seil nach oben. Sie verklemmte sich in dem schmalen Loch, mit einem Fluch und einem Ruck schaffte es Tasil aber doch.

Maru hörte, wie er oben die Leinentaschen leerte, bevor er sie wieder herunterwarf.

»Gute Auswahl, Maru, ich hoffe, du hast noch mehr.«

Maru blickte nach oben. Sie hatte bislang angenommen, dass Tasil sich nur durch eine einfache Ziegelmauer durcharbeiten müsste, aber jetzt sah sie, dass das nicht stimmte. Zwischen den Mauern lag ein Stück Fels, das sicherlich mehrere Fuß stark war. Das Loch sah schmal aus, noch schmaler als das Mauerstück. Wie sollte sie sich da nur hindurchwinden?

»Trödle nicht, Kröte, wir müssen uns beeilen!«

Sie packte weitere Barren in die Beutel. Die waren schwer, aber nicht zu sperrig. Ihr war klar, dass sie ein riesiges Vermögen in den Händen hielt. Dennoch hatte sie irgendwie mehr erwartet. Sie legte den silbernen Helm in die Tasche und zog am Seil. »Zieh hoch, Onkel.«

»Was ist mit seinem Schwert, seiner Rüstung, Maru?«

Sie hörte, wie er die Beute ausleerte.»Das Schwert ist zerbrochen, Onkel, und die Rüstung wird nicht durch diesen Loch gehen.«

Tasil fluchte. »Hast du wenigstens Arm- und Beinschienen?«

»Sind hier, Onkel.«

»Schick die als Nächstes.«

Heftige Schläge erklangen von oben. Er arbeitete also wirklich hart. »Womit eigentlich?«, fragte sich Maru plötzlich. Sie hatte weder einen Hammer noch eine Hacke oder anderes Steinhauerwerkzeug gesehen. Sie hatte die Schienen und einige weitere Barren in die Tasche gepackt und zog am Seil. Das Raubgut schwebte durch die Decke.

»Herrliche Arbeit!«, rief Tasil von oben. »Was ist mit seiner Totenmaske? Und dem Kronreif?«

»Die sind noch in der Kammer.« Beide Gegenstände befanden sich nicht nur in der Kammer, sie lagen auf dem Leichnam des Raik. Maru hatte eine gewisse Scheu, ihn zu berühren.

»Dann schlage ich vor, dass du sie holst. Ich werde noch einen Augenblick brauchen.«

Ein weiterer heftiger Schlag erschütterte die Decke und große Brocken Schutt polterten in das Gelass.

Maru wollte nicht in die Kammer des Raik. Sie war sich ziemlich sicher, dass sie dort erwartet wurde. Utukku wollte ihr Blut. Er wollte es, aber er konnte sie nicht zwingen! Sie musste ihm gar nichts geben, wenn sie nicht wollte. Mit diesem Gedanken lief sie in die Kammer des Raik.

»Ich habe dir geholfen«, gab der Daimon zu bedenken, als wäre das Gespräch nie unterbrochen worden. Er saß auf einem der großen Tonkrüge.

»Dafür bin ich dir dankbar.«

Sie wich seinem bohrenden Blick aus. Jetzt stand sie vor den sterblichen Überresten von Raik Utu-Hegasch. Die fein gearbeitete Totenmaske ruhte auf seinem verhüllten Gesicht. Ein Lächeln spielte um ihre Lippen. Sie war aus reinem Silber und wunderbar gearbeitet. Maru meinte, sogar eine gewisse Ähnlichkeit mit Malk

Iddin zu erkennen. Sie nahm den silbernen Reif von der Stirn des Toten, dann mit zitternden Fingern die Maske. Sie verabscheute es, die Leiche zu berühren, auch wenn sie vielfach in prachtvolle Tücher gewickelt war.

»Blut, Maru Nehis, ist Kraft«, sagte die Silberstimme des Daimons.

»Warum meins?«, rief sie. »Da waren doch Ströme von Blut im Bet Raik, und im Gräbertal, und überall. Warum hast du dir dein Blut nicht da geholt?«

Sie lief schnell aus der Kammer.

»Mit wem redest du, Kröte?«, erklang Tasils Stimme von oben.

»Mit den Toten.« Sie schickte die Maske und den Reif nach oben.

»Da muss noch mehr Schmuck sein, Maru, sieh nach.«

»Dein Blut, Maru Nehis«, sagte der Daimon, als sie die Grabkammer wieder betrat.

Sie durchsuchte eilig den Raum, warf Krüge und Gefäße über den Haufen und fand schließlich eine Schatulle mit einer stattlichen Anzahl silberner Armreifen und eine weitere, die mit herrlichen blauen und grünen Halbedelsteinen gefüllt war.

»Mein Blut brauche ich doch selbst, Utukku.«, sagte sie und rannte hinaus.

»Hast du es?«, begrüßte Tasil sie von oben.

»Ja, alles was ich finden konnte.«

»Gut, schick es hoch.«

Der Sack verschwand durch die Decke. Maru stellte fest, dass das Loch nicht viel größer geworden war. Sie würde immer noch nicht hindurchpassen.

»Hör zu, Kröte, ich habe hier Schwierigkeiten«, gestand Tasil.

Maru wurde kalt. »Was für Schwierigkeiten?«

»Ich muss hier ein großes Stück Fels absprengen, aber ich habe keinen Keil mehr, und mein Dolch ist schon zerbrochen.«

»Und jetzt?«

»Deinen Dolch, ich brauche deinen Dolch. Dann kriege ich dich da raus.«

Nagende Zweifel meldeten sich, als ihr die Satteltasche vor die Füße fiel. Sie legte den Dolch hinein und sah zu, wie die Tasche durch das Loch verschwand. Plötzlich fiel ihr etwas ein. »Was ist mit den Dolchen des Raik?«

Einen kurzen Augenblick war es still.

»Zu zerbrechlich«, antwortete Tasil schließlich. »Schön, aber minderwertige Ware, Maru. Warte, gleich habe ich es.«

Maru hörte es oben hämmern und klopfen, dann ein heftiger Schlag, noch einer, und dann zerbrach etwas.

»Bei Bronds Hammer!«

»Was ist geschehen?« Maru blickte durch das Loch nach oben.

Es dauerte eine Weile, bis dort der Schatten von Tasils Kopf auftauchte.

»Es tut mir leid, Maru, Muqtaqs Axt ist zerbrochen. Wie es aussieht, kann ich diesen Fels nicht zerschlagen.«

»Die Axt? Hast du keinen Hammer?«

»Nein, wie gesagt, es tut mir leid, aber ich kriege dich wohl nicht durch dieses Loch.«

»Was?« Marus Stimme wurde schrill.

»Niemand bedauert das mehr als ich, Maru. In dir steckt mehr, als ich dachte.«

»Aber ...«

»Vielleicht finden sie dich irgendwann. Ich werde den Geheimgang offen lassen. Viel Glück.«

»Halt! Warte! Onkel?« Nackte Angst stieg in ihr auf. Aber gleichzeitig weigerte sie sich zu glauben, dass dies wirklich geschah.

»Ich kann nicht länger bleiben.«

Das war doch sicher ein böser Traum, oder? Das konnte nicht wahr sein! »Lass mir wenigsten meinen Dolch hier.«

Einen Augenblick blieb es still. Dann fiel etwas durch das Loch. Es war eine der silbernen Klingen des Raik.

»Das ist nicht mein Dolch, Onkel.«

Tasil schien zu zögern, bevor er antwortete. »Es ist eine gute Waffe. Ich lasse das Seil hier. Vielleicht kannst du dich von unten durcharbeiten. Leb wohl.«

»Onkel?« Maru lauschte. »Onkel?«

Aber er war fort. Sie glaubte zu hören, wie er davonrannte. Die Beute in den Satteltaschen klapperte blechern.

»Mein Dolch!«, schrie sie. »Er gehört mir!«

Das war Unsinn, das wusste sie. Ob mit oder ohne Hakul-Dolch, sie war verloren. Das Echo hallte von den Wänden. Sonst blieb es stumm.

Völlig erschöpft sackte Maru auf die Knie.

Tasil war weg. Er hatte sie im Stich gelassen. Sie setzte sich und betrachtete das schwache Licht der Kerze. Lange würde es nicht mehr reichen. Tasil hatte sie verraten und dem sicheren Tod überlassen. Dort oben brannte Licht, wahrscheinlich eine der Öllampen. Den warmen Schein dort oben zu sehen, machte es noch schlimmer. Er war nah, doch unerreichbar. Durch dieses Loch würde sie vielleicht ihren Kopf schieben können, aber keinesfalls den Rest ihres Körpers. Sie hatte Angst. Sie würde hier sterben.

Maru schüttelte den Kopf und atmete tief durch. Es gab eine Möglichkeit, irgendeine. Sie musste sie nur finden.

Die Sekunden verrannen. Durcharbeiten, hatte er gesagt. Womit denn? Wie sollte sie sich durch Fels bohren, den nicht einmal er sprengen konnte? Sie stöhnte. War das also das Ende? Jalis, der Maghai, hatte gesagt, dass sie ihr Leben nicht als Sklavin beenden würde. Offenbar hatte er sich getäuscht. Sie wischte sich eine Träne aus dem Auge.

»Wasser.« Der Daimon stand plötzlich vor ihr.

Sie zuckte zusammen. Dann lächelte sie schwach. »Hallo, Utukku. Willst du mir beim Sterben zusehen?«

Er legte den Kopf schief. Seine kupferfarbenen Augen starrten sie an. »Drei Tropfen.«

»Was?«

»Dein Blut, Maru Nehis. Drei Tropfen. Mehr nicht.«

»Dann nimm sie dir doch«, sagte sie matt.

Er saß plötzlich auf der anderen Seite der Kammer. »Freiwillig, Maru Nehis.«

Maru fuhr herum. Dass er sich das nicht abgewöhnen konnte! »Ich soll sie dir freiwillig geben? Ist es das, was du meinst?«

»Ja.«

»Aber was willst du überhaupt damit?«

Im Grunde war es natürlich gleich, ob sie ihm einen Tropfen oder all ihr Blut gab. Sie würde bald sterben. Langsam und qualvoll. Das wurde ihr plötzlich klar. Es schauderte sie. In der Kammer des Raik gab es Vorräte. Die würden für Jahre reichen. Und Wasser gab es hier auch. Die Furcht drückte ihr das Herz zusammen. Ihr Sterben würde dauern. Waren die Kerze und die Fackeln erst einmal verloschen, würde sie im Dunkeln dahinsiechen. Blind würde sie durch die Gänge kriechen, Wasser aus Pfützen trinken und faulende Gerste herunterschlingen. Ohne jede Aussicht auf Rettung. Sie schloss die Augen.

»Maghai-Blut. Drei Tropfen, Maru Nehis«, drängte der Daimon.

Sie schlug die Augen wieder auf. Er saß ihr gegenüber, nur eine Handbreit von ihr entfernt. Maru schreckte zurück. Etwas in ihr flüsterte ihr zu, dass sie Utukku auf keinen Fall von ihrem Blut geben dürfe. »Wozu brauchst du es?«

Der Daimon legte den Kopf in den Nacken. »Ich war stark.«

Sie betrachtete ihn. »Gib ihm kein Blut!«, mahnte die Stimme in ihrem Hinterkopf.

»Dein Blut, Maru Nehis«, sagte er und sah sie durchdringend an. Das Rot seiner Augen schien intensiver geworden zu sein.

Maru schluckte. Utukku hatte ihr mehrfach geholfen und bis jetzt nie eine Gegenleistung verlangt. Also war er weder ein Alfskrold noch ein böser Geist. Wie konnte sie ihm seinen Wunsch abschlagen?

»Wir brauchen etwas Scharfes zum Schneiden«, sagte sie endlich.

Seine Augen leuchteten auf. »Messer.« Utukku deutete auf die silberne Klinge, die dort im Schutt lag.

Maru nickte. Ich werde es bereuen, dachte sie, als sie das Messer aufhob und sich die scharfe Kante über die Handfläche zog. Wenn ich lange genug am Leben bleibe, werde ich es bereuen.

Der Daimon war plötzlich wieder hinter ihr. Seine Hand fasste nach ihrer, ihre Finger schienen miteinander zu verschmelzen. Ein Schauer lief Maru über den Körper. Licht explodierte in ihrem Kopf – und dann kamen die Bilder.

Feuer. Überall war Feuer. Sie sah ein brennendes Dorf, und sie saß am Ufer eines Sees und schaute durch Utukkus Augen zu. Krieger plünderten und töteten Männer, Frauen, Kinder. Dann waren da plötzlich Berge, schmale Felsgrate und Lawinen, die in die Tiefe stürzten und sie alle mitrissen. Eine weite, graue und wild bewegte Fläche. Das Meer. Maru hatte das Meer noch nie gesehen, aber das musste das Meer sein. Wieder Menschen. Eine endlose Reihe, die am Ufer entlangzog. Plötzlich das riesige Haupt eines Seeungeheuers, das sich aus den Tiefen erhob. Ein friedlicher Bach oder Fluss. Ein alter Mann, der bis zu den Hüften im Wasser stand und seine Hände eintauchte. Er wurde von einer Wolke von Schmetterlingen umflattert. Biredh? Dann wieder Feuer. Eine Stadt. Das war Serkesch! Die Stadt brannte. Tote Krieger lagen überall. Es war das Tor des Brond, das in Flammen stand, und auf den Mauern wurde gekämpft. Bussarde kreisten hoch oben. Und halb begraben unter einem zerbrochenen Torflügel lag Immit Schaduks verkohlte Leiche unter vielen anderen. Dort an der Wand lehnte Umati. Sie blutete, ein abgebrochener Speer steckte in ihrer Seite. Drei tote Krieger lagen vor ihr. Dann das offene Land, vor Hitze flimmernd. Ein schwarzer Punkt in der Ferne. Ein Reiter. Er ritt nach Osten. Seine Umrisse lösten sich in der flirrenden Luft auf. Dieses Bild gab ihr einen Stich, und sie wusste nicht warum.

Mit einem Mal war es vorbei.

Maru blinzelte. Utukku saß ihr gegenüber und betrachtete sie. Er hatte sich nicht verändert, nur das Kupferrot seiner Augen leuchtete heller als zuvor.

Maru schüttelte den Kopf, um wieder klar zu werden. »Was war das? Die Bilder? Was habe ich gesehen.«

»Was war. Was ist. Was kommt«, sagte Utukku mit seiner silbernen Stimme.

»Der Alte, im Wasser, Biredh. Ist er … ist er … Dhanis?« Sie kam sich lächerlich vor, als sie das fragte.

Der Daimon lachte schnarrend, aber er gab keine Antwort.

Maru schloss die Augen. Das letzte Bild brannte in ihrem Kopf. Es schien ihr das bedeutsamste von allen zu sein, ohne dass sie einen Grund hätte sagen können.

»Das ist der Anfang«, sagte der Daimon und erhob sich. »Ich danke dir, Maru Nehis.«

»Nicht der Rede wert«, murmelte Maru und lehnte sich an die Wand. »Du hast jetzt, was du willst. Da kannst du auch gehen und mich hier sterben lassen.«

Der Daimon legte den Kopf schief und sah sie lange nachdenklich an. »Willst du dieses Grab verlassen, Maru Nehis?«, fragte er schließlich.

Maru setzte sich mit einem Ruck auf. Hatte sie richtig gehört?

»Du kannst mich hier rausbringen, Utukku?«, fragte sie ungläubig.

»Nein, ich nicht. Aber das Wasser.«

»Wasser?« Maru verstand nicht. Eines hatte sich zumindest nicht geändert, er sprach immer noch in Rätseln.

»Der Berg. Er ist voll davon.«

Das hatte er schon einmal gesagt, erinnerte sich Maru. Im Gräbertal. Sie hatte dem keine Bedeutung beigemessen.

Utukku kauerte plötzlich an der Wand. Seine Rechte verschwand im Gestein. Er flüsterte etwas, seine Farben begannen zu pulsieren. Maru hörte ein Knacken und sprang auf die Füße. Es war der Stein, es knackte und krachte im Fels. Sie zog sich vorsichtig Richtung Gang zurück. Etwas glitzerte an der Wand. Wasser? Da kam Wasser aus dem Fels! Ein hässliches Knirschen folgte, und eine schwarze gezackte Linie sprang bis hoch zur Decke.

Das Wasser sprengt die Wand, erkannte Maru. Sie traute ihren Augen nicht.

Es knallte laut, als weitere Risse aufplatzten. Wasser quoll aus dem Stein, und im nächsten Moment stürzte die ganze Wand ein. Ein mächtiger weiß-schaumiger Schwall schoss in das Gelass. Die Kerze verlosch. Das Wasser raste wirbelnd in den Gang, ein reißender, eiskalter Strom. Maru schrie auf, als er sie erfasste und von den Beinen riss. Sie fiel, wurde von der starken Strömung in den Gang hinausgetrieben und kam erst hinter der Kammer des Raik wieder auf die Füße. Wo kam all das Wasser nur her? Es reichte ihr schon bis zu den Knöcheln. Plötzlich hörte sie erneut ein scharfes Knacken. Es kam vom Boden. Sie wurde mitsamt dem Grund, auf dem sie stand, angehoben. Das Wasser kam auch von unten!

»Utukku, hör auf! Es reicht!«, schrie sie.

Das Wasser stieg mit atemberaubender Geschwindigkeit. Es war so unglaublich kalt!

Der Boden unter ihr bebte immer noch. Gesteinsbrocken stürzten von der Decke. Wieder knallte es irgendwo. Das kam entweder aus der Kammer des Thymanbadh oder aus der des Raik. Eine Welle schoss in den Gang und holte Maru erneut von den Füßen. Wasser drang ihr in Mund und Nase, Steine stürzten neben ihr herab. Irgendetwas Dunkles, Flaches trieb gegen ihren Arm. Sie hielt es fest. Es war der Schild des Raik. Das Licht in der Kammer des Raik flackerte. Wenn jetzt die Fackel verlosch …

Utukku war plötzlich neben ihr. Er stand inmitten der wild tanzenden Strömung, so als stünde er sicher und bequem auf einer Sommerwiese. »Der Weg ist frei, Maru Nehis.«

Sie starrte ihn ungläubig an, aber er hatte recht. Da vorne, dort wo das Gelass war, fiel Licht auf das steigende Wasser. War etwa der Berg eingestürzt? Sie packte den Schild, duckte sich instinktiv darunter und kroch in diese Richtung. Steine polterten auf den Schild und rings um sie ins Wasser.

Wenig später sah sie es. Nicht nur die Wand, auch die Decke der Kammer war eingestürzt! Sie konnte hinaus! Und dort oben, wo Tasil vergeblich versucht hatte, ein Loch durch den Fels zu schlagen, leuchtete eine einsame Öllampe. Maru ließ den Schild fallen und versuchte, über die nassen Felstrümmer nach oben zu klettern. Das Wasser war so kalt, dass sie fast kein Gefühl mehr in den Fingern hatte. Sie rutschte ab. Der Druck des Wassers, das jetzt mit der Gewalt eines Gebirgsbaches aus der Wand schoss, spülte sie noch einmal in den Gang. Aber da war das Licht. Es war zum Greifen nahe, und sie würde nicht aufgeben. Maru kletterte, entdeckte Tasils Seil. Sie streckte die Hand aus, konnte es nicht erreichen. Ohne nachzudenken, stieß sie sich ab, packte es und klammerte sich fest. Mühsam zog sie sich nach oben. Dann hatte sie es geschafft. Sie ließ sich hustend neben die Öllampe fallen und küsste den trockenen Boden.

Maru lebte noch. Keuchend setzte sie sich auf. Es war herrlich, trockenen Grund zu fühlen! Von Utukku gab es keine Spur, doch er hatte sie gerettet – wieder einmal. Da lag Muqtaqs zerbrochene Axt. Tasil hatte es also wirklich versucht, wenn auch nicht sehr ernsthaft. Er konnte ihr gestohlen bleiben.

»Utukku?«, rief sie, um ihm zu danken.

Er antwortete nicht, nur das Wasser toste zu ihren Füßen. Es stieg immer noch. Sie musste hier raus, raus an die frische Luft, unter freien Himmel, raus aus diesen elenden Geheimgängen und Grabkammern.

Sie griff sich die Öllampe und lief los. Nach Norden, zu dem Ausgang, durch den sie hereingekommen war. Tasil hatte gesagt, er würde ihn offen lassen. Tasil …

Maru biss die Zähne zusammen. Er hatte sie im Stich gelassen. Sie wollte jetzt nicht an ihn denken. Dazu war später Zeit. Jetzt musste sie hier raus. Skalwala fiel ihr ein, die im Fels gefangene Alfholde. Natürlich, Utukku hatte sie befreit! Von wegen Märchen. Sie schien viel nachholen zu wollen. Hinter ihr rauschte das Wasser durch das Gestein. Es würde die Grabkammer überschwemmen – und dann? Wie lange würde es dauern, bis alle Kammern geflutet waren? Würde das Wasser dann auch diesen Gang überschwemmen?

Sie lief und lief, ohne sich umzudrehen. Tasil … Dieser Feigling hatte sie zurückgelassen. Tasil hatte sie benutzt. Von Anfang an. Wie oft war sie seinetwegen in Gefahr geraten? Plötzlich dachte sie an den Maghai. Tasil hatte ihn getötet und ihr so das Leben gerettet. Sie verbannte den Gedanken und lief noch schneller. Sie brauchte Licht, Sonne, freien Himmel. Sie war so sehr von ihrem Überlebenswillen getrieben, dass sie nicht anhielt, bis sie plötzlich am Ende des Gangs angekommen war.

Die Pforte stand wirklich offen. Sie rannte hinaus ins helle Licht, stolperte und fiel in den Sand. Es war heiß, so wundervoll heiß. Die Sonne zeigte an, dass es später Morgen war. Maru lachte und weinte und atmete die warme Luft mit gierigen Zügen ein. Tasil! Er war nicht dort. Ihr Lachen erstarb. Sie stand auf. Da war ein schwarzer Punkt, draußen in der Ebene. Ein Reiter in der flimmernden Hitze der kargen Steppe. Seine Umrisse lösten sich in der flirrenden Luft auf.

»Tasil!«, schrie sie.

Das Echo klang von den Hügeln. Wind kam auf und trieb Staub über die Ebene. Der Punkt wurde allmählich kleiner. Warum hatte sie ihn gerufen? Er hatte sie schließlich im Stich gelassen. Wenn es nach ihm gegangen wäre, wäre sie immer noch lebendig begraben. Der Wind wurde stärker. Eine Bö trieb Maru Sand in die Augen. Sollte er nur verschwinden. Wozu brauchte sie ihn denn? Sie würde schon irgendwie zurechtkommen. Und die Tränen, das war doch nur der Sand.

Aber was war das?

Wurde der Punkt am Horizont allmählich wieder größer? Maru beschattete die Augen mit ihrer Hand. Nach einer Weile konnte sie erkennen, dass es tatsächlich Tasil war, der zurückkam. Hatte er etwas vergessen? Besaß sie noch irgendwas, was er ihr stehlen wollte? Sie blieb, wo sie war, und ließ ihn näher kommen. Als er nur noch wenige Schritte entfernt war, zügelte er sein Pferd, das unruhig tänzelte. Er starrte sie schweigend an.

Trotzig starrte Maru zurück.

»Sieh an, du hast es tatsächlich geschafft«, sagte er schließlich. »Ich bin beeindruckt. Nicht schlecht, für ein Mädchen.«

Maru zitterte vor Zorn. In ihr kochte es. Er hatte sie zurückgelassen. Sie hätte ihm am liebsten die Augen ausgekratzt. Und doch wusste sie nicht, was sie sagen sollte.

»Wie hast du das gemacht?«

»Eine Wasserader«, sagte sie mühsam beherrscht. »Die Decke ist eingestürzt.«

»Ah, dann war meine Schufterei also doch nicht umsonst.«

Maru unterdrückte eine heftige Antwort. Da saß er vor ihr auf dem Pferd, ihr Herr, der sich von ihr »Onkel« nennen ließ. Der sie in Gefahr gebracht und verlassen hatte. Warum hatte sie nach ihm gerufen?

»Ich bin froh, dass du es geschafft hast, Maru.«

Sollte sie das glauben? Nun, er hatte es versucht. Halbherzig. Mehr oder weniger. Ein beißender Geruch stieg ihr in die Nase. »Es riecht verbrannt.«

Tasil nickte. »Das kommt aus der Stadt. Muss ein großes Feuer sein, wenn du mich fragst. Ich nehme an, dass sie ihren Krieg jetzt begonnen haben.«

Maru blickte in den Himmel. Schwarze Rauchfetzen trieben über die Hügel. Bussarde kreisten hoch oben. Es schien sie nach Südosten, Richtung Serkesch zu ziehen. Und wohin sollte sie selbst gehen? In die brennende Stadt? Die offene Wüste? Sie hatte doch niemanden. Niemanden außer Tasil. »Und jetzt?«

»Ich schlage vor, dass du aufsitzt. Es ist noch ein weiter Weg zu den Romadh, und vielleicht werden wir verfolgt. Zum Glück schickt uns mein Freund Fahs einen Sturm. Der wird unsere Spuren verwischen.«

Er war umgekehrt. Er war gekommen, als sie ihn gerufen hatte. Das konnte sie nicht leugnen. Es gab unendlich viel, was sie ihm an den Kopf werfen wollte. »Ich will meinen Dolch zurück«, sagte sie stattdessen nur.

»Darüber lässt sich reden«, antwortete Tasil mit einem Lächeln, und dieses wirkte nicht so raubtierhaft wie sonst.

Sie blickte ihn mit zusammengekniffenen Augen an. Der Wind wurde stärker.

»Was ist? Wir haben nicht ewig Zeit.«

Maru nickte. Dann ergriff sie seinen ausgestreckten Arm und sprang auf. Tasil schnalzte mit der Zunge, wendete das Pferd und lenkte es hinaus in die weite Ebene. Maru blickte noch einmal zurück. Sandwolken mischten sich mit den Rauchfetzen, die von der Stadt heranzogen. Der Sturm würde sie bald einholen …

Glossar

Begriffe

Abeq – Priester, »Vater« (Plural: Abeqai)
Abeq-ut-Abeqai – Hohepriester
Ahngötter – die zu Göttern aufgestiegenen Raik von Serkesch
Alfhold – Geist, guter Geist (Daimon)
Alfskrold – böser Geist, Unhold (Daimon)
Ansai – Einheit von sechzig Mann (fünf Eschet)
Bet Raik – »Haus des Fürsten«, Palast
Bet Tabihu – »Haus des Schlachters«, ein Beiname für den Tempel Strydhs, den man besser nicht in Gegenwart seiner Priester verwendet.
Bet Ulmu – »Haus der Axt«, der Akkesch-Beiname für den Tempel Strydhs
Daimon – Dämon, jedoch nicht unbedingt böser Gesinnung. Sie werden oft als Naturgeister an Quellen, Hainen und kleineren Seen vermutet.
Eschet – Einheit von zwölf Mann
Hüter – die vier erstgeborenen Götter Alwa (Wasser), Brond (Feuer), Hirth (Erde), Fahs (Himmel)
Immit – (Titel) Rechte Hand des Kaidhan
Kaidhan – »Großer Herr«, Herrschertitel des Reichs von Neu-Akkesch. Der Begriff ist dhanischen Ursprungs, auch der Fürst der Budinier führt den Titel Kaidhan.
Kischir – Einheit aus zwölf Ansai, in der Regel also 720 Mann

Maghai – Zauberer
Maschir – Leibwache des Raik und Wache des Bet Raik
Malk – Sohn eines Raik oder Kaidhan (Prinz)
Raik – Fürst (einer Stadt)
Schab – »Anführer«. Jeder Befehlshaber in der Armee von Neu-Akkesch führt diesen Titel, vom Schab einer Eschet (zwölf Mann) bis zum Schab-ut-Schabai, (»Anführer der Anführer«), dem Oberbefehlshaber eines Heeres
Schirqu – Stufentempel der Hüter
Segel – Währungseinheit, flaches Silberstück.
Sker – kurzes rockartiges Kleidungsstück, Beinkleid, in Neu-Akkesch das typische Kleidungsstück der Arbeiter, Bauern, Fischer, Flussschiffer.
Ud-Sror – Unterweltstadt

Personen und Götter

Alwa – Hüterin allen Wassers, eine der erstgeborenen Göttinnen
Atib – ein Kaufmann
Abeq Asidi – Hoheprieser der Ahngötter im Tempel der Raik
Abeq Mahas – Hohepriester Strydhs
Biredh – ein blinder Erzähler
Brond – Hüter der Herdglut und des Feuers, einer der erstgeborenen Götter
Dhanis – Flussgott, »Vater des Landes«
Edhil – Schöpfergott
Emadu – Schab der Zweiten Kischir von Serkesch
Enlin-Etellu – vorheriger Kaidhan von Ulbai
Etellu(-Kaidhan) – Begründer des Neuen Reichs der Akkesch

Fahs – Hüter der Himmel, Sterne und Winde, einer der erstgeborenen Götter
Fakyn – Hauptmann der Wachen des Kaufmanns Atib
Hassadi – Tochter von Immit Schaduk
Harbutu – Schab Kischir von Immit Schaduk
Hirth – Erdgöttin, eine der erstgeborenen Göttinnen
Iddin – der ältere der beiden gleichgeborenen Malk (Prinzen)
Immit Schaduk – Rechte Hand des Kaidhan
Jalis – ein Maghai aus dem Land Awi
Kerva – Schreiber
Kwem – ein Wirt
Luban-Etellu – Kaidhan in Ulbai
Maru (Nehis) – eine Sklavin unbekannter Herkunft
Muqtaq – Schab der Palastgarde (Maschir)
Narsesch – Sohn von Immit Schaduk
Numur – ein Malk (Prinz), der Jüngere
Qurdu – Schab Eschet vom Tor der Hirth
Schaduk – Immit des Kaidhans von Ulbai
Schatir – Erster Schreiber des Raik
Skalwala – Alfholde des ausgetrockneten Bachs bei Serkesch
Tasil – Reisender aus der Stadt Urath
Uo – Totengott
Utu-Hegasch – betrauerter Raik (Fürst) der Stadt Serkesch
Umati – dritte Ehefrau von Immit Schaduk
Utukku – ein Akkesch-Wort für Dämonen aller Art, eigentlich kein Eigenname

Anhang

Berichte des Schreibers Schatir

Die Geschichte der Dhanier, Kydhier und Akkesch am großen Strom. Ich, Schatir, Erster Schreiber des Raik von Serkesch, verfasste dies, im Auftrag des Raik und unter dem Segen des Fahs, im ersten Jahr der Herrschaft des Utu-Hegasch.

Dhanier

Die Dhanier kommen aus dem Dunkel der Vorzeit, und schon immer lebten sie am großen Strom. Die einen sagen, sie seien Kinder der Goldenen Städte, andere behaupten, sie stammten vom Flussgott Dhanis selbst ab. Ein friedliches Volk waren sie, das von Fischfang und Ackerbau lebte. Sie verstanden es jedoch nicht – wie die Akkesch –, dem Boden durch Bewässerung und Pflege mehr abzuringen, als er freiwillig gab, und so blieb ihre Zahl gering. Sie lebten verstreut in kleinen Siedlungen, und kein König gebot über Volk oder Land. Beherrscht wurden sie stattdessen von vielen Häuptlingen, die – so heißt es – nicht durch die Erhabenheit des Blutes, sondern durch die Ältesten gewählt wurden. Jedoch wird auch überliefert, dass diese Fürsten schwach waren und nichts unternahmen, ohne die mächtigen Maghai um Rat zu fragen. So kann gesagt werden, dass die Maghai die eigentlichen Herren des Landes waren. Die Dhanier waren friedlich, und die Waffenkunst war ihnen fremd. Es heißt, ihre Nachbarn fürchteten die Macht der Zauberer, und so blieben die Dhanier lange von der Kriegslust anderer Völker verschont. Die Dhanier selbst sagen aber, ihr Gott Dhanis, den sie den »Vater des Landes« nennen, habe mit Strydh ein Abkommen getroffen, sodass der Gott des Krieges dem Strom fernblieb. Es ist nicht bekannt, welchen Preis Strydh dafür verlangte, doch er war sicher zu hoch, denn Strydh hat Dhanis überlistet.

Kydhier

Vor vielen Menschenaltern kamen nämlich die Fürsten Kydh und Budin mit ihren Völkern aus der Kälte und Finsternis des Nordens an diesen Strom. Doch kamen sie nicht, um Krieg zu führen, sie kamen, um eine neue Heimat zu finden, und so war die Abmachung, die der Gott des Krieges mit dem Gott des Stromes getroffen hatte, nicht gebrochen. Zahllos waren die Kydhier und Budinier, und die Dahnier hatten keine Waffen, um sich zu verteidigen. Die Eroberer verjagten sie aus ihren Dörfern und von ihren Höfen und nahmen das Land in Besitz. Die Dhanier aber flohen in die Sümpfe und Wälder, und dort leben die Reste ihres Volkes noch heute. Warum aber die mächtigen Maghai die Dhanier nicht beschützten, wissen selbst die Weisen nicht.

Die Budinier ließen sich am Oberlauf des Stromes nieder, während die Kydhier den Unterlauf beanspruchten. Hier errichteten sie Dörfer auf die Weise, die sie aus ihrer Heimat mitgebracht hatten und wie man es heute noch bei ihnen sieht. Auch die Eigenart, den Eingang auf dem Dach anzulegen, stammt aus dieser Zeit. Und sie legten Schutzburgen an, denn von nun an waren die Zeiten des Friedens vorüber. Die Nachfahren Kydhs mussten Krieg führen gegen die Hakul, die Romadh, die Imricier und bald auch gegen ihr Brudervolk, die Budinier. Bei den Kydhiern war die Sippe immer wichtiger als der Stamm und der Stamm immer wichtiger als das Volk gewesen, und so waren sie schwach, und ihre Siedlungen wurden oft geplündert. Dies änderte sich jedoch unter Kydhaman, dem ersten Fürsten, dem sie den Rang eines Kaidhan zuerkannten. Es heißt, die Maghai hätten Kydhaman beraten und mit ihm das Reich der Kydhier geschmiedet, das stark genug war, die Angriffe der Feinde abzuwehren. Ulbai wurde die Hauptstadt, und sie wurde reich, denn sie handelte Salz und Kupfer mit den Romadh und Budiniern und lieferten ihnen aus dem Süden Silber und Zinn – begehrte Metalle, an die diese Völker anders nicht gelangen konnten als über die Städte und Straßen der Kydhier.

So gedieh das Reich, und neben den Kydhiern gehorchten auch Auricier und Awier den Gesetzen des Kaidhan. Die Stadt Ulbai war auf einem Hügelrücken über den Sümpfen erbaut, und zu ihren Füßen lag ein sicherer Hafen. Stark waren die Mauern und wehrhaft. Sie wurden auch gebraucht, denn der Reichtum der Kydhier lockte Feinde an. Dreimal wurde die Stadt vom Seevolk der Iunai belagert, aber sie fiel nicht.

Der Kriegskunst der Akkesch waren ihre Mauern jedoch nicht gewachsen.

Das Alte Akkesch

Weit südlich des Schlangenmeeres gelegen, war diese Stadt ein kostbarer Edelstein am Fluss Narsuq im Land Matu. Ruhmreich und weise waren ihre Bewohner, und sie waren die ersten, die mit der Kunst der Bewässerung Felder schufen, wo vorher Wüste war. So wuchs das Volk der Akkesch, und bald staunten andere Völker über seine Erhabenheit und begehrten, auch teilzuhaben an seinem Wissen. Die Könige der Akkesch schlossen feste Bündnisse mit ihren Nachbarn, und das erste Reich der Akkesch war geboren. Doch bald mischten sich Neider unter die Bewunderer, die nicht um Weisheit baten, sondern Wissen forderten. Krieg wurde gegen die Stadt und ihre Verbündeten geführt, und er währte viele Jahre.

Da fragte König Amar-Sin die Priester, wann die Stadt endlich Frieden finden würde. Die Priester befragten die Sterne und antworteten, Friede werde sein, wenn die schlafenden Hüter erwacht und der Gott des Krieges von seinem Thron gestürzt sei. Und Amar-Sin begehrte zu wissen, wie er die Hüter wecken könne, und die Priester sagten, dies sei nur möglich, wenn er das Horn des Jägers Boga fände. Also schickte der König mutige Kundschafter in alle Winkel der Welt. Nur wenige kehrten zurück, und sie brachten nicht mehr mit als das unsichere Gerücht, dass das Horn am nördlichen Rand der Welt zu finden sei. Doch von den Männern, die Amar-Sin daraufhin nach Norden sandte, kam keine Nachricht, und verschollen sind sie, allesamt.

Da der Krieg aber andauerte, fragte der König seine Priester, ob es keinen anderen Weg zum Frieden gäbe. Da schwiegen alle – bis der Priester des Kriegsgottes sprach, dies sei möglich, wenn Akkesch über den gesamten Erdkreis herrsche.

Und so bewafnete Amar-Sin Heere, und sie zogen aus, den Frieden zu erringen. Stets blieben die Schabai der Akkesch siegreich, und Stadt um Stadt fiel an das Reich. Doch hinter jeder Stadt lag eine weitere, die sich dem Frieden verweigerte, und so folgte Eroberung auf Eroberung und Krieg auf Krieg. Mit jedem Sieg aber schien die Zahl der Feinde zu wachsen, statt sich zu verringern, und unter den Eroberten wuchs Unmut über die Lasten, die sie zu tragen hatten, und sie sahen nicht mehr die Herrlichkeit, die Akkesch ihnen bot. Dies schwächte das Reich.

Und so geschah es, dass bald erste Schlachten verloren gingen und Siege mit mehr und mehr Blut erkauft werden mussten. Bald loderten überall die Flammen des Aufruhrs, und von allen Seiten rückten Feinde auf die Stadt Akkesch vor. Dies geschah zu Zeiten des Königs Eri-Sin.

Nun lasen die Priester in den Sternen, dass die Götter den Untergang der Stadt beschlossen hatten, und König Eri-Sin beriet sich mit Prinz Etellu, seinem erstgeborenen Sohn. Und die beiden Männer erinnerten sich der Weissagung, dass auch das Horn des Boga den Frieden bringen konnte. Und Eri-Sin befahl seinem Sohn, mit dreimal zwölftausend Männern, Frauen und Kindern aufzubrechen, um dem Untergang zu entgehen. Und er sollte nach Norden marschieren, um vielleicht das Horn des Großen Jägers zu finden. Die Stadt Akkesch aber wurde der Vernichtung preisgegeben, und nur alte Männer blieben zur Verteidigung zurück.

Etellu führte die seinen nach Norden. Hart war der Weg und verdunkelt von den Rauchwolken, die über den Städten und Siedlungen aufstiegen, die sich den Akkesch auf ihrem Zug widersetzten und sich weigerten, die Hungernden zu verpflegen. Viele starben, und die Priester schlossen aus den Unglücksfällen, dass ein Daimon der Rache dem Zug folgen müsse. Im Gebirge Imuldeh sprach Etellu mit den Zauberern der Imricier. Er versprach ihnen edles Metall für ihre Hilfe, und gemeinsam webten sie einen Bannfluch, der das Böse fortan von ihnen fernhielt. Die Imricier verlangten nun Gold für ihre Hilfe, Etellu aber gab ihnen Silber, denn etwas anderes hatte er nicht versprochen.

Noch im selben Jahr erreichten die Akkesch das Reich der Kydhier, und Etellu, der stets Siegreiche, besiegte sie und eroberte ihre Städte. Auch Ulbai konnte ihm nicht widerstehen. Und so gründete Etellu das Neue Reich von Akkesch. Doch die Akkesch waren wenige und die Kydhier viele. Um Frieden zu stiften zwischen den Siegern und den Unterworfenen, befahl Etellu daher, dass die Akkesch die Sprache und Sitten der Kydhier annehmen sollten. Zweimal zwölf Jahre herrschte er, und er selbst nannte sich nach Brauch der Kydhier Kaidhan und nicht König. Und er nahm Priester aus diesem Volk an seinem Hof auf und ließ Kydhier auch seine Heere befehligen. Dies jedoch gefiel nicht allen Akkesch, und nach Etellus Tod wurde kein Kydhier mehr Abeq Abeqai, Hoher Verwalter oder Schab-ut-Schabai im Reich der Akkesch.

Dies ist eine Beschreibung der Länder am Dhanis, des Reichs der Akkesch und seiner Nachbarn. Ich, Schatir, Erster Schreiber des Raik von Serkesch, verfasste dies, unter dem Segen des Fahs, im ersten Jahr der Herrschaft des Utu-Hegasch.

Dies sind die Länder, die das Reich umfasst

Kommt der Reisende von Süden, über das Schlangenmeer, in das Reich, so erblickt er zunächst die endlosen Marschen des Wasserlandes Awi. Er folgt einem der zahllosen Arme des Flusses Dhanis bis zu jenem großen Hafen, über dem Ulbai, die Hauptstadt des Reiches, thront. Die Herrliche liegt oberhalb des Stromes sicher auf der Anhöhe von Hlain Ulbar. Mehr als zweimal zwölftausend Menschen beherbergen ihre starken Mauern, und sie ist die größte Stadt, die man nördlich des Meeres kennt – und doch ist sie, trotz all ihrer Schönheit, nur eine schwache Erinnerung an das alte, vergangene Akkesch.

Das weite, flache Land Awi umgibt die Stadt. Nur Sümpfe und Moore findet der Wanderer dort, im Winter überflutet von den Stürmen des Schlangenmeeres, im Frühjahr überschwemmt von den Wassermassen der Flüsse, im Herbst verheert von endlosen Regenfällen. Die wenigen Menschen, die diese Einöde ertragen, bauen ihre Hütten auf Pfählen hoch über dem Wasser. Es heißt, viele von ihnen seien dhanischen Blutes, dorthin geflohen, als die Kydhier das Land eroberten. Dies mag stimmen, denn als die Akkesch dieses Land eroberten, zeigten sie ebenfalls wenig Neigung, die Sümpfe in Besitz zu nehmen, und es ist nicht bekannt, dass irgendein Schabai oder Raik Anstalten machte, dort eine Stadt zu gründen.

Nördlich von Ulbai steigt das Land allmählich an, und dort, wo der Hyrdh in den Dhanis mündet, beginnt das Untere Kydhien. Dies ist ein überaus fruchtbares Land, und die Wassermeister und Landleute der Akkesch haben wenig Mühe, dem Boden gute Erträge abzuringen. Die Rinder und Schafe, die dort gezüchtet werden, sind berühmt, und in den weitläufigen Auwäldern wird goldener Honig geerntet.

Das Obere Kydhien beginnt etwa auf Höhe der Hlain Mukos, der Stillen Hügel, die die Große Ebene, die Fal-Hajd, überragen. Dort öffnet sich das weite Grasland, das von Hirten durchwandert wird. Am Ufer des Dhanis siedeln Fischer und Ackerbauern, immer in der Nähe schützender Wallburgen oder befestigter Siedlungen. Nur östlich des Flusses finden sich größere Städte: das silberne Aqqar Bairuti, zur Hälfte in den Langen See hineingebaut, und das stark befestigte Igaru, das den alten Salzweg gegen die räuberischen Imricier sicherte.

Dieser Weg wird von den Romadh heute kaum noch genutzt, denn seit König Hammu-Etellu mit seinen Wassermeistern den Fluss Dhanis bis hinauf zu den Stromschnellen an der Edhawa-Hochebene schiffbar machte, hat sich der Weg des Salzes geändert.

Serkesch war nur ein Fischerdorf am Fuße eines befestigten Hügels gewesen, bis Bukru-Hegasch kam, es eroberte und aus der Fluchtburg und dem Dorf das herrliche Serkesch erschuf. Fortan war die Stadt ein wichtiger Heerplatz zur Befestigung der nördlichen Grenze, und die Einwohner lernten, was es heißt, tapfer zu sein. Auch legte Bukru einen neuen Weg für das Salz aus Albho an und sicherte ihn mit Wachtürmen. Nun wandern die Karawanen aus der Balas über den neuen Weg und nicht mehr über Igaru. Im Hafen von Serkesch wird es auf Schiffe verladen und nach Ulbai und zu den Budiniern gebracht. Und auch andere Waren nehmen ihren Weg nun über Serkesch, und selbst die Viramatai wählen diesen Pfad für ihr Eisen.

Weiter stromaufwärts liegt Scha-Adu, der Ort der Umkehr, denn dort wird der Dhanis durch die Edhawa-Stromschnellen unschiffbar. Hier verlassen die Händler den Fluss, und Eselskarawanen setzen die Reise fort. Die schwarzen Esel, die die Menschen dort züchten, sind berühmt und selbst ein begehrtes Handelsgut. Die Stadt ist befestigt, denn dort beginnt das Land der Budinier, und es heißt, dass die Mauern von Scha-Adu mehr Krieger als Bürger beherbergen.

Wendet sich der Reisende von Ulbai aus nicht nach Norden, sondern nach Osten, so kommt er in das Land Aurica, das Land am Meer. Der Raik der Auricier hat seinen Sitz in Esqu, der einzigen Siedlung, die den Namen Stadt verdient. Ansonsten wird das Land von Wehrdörfern und befestigten Häfen geprägt. Als Seeleute haben die Auricier viel Ruhm erworben, jene, die an Land bleiben, widmen sich der Zucht genügsamer Schafe. Aurica ist kein reiches Land, ja, es wird gesagt, dass dieser Landstrich mehr durch seine Armut als durch Mauern oder Heere vor den räuberischen Imriciern geschützt sei.

Dies sind die Länder und Völker, die das Reich umgeben

Die Imricier sind die wilden Stämme des Gebirges Imuledh und seiner rauen Vorgebirge. Dieser mächtige Bergrücken, der im Süden kein Ende findet und sich vom Ostufer des Schlangenmeeres bis zum westlichen Rand der großen Salzwüste Balas hinzieht, ist ein kalter und unfreundlicher Ort. Die Imricier handeln mit Holz und Ziegen und dem begehrten Erdpech, das im Osten der Imuledh an die Oberfläche tritt. Einen alten Groll hegen sie gegen die Akkesch, denn sie sagen, Etellu habe sie einst betrogen. Arm sind sie dennoch, und von Zeit zu Zeit finden sie sich zu kleinen Heeren zusammen, um auf Raubzug zu gehen. Eine Plage sind sie ihren Nachbarn. Offenen Schlachten gehen sie aus dem Weg, und sie sind auch nicht sehr zahlreich, doch schützt sie die abgeschiedene Lage ihrer Bergdörfer vor unserer Vergeltung.

Östlich und nordöstlich des kargen Hochlandes der Imricier liegt die lebensfeindliche Salzwüste Balas, die aus den salzigen Tränen des Riesen Mir entstanden ist. Am Rand dieser Wüste siedeln die Romadh. Ihre Hauptstadt Albho liegt am Zwillingssee, der nur im Frühjahr durch den Fluss Dhurs mit Wasser gespeist wird. Die Romadh leben vom Salzhandel, außerdem kontrollieren sie die Kaldhaik, die Brunnen entlang der Eisenstraße durch die Wüste Dhaud. Diese Straße führt ins legendäre Land der Viramatai, der Männertöterinnen, die dort am Allsee ihre Festungen haben und deren Sklaven in den Sternenbergen das kostbare Eisen abbauen. Die Sternenberge sind so hoch, dass ihre Gipfel schwarz sind, denn wenn Edhil mit dem Sonnenwagen im Osten aufsteigt, versengt seine Hitze die hohen Felsen.

Die Wüste Dhaud trennt die Romadh von ihren nördlichen Nachbarn, den Hakul. Dieses wandernde Volk gliedert sich in unzählige Sippen und zahlreiche Stämme, der südlichste ist jener der Schwarzen Hakul. Bekannt sind auch die Roten und die Eisernen Hakul, doch gibt es noch weit mehr Stämme. Sie züchten Pferde, Rinder und Trampeltiere, handeln mit Häuten, Vieh und Sklaven und schlagen ihre Lager dort auf, wo es ihnen gefällt. Ihre Reiter sind ohne Zahl wie die Grashalme ihre Steppe. Untereinander sind sie sehr zerstritten und ihre Sippen ohne besondere Liebe zueinander. Es kommt vor, dass sich große Stämme spalten oder neue zusammenfinden. Ihre Nachbarn fürchten nichts mehr als den Tag, an dem die Hakul ihre Streitereien beenden und sich zu einem Volk vereinen. Es wird gesagt, dass die Hakul, weit im Osten, im Schatten der Sternenberge, eine Hauptstadt haben, doch hat noch kein Fremder diese Stadt gesehen. Vielleicht aber stehen dort die Essen, an denen die berühmten Schmiede der Hakul ihre Meisterwerke aus Bronze und Eisen fertigen.

Die berüchtigten Schwarzen Hakul siedeln hauptsächlich in Srorlendh, dem Staubland, einem hügeligen, kargen Weideland an den Ufern des Dhurs. Dieser Fluss ist eines der großen Rätsel der bekannten Welt. Er entspringt weit im Norden und führt Wasser bis nach Srorlendh, doch in der Wüste Dhaud versickert der Strom im heißen Sand. Es heißt, dass er tief unter der Wüste weiterfließt, die Balas erreicht und dort die Brunnen der Romadh speist. Nur wenn der Frühling hoch oben im Norden sehr regenreich war und im Sternengebirge viel Schnee schmilzt, dann führt der Fluss genug Wasser, um die Dhaud als Strom zu durchqueren und sein ausgetrocknetes Flussbett mit Leben zu füllen. Es soll dann dort sogar Fische geben.

Nördlich des beinahe endlosen Weidelands der Hakul, am Rand der Welt, leben die Bauernkönige der Akradhai, die den kostbaren honigfarbenen Bernstein besitzen, und es ist ihr Geheimnis, wo sie ihn finden. Dieser Stein ist als Schmuck in allen Städten sehr begehrt, doch führen alle Wege zu den Akradhai durch das Land der Hakul, das kein Fremder durchqueren darf, und so liegt der Handel mit diesem Gut in ihrer gefährlichen Hand.

Im Westen von Srorlendh liegen die Schwarzen Hügel, die Hlain Ilus, in denen die Hakul ihre Stammesführer beerdigen. Dahinter beginnt die Slahan, die Wüste der Erschlagenen, so genannt, weil dort die Hakul und die Budinier seit ungezählten Jahren ihre Streitereien ausfechten. Die Slahan ist die Schwesterwüste der Dhaud. Sie wird von dieser durch den Hlain Brasai, den Glutrücken, getrennt, der vom südlichen Ende Srorlendhs bis nach Serkesch und an den Dhanis reicht. Und auch die Dünen der Slahan wandern bis an den Dhanis heran.

Am Westufer des Dhanis und im weiten Hügelland dahinter beginnt das Land der Budinier. Zahlreich sind ihre Dörfer, und ihre Weidegründe finden sich auch in der Fal-Hajd, also nördlich der Stillen Hügel, wo sie schon in alter Zeit mit den Kydhiern um die besten Weiden stritten. Auch heute noch wird dort jedes Jahr gekämpft. Die Budinier sind jedoch nicht nur wandernde Hirten wie die Hakul, sondern haben auch beachtliche Städte gebaut. Budingar ist die zweitgrößte Stadt am Dhanis und Heim ihres Aldhan. In Illubaig, der Minenstadt, bauen sie Kupfer ab. Rätselhaftes hört man von Gyrn, einer alten Festung, die auf einer Felsnadel inmitten des Dhanis erbaut wurde und nur über die Hochebene Edhawa erreichbar ist. Dort beerdigen die Budinier ihre Aldhane, und es wird gesagt, dass dort auch die Maghai der Dhanier begraben liegen. Es soll sich dort sogar ein Zugang zur Totenstadt Ud-Sror finden, doch hat noch kein Akkesch Gyrn je betreten.

Im Nordwesten der bekannten Welt leben die Farwier in dichten Wäldern. Mit diesen Wilden handeln die Budinier Holz, das sie, in Zeiten des Friedens, mit uns gegen Salz und Zinn tauschen, ebenso wie das Kupfer. Es heißt, dass die Farwier ihre Haut mit mächtigen Zeichen bemalen, die alles Böse von ihnen fernhalten sollen.

An den Grenzen des Waldlandes entspringt der Fluss Hyrd, der Treulose genannt, denn es vergeht kein Jahr, in dem er nicht sein Bett verlässt, um sich an anderer Stelle ein neues zu graben. Die Hyrdier ertragen seine Launen, ohne zu klagen. Doch hätten sie Grund, denn der Fluss zerstört jedes Jahr Siedlungen an seinem Ufer, und viele sterben in seinen tückischen Fluten. Aber sie sind auf den Strom angewiesen, denn sie sind ein Volk von Fischern. Es heißt, dass sie, anders als die Akkesch und Kydhier, keine Netze oder Angelschnüre auswerfen, sondern mit Hilfe gelehriger Vögel fischen. Diese hindern sie, so wird berichtet, durch Ringe oder Schnüre am Hals daran, ihre Beute zu verschlucken.

Westlich der Hyrdier, in den Wolfsbergen, siedeln die Stämme der Dakyr. Dieses scheue Volk gibt sich mit der Herrschaft über seine Berge und Wälder zufrieden und hat wenig zum Tausch zu bieten außer Pelzen von Wölfen und Bären.

Südlich der Dakyr, am westlichen Rand des Schlangenmeeres, von Awi durch zahllose Flüsse und endlose Sümpfe getrennt, liegt das große Zinnland Iauna. Viele Städte gibt es dort, und ihre Mauern wurden von Riesen gebaut. Die Steine ihrer Wälle sind nämlich so groß, dass selbst zwanzig Männer sie nicht bewegen könnten. Eifersüchtig sind die vielen Stadt-Könige, die das Volk beherrschen, und immer sind sie bereit zum Krieg. Sie sind verräterisch, und Handel mit ihnen ist schwierig. Zu sehr sind sie auf ihren eigenen Vorteil bedacht. Doch sind die Iauner auch kühne Seefahrer, die nicht nur das Schlangenmeer befahren, sondern auch das Obere Meer und das Schildmeer bis zu den Gestaden ferner Länder, deren Bewohner keine Menschen sind. Mit ihren Flotten überfallen die Iauner die Küsten der Hattu und der Umesch und anderer Völker, und schon dreimal haben sie versucht, Ulbai zu nehmen. Doch geschah dies in der Zeit vor dem Eintreffen der Akkesch.

Am Südufer des Schlangenmeeres leben die Hattu, die mit Silber handeln und bei denen Frauen als Priesterinnen walten. Sonst aber sind sie verständig und zuverlässig, was den Handel betrifft. Ihre Stadt Cauwtu ist ein wichtiger Hafen für das Silber aus ihren Bergen. Ihre feindseligen Nachbarn im Südwesten und Südosten sind die Umesch und Imedhai, den Akkesch noch aus alter Zeit verhasst. Südlich dieser Länder aber liegt das Alte Akkesch, die Perle am Fluss Narsuq im Lande Matu, von unbeschreiblicher Schönheit und großem Reichtum, untergegangen vor mehr als fünf Menschenaltern.